Joe David Brown
Paper Moon

EUROPA
VERLAG

Aus dem Amerikanischen von Hermann Stiehl

JOE DAVID BROWN

Paper Moon

Roman

Mit einem Nachwort von Peter Bogdanovich

Europa Verlag
Hamburg · Wien

Das Nachwort von Peter Bogdanovich
hat Karin Dufner übersetzt.

Originalausgabe:
Paper Moon
Four Walls Eight Windows, New York 2002

Deutsche Ausgabe

Umschlaggestaltung: Kathrin Steigerwald, Hamburg
Satz: Pinkuin Satz und Datentechnik, Berlin
Druck und Bindung: Wiener Verlag, Himberg bei Wien
ISBN 3-203-75853-9

Informationen über unser Programm erhalten Sie beim
Europa Verlag, Neuer Wall 10, 20354 Hamburg
oder unter www.europaverlag.de

I

Die Leute sagen, meine Mama, Miss Essie Mae Loggins, sei die wildeste Person in ganz Alabama gewesen. Was soll ich dazu sagen? Ich weiß es nicht, ich weiß überhaupt nur noch wenig von meiner Mama. Ich kann mich fast nur an Kleinigkeiten erinnern. Zum Beispiel wie sie, wenn sie Nagellack aufgetragen hatte, mit gespreizten Fingern und ausgebreiteten Armen durchs Zimmer tanzte, bis der Lack getrocknet war. Und wie ich dann immer versucht hab, sie nachzumachen. Zum Schluß konnten wir beide nicht mehr aufhören zu lachen, weil mir jedesmal so schwindlig wurde, daß ich taumelte und der Länge nach hinfiel. Und dann weiß ich noch, wie sie einmal ihren einen Schuh auszog und einen Mann, den sie nicht leiden konnte, aus dem Haus jagte.

Die kleinen Erinnerungen, sagt man, seien die schönsten und teuersten. Kann sein. Trotzdem bin ich froh, daß ich jedenfalls *eine* Erinnerung an Mama hab, die wichtig ist. Und darum vergeß ich das auch nie. Es war, als ich sie das letzte Mal sah. Und das war zwei Tage vor meinem sechsten Geburtstag. Ich war mit Callie, dem farbigen Mädchen, auf dem Hinterhof, da kam Mama aus dem Haus und gab mir einen Kuß zum Abschied. Und ich höre noch genau, jedenfalls bilde ich mir das ein, was sie zu mir gesagt hat: »Sei ein braves Mädchen«, hat sie gesagt, »und tu, was Callie sagt. Ich bring dir auch ein kleines Kaninchen zum Geburtstag mit.« Und ich weiß auch noch, daß sie ein grünes Kleid anhatte und nach einem Parfum duftete, das wie blühender Jasmin roch. Wenn der Jasmin blüht, muß ich immer an meine Mama denken.

Sie kam am nächsten Abend bei einem Autounfall ums Leben, auf der Heimfahrt von einer Party in einem Haus unten am Black

Warrior River. Der Mann, der am Steuer saß, wurde auch getötet. Er hieß Joe Clay Powell, und weil er verheiratet war, gab es einen fürchterlichen Skandal. Das ist auch der Grund, warum ich dann mit Long Boy Pray losgezogen bin und ihm beim Geschäftemachen geholfen habe. Aber das ist eine lange Geschichte. Ich komme später noch darauf zurück.

Die Zeit, von der ich erzähle, das waren die Jahre vor und nach Franklin D. Roosevelts erster Wahl zum Präsidenten. Bestimmt haben Sie schon mal von der »Depression« gehört, der Weltwirtschaftskrise, die wir damals hatten. Also wenn Sie mich fragen, ich glaube, das war alles nur halb so schlimm, wie manche behaupten. Erstens waren die Leute in den kleinen Orten an die Armut gewöhnt. Sie haben gar nicht erwartet, daß sie es zu Reichtum bringen würden, wie sie es heutzutage alle tun. Und außerdem, wenn die Menschen hart arbeiten müssen, um das Allernotwendigste zu haben – genug zu essen, Sachen zum Anziehen für ihre Kinder und ein einigermaßen heiles Dach über dem Kopf –, dann sind sie meistens zufriedener und hilfsbereiter als sonst. Dann haben sie mehr Verständnis füreinander. Erst wenn sie anfangen, sich für Sachen abzurackern, die sie eigentlich gar nicht brauchen – wie große Autos und feine Kleider und ein größeres Haus, als der Nachbar hat –, erst dann werden sie bitter und gemein. Das ist jedenfalls meine Ansicht.

Außerdem, ein bißchen Geld hatten viele auch damals. Und fast überall, wo wir hinkamen, Long Boy und ich, fanden wir irgendwen, mit dem man ein Geschäft machen konnte. Wer Arbeit hatte, der hatte im allgemeinen auch ein bißchen auf der hohen Kante für den Notfall, und das kann man heutzutage sicher nicht behaupten.

Wir sind nie länger als zwei, drei Tage an einem Ort geblieben. Hauptsächlich bereisten wir Alabama, aber Long Boy konnte dann plötzlich in irgendeine andere Gegend abschwirren. Sicher war nur, daß er mindestens einmal jeden Monat nach Decatur fuhr. Ich mochte das überhaupt nicht, aber was konnte ich als kleines Mädchen schon groß dagegen sagen? Als ich ihm das erste Mal beibrachte, daß ich genau wußte, was er da trieb, da war ich ganze elf Jahre alt. Ich weiß nicht mehr, was an dem Tag in mich gefahren war, aber ich nehme an, ich war einfach nur schlecht gelaunt und nicht gut beieinander. Das kam oft vor, damals, als ich elf war. Es war das Jahr, als ich meine Tage bekam, und lange Zeit hab ich mich fast zu Tode geängstigt, wenn – na ja, wenn es eben jeden Monat passierte. Ich hatte ja keinen, den ich fragen konnte, was mit mir los war.

Also an dem Tag fuhren wir die Route 31 rauf nach Decatur. Long Boy summte vor sich hin und machte ein zufriedenes Gesicht. Es muß im Spätsommer gewesen sein, denn wir begegneten unterwegs vielen Fuhrwerken, die Baumwolle zum Entkörnen brachten. Alle zwei, drei Meilen kamen wir an Gruppen von Männern vorbei, wie man sie damals überall sah: Das waren Arbeitslose, die man mit Straßenarbeiten beschäftigte. Und jedesmal machte Long Boy eine abfällige Bemerkung: »Sieh dir die armen Schlukker an« oder: »Eh ich eine Schaufel in die Hand nehme, müßte ich schon im Mist ersticken.« Ich kannte dieses Gerede schon. Long Boy hatte von jeher nichts übrig für Leute, die sich ihr Leben durch normale Arbeit verdienten.

Schließlich sah er zu mir rüber und fragte: »Sag mal, wieviel Geld haben wir eigentlich noch in der Kiste, Mäuschen?«

»Genug, daß du dir die Pfeife ausklopfen kannst«, sagte ich.

Er hätte nicht verdutzter aussehen können, wenn ich ihm, wie eine alte Redensart bei uns sagt, mit einer nassen Katze ins Gesicht geschlagen hätte. Er wurde rot und plinkerte mit den Augen und vergaß, den Mund zuzumachen. Dann brüllte er: »Wo hast du diese Art zu reden her?«

»Aufgeschnappt«, antwortete ich.

»Du solltest dich was schämen, so zu reden«, sagte er. »Ein Mädchen von zehn Jahren!«

»Elf«, sagte ich. »Du redest so.«

»Ich hab noch nie ...« fing er an, und dann verstummte er. Sein Mund bewegte sich krampfhaft wie immer, wenn er nicht wußte, was er sagen sollte. »Paß bloß auf, sonst setzt es was, du kleines Persönchen, du«, sagte er.

»Puh!« sagte ich.

Das brachte ihn auf die Palme. »Ich werd's dir zeigen, darauf kannst du dich verlassen! Ich steck dich in ein Heim! Damit dir endlich 'ne anständige Frau die frechen Reden austreibt.«

Ich sagte gar nichts. Ich drückte mich nur ein bißchen tiefer in meinen Sitz und sah durch das Fenster auf die rote Erde und die Kiefern. Es dauerte fünf, vielleicht sechs Minuten, bis er wieder was sagte. Ich wußte, daß er es nicht länger aushalten würde.

»Hör zu, Kleines«, sagte er, und man hörte seiner Stimme an, daß es ihm leid tat, »ich hab das nicht so gemeint vorhin, das mit dem Heim. Hab's nur so gesagt.« Er hustete und räusperte sich. »Also gut, ich geh da ab und zu mal hin, zu Tante Kate. Viele Männer gehn zu Tante Kate, vor allem Männer, die nicht verheiratet sind. Ist ja auch nichts dabei, nur – aber das kapierst du noch nicht. Bist noch zu klein dazu ... Paß mal auf, eines Tages wirst du's schon verstehn.«

Wenn ich an dem Tag ganz auf dem Damm gewesen wäre, dann hätte ich sicher gekichert. Ich wußte über Tante Kates Haus Bescheid, seit ich sieben war. Eines Abends, als Long Boy drinnen war, bin ich hingegangen und hab mich draußen auf die andere Straßenseite gestellt. Ich werd nie vergessen, wie enttäuscht ich war. Tante Kates Haus sah genauso langweilig aus wie die anderen Häuser in dem Block, außer daß in allen Zimmern Licht brannte. Irgendwer hatte mir gesagt, an solchen Häusern würde draußen eine rote Laterne hängen. Aber das stimmte gar nicht. Ich hatte damals eine ziemlich lebhafte Phantasie. Wahrscheinlich hab ich erwartet, da drinnen würde es hoch hergehen, mit lautem Lachen und Singen und so. Aber außer dem Zirpen der Laubheuschrekken hörte ich nur ein Grammophon, und es spielte so leise, daß ich mir nicht mal sicher war, ob die Musik wirklich aus Tante Kates Haus kam.

Ich hatte jetzt keine Lust, Long Boy davon zu erzählen. Ich drehte mich nur zu ihm rum und sah ihn so an, wie ich ihn immer ansah, wenn ich wollte, daß er sich nicht zu wohl fühlte in seiner Haut.

Er wurde wieder ganz rot im Gesicht. »Na ja ...« sagte er und klappte den Mund auf und zu. Er beugte sich über das Lenkrad und starrte auf die Straße, als könnte er keine drei Meter weit sehen. Ich ließ ihn ein bißchen zappeln, ehe ich mich abwandte und wieder zum Fenster hinaussah.

Nach einer Weile hob er die eine Hand vom Lenkrad und stupste mich an die Schulter. »He, was meinst du, wolln wir dir in Decatur 'n neues Kleid kaufen? Möchtest doch gern ein neues Kleid, was, Addieschatz?«

»Nicht genug Geld da«, sagte ich.

»Ach Quatsch«, sagte er, »das ist kein Problem. Dann drehn wir eben heute nachmittag 'n kleines Ding. Ganz fix, eh die Läden dichtmachen.«

»Was für 'n Ding?« fragte ich sofort. Ich konnte nicht anders. Wenn Long Boy ein Ding drehn wollte, dann fühlte ich jedesmal so ein angenehmes Kribbeln vor Aufregung.

Long Boy wußte das genau. Er sah mich mit zusammengekniffenen Augen an und grinste. »Na, wir haben doch sicher noch 'n Bilderrahmen, oder?«

»Noch zehn«, sagte ich.

»Und Bibeln?« fragte Long Boy, nur um etwas zu sagen. Es machte ihm Spaß, wie ich plötzlich putzmunter wurde. »Müssen doch noch Bibeln da sein.«

»Wir haben noch fünf«, sagte ich.

»Auch Prachtbibeln?« fragte er, als hätte er das nicht gewußt.

»Eine«, sagte ich.

Long Boy tat so, als ob er angestrengt nachdächte. »Wieviel Geld, hast du gesagt, haben wir also noch in der Kiste?«

»Dreiundzwanzig Dollar und siebenundachtzig Cent.« Ich wußte immer auf den Cent genau, wieviel Geld in der Zigarrenkiste unter dem Sitz war.

»Na«, sagte Long Boy, »da müßten wir doch mit Leichtigkeit noch so zehn, fünfzehn Dollar zuverdienen können. Wir nehmen die olle Prachtbibel, machen goldene Initialen drauf, und dann nix wie ran.«

Ich mußte schlucken vor Aufregung. »Glaubst du, wir kriegen das hin, Long Boy?«

»Warum denn nicht«, sagte er.

»Ich hab dir erst einmal bei einer Prachtbibel mit goldenen Initialen geholfen«, sagte ich.

»Ich weiß«, sagte er.

»Das war damals in Demopolis«, sagte ich.

»Ich weiß. Du warst prima.«

Ich mußte lächeln, als ich wieder daran dachte. Ich sagte: »Weißt du noch, wie sie geflennt hat, die Alte? Tränen so dick wie Pferdeäpfel –«

Long Boy pfiff mich an: »Red nicht so!«

»Hast du doch selbst gesagt«, sagte ich.

»Aber nicht zu dir, bestimmt nicht zu dir.« Er war rot im Gesicht und runzelte ärgerlich die Stirn.

Ich schob mich auf meinem Sitz hoch und sah aus dem Fenster. Nach einer Weile stupste er mich wieder an die Schulter und fragte: »Hast du Hunger, Addieschatz?«

»Nö.«

»Vielleicht 'n warmes Würstchen und 'ne Limonade?« fragte er.

»Au ja«, sagte ich.

Er lachte. Der alte Gauner. Er wußte genau, daß es nichts gab, was ich lieber mochte als warme Würstchen und Erdbeerlimonade.

Es war ungefähr drei, vier Uhr, als wir nach Decatur kamen. Long Boy fuhr gleich zur Zeitungsagentur. Ich wartete draußen im Wagen. Long Boy kaufte alle Zeitungen der letzten acht Tage. Er teilte sie zwischen uns beiden auf, und wir machten uns daran, die Todesanzeigen zu studieren. Es sah nicht gerade vielversprechend aus. Eine Bibel mit goldenen Initialen an den Mann zu bringen ist gar nicht so einfach. Vor allem muß man genau wissen, was man wissen muß. Auf einmal schlug Long Boy mit der flachen Hand auf die Zeitung, die er gerade auf den Knien hatte, und sagte: »Hier, ich hab's!« Er las die entscheidenden Sachen laut vor: »Amos Huff ... plötzlich und unerwartet ... in seinem Heim ... Gepäckschaffner, Frisco Railroad ... Diakon der Ersten Baptistenkirche ... In tiefer Trauer, seine Frau Edna Huff, geborene Richards.«

Er griff ins Handschuhfach und nahm den Kram heraus, den er zum Anbringen der Initialen brauchte. Ich hatte die Bibel schon hervorgeholt, aber als ich sie ihm gab, kamen mir Zweifel. Ich fragte: »Meinst du wirklich, wir sollten ... Long Boy?« Für Prachtbibeln mußten wir schon im Einkauf drei Dollar pro Stück bezahlen, selbst wenn wir sie im Dutzend kauften. Das Anbringen der Initialen erhöhte den Preis. Andererseits war so eine Bibel nichts mehr wert, wenn man sie nicht der richtigen Person aufschwatzen konnte.

Long Boy lachte nur und machte sich an dem Ding zu schaffen, mit dem er die Initialen in den Deckel der Bibel prägte. Er brauchte lange, so lange hatte es noch nie gedauert. Als er dann den Leim aufgetragen hatte und ein bißchen Goldstaub draufstreute, sah ich auch, warum er so lange gebraucht hatte. Er hatte nicht die Initialen, sondern den ganzen Namen auf den Deckel geprägt: *Edna Huff.* Er blies über den Namen, kniff prüfend die Augen zusammen und sagte: »So, das reicht. Die alte Schachtel wird einfach hin sein!«

Ich konnte nicht begreifen, woher Long Boy die Ruhe nahm, wenn wir ein Ding drehten. Selbst wenn wir es zwei-, dreimal in der Woche mit der gleichen Masche versuchten – mir war jedesmal zumute, als wäre es das erste Mal. Man wußte nie, was passieren würde. Einmal hätte ich um ein Haar – aber davon erzähle ich später. Wir fuhren also zu der Witwe Huff, und ich war wie immer aufgeregt und zitterte vor Angst. Es war ein Gefühl, als müßte ich gleich vor Schreck in die Hosen machen.

»Paß auf, daß du nicht zu hastig redest«, sagte Long Boy.

»In Ordnung«, sagte ich.

»Zeig ihr die Bibel erst, wenn ich da bin«, sagte er.

»Ja«, sagte ich.

»Du mußt sie fest an der Angel haben, eh du mich rufst«, sagte er.

»Ja, ja«, sagte ich.

Es war ein kleineres gepflegtes Haus, genau wie ich erwartet hatte. Im Vorgarten blühten Petunien und Stockrosen, und das Gras sah aus, als wäre es nicht gemäht, sondern Halm für Halm geschnitten worden. Long Boy blieb mit laufendem Motor im Wagen sitzen. Ich ging auf das Haus zu und stieg langsam die Eingangsstufen hinauf; die Schachtel mit der Bibel hielt ich mit beiden Händen vor mir wie eine Sahnetorte. Die Haustür stand offen, und durch die Fliegengittertür sah man in das aufgeräumte, blitzblanke Wohnzimmer. Ich hatte kaum mit dem Schuh an den Türpfosten geklopft, da hörte ich eine Frauenstimme rufen: »Ich komme.«

Es war tatsächlich die Witwe. Frisch verwitwete Frauen sehen alle gleich aus, irgendwie verhärmt und gekränkt, so als hätte ihnen jemand, von dem sie das nie erwartet hätten, einen üblen

Streich gespielt. Mrs. Huff war rundlich und ziemlich alt, so um die Fünfzig, aber sonst sah sie ganz nett aus. Ich wunderte mich über das freundliche Lächeln, mit dem sie mich von oben bis unten ansah. Es wirkte fast natürlich. »Ja, guten Tag, mein Kind«, sagte sie.

Ich hielt ihr die Schachtel unter die Nase und sagte: »Ich soll hier was abgeben für Mr. Amos Huff, zahlbar bei Empfang Ma'am.«

Ihr Lächeln erstarb. »Ja, ich ... ich ...« Sie stockte und wand sich einen Augenblick, ehe sie traurig sagte: »Mr. Huff ist ... ist dahingegangen, liebes Kind.«

»Oh«, sagte ich, hielt aber immer noch die Schachtel hoch. Dann wich ich einen Schritt zurück und sah zuerst auf meine Füße, dann zur Straße, wo der Wagen stand.

»Ich bin Mrs. Huff«, sagte sie. »Vielleicht kann ich –«

Ich wich noch einen Schritt weiter zurück und sagte: »Es ist für Mr. Huff, zahlbar bei Empfang.«

»Gewiß doch, mein Kind«, sagte sie, »aber vielleicht kann ich –« Sie öffnete die Fliegengittertür und stieß sie auf.

Ich wartete, bis ich sicher war, daß sie herauskommen würde. Dann sagte ich rasch: »Ich rufe meinen Daddy.« Ich ging an den Rand der Treppe und rief: »Daddy! Daddy!«

Long Boy war unschlagbar, wenn es ernst wurde. Er kletterte aus dem Wagen und kam mit einem freundlichen, aber auch leicht ungeduldigen Gesicht auf das Haus zu. Höflich zog er den Hut und lächelte Mrs. Huff zu. »Guten Tag, Ma'am.« Dann sah er mich an, aber ich scharrte nur mit den Füßen.

Mrs. Huff sagte: »Ich habe Ihrem Töchterchen gerade gesagt, daß Mr. Huff ... heimgegangen ist.«

Long Boy ließ den Unterkiefer sacken. »Nein!« sagte er. Langsam schüttelte er den Kopf. »Das kann ich einfach nicht glauben!«

»Es war das Herz«, sagte Mrs. Huff.

Long Boy sah sie an. »Mein herzliches Beileid, Ma'am. Oh, und noch vor einer Woche, vor zehn Tagen –«

»Am Dienstag haben wir ihn beigesetzt«, sagte Mrs. Huff.

»– da war er noch so gesund und munter wie Sie und ich«, sagte Long Boy.

»Er hat hier gesessen, da drüben auf dem Stuhl, und Zeitung gelesen«, sagte Mrs. Huff.

»Ich kann es nicht fassen«, Long Boy schüttelte wieder den Kopf.

»Und dann hat er die Zeitung auf die Knie gelegt und still gelächelt und – und ist eingeschlafen«, sagte Mrs. Huff. Sie hatte irgendwo ein Taschentuch gefunden und tupfte sich die Tränen ab.

»Und er war so ein guter Mensch«, sagte Long Boy und schüttelte noch ein bißchen mehr den Kopf. Dann fuhr er fort: »Ja, ich nehme an, Sie wissen, Ma'am, ich bin von der Bibelgesellschaft Dixie, und Mr. Amos Huff hat diese Bibel hier bestellt, eine Luxusausgabe für –«

»Eine Bibel?« fragte Mrs. Huff überrascht. »Ja, aber wir haben doch –«

Long Boy unterbrach sie: »Es sollte ein Geschenk sein, Ma'am.« Im Nu hatte er mir die Schachtel aus der Hand genommen und sie geöffnet. Er hielt die Bibel in die Höhe. Der Name *Edna Huff* prangte darauf. Die Lettern sahen aus wie aus flüssigem Gold.

Mrs. Huff zerfloß in Tränen. Und es waren bestimmt Tränen so dick wie Pferdeäpfel, die ihr über die Wangen kullerten. Sie grapschte die Bibel und preßte sie an die Brust wie ein verloren geglaubtes Kind. »Oh, dieser herzensgute Mann«, schluchzte sie, »dieser liebe, herzensgute Mann!«

»Ja, Ma'am, das war er«, sagte Long Boy kummervoll. Nach einer Weile setzte er hinzu: »Aber wenn Sie die Bibel nicht behalten wollen, Ma'am, erstatte ich Ihnen selbstverständlich gern den einen Dollar zurück, den Mr. Huff angezahlt hat, und –«

»Oh, ich will sie behalten!« schluchzte Mrs. Huff. »Natürlich will ich sie behalten. Oh, dieser liebe, herzensgute Mann!« Ehe ich wußte, wie mir geschah, hatte sie mich mit ihrer freien Hand an sich gezogen. Zuerst machte ich mich ein bißchen steif, aber Mrs. Huff war so schön weich und warm, und irgendwie fühlte ich mich geborgen. Es war ja auch schon lange her, seit mich zum letztenmal jemand an sich gedrückt hatte, so lange, daß ich mich kaum noch daran erinnern konnte.

Long Boy nickte mitfühlend. »Ja, Ma'am, ich verstehe, daß Sie Mr. Huffs letztes Geschenk behalten möchten.« Er zückte ein Auftragsbuch, und während er darin blätterte, sagte er: »Ich habe Mr. Huff gesagt, er könnte auch eine billigere Bibel haben. Aber nein, es mußte das Beste vom Besten sein. Die Luxusausgabe mit dem Namen darauf in goldenen Lettern und den Worten Jesu in Rot. Ah, da hätten wir's ja schon, Ma'am. Mr. Huff hat einen Dollar angezahlt, bleibt also noch ein Rest von vierundzwanzig Dollar.«

Bei diesen Worten zuckte ich zusammen. Der Preis erschreckte mich. Ich dachte, Long Boy hätte den Verstand verloren. Aber Mrs. Huff dachte das offensichtlich nicht. Schniefend sagte sie: »Ich muß nur meine Geldbörse holen.« Sie beugte sich zu mir herunter und lächelte mich mit ihrem tränenüberströmten Gesicht liebevoll an. »Wie alt bist du denn, mein Schatz?«

»Elf, Ma'am«, antwortete ich.

»Magst du Pfefferkuchen?« fragte sie.

»Ja, aber ... ich bin nicht hungrig, Ma'am«, sagte ich.

»Nun, einen Pfefferkuchen kannst du doch sicher essen«, sagte sie und drückte mich fest an sich. »Du kommst jetzt mit mir hinein und kriegst einen schönen Pfefferkuchen, und dann hole ich das Geld für deinen Daddy.«

Es war nichts zu machen. Sie ließ mich nicht los und zog mich mit sich ins Haus. Im Wohnzimmer roch es nach frischen Blumen, so wie es immer nach einer Beerdigung riecht. Aber es war kein unangenehmer Geruch, und irgendwie hatte ich dabei das komische Gefühl, ich sei schon einmal in diesem Haus gewesen. Vielleicht kam es mir deshalb so bekannt vor, weil ich manchmal davon träumte, in einem solchen Haus zu wohnen.

Die Küche war so schön, wie ich noch nie eine gesehen hatte, ganz in Gelb und Weiß, und alles war genau an seinem Platz. Auf dem Küchentisch stand eine große Schüssel mit würzig duftenden Pfefferkuchen. Mrs. Huff schob sie mir hin. »Komm, iß, mein Kind«, sagte sie. »Nimm dir, soviel du willst.«

Das tat ich natürlich nicht. Ich stand nur da und sah mich staunend um. Mrs. Huff hatte unterdessen aus einem Schrank ihre Geldbörse geholt und zählte jetzt das Geld für Long Boy ab. Als sie zurückkam, nahm sie lachend drei große Pfefferkuchen und gab sie mir. Sie waren noch warm. Dann tat sie etwas sehr Komisches. Sie legte mir die Hände auf beide Schultern, drehte mich herum, so daß sie mich ansehen konnte, und fragte mit einem traurigen Lächeln: »Wie heißt du denn, liebes Kind?«

»Addie Pray, Ma'am«, sagte ich.

»Ein schöner Name«, sagte sie. »Weißt du, Addie, ich hatte auch einmal ein Töchterchen, genau wie du, und ich mußte ihr immer Pfefferkuchenmänner backen.« Ihr Kinn begann zu zucken, und dicke Tränen liefen ihr über beide Backen. Schluchzend fügte sie hinzu: »Mein kleines Töchterchen ist auch dahingegangen, Addie.« Sie beugte sich zu mir herunter und drückte ihre nasse Backe ganz lange an mein Gesicht. Dann zog sie mich wieder an sich und ging mit mir nach vorn.

Kurz vor der Haustür begriff ich auf einmal, warum mir das Haus so bekannt vorkam. Unter all den verschiedenen Blumengerüchen hatte meine Nase irgendwie den Duft von blühendem Jasmin gewittert. Mir wurde ganz elend und weinerlich. Zum Teil kam das natürlich daher, daß ich an meine Mama denken mußte. Aber dann merkte ich plötzlich, daß es hauptsächlich mit einem ganz anderen und ganz neuen Gefühl zusammenhing. Es war schrecklich. So etwas war mir noch nie passiert, wenn wir irgendwo ein Ding gedreht hatten. Ich war so verwirrt und so fertig, daß ich mich kaum noch erinnern kann, wie es dann weiterging, bis Long Boy und ich wieder im Wagen saßen.

»Menschenskind«, sagte er. »So dumme alte Betschwestern wie die da trifft man nicht alle Tage.« Auf einmal kamen mir die Tränen, und ich heulte, wie ich lange nicht mehr geheult hatte. Long Boy sah mich überrascht und fassungslos an. »Aber, aber, Mäuschen!« sagte er immer wieder. »Was hast du denn?«

Nach ein paar Minuten packte mich eine mächtige Wut auf Mrs. Huff, weil sie daran schuld war, daß ich mich so schämte. Ich warf die Pfefferkuchen aus dem Wagenfenster. »Diese alte Schwabbelbacke!« schluchzte ich. »Diese fette alte Schlampe!« Ich fluchte und heulte und heulte und fluchte. Und diesmal hörte ich auch nicht auf zu fluchen, als Long Boy mich anbrüllte und sagte, ich solle nicht so reden.

2

Bis auf den heutigen Tag weiß ich nicht, ob Long Boy mein Vater war oder nicht. Ich weiß, das hört sich sonderbar an. Aber es hängt damit zusammen, daß meine Mama – na ja, daß sie so wild und flott war und so. Mamas beste Freundin, Miss Katie Lou Bishop, hat mir erzählt, daß Mama immer nur gelacht hat. Es gebe drei Männer, habe sie gesagt, von denen jeder mein Daddy sein könne, aber wenn ich Glück hätte, würde ich nie rausbekommen, wer von ihnen es sei.

Der eine war Baseballspieler und hieß Boggs oder Bloggs. Er war nur für einen Sommer in der Stadt. Ich glaube, er kam aus dem Norden, aus der Gegend von St. Louis. Ich habe nie weiter nachgeforscht. Irgendwie hatte ich das Gefühl, er könnte nicht mein Daddy sein.

Der zweite war Mr. Thad Bledsoe. Er hat lange Zeit unten in Burchfields Drugstore gearbeitet. Mich hat er immer an Gary Cooper erinnert, weil er so groß und so ruhig war und so ein langes, trauriges Gesicht hatte. Er trug immer ein weißes Hemd und eine schwarze Schleife. Ich habe nur ein einziges Mal mit ihm gesprochen. Das muß ein oder zwei Jahre nach Mamas Tod gewesen sein. Ich ging in den Drugstore, weil ich mir ein Eis kaufen wollte, und als er mich bedient hatte, stand er da und wischte sich die Hände an einem Tuch und starrte mich an. »Sag mal, bist du nicht die Kleine von Essie Loggins?« fragte er.

Ich sagte, ja, die sei ich.

Er kam hinter dem Ladentisch hervor, immer noch das Tuch in den Händen, und musterte mich von Kopf bis Fuß. Schließlich sagte er: »Ich habe deine Mama gern gehabt. Es hat mir das Herz zerrissen, als das mit dem Unfall passierte.« Dann drehte er sich um und ging wieder hinter den Ladentisch.

Der dritte war natürlich Long Boy. Ich kann mich nicht erinnern, daß Long Boy einmal nicht da war. Nicht daß er dauernd bei uns war, so meine ich das nicht, Long Boy hätte es nie irgendwo länger ausgehalten. Aber er blieb nie so lange fort, daß ich ihn vergessen hätte, wo ich doch noch so klein war. Ich glaube, Mama hat sich immer genauso gefreut, wenn er kam, wie ich. Ich weiß noch, es war, als würde sie die ganze Zeit lachen, wenn er da war. Er machte die verrücktesten Sachen. Wenn er zu Weihnachten kam, hatte er sein Auto immer voller Geschenke. Und wenn Thanksgiving bevorstand, brachte er immer drei oder vier Truthähne mit. Und am vierten Juli schleppte er in einem Jahr so viele Feuerwerkskörper an, daß für alle Kinder in der Nachbarschaft etwas übrig war.

Ich will damit nicht sagen, daß Long Boy immer gut bei Kasse gewesen wäre. Wie die Geschäfte gingen, das konnte man am besten an dem Auto sehen, das er gerade fuhr. Manchmal kam er in einem alten Klapperkasten an, der aussah, als würde er jeden Augenblick auseinanderfallen. Ich weiß noch, wie Mama sich einmal draußen auf der Veranda mit ein paar Leuten über einen alten Wagen von Long Boy unterhielt und sagte, seine Geschäfte gingen nicht besonders gut. Da piepste ich auf einmal dazwischen: »Was macht Long Boy eigentlich, Mama?« Und alle wollten sich halb totlachen, als Mama mit verstellter Stimme sagte: »Er erleichtert die armen Seelen, so gut er kann, Schätzchen.«

Long Boy war auf dem Land aufgewachsen, und Mama zog ihn oft mit seiner schwerfälligen Art zu reden auf, aber auf eine freundliche, liebevolle Weise. Seine Eltern hatten ein winziges Stück Land in Coffee County und waren bitterarm. Sein richtiger Name war Moses Pray, aber alle nannten ihn Long Boy, seit er mit zwölf oder dreizehn Jahren zu seiner vollen Größe von einssiebenundachtzig aufgeschossen war.

Aber Long Boy war längst nicht so schwerfällig und unbeholfen, wie er tat. Da war zum Beispiel die Sache mit dem Goldzahn. Wenn Long Boy mit Kleinstädtern Geschäfte machte und ihnen Bibeln verhökerte oder so, dann glänzte vorn in seinem Mund ein funkelnder Goldzahn. Aber es war nur eine Goldkrone, und wenn Long Boy mit schlaueren Leuten ins Geschäft kommen wollte, zog er sie ab und steckte sie in seine Westentasche.

Eins steht fest, Long Boy hat sich bestimmt nicht schüchtern im Gebüsch versteckt, als der Grips verteilt wurde. Er konnte so gerissen sein wie nur irgendeiner. Er konnte auch vornehm reden, wenn es sein mußte. Ich glaube, außer mir gab es keinen, der ihn mehr als einmal zum Narren halten konnte, und daß er mich unterschätzte, war schließlich nur natürlich. Ich werde später noch von Major Carter E. Lee erzählen – das war einer der gewieftesten Geschäftemacher im ganzen Land. Und bei seinen Geschäften ging es manchmal um Tausende von Dollar. Dieser Major Lee sagte einmal zu mir, er wisse nicht, was er an Long Boy mehr bewundern solle: daß er so ehrlich aussehe und so ehrlich auftrete und dabei so verschlagen im Herzen sei oder daß er so dumm aussehen und so dumm auftreten könne und dabei so gerissen sei.

Die einzige Schwierigkeit bei Long Boy war, daß man jede Minute auf ihn aufpassen mußte. Wenn es darum ging, ein Ding zu drehen, hatte er so wenig Gefühl für Recht und Unrecht wie ein Skunk zur Brunstzeit. Ich weiß, daß er Mama sehr gern mochte, aber das ändert nichts daran, daß er nach ihrem Tod nicht zuletzt deshalb im Handumdrehen zur Stelle war, weil er ein Geschäft witterte, bei dem Bargeld für ihn raussprang. Und Bargeld brauchte er damals dringend als Startkapital, damit er etwas unternehmen konnte, um an ein neues Auto ranzukommen. Sein alter klappriger Ford-Lieferwagen wollte nicht mehr, und wenn es nur ein bißchen bergauf ging, blieb er stehen wie eine störrische Kuh.

Die anderen hatten beschlossen, ich sollte zu meiner Tante, Mrs. Billy Joe Griggs, die oben in Anniston wohnte. Aber ehe noch etwas unternommen werden konnte, hatte Long Boy schon erklärt, er würde mich dorthin bringen, und er führte große Reden, wie viele Kleider und so er mir vorher kaufen wollte. Vielleicht wundern Sie sich, daß ich so viel von dem weiß, was damals und danach passierte, wo ich doch noch so klein war. Stimmt, damals, da wußte ich manches auch nicht, ich hab es mit der Zeit erfahren, und vieles hab ich mir nach und nach zusammengereimt. Wir haben später oft darüber geredet, Long Boy und ich, und außerdem hab ich Long Boy inzwischen bei zwei Autogeschäften geholfen.

Jedenfalls lag Mama kaum in ihrem Grab, da hatte Long Boy mich in den alten Lieferwagen gepackt und fuhr mit mir in die Stadt. Daran erinnere ich mich noch ziemlich gut. »Ich muß da noch was erledigen, und danach fahren wir nach Anniston, Süße«, sagte er. »Willst du Long Boy dabei helfen?«

»Klar«, sagte ich.

»Fein«, sagte er. »Also, wir fahren jetzt in die Stadt zu einem Mann, und da mußt du ganz still sein und darfst kein Wort sagen. Willst du das tun?«

»Klar«, sagte ich.

Der Mann, den wir in der Stadt besuchten, war der Bruder des Mannes, der den Wagen gesteuert hatte, als Mama ums Leben gekommen war. Ich habe nie erfahren, wie er richtig hieß und was er von Beruf war, aber er hatte ein Büro in der Stadt. Ich saß draußen im Vorzimmer, als Long Boy bei ihm war. Nach einer Weile kam Long Boy heraus, nahm mich an die Hand und führte mich hinein. Ein dicker Mann mit einer Glatze saß hinter einem Schreibtisch. Er warf mir einen säuerlichen Blick zu und sagte kein Wort. Long Boy führte mich wieder hinaus, gab mir einen Kaugummi und sagte, ich solle brav sein und warten, es würde nicht mehr lange dauern.

Gleich danach hörte ich, wie sich Long Boy und der Mann fürchterlich stritten. Sie brüllten sich gegenseitig an und schmissen mit Sachen. Ich hatte schreckliche Angst. Aber dann wurde es drinnen wieder still. Nach ein paar Minuten kam Long Boy heraus. Er war ganz rot im Gesicht und sah mißmutig aus.

Kurz, der Mann hatte nicht eingesehen, daß er mir etwas zahlen mußte, weil sein Bruder daran schuld war, daß ich als armes obdachloses Waisenkind dastand. Und weil er es sich nicht im Guten sagen ließ, hatte Long Boy ihm gedroht, er werde sich an einen Anwalt wenden und gerichtlich gegen ihn vorgehen. So hatte er schließlich zweihundert Dollar aus ihm herausgequetscht.

Streitereien um Geld lagen Long Boy nicht, und auf der Fahrt zum Postamt sagte er, glaube ich, kein einziges Wort. Aber nachdem er dann den größten Teil der zweihundert Dollar an die Mercantile Bank in Eutaw überwiesen hatte, wo er ein Konto hatte, das er nach Möglichkeit immer auf einem gewissen Stand hielt, fand er seine gute Laune wieder. »So, und jetzt legen wir uns noch 'n flotten Flitzer zu, ehe wir nach Anniston fahren«, sagte er. »Du wirst staunen, Zuckerpüppchen.«

Es muß an einem Donnerstag oder Freitag gewesen sein. Wir fuhren zu Mrs. Agnes Kellers Pension und blieben dort ein oder zwei Tage. Mir gefiel es da. Alle drückten mich an sich, nannten mich »mein armes Kind« und machten ein großes Getue.

Am Samstag vormittag fuhren Long Boy und ich in dem alten Lieferwagen nach Walesburg. Es war nicht weit, es lag gleich hinter der Grenze zum nächsten Bezirk, aber die Fahrt dauerte eine Ewigkeit. Alle paar Meilen wurde der Motor so heiß, daß er nicht mehr mitmachte. Long Boy stöhnte jedesmal laut auf, stieg fluchend aus und nahm einen Lappen, mit dem er den Kühler aufschraubte, um den Dampf herauszulassen. Zwischendurch, wenn die Karre lief, erklärte er mir, wie ich mich verhalten sollte, wenn es ans Geschäftemachen ging. »Also merk dir, Baby Doll, du tust so, als ob ich dein Daddy wär. Vergiß das nicht.«

Ich versprach, daß ich es nicht vergessen würde. Ich fand die Idee herrlich aufregend, und wenn mich Long Boy fragte, wie er es alle Augenblicke tat: »Also, wer bin ich?«, lachte ich jedesmal und sagte ganz laut: »Du bist mein Daddy!«

Trotz des Ärgers mit dem Klapperkasten waren wir kurz vor zwölf Uhr in Walesburg. Das bedeutete, daß wir noch eine Stunde warten mußten. Wenn man ein Autogeschäft machen will, muß man sicher sein, daß die Banken alle geschlossen haben. Das gehört zu den Sachen, auf die man gut achten muß. Wir aßen ein paar warme Würstchen und tranken Limonade und spazierten dann ein bißchen herum. Walesburg ist Bezirksstadt, und jetzt, am Samstag, war da allerhand los. Ich glaube, ich hatte noch nie so viele Menschen auf einmal gesehen.

Gegen ein Uhr gingen wir zurück, stiegen in den Lieferwagen und fuhren zum größten Autohändler am Ort. Draußen war ein großes Schild: EIN PREISWERTER WAGEN? CLIFF HATHAWAY FRAGEN! Ein Mann kam und wollte uns bedienen, aber Long Boy sagte, er wolle Mr. Cliff Hathaway persönlich sprechen.

Mr. Hathaway war ein feiner Pinkel mit goldgeränderter Brille und einem zu engen weißen Kragen. Long Boy setzte sein dümmstes Lächeln auf. »Komme gerade mit meiner Kleinen in die Stadt, und haben wir Ihr Schild gesehn«, sagte er. »Ich hab die alte Mühle hier, tolle Kiste, kann ich Ihnen sagen. Und hundertfünfzig Dollar. Machn wir 'n Tauschgeschäft?«

Mr. Hathaway war sichtlich um einen lustigen Ton bemüht. »In Ordnung, Herr Nachbar«, sagte er. »Wolln mal sehn, was Sie da mitgebracht haben.« Langsam ging er um den Wagen herum und schüttelte den Kopf. »Da muß ich hinterher noch die Abschleppkosten bezahlen.«

Long Boy lachte: »Das kann schon sein.«

Mr. Hathaway führte uns zum hinteren Abstellplatz und zeigte uns einen alten Ford-Zweisitzer. An der Windschutzscheibe klebte ein Zettel: *IA ! $ 200.* »Ich verdiene keinen Cent dabei, Herr Nachbar«, sagte er, »aber den können Sie haben, weil's ein Bargeldgeschäft ist.«

Long Boy griente immer noch blöde und spielte den Trottel. Er besah sich den Wagen, und dann sagte er: »Wissen Sie was – tanken Sie ihn voll, und Sie sind die Kiste los.«

Mr. Hathaway war natürlich einverstanden, und wir gingen mit ihm ins Büro, um den Papierkram zu erledigen. Long Boy wartete ein bißchen, dann zog er sein Scheckbuch und wedelte damit herum. Mr. Hathaway hörte auf zu schreiben und fragte: »Wo ist Ihre Bank, Herr Nachbar?«

Long Boy sagte: »Mercantile Bank in Eutaw.«

Mr. Hathaway schüttelte den Kopf. »Schecks von Banken außerhalb der Stadt können wir leider nicht annehmen. Sie müssen schon bar bezahlen.«

»Ach, du allmächtiger Gott«, stöhnte Long Boy, »soviel Bargeld trag ich nie mit mir rum. Nee, könnt mir ja einer eins über die Rübe hauen! Rufen Sie doch die Bank an. Ich bezahl die Gebühr.«

Mr. Hathaway legte seinen Füller hin und sagte: »Die Banken sind geschlossen. Heute ist Samstag.«

Long Boy führte sich auf, als hätte er einen Tobsuchtsanfall. »Was soll das? Bin ich 'n Betrüger? Wofür halten Sie mich, Sie! Glauben Sie etwa, ich komm hier mit meiner Kleinen an und geb Ihnen meinen Lieferwagen, wenn ich mit 'm faulen Scheck bezahlen will?« Long Boy zog seine große alte Brieftasche hervor, die immer vollgestopft war mit falschen Mitglieds- und Ausweiskarten. »Hier, Mann, sehn Sie sich das doch an. Das hier ist meine Schützenvereinskarte und das meine Bestattungsversicherungskarte, und das hier meine ...« Er stockte plötzlich und sah Mr. Hathaway fragend an. »Sind Sie zufällig Freimaurer?«

Mr. Hathaway blinzelte zweimal. Long Boy ergriff seine Hand und gab ihm den geheimen Freimaurerhändedruck, den er irgendwo gelernt hatte.

»Na, also gut«, sagte Mr. Hathaway und machte die Papiere fertig.

Ich war mächtig enttäuscht, als wir in dem anderen Wagen saßen, aber ich sagte nichts, ich wollte ja Long Boys Gefühle nicht verletzen. Als wir losfuhren, sagte ich: »Na ja, schöner als der alte Klapperkasten ist er ja.«

Long Boy sah mich an und lachte. »Immer langsam, Mäuschen, das ist noch nicht der Flitzer, den ich dir versprochen hab. Warte nur, du kriegst ein richtig flottes Auto. Diese Kiste hier taugt ja nichts. Ich fahre jetzt ein bißchen damit spazieren, und dann verhökern wir sie.«

Und genau das taten wir. Long Boy hielt an einem Marktstand und kaufte uns eine große Tüte gekochte Erdnüsse. Wir gondelten ungefähr eine Stunde in Walesburg herum, sahen uns alles an, was es zu sehen gab, und spuckten Erdnußschalen aus dem Fenster. Dann fuhren wir nach Cold Springs, einer Kleinstadt, etwa sechs Meilen von Walesburg entfernt. Long Boy muß genau gewußt haben, warum er dorthin wollte. In dem ganzen Ort gab es nur einen einzigen Gebrauchtwagenhändler. Long Boy fuhr auf den Abstellplatz, und als ein Mann herauskam, sagte er: »Was geben Sie mir für die alte Karre – bar in die Hand?«

Der Autohändler betrachtete den alten Ford. »Auch nicht mehr der Jüngste, Mister.«

Long Boy grinste. »Wie recht Sie haben, junger Freund!«

Der Mann zückte Block und Bleistift und fing an zu rechnen. Long Boy sagte: »Ich mach Ihnen 'n fairen Vorschlag. Sie geben mir fünfundachtzig Dollar und fahren mich und meine Kleine zum Hotel Balley in Walesburg, und der Wagen gehört Ihnen.«

»Fünfundsiebzig«, sagte der Händler.

»Na schön«, sagte Long Boy. Er und der Mann gingen in die kleine Bude auf dem Abstellplatz, um die Papiere fertig zu machen. Alles war unterschrieben, und Long Boy und ich stiegen gerade in ein Auto, mit dem uns der farbige Gehilfe des Händlers nach Walesburg bringen sollte, da kam der Kerl aus seiner Bude herausgerannt. Er hatte das Datum auf dem Kaufvertrag entdeckt. »He!« rief er. »Sie haben den Wagen ja erst heute gekauft!«

»Richtig«, sagte Long Boy.

»Warum verkaufen Sie ihn dann schon wieder?« fragte der Mann.

»Weil ich die Piepen brauche«, sagte Long Boy.

Der Händler zog die Stirn kraus und wollte noch was sagen, aber Long Boy schlug die Wagentür zu und sagte zu dem Farbigen: »Los, fahren wir. Ich hab's eilig.«

Das Hotel Bailey in Walesburg war das erste Hotel, das ich von innen sah. Ich bin ganz traurig, wenn ich daran denke, wie dumm ich damals war. Ich fand es da wirklich schön. Sobald wir allein in unserem Zimmer waren, setzte sich Long Boy auf die Bettkante und nahm meine beiden Hände in seine großen Hände. »Nun paß mal gut auf, Baby Doll. Es kann sein, daß jetzt gleich ein paar Männer hier ins Zimmer gestürzt kommen. Sie werden lauter böse Sachen zu Long Boy sagen, aber laß sie nur, mach dir keine Sorgen. Weißt du, das ist nur so ein Spiel, was die Leute spielen, wenn sie Geschäfte machen. Wir müssen dann sicher auch noch mal weggehen, damit ich Papiere und so 'n Zeug unterschreiben kann, aber das dauert bestimmt nicht lange. Du tust einfach immer so, als ob ich dein Daddy wär. Und du hast keine Angst, hörst du, Zukkerpüppchen?«

»Nein, natürlich nicht«, sagte ich.

»So ist's brav«, sagte Long Boy.

Er zog seinen Rock und seine Weste aus und legte sich aufs Bett. Ich hockte mich auf den Boden und malte in einem Malbuch, das er mir gekauft hatte, als wir in Mrs. Kellers Pension wohnten. Nach einer guten Stunde, vielleicht waren es auch fast zwei, klopfte es an der Tür. Long Boy lächelte und zwinkerte mir zu. Er stand auf und zog sich Weste und Rock wieder über. »Wer ist da?« rief er.

»Aufmachen!« brüllte draußen jemand.

Long Boy knöpfte in aller Ruhe seine Weste zu. »Wer ist da?« rief er noch einmal.

»Aufmachen, oder wir schlagen die Tür ein!« brüllte jemand.

Long Boy ging gemächlich zur Tür und drehte den Schlüssel herum. Drei Männer stürmten ins Zimmer wie Ziegenböcke ins Kleefeld. Zwei hatten eine Plakette am Rock und eine Pistole am Gürtel. Es waren Hilfssheriffs. Der dritte war Mr. Hathaway. Als er Long Boy erblickte, hüpfte er auf und ab und schrie: »Das ist der Mann! Das ist er!«

Long Boy stand nur da und machte ein Gesicht, als könnte er nicht glauben, was sich vor ihm abspielte.

Mr. Hathaway drohte ihm mit der Faust. »Sie unverschämter Schweinehund, Sie Gauner, Sie Betrüger!« kreischte er. »Ich sollte Ihnen die Fresse einschlagen!«

Long Boy lief rot an im Gesicht. »Hören Sie mal, reden Sie gefälligst nicht so vor meiner Kleinen, verstanden?«

»Sie wollen mir sagen, wie ich reden soll? Sie verdammter Dieb, Sie Scheckbetrüger, Sie!« brüllte Mr. Hathaway.

»Nun machen Sie mal 'n P ...« begann Long Boy und ging zwei Schritte auf Mr. Hathaway zu. Der größere Hilfssheriff, ein widerlich aussehender Typ mit einem lilaroten Gesicht, packte ihn und schleuderte ihn gegen die Wand.

Ich war erschrocken und entsetzt. Ich lief auf den Hilfssheriff zu, schlug mit beiden Fäusten auf ihn ein und zerrte an seinem Bein. »Das dürfen Sie nicht tun!« schrie ich. Der Hilfssheriff holte mit seiner riesigen Hand aus und versetzte mir einen Stoß. Ich flog durch das halbe Zimmer und landete auf dem Hintern. Ich fing an zu heulen.

Sie führten uns die Treppe hinunter, stießen uns in einen Wagen und brachten uns zum Bezirksgefängnis. Long Boy hatte den Arm um mich gelegt und streichelte mich, weil er mir zeigen wollte, daß alles in Ordnung war. Er sagte nur: »Ich möchte, daß mir endlich wer erklärt, was hier gespielt wird!« Der Hilfssheriff mit dem lilaroten Gesicht starrte ihn wütend an. Er war ein mieser Bursche. Wie ich ihn gehaßt hab, diesen gemeinen Kerl! Als wir das Hotel verließen, hatte er hinten unter Long Boys Rock gegriffen und ihn am Gürtel gepackt, damit er ihn vor sich herschieben konnte. Das gleiche tat er jetzt wieder, als wir ausstiegen und ins Gefängnis gingen. Mr. Hathaway war in seinem eigenen Wagen gefahren und erwartete uns drinnen schon.

Allmählich dämmerte es Long Boy, daß er sich verkalkuliert hatte. Es war das erste Mal, daß ihm das passierte, und garantiert auch das letzte Mal, darauf können Sie sich verlassen. Ich muß immer noch lachen, wenn ich daran denke. Long Boy hatte natürlich erwartet, daß man ihn des Autodiebstahls beschuldigen würde. Er hatte fünfzig Dollar in der Tasche, die er einem Bürgen geben wollte, damit er für ihn bürgte. Er konnte nicht wissen, was für ein hinterhältiger, bösartiger kleiner Mäusefurz Mr. Hathaway war. Dieser tückische Kerl erstattete jetzt gegen Long Boy Strafanzeige wegen allem, was ihm gerade in den Kopf kam – Autodiebstahl, schwerer Diebstahl, Verkauf gestohlenen Eigentums, Betrug und was weiß ich noch alles.

Long Boys Gesicht wurde immer länger, als er alle diese Beschuldigungen der Reihe nach hörte. Er kochte vor Wut. Er sah Mr. Hathaway fest in die Augen und sagte: »Mister, Sie werden es noch bedauern, daß Sie sich mit mir angelegt haben!«

Mr. Hathaway grinste frech wie eine Ratte, die sich in einem Kuhfladen aalt. »Sie sind der dümmste Erdnußfresser, der mir je über den Weg gelaufen ist«, sagte er. »Was bilden Sie sich bloß ein! Haben Sie gedacht, Sie könnten mich reinlegen? Haha!«

Long Boy mußte seine sämtlichen Taschen ausleeren. Alles, was er bei sich trug, wurde in ein großes braunes Kuvert gestopft. Quer über die Lasche des Kuverts mußte er seinen Namen schreiben. Dann führte man ihn eine Treppe hinauf und sperrte ihn ein.

Und was aus mir wurde? Sehr einfach. Ich kam sozusagen auch ins Gefängnis. Damals wohnte der Gefängniswärter mit seiner Familie immer im Erdgeschoß des Hauses, in dem das Gefängnis war. In kleinen Orten ist das heute noch so. Man übergab mich also dem Gefängniswärter. Er und seine Familie sollten mich versorgen, bis am Montag entschieden würde, was mit Long Boy zu tun sei. Die Familie hieß Tucker. Es waren normale, ordentliche Leute, jedenfalls kein bißchen gemein. Sie waren sehr nett zu mir.

Am Montag morgen wurden Long Boy und ich ins Gerichtsgebäude gebracht, wo die Voruntersuchung sein sollte. Dabei wird entschieden, ob einer in Untersuchungshaft gehalten und vor Gericht gestellt werden soll oder nicht und wie hoch seine Kaution sein muß und so weiter. Als Long Boy mich sah, dachte ich, gleich fängt er an zu heulen, so froh war er, als er sah, daß ich heil und gesund war. Er sah so gut aus wie immer. Er hatte sich die Haare ordentlich nach hinten gekämmt, und er mußte seine Hosen unter die Gefängnismatratze gelegt haben, so schnittig waren seine Bügelfalten.

Der Richter, der die Untersuchung leitete, hieß Beasley. Er war ziemlich jung für einen Richter, aber hatte nur noch wenige Haare auf dem Kopf und sah blaß und irgendwie verschwiemelt aus. Immer wieder setzte er seine Brille ab und rieb sich seine geröteten Augen. Wahrscheinlich ist er vom Abend vorher müde und verkatert gewesen. Aber damals hat er mich zur Raserei gebracht, weil er sich anscheinend überhaupt nicht für den Fall interessierte. Er warf nicht einmal einen Blick auf Long Boy, als er die Beschuldigungen herunterlas und ihn fragte, ob er einen Anwalt habe.

»Ich brauch keinen Anwalt, Euer Ehren«, sagte Long Boy. »Ich hab nichts getan.«

Richter Beasley hob ein wenig die Augen. »Sie bekennen sich nicht schuldig?«

»Wie soll ich mich schuldig bekennen, Euer Ehren«, sagte Long Boy. »Ich weiß gar nicht, was ich nach Ansicht dieser Leute getan haben soll.«

Richter Beasley suchte und kramte in den Papieren, die vor ihm lagen, und fischte schließlich Long Boys Scheck heraus. Er hielt ihn hoch und sagte: »Wollen Sie vielleicht –«

Weiter kam er nicht; denn in diesem Augenblick war der Hilfssheriff mit dem lilaroten Gesicht in den Gerichtssaal gekommen, und da hatte es mich auch schon gepackt. Teils weil ich es ihm heimzahlen wollte, sicher. Und wahrscheinlich hatte ich auch Angst um Long Boy und dachte, der Richter sollte ihm etwas mehr Aufmerksamkeit schenken. Vielleicht hat es aber auch daran gelegen, daß keiner im Saal mich beachtete, und das konnte ich als kleines Mädchen nie gut vertragen. Jedenfalls sprang ich auf und zeigte mit dem Finger auf den Hilfssheriff und kreischte: »Das ist er, der da! Das ist der Mann, der mich geschlagen hat!«

Richter Beasley verzog das Gesicht. »Bringen Sie das Kind zur Ruhe«, sagte er.

Da war's endgültig aus. Ich schrie, als ob ich am Spieß steckte. »Er hat mich geschlagen! Er hat mich geschlagen!« brüllte ich. »Der da! Er hat mich hingeworfen!« Ich drehte mich um, hob mein Kleid hoch und zeigte auf einen großen blauen Fleck an meinem Hintern, wo ich mich beim Schaukeln gestoßen hatte. »Da – da hat er mir weh getan! Er hat mich hingeworfen!«

Damit war die Untersuchung vorerst unterbrochen. Richter Beasley sah mich prüfend an, dann krümmte er seinen rechten Zeigefinger und sagte richtig freundlich: »Komm doch mal zu mir, Kleines.« Schluchzend ging ich durch den Saal und kletterte zu ihm rauf. Er strich mir über die Schulter und sagte: »So, und nun erzähl mir mal, was da los war.« Ich tat, als hätte ich einen Schluckauf, und zeigte schniefend auf den Hilfssheriff. »Der böse Mann da, der hat mich hingeworfen.« Das häßliche Gesicht des Hilfssheriffs wurde so dunkelviolett wie eine Aubergine.

Long Boy sagte: »Er hat meine Kleine tatsächlich geschlagen, Euer Ehren.«

»Sie halten den Mund!« fuhr ihn Richter Beasley an. Sein Gesicht hatte sich gerötet, und seine Augen funkelten ganz böse. Er sah den Hilfssheriff an. »Nun, Mays, was haben Sie dazu zu sagen?«

Der Hilfssheriff brachte vor Schreck kaum ein Wort hervor. »Ich? ... Wieso, ich ... ich hab das nicht getan«, stotterte er. »Ich hab das Kind nicht geschlagen!«

»Doch, haben Sie doch!« rief ich. »Hier, da sehen Sie ... !« Ich wollte mich umdrehen und noch einmal meinen Hintern vorführen, aber Richter Beasley hinderte mich daran. »Schon gut, schon gut«, sagte er. Er warf dem Hilfssheriff einen zornigen Blick zu. Dann rückte er auf seinem Sitz ein bißchen zur Seite und forderte mich auf, mich zu ihm zu setzen. »So, meine Kleine, und jetzt bleibst du mucksmäuschenstill hier sitzen, bis wir die Sache geklärt haben.« Er nahm den Scheck wieder in die Hand, hielt ihn hoch und sah Long Boy an. »Haben Sie diesen ungedeckten Scheck ausgestellt?«

»Wieso ungedeckt? Der Scheck ist nicht ungedeckt, Euer Ehren«, sagte Long Boy. »Er ist so echt wie Gold!«

Richter Beasley wandte sich an die beiden Hilfssheriffs und einen Mann, der anscheinend so eine Art Bezirksanwalt war. »Nun?« fragte er. Die drei Männer blickten starr vor sich hin. Richter Beasley wandte sich an Mr. Hathaway, der in der ersten Reihe saß. »Was sagen Sie dazu, Mr. Hathaway?«

Mr. Hathaway lief puterrot an. »Natürlich ist der Scheck ungedeckt«, sagte er und zitterte vor Empörung am ganzen Leibe. »Fragen Sie ihn doch, warum er den Wagen verkauft hat.«

Richter Beasley sah Long Boy an. »Warum haben Sie den Wagen verkauft?«

»Weil ich das Geld gebraucht hab«, sagte Long Boy. »Meine Schwester hat aus Birmingham angerufen. Sie sagt, sie hat da oben im Walzwerk 'ne Arbeit gefunden, und ich kann da auch hin. Da hab ich das Geld mehr gebraucht als den Wagen, weil ich mit meiner Kleinen hinfahren und da oben bleiben will.«

»Und warum haben Sie dann den Wagen nicht an mich zurückverkauft?« schrie Mr. Hathaway.

Long Boy drehte sich zu ihm herum und sah richtig krank aus vor Wut. »Weil Sie mich angeschwindelt haben. Sie haben gesagt, die Kiste ist zweihundert Dollar wert, und da hab ich gedacht, das kriege ich auch anderswo dafür. Erst als ich den Wagen verkaufen wollte, hab ich gemerkt, daß Sie mich beschissen haben.« Er wandte sich an den Richter. »Euer Ehren, der Scheck ist in Ordnung. Rufen Sie doch die Bank an. Ich bezahl die Gebühren.«

Richter Beasley sagte kein Wort. Er winkte den Gerichtsdiener zu sich und gab ihm den Scheck. »Benutzen Sie meinen Apparat«, sagte er.

Als der Gerichtsdiener gegangen war, zog er die Schublade vor sich auf und holte ein paar Sachen heraus, mit denen ich spielen konnte, einen Radiergummi und ein Vergrößerungsglas und so. Es dauerte nicht lange, da kam der Gerichtsdiener wieder zurück, beugte sich vor und flüsterte dem Richter was ins Ohr. »Wieviel?« fragte Richter Beasley. Der Gerichtsdiener beugte sich wieder vor und flüsterte ihm wieder was ins Ohr. Und Richter Beasleys Augen wurden wieder richtig böse. »Mit dem Geld, das dieser Mann auf seinem Konto hat, ist der Scheck mehr als gedeckt«, sagte er mit scharfer Stimme.

Und dann hat er die Bande vielleicht fertiggemacht! Ich wünschte, ich hätte all die großen Worte und alle diese vornehmen Gerichtsausdrücke behalten! Angefangen hat er bei dem Hilfssheriff mit dem lilaroten Gesicht. Er hat gesagt, wenn ihm noch einmal zu Ohren käme, daß er ein Kind geschlagen hat, dann würde er ihn ins Zuchthaus bringen. Er hat gesagt, daß er nur hofft, daß mein Daddy ihn anzeigt. Und dann hat er sich Mr. Hathaway vorgeknöpft und gesagt, er habe rein verantwortungslos gehandelt. Er hätte einen Mann ins Gefängnis gebracht, der da gar nicht reingehört, und er hat gesagt, daß er hofft, daß Mr. Hathaway so nicht davonkommt. Und dann hat er mit der Faust auf den Tisch geknallt und hat gesagt: »Das Verfahren ist abgeschlossen.«

Ich sauste zu Long Boy hin. Er stand vor Mr. Hathaway, und ich hörte, wie er ganz ruhig und leise zu ihm sagte: »Jetzt können Sie sich auf was gefaßt machen, Sie kleines Häufchen Vogeldreck!«

»Warten Sie doch einen Moment«, sagte Mr. Hathaway. »Wie konnte ich denn –«

»Gehn Sie mir aus dem Weg«, ranzte ihn Long Boy an.

»Aber hören Sie mich doch an, Herr Nachbar«, sagte Mr. Hathaway. »Ich bin überzeugt, wenn Sie –«

Long Boy nahm mich bei der Hand und sagte mit lauter Stimme: »Komm, mein Schatz, wir gehn ins Hotel. Ich will auf der Stelle den besten Anwalt am Ort anrufen.« Damit ließen wir Mr. Hathaway stehen.

Als wir über den Platz vor dem Gerichtsgebäude gingen, konnte sich Long Boy das Lachen nicht mehr verkneifen. »Donnerwetter! Denen haben wir aber das Wasser abgegraben!« Er drückte meine Hand. »Mäuschen, du warst wunderbar. Du bist das schlauste kleine Mädchen, das mir je begegnet ist.«

»Hast du gesehen, was der Hilfssheriff für ein Gesicht gemacht hat?« fragte ich und ging ganz gerade und mit auswärts gerichteten Füßen weiter, so stolz war ich.

»Und ob ich das gesehen hab, du freches Balg«, sagte Long Boy. Er bekam vor Lachen fast keine Luft. »Der sah aus, als hättest du ihm seine Stoppelhaare einzeln ausgerissen.«

Wir lachten auf dem ganzen Weg zum Hotel. Dort gingen wir in den Speisesaal, und Long Boy bestellte mir Waffeln mit Sirup. Er selber stopfte sich voll mit Eiern, Zwieback und Hafergrütze. Er sagte, das Essen im Gefängnis sei so miserabel gewesen, daß er es kaum angerührt habe. Wir saßen noch bei Tisch, als Mr. Hathaway und ein runzliger alter Mann mit hohem steifem Kragen erschienen.

Mr. Hathaway hatte ein breites Lächeln aufgesetzt und zeigte seine Zähne wie ein Schwein, das einen Maiskolben quer ins Maul bekommen hat. »Oh, hallo, Kleines«, sagte er, um sich bei mir einzuschmeicheln. »Läßt du dir dein Frühstück schmecken?«

Ich schnitt ihm eine Fratze.

Long Boy sagte: »Bleiben Sie draußen, solange wir essen!«

Der runzlige Alte sagte: »Mr. Pray, nehmen Sie doch Vernunft –«

»Raus!« sagte Long Boy.

Sie warteten draußen im Foyer auf uns. Als wir kamen, sagte Mr. Hathaway: »Nun, Herr Nachbar, hören Sie uns bitte eine Minute an.« Der alte Knacker machte dauernd »Hm-hm« und sagte dann: »Seien wir doch vernünftig ... Seien wir doch vernünftig.«

Long Boys Augen blickten so starr, als wären sie zwei Murmeln. Er sprach kein Wort und sah die beiden auch nicht an, als sie uns die Treppe hinauf und dann den Flur entlang zu unserem Zimmer folgten. An der Tür schließlich legte er mir die Hand auf den Kopf und sagte: »Warte hier draußen, Mäuschen. Ich hab mit diesen Leuten da zu reden.«

Ich wartete, aber natürlich mit dem Ohr an der Tür. Als erstes sagte Long Boy: »So, und jetzt hören Sie mir mal zu. Ich verklage Sie, ich mach Sie fertig, daß Ihnen der Arsch ausfranst, worauf Sie sich verlassen können. Und wenn ich mit Ihnen durch bin, dann haben Sie nich mal mehr 'n Pott zum Reinpinkeln. Und den brauchen Sie dann auch nich mehr, Mann, das kann ich Ihnen sagen!«

»Nun, nun«, sagte Hathaway und versuchte Long Boy zu besänftigen. »Solche Angelegenheiten regelt man doch am besten, ohne das Gericht zu bemühen. Fragen Sie Richter Suggs. Er ist mein Anwalt.«

Der runzlige Alte gab wieder ein »Hm-hm« von sich und sagte:

»Das stimmt, Mr. Pray. Erledigen wir die Angelegenheit in aller Ruhe wie vernünftige Menschen. Wir können das doch unter uns regeln.«

»Regeln! Regeln!« Long Boy hörte sich an, als würde er jeden Augenblick explodieren. »Sie glauben wohl, ich bin so ein abgerissener Ackerfurchenkitzler, den man mit ein bißchen Geld oder einem neuen Auto abspeisen kann! Regeln! Wie wollen Sie das denn regeln? Ein harmloses kleines Kind quer durchs Zimmer schleudern und einen unschuldigen Mann ins Gefängnis bringen, und das wollen Sie regeln?«

»Das war doch alles nur ein Irrtum«, sagte Mr. Hathaway.

»Und ob das ein Irrtum war! Da können Sie mit Ihrem staubigen kleinen Hintern einen drauf lassen!« sagte Long Boy.

So ging es immer weiter. Nach einer Weile setzte ich mich auf den Boden, lehnte mich mit dem Rücken an die Wand und versuchte, nicht einzuschlafen. Es verging eine Ewigkeit, bis sich endlich die Tür öffnete und sie herauskamen. Mr. Hathaway und der runzlige Mann sahen ziemlich mitgenommen aus. Long Boy machte ein mürrisches Gesicht. »Komm, Süße«, sagte er. »Daddy muß eben noch mal zur Autohandlung.«

Nun ja, die Einzelheiten sind ja nicht weiter wichtig, aber eins muß ich doch noch erzählen: Als wir am späten Nachmittag Walesburg verließen, hatte Long Boy seinen Scheck wieder in der Hüfttasche. Und wir sausten in einer Ford-Deluxe-Limousine Modell A durch die Gegend. Es war ein Vorführwagen, der kaum fünfhundert Meilen auf dem Tacho hatte. Er sah funkelnagelneu aus, und der Tank war randvoll. Die Fenstervorhänge waren mit Fransen besetzt, und in die beiden Blumenvasen aus geschliffenem Glas konnte man Rosen stellen.

Long Boy sah mich strahlend an. »Siehst du, hat Long Boy dir nicht versprochen, daß er dich in einem neuen Auto nach Anniston bringt?«

»Ich will nicht nach Anniston«, sagte ich.

»Was soll das heißen, du willst da nicht hin?«

»Ich sage, ich will nicht nach Anniston.«

»Aber Zuckerpüppchen«, sagte Long Boy, »wer soll denn für dich sorgen?«

»Du bist mein Daddy, also mußt du auch für mich sorgen«, sagte ich.

»Aber Mäuschen«, sagte Long Boy, »wir haben doch nur so getan.«

Ich sah ihn an. »Bist du nicht mein Daddy?«

Long Boy wurde rot. »Hm ... tja ... na, weißt du ...« Und dann machte er eine ganze Zeit lang immer nur den Mund auf und zu.

Ich kauerte mich in meinen Sitz, drehte den Kopf zum Fenster und weinte wie auf Kommando, als würde es mir das Herz brechen.

»Aber Mäuschen«, sagte Long Boy. »Aber Addiebaby ...« Nach einer Weile streckte er die Hand aus und stupste mich an die Schulter. »Paß mal auf, Mäuschen, wir fahren jetzt erst mal 'n paar Tage in der Gegend rum. Wir brauchen ja nicht gleich nach Anniston zu fahren, das ist ja nicht nötig. Und in ein paar Tagen, na, da sieht vielleicht alles ganz anders aus, und vielleicht willst du dann ...«

Ich hatte es erreicht. Ich achtete nicht mehr darauf, was er noch sagte. Ich war auf einmal sehr müde. Ich wußte nur, daß ich nie nach Anniston fahren würde. Wenn er es mit mir zu tun hatte, dann war Long Boy einfach machtlos.

3

Da Long Boy eingebildet war wie alle Männer, ist es kein Wunder, daß es ziemlich lange dauerte, bis er kapierte, was für eine große Hilfe ich ihm sein konnte. Das, was in Walesburg passiert war, hielt er anscheinend nur für einen glücklichen Zufall. Und als wir nun anfingen, zusammen zu reisen, versuchte er zuerst immer, mich im Hotel zu lassen oder in einem Kino abzusetzen, wenn er irgendwelche Geschäfte machen wollte. Ich hab ihm das nicht lange durchgehen lassen. Ich schluchzte, wenn er wegging, und tat so, als ob ich keine Luft mehr bekäme. Von da an nahm er mich mit, aber noch vier oder fünf Wochen lang mußte ich immer draußen im Wagen warten.

Damals handelte er meistens mit Bibeln und mit Fotos frisch Verstorbener. Wie wir das mit den Bibeln machten, hab ich ja schon erzählt. Die Masche mit den Fotos von Verstorbenen ging ganz ähnlich. Als erstes kaufte Long Boy einen Stapel Lokalblätter, und zwar alle Nummern der letzten Wochen. Dann sah er die Todesanzeigen durch und stellte eine Liste der Männer zusammen, die allem Anschein nach ein größeres oder kleineres Vermögen hinterlassen hatten. Mit dieser Liste ging er zu den Fotografen am Ort und fragte nach Fotos der Verstorbenen. In den meisten kleineren Städten gab es zum Glück nur einen Fotografen oder höchstens zwei. Es ist wirklich komisch, aber Fotografen werfen anscheinend niemals Negative weg, auch dann nicht, wenn sie mit den Bildern keinen großen Ruhm erlangen können.

Wenn die Verstorbenen lange genug in der Gegend gelebt hatten, ließ sich fast immer irgendein Foto von ihnen auftreiben. Mal war es ein dreißig Jahre altes Hochzeitsbild, mal ein Klassenfoto vom letzten Schultag. Manchmal bekamen wir Bilder, die den Verstorbenen in irgendeiner Uniform zeigten, und ziemlich oft waren es diese steifen bräunlichen Dinger, die bei den Fotografen Porträtaufnahmen heißen. Gewöhnlich bekam Long Boy einen Abzug für einen oder anderthalb Dollar. Er steckte das Bild in einen vornehm aussehenden Gipsrahmen, der ganze siebzehn Cent kostete, wenn man ihn bei einer Firma unten in Mobile im Dutzend bestellte. Die Abnehmer waren natürlich die Witwen. Sie fielen fast immer darauf herein, wenn Long Boy behauptete, der Entschlafene hätte das Bild kurz vor seinem Tod bestellt. Meistens nahm er fünf bis sieben Dollar für so ein gerahmtes Bild. Wenn die Witwe losschluchzte und genügend Gezeter machte, schraubte er den Preis manchmal bis auf zehn oder sogar fünfzehn Dollar hoch.

Was mich fuchsteufelswild machte, war, daß Long Boy sich einbildete, ich sei noch so dumm, daß ich nicht mitkriegte, was vor sich ging. Wenn wir vor einem Haus hielten, wo er ein Ding drehen wollte, sagte er immer: »So, und nun mach dich mal ganz klein auf deinem Sitz und sei ganz still. Große Leute wollen nicht von Kindern gestört werden, wenn sie was Geschäftliches zu besprechen haben.«

Dieser Blödsinn hörte eines Tages oben in Silura endlich auf. Long Boy hatte bei einer Witwe angeklopft, der er eine gewöhnliche schwarze Bibel aufschwatzen wollte. Es stellte sich heraus, daß zufällig ihr Bruder zu Besuch bei ihr war. Er kam an die Haustür, und man sah ihm deutlich an, daß er irgendwas mit der Polente zu tun hatte. Er trug einen leeren Pistolenhalfter am Gürtel, und in seiner Hüfttasche steckte ein dicker Gummiknüppel. An der Art, wie Long Boys Nacken sich dunkelrot färbte, sah ich, daß ihm gar nicht wohl war in seiner Haut. Er redete mit Händen und Füßen, aber offensichtlich hatte er schon den Rückzug angetreten. Ich machte die Wagentür auf und rannte auf das Haus zu. Ich hörte, wie der andere Mann gerade sagte: »Also, das halte ich für ganz unmöglich. Jim ist in den letzten fünf, sechs Wochen vor seinem Tod überhaupt nicht mehr in der Nähe von dem Laden gewesen.«

Ich machte auf die weinerlich-süße Tour und sagte: »Daddy, können wir nicht fahren? Ich bin so furchtbar müde.«

Na, und Long Boy packte mich so dankbar, wie ein Kälbchen nach einem Lutschbeutel schnappt. »Wir fahren ja gleich, Mäuschen«, sagte er. »Daddy muß sich nur noch verabschieden.« Er lächelte die Witwe und ihren Bruder an. »Mein kleines Töchterchen.« Die Witwe rang sich ein trauriges Lächeln ab. Ihr Bruder schob die Unterlippe vor. Er hatte einen Blick wie ein heimtückisches Schwein. Long Boy zog eine Dollarnote aus der Tasche und drückte sie der Witwe in die Hand. »Tut mir wirklich leid, das mit Jim Bob, Ma'am«, sagte er, »nochmals mein herzlichstes Beileid. Vielleicht hab ich da die Daten durcheinandergebracht. Jedenfalls, das hier ist der eine Dollar, den er angezahlt hat. Geben Sie mir Bescheid, wenn wir irgendwas für Sie tun können.«

Na, und dann sind wir vielleicht die Stufen hinunter und zum Wagen hinaus! So schnell wir nur konnten, ohne daß es so aussah, als ob wir rennen würden. Aber ehe Long Boy den Motor angelassen hatte, rief der Bruder vom Eingang herüber: »Warten Sie! Einen Augenblick noch!«

Long Boy und ich saßen vor Schreck stumm da und rührten uns nicht, während der Kerl auf den Wagen zugestakst kam. Aber er sagte nur: »Meine Schwester will die Bibel doch behalten. Wieviel macht es?«

Long Boys Stimme klang so erleichtert, wie man sich nur denken kann. »Tja, Freund, eigentlich kostet sie sechs Dollar, aber ich hatte schließlich was übrig für Jim Bob, da will ich mal keine Kommission verlangen. Sie können sie für fünf Dollar haben.«

Der Mann runzelte die Stirn und schüttelte den Kopf. »Nein, Sir, kommt nicht in Frage. Sie müssen auch von was leben.« Er gab zuerst die zerknitterte Dollarnote zurück, die Long Boy der Schwester in die Hand gedrückt hatte. Dann griff er in seine Brieftasche und zog einen Fünf-Dollar-Schein heraus. Als Long Boy ihm die Schachtel mit der Bibel gab, lächelte der Kerl sogar ein bißchen, so als ob er sein Verhalten bedauerte. »Vielen Dank«, sagte er. »Es wird meiner Schwester ein Trost sein.«

Long Boy sagte so feierlich wie ein Prediger: »Dazu ist das Buch der Bücher ja auch da, Bruder.«

Long Boy seufzte nicht gerade auf, als wir losfuhren, aber er lehnte sich erleichtert auf seinem Sitz zurück. Er sagte kein Wort über das, was ich gemacht hatte, aber ich ertappte ihn mehrmals dabei, wie er mich ganz merkwürdig von der Seite ansah. Als wir uns abends zum Schlafen fertig machten und er die Decken des Klappbetts aufschlug, das er immer für mich in unser Zimmer schaffen ließ, fragte er: »Sag mal, Addie, hast du gemerkt, daß der olle Long Boy heute bei der Witwe in der Klemme steckte?«

»Na klar«, sagte ich.

»Und wie hast du's gemerkt?« fragte er weiter.

»Na, wie schon!« sagte ich, etwas ärgerlich, daß er mich für so dumm hielt. »Wie der Polyp da rauskam, da hab ich Angst gekriegt, daß du mit deinem dicken Hintern gleich im Knast sitzt.«

Long Boy wurde ein bißchen rot im Gesicht, und ich dachte schon, jetzt sagt er wieder, ich sollte nicht so reden. Aber er sah mich nur an und schüttelte den Kopf. Dann griente er von einem Ohr zum anderen und sagte: »Also, du bist wirklich nicht zu schlagen!«

Von da an nahm mich Long Boy beim Klinkenputzen immer mit. Er konnte sich einfach nicht beruhigen, was das ausmachte. Ich glaube, kein Mensch kam auf die Idee, daß ein Mann mit einem kleinen Mädchen an der Hand etwas Böses im Sinn haben könnte. Bald hatte Long Boy heraus, daß die Witwen sich noch besser erweichen ließen, wenn ich zuerst allein an der Haustür erschien. Er war der Ansicht, daß man eine Witwe so gut wie an der Angel hatte, wenn sie die Fliegengittertür aufmachte und auch nur einen Schritt herauskam. Ich habe keine Ahnung, wie er auf dieses Rezept gekommen ist, aber es hat fast immer funktioniert.

Ich glaube, es gibt keinen Verkaufstrick, den Long Boy nicht kannte. Wenn er richtig in Form war, dann hätte er den Leuten Wanzen als Legehennen angedreht. Wie die meisten guten Verkäufer war er nur bei sich selbst und dem Leben in die Lehre gegangen. Man kann auch sagen, er war ein Naturtalent. Er hatte sich vor längerer Zeit einmal einen Vortrag über Verkaufstechnik angehört, aber das einzige, was ihm Eindruck gemacht hatte, war ein schwieriges Wort, das er nie vergaß: disponieren. Er drehte das Wort so, daß es für seine Zwecke paßte. Wenn wir morgens losfuhren, sagte er etwa: »So, dann wollen wir die Leute mal wieder 'n bißchen disponieren.« Oder er sagte, wenn wir vor einem Haus anhielten: »Na, dann geh mal und disponier die alte Schachtel schön, Addieschatz.«

Geschäfte mit Bibeln und Fotografien zu machen war nicht immer leicht. Ich glaube, ich hab schon gesagt, daß man nie genau wußte, was einen erwartete. So wie damals, als ich unten in Sylacauga bei der Witwe vom Schatzmeister der Methodistengemeinde anklopfte. Sie war eine große, hagere und dürre Frau, und ihr verkniffener Mund sah aus wie eine zugeklappte Mausefalle. Sie kam in einem hauchdünnen langen gelben Morgenrock an die Tür. Als ich meinen Spruch von dem Päckchen für ihren Mann, zahlbar bei Empfang und so weiter, aufgesagt hatte, riß sie mir die Schachtel mit der Bibel aus der Hand. Sie machte sie auf, sah die Bibel, und dann schrie sie, daß man sie bestimmt noch zwei Straßen weiter hörte: »Eine Bibel! So ein falscher Hund! Dieser scheinheilige Heuchler! Dieser Schürzenjäger, dieser Lustgreis!« Sie tobte und führte sich auf, daß ich schon dachte, gleich läuft sie Amok. Sie ließ die Schachtel mitsamt der Bibel zu Boden fallen, hob ihren langen Morgenrock hoch und kickte sie die Eingangsstufen hinunter. Dann wandte sie sich mit wutverzerrtem Gesicht an mich und sagte: »So, meine Süße, ich will dir was sagen! Jetzt gehst du mit dieser Bibel zum Bethel-Friedhof und packst sie ihm in den Sarg!«

Sie war die einzige Witwe, die regelrecht wild wurde. Aber es kam manchmal vor, daß mir eine zuerst ganz ruhig zuhörte und mir dann mit einem »Er ist tot!« die Tür vor der Nase zuschlug. Manchmal versuchten sie auch, witzig zu sein, und sagten Sachen wie: »Schön, wenn er's bestellt hat, dann buddele ihn nur aus und laß dir das Geld von ihm geben.« Oder. »Der ist leider verzogen. Erkundige dich beim Friedhofswärter!«

Einmal hörte mir eine Witwe mit dem freundlichsten Gesicht der Welt zu und sagte dann, immer noch freundlich, aber mit kalter, eisiger Stimme: »Siehst du das Haus da drüben, mein Engel? Da bringst du dein Päckchen hin und fragst nach Miss Poontang Tate. Sag ihr, Mrs. Bishop hätte dich geschickt.« Mit einem häßlichen Lachen schloß sie die Tür.

Als ich Long Boy erzählte, was sie gesagt hatte, seufzte er nur und warf die Bibel auf den Rücksitz.

Das Geschäft mit den Fotos war in mancher Beziehung noch unsicherer. Wie oft kauften wir das Foto eines wohlhabend aussehenden aufrechten Mannes, der in den Zeitungen als »hervorragender Farmer« oder als »eine der führenden Persönlichkeiten unserer Stadt« hingestellt worden war, und wenn man dann hinkam, stellte sich heraus, daß er in einer halbverfallenen Bruchbude gewohnt hatte. Oder die Witwe eines »aufstrebenden jungen Stadtverordneten« entpuppte sich als unterernährtes, ausgemergeltes kleines Küken, das mit sieben, acht Kindern, die wie Blutegel an ihr klebten, in einem Schweinestall von Haus lebte.

Aber wie ärmlich die Verhältnisse, die wir antrafen, auch waren, Long Boy und ich versuchten immer, wenigstens den Selbstkostenpreis für das Bild und den Rahmen herauszuholen. Meistens gelang uns das auch. Manchmal allerdings grapschte eine Witwe sich das Bild, drückte es an sich und erklärte schluchzend, sie habe keinen Cent. Wenn sie wirklich arm dran waren, dann sagten sie: »Sie müssen sich mit der Zahlung etwas gedulden« oder: »Sie müssen noch mal wiederkommen, im Moment kann ich's nicht bezahlen.« Das sind so die Ausdrücke, mit denen einem die wirklich armen Leute zu verstehen geben, daß sie kein Geld haben und nicht damit rechnen, daß sie je welches haben werden. Wenn wir sahen, daß sie tatsächlich keine zwei Dollar oder nicht einmal einen übrig hatten, dann nahmen wir das Foto aus dem Rahmen und schenkten es ihnen.

Wie bei den Bibeln wurden manche Witwen auch wütend, wenn sie die Bilder ihrer verstorbenen Ehemänner sahen. Einmal, in der Nähe von Union Springs, überreichte Long Boy einer Frau das Foto ihres Mannes, der bei einem Autounfall ums Leben gekommen war. Sie sah es an und spuckte drauf. Eine freundlich aussehende vermögende Witwe in Selma lachte, als ich ihr das Bild ihres verstorbenen Mannes zeigte. »Na schön, wenn er's bestellt hat, dann will ich's auch bezahlen, Baby Doll«, sagte sie. »Aber nimm's nur wieder mit. Ich will's nicht im Haus haben.«

Die meisten Leute waren natürlich nicht so. Ich schätze, alles in allem hatten Long Boy und ich bei neunzig Prozent der Witwen, die wir aufsuchten, Erfolg. Manchmal hatten wir auch unverhofftes Glück. Einmal, auch in der Nähe von Selma, sprachen wir mit dem Bild eines jungen Mannes, der in einem Sägewerk tödlich verunglückt war, in einem großen weißen Haus vor, wo es von Verwandten wimmelte, die zur Beerdigung gekommen waren. Wir verkauften das Bild für runde zehn Dollar und bekamen Bestellungen für sieben weitere Bilder zum gleichen Preis.

Mit Bibeln und Bildern machten wir in der Woche im Schnitt zwischen 50 und 75 Dollar, was für damals eine ganz schöne Summe war. Auch als wir später auf andere Sachen umstiegen, hatten wir trotzdem immer ein paar Bibeln und ein paar Bilderrahmen dabei. Wenn wir mal schnell ein bißchen Bargeld brauchten, war es ein gutes, sicheres Geschäft. Aber wir hatten Methoden entdeckt, wie wir schneller und mehr Geld machen konnten.

Besonders gut verstand sich Long Boy darauf, mit Kassiererinnen Geschäfte zu machen. Wenn wir irgendwo etwas aßen oder wenn er sich eine Zigarre kaufte, verdiente er dabei fast jedesmal fünf Dollar. Das ging so leicht, und er machte es so raffiniert, daß er fast nie dabei erwischt wurde. Und wenn, dann lachte man auf beiden Seiten und tat den Vorfall als ganz natürliches Versehen ab. Ich glaube, wenn die Kassiererin einigermaßen jung und ein bißchen doof war und er vorher etwas mit ihr flirtete und ihr sagte, wie hübsch er sie finde, dann war es immer eine todsichere Sache.

Es ging, wie gesagt, ganz leicht. Er bezahlte, wenn er etwas gekauft oder bestellt hatte, mit einem Fünf-Dollar-Schein. Nachdem er schon aufgestanden oder gegangen war, kam er mit einem breiten Lächeln noch mal zurück und sagte: »Ach, wissen Sie, meine Brieftasche ist so dick. Geben Sie mir doch den Fünfer zurück, ich geb Ihnen fünf Ein-Dollar-Scheine dafür.« Die Kassiererin holte den Fünfer wieder aus der Kasse und legte ihn auf die Theke. Long Boy zählte langsam und umständlich fünf Ein-Dollar-Scheine ab und raspelte dabei noch etwas Süßholz. Wenn die Kassiererin dann die fünf Scheine an sich nahm, sagte Long Boy: »Ach, dann können Sie mir auch gleich einen Zehner geben.« Lächelnd warf er ihr den Fünf-Dollar-Schein wieder hin, den sie ihm gerade gegeben hatte. Ohne eine Sekunde zu überlegen, legte die Kassiererin den Fünf-Dollar-Schein und die fünf Ein-Dollar-Scheine wieder in die Kasse und gab ihm eine Zehn-Dollar-Note.

Long Boy fand diese Tour so bequem und einträglich, daß er tagelang überhaupt nichts anderes machte. An solchen Tagen gingen wir der Reihe nach in zehn oder auch fünfzehn Drugstores und Cafés. Zuerst war das sehr lustig für mich, und an manchen Tagen lief ich fast über, so voll war ich von Limonade und Orangen- und Grapefruitsaft. Aber schließlich konnte ich süße Getränke gleich welcher Art nicht mehr ausstehen und wartete draußen im Wagen, während Long Boy hineinging und eine Tasse Kaffee trank oder sich eine Zigarre kaufte. Natürlich machte mir das keinen Spaß, und ich wurde mit der Zeit ungeduldig und launisch. Das war, glaube ich, der Hauptgrund dafür, daß Long Boy sich etwas ausdachte, wobei ich ihm wieder helfen konnte.

Der große Tag unserer Zusammenarbeit war immer der Sonnabend, wenn alle Läden überfüllt waren. Die meisten Leute haben vergessen, was für ein großer Tag der Samstag früher in kleineren Ortschaften war. Ob man etwas kaufen oder sich nur umsehen wollte, jedenfalls war es der Tag, an dem fast jeder Farmer einen sauberen Overall anzog und sich auf den Weg in die nächste Kleinstadt machte. Und meistens nahm er seine Familie mit. Nicht jeder Farmer hatte damals ein eigenes Auto. Es war ein gewohnter Anblick, ganze Familien auf Fuhrwerken in die Stadt kutschieren zu sehen. Die Frauen saßen auf rohrgeflochtenen Stühlen, und die Kinder hockten auf der hinteren Wagenklappe und ließen die Beine baumeln.

In den Straßen der kleinen Städte drängten sich die Menschen. Männer vom Land, die nichts Besseres zu tun hatten, saßen auf dem Boden, mit dem Rücken an eine Hauswand gelehnt, schnitzten an einem Holzstück herum und spuckten in die Gegend oder aßen gekochte Erdnüsse und betrachteten die vorbeiziehende Menge. Rund um die Geschäfte, wo man landwirtschaftliche Geräte kaufen konnte, kam man sich vor wie auf dem Jahrmarkt. Straßenhändler boten alles mögliche zu essen und zu trinken feil. Farmersfrauen, bunt herausgeputzt in ihren besten Baumwollkleidern, gingen geschäftig in den Läden aus und ein oder standen zusammen und kicherten und schnatterten wie eine Schar alter Hennen. Die Männer schlenderten mit prüfendem Blick die Reihen von Pflügen und Ackergeräten entlang, die hinter den Läden aufgebaut waren. Ab und zu blieben sie stehen, um alte Freunde zu begrüßen und Geschichten auszutauschen.

Long Boy und ich arbeiteten in jedem Laden, in dem Gedränge herrschte, aber am liebsten in Fünf-und-Zehn-Cent-Läden. Einmal weil da immer viel Betrieb war, vor allem aber, weil in solchen Kaufhäusern immer etwas beschränkte Verkäuferinnen vom Land beschäftigt wurden, die nicht mehr Geistesgegenwart besaßen als Mutterschafe.

Unser Trick war höchst einfach. Wir betraten getrennt den Laden. Ich ging langsam hinter Long Boy her und schaute mir Sachen an, ohne auf ihn zu achten, bis ich sah, welche Verkäuferin er sich als Opfer ausgesucht hatte. Gewöhnlich kaufte er irgend etwas, was er wirklich brauchte, Rasierklingen oder Zahnpasta oder Rasierseife, und bezahlte mit einem Zwanzig-Dollar-Schein. Während das Mädchen noch das Wechselgeld abzählte, ging ich an denselben Ladentisch und suchte etwas aus, das weniger als einen Dollar kostete, zum Beispiel ein Fläschchen Toilettenwasser. Meistens waren an der Kasse ein oder zwei Leute vor mir an der Reihe, und das machte mich immer ganz nervös, weil ich Angst hatte, jemand könnte mit einem Zwanzig-Dollar-Schein bezahlen. Aber das passierte zum Glück nie. Damals war ein Zwanzig-Dollar-Schein eine Seltenheit.

Jedenfalls zahlte ich, wenn ich an der Reihe war, mit einem Fünf-Dollar-Schein und ließ mir das Wechselgeld geben. Dann wandte ich mich ab, aber nur für einen Moment, damit nicht jemand anders an die Verkäuferin herankonnte, und drehte mich plötzlich wieder um, hielt ihr die Hand mit dem Wechselgeld unter die Nase und sagte: »Entschuldigung, Sie haben sich geirrt.« Das genügte meist schon, daß das geschminkte Schafsgesicht errötete. »Wieso? Nein, mein Kind, das kann nicht sein«, lautete gewöhnlich die Antwort. »Du hast mir fünf Dollar gegeben.«

»Nein, Ma'am«, sagte ich, »ich habe Ihnen einen Zwanzig-Dollar-Schein gegeben.«

Und dann lief sie so richtig tomatenrot an, besonders wenn andere Leute aufmerksam wurden. Sie zog die Kasse auf und sah nach, ob sie versehentlich einen Zwanziger zu den Fünfern getan hatte. »Nein, du hast mir einen Fünfer gegeben.«

»Nein, Ma'am«, sagte ich darauf in sehr bestimmtem Ton. »Es war ein Zwanzig-Dollar-Schein. Ich weiß es, weil es ein Geburtstagsgeschenk von meinem Onkel Harry in Birmingham war. Er hat ›Herzlichen Glückwunsch‹ draufgeschrieben, quer übers Ende. Sehen Sie bitte nach!«

Sie sah in ihrem Zwanzig-Dollar-Fach nach. Sobald sie den Schein entdeckte, wurde sie puterrot im Gesicht und war so verwirrt, daß sie ihn mir einfach hinschob, ohne sich zu entschuldigen oder ihrem Ärger Luft zu machen. Und ich ging mit tief gekränkter Miene aus dem Laden.

Ab und zu geriet ich an eine Verkäuferin, die zu dumm oder zu stur war, um zuzugeben, daß sie sich geirrt hatte. Das war für mich ein Fest. Unter Tränen machte ich mich auf die Suche nach dem Geschäftsführer. Bis ich ihn gefunden hatte, schluchzte ich schon laut. Schniefend und schluckend erzählte ich ihm meine Geschichte und ging mit ihm zu dem Ladentisch zurück. Wenn er dann den Zwanzig-Dollar-Schein fand, genau wie ich gesagt hatte, gab er ihn mir und warf der Verkäuferin einen wütenden Blick zu oder schnauzte sie vor mir an.

Für mich ist das Komischste an der ganzen Sache, daß in neunundneunzig von hundert Fällen weder die Verkäuferin noch der Geschäftsführer daran dachten, sich das Wechselgeld zurückgeben zu lassen, das ich auf die fünf Dollar herausbekommen hatte. Das bedeutete, daß wir bei diesem Trick nicht nur einen Fünf-Dollar-Schein gegen einen Zwanzig-Dollar-Schein tauschten, sondern tatsächlich einen Schnitt von zwanzig Dollar machten, abzüglich des Preises für die zwei oder drei Sachen, die wir gekauft hatten.

Wenn wir früh genug anfingen, konnten wir an einem einzigen Samstag drei oder vier kleine Städte auf diese Weise abgrasen und etwa zehn bis zwölf Läden besuchen. Ja, der Dollar rollte jetzt. Jeden Montag morgen überwies Long Boy eine beachtliche Summe auf sein Konto bei der Bank in Eutaw. In der Zigarrenkiste behielten wir immer nur ein paar Dollar für den Notfall zurück. Long Boy war der Meinung, wir würden mit unseren Geschäften unterwegs bestimmt genug zum Leben verdienen.

In Geldsachen war Long Boy etwas eigenartig. Nicht daß er ein Geizkragen gewesen wäre. Wenn ich etwas haben wollte, zeigte er sich immer von seiner großzügigsten Seite. Aber ich glaube, ich habe nie viel haben wollen, und er wohl auch nicht. Ab und zu ließ ich ihn ein neues Kleid für mich kaufen, hauptsächlich weil er glaubte, er könnte mir damit schmeicheln, aber im Grunde habe ich mir nie viel aus Kleidern gemacht. Und er selber war auch nicht auf neue Kleidung versessen. Außerdem meinte er, es sei nicht gut fürs Geschäft, wenn er sich zu elegant und auffällig anzog oder einen Diamantring oder so etwas trug. Was er liebte, war das Geld selbst. Er träumte davon, genug Geld zusammenzubringen, daß er Geschäfte in großem Stil machen konnte. Davon redete er ununterbrochen. Er war der Ansicht, daß Geld nun einmal das ist, was den Menschen am meisten imponiert, und ich ahnte, daß er recht hatte.

»Ich weiß, ich weiß, die Leute tun immer so, als wär's anders, mein Kleines«, sagte er, »aber es ist trotzdem die reine Wahrheit. Und wenn du's nicht glaubst, dann nimm dir einen richtig schlauen Professor und irgend so einen blöden Trottel, der nichts weiß und nichts tut, außer daß er eine Farm geerbt hat, wo man plötzlich für fünf Millionen Dollar Öl entdeckt hat, und schick die beiden bloß ein bißchen in der Gegend herum und sieh dir an, um wen sich die Leute drängen. Wie die Menschen sein sollten, das ist leicht gesagt, tut aber nichts zur Sache. Es kommt drauf an, wie sie wirklich sind. Und sie machen nun mal vor dem reichen Mann 'ne tiefe Verbeugung. Und die Frauen, die führen sich auf, daß man meinen könnte, er würde so süß riechen, daß er keinen Kalk zu streuen braucht, wenn er aufs Plumpsklo geht.«

Natürlich hatte Long Boy nie Gewissensbisse, wenn's ums Geschäftemachen ging. »Die meisten Leute haben von Geschäften sowieso keinen blassen Schimmer«, sagte er. »Der einfache Mann, der denkt, wenn was gegen das Gesetz ist, dann wär's verboten. So 'n Unsinn. Wo jedes Kind weiß, daß die da oben, die dicken Haie in Birmingham und in der Wall Street, den ganzen Tag Anwälte für sich arbeiten haben, nur damit die ihnen sagen, wie sie 'ne Lücke im Gesetz finden oder es umgehen können. 'n illegales Geschäft, das gibt es gar nicht, oder nur, wenn du Pech hast und dich erwischen läßt.«

Trotzdem achtete Long Boy sehr darauf, sich von Leuten fernzuhalten, die auf eine ähnliche Tour reisten wie wir. Da wir ewig auf Achse waren, liefen uns solche Burschen immer wieder über den Weg. »Gib dich mit Gaunern ab, und die Leute halten dich selber für einen«, sagte er immer. Der einzige oder fast der einzige, mit dem Long Boy wenigstens einen Gruß wechselte, war ein lustig aussehender kleiner Mann, der von allen Dicker Moe gerufen wurde. Und dick war er wirklich, aber dabei nicht viel größer als ich. Wenn er in einer Hotelhalle in einem Sessel saß, reichten seine Füße nicht bis auf den Boden. Er kaute ständig an einer Zigarre herum, und ehe ich ihn etwas näher kennenlernte, fand ich immer, daß er aussah wie eine häßliche kleine Kröte mit einem Stöckchen im Maul. Aber der Dicke Moe hatte die gütigsten braunen Augen, die ich kannte, und er war immer sehr lieb zu mir. Er wußte, daß ich gern warme Würstchen aß, und abends, wenn Long Boy ausgegangen war und er mich allein in der Hotelhalle sitzen sah, kam er immer zu mir und sagte: »Komm, Kleines, jetzt gehen wir unten an die Ecke und essen Würstchen.«

Seine Spezialität war der Verkauf von Reklameseiten in Fahrplänen. Er nahm einfach einen Fahrplan, überklebte alle Anzeigen darin mit weißem Papier und fabrizierte so, was er einen Blindband nannte. Mit diesem Blindband ging er in Geschäfte und Büros und verkaufte die weißen Seiten als Anzeigenraum. Natürlich hatte er mit der Eisenbahn überhaupt nichts zu tun, und sobald er kassiert hatte, machte er sich aus dem Staub. Zwei, drei Jahre lang begegneten Long Boy und ich dem Dicken Moe ziemlich häufig und in den verschiedensten Städten. Dann war er plötzlich von der Bildfläche verschwunden. Wir haben nie erfahren, ob er geschnappt worden ist oder sich nur ein anderes Revier gesucht hat.

Viele machten Geschäfte mit Haushaltsgeräten wie Staubsaugern, elektrischen Toastern und Kaffeemaschinen. Sie gingen von Tür zu Tür und boten ihre Geräte zur Hälfte des regulären Preises an, zahlbar in Raten, wie sie der Hausfrau gerade angenehm waren. Dann kassierten sie eine Anzahlung, die zwischen fünfzig Cent und zehn Dollar liegen konnte, und stellten einen nachgemachten Kaufvertrag aus, der Lieferung binnen zehn Tagen versprach. Natürlich waren sie bis dahin längst in einer anderen Stadt.

Die Leute, die derartige Geschäfte machten, waren im allgemeinen armselige, miese Herumtreiber, auf die alle im Gewerbe von oben herabblickten. Manchmal wohnten Long Boy und ich auch im gleichen Hotel mit einem von den ganz Großen der Branche, wie zum Beispiel Richter J. B. Domingus. Es hieß damals, Richter Domingus sei unten in Louisiana Bezirksrichter gewesen. Nach allem, was ich weiß, halte ich das auch für möglich. Er war ein kleiner, zierlicher Mann, trug im Winter wie im Sommer weiße Anzüge und hatte sehr feine Manieren. Er fuhr in einem riesigen alten LaSalle durch die Gegend und hatte einen farbigen Chauffeur, der Chauney hieß.

Richter Domingus handelte seit eh und je mit Pekannußbäumen. Er sprach bei reichen Farmern vor und gab sich als Direktor der größten Pekannüsse verarbeitenden Fabrik in New Orleans aus. Er hatte sogar eine kleine Broschüre dabei, in der seine große Fabrik abgebildet war. Außerdem wurde darin genau beschrieben, wie seine Firma den gesamten Weltmarkt mit Pekannuß-Produkten versorgte. Sein größtes Problem sei, so erzählte Richter Domingus den Farmern, genügend Pekannüsse zu beschaffen und der weltweiten Nachfrage gerecht zu werden. Wenn sich die Farmer dann nach langem Hin und Her bereit erklärten, einen Hain von Pekannußbäumen anzupflanzen, legte er ihnen einen, wie er sagte, juristisch abgesicherten Vertrag vor, in dem er ihnen für alle von ihnen erzeugten Pekannüsse einen Preis von zwei Dollar pro Scheffel garantierte. Außerdem sicherte er ihnen jede gewünschte Menge schnelltragender Pekannußbäume zu einem einmaligen Sonderpreis von zwei Dollar pro Stück zu und war bereit, sich zur Hälfte an den Kosten zu beteiligen. Manche Farmer waren so beeindruckt von seinem großen Wagen und seinem Chauffeur, ganz zu schweigen von dem Prospekt und dem Vertrag, daß sie bis zu zweihundert Bäume bestellten und ihm das Geld dafür gaben. Bei so großen Bestellungen muß Chauney, der Chauffeur, mächtig gestöhnt haben, denn während Richter Domingus und er durch die Gegend fuhren, war es seine Aufgabe, von Pekannußbäumen Zweige abzuschneiden, sie zu bündeln und als Setzlinge an die Kunden des Richters zu schicken.

Von allen Leuten aus der Branche, denen wir im Laufe der Zeit begegneten, haben mir, glaube ich, am meisten die Brüder McGuire imponiert. Das mag vor allem daran gelegen haben, daß sie phantastisch aussahen, so wie niemand sonst, den ich kannte. Sie stammten aus dem Norden der Staaten und hatten so markante und um das Kinn herum so energisch wirkende Gesichter, daß sie mich immer an die »dynamischen jungen Abteilungsleiter« erinnerten, wie man sie in Anzeigen abgebildet sieht. Die McGuires gaben sich als Beauftragte der Regierung in Washington aus. Sie besuchten immer die Geschäftsführer der größten Kaufhäuser und Handelsunternehmen einer Stadt, legten ihre gefälschten Beglaubigungsschreiben vor und erklärten, sie seien einer Bande auf der Spur, die falsche Zehn- und Zwanzig-Dollar-Scheine in Umlauf bringe. Dann baten sie den Geschäftsführer, ihnen alle in der Kasse oder im Safe befindlichen Banknoten dieser Größenordnung zu zeigen.

Der eine der Brüder hatte einen mit einer grünen Spezialtinte getränkten Tupfer am Daumen. Unter den Augen des Geschäftsführers machte er sich daran, die Zehn- und Zwanzig-Dollar-Scheine zu prüfen, und rieb bei etwa der Hälfte der Scheine mit dem Daumen über die eine Ecke. Das ergab jedesmal einen kleinen grünen Fleck, der so wirkte, als löse sich die Druckfarbe auf dem Schein. Der andere Bruder sagte dann: »Aha, dachte ich mir's doch!« und legte den Schein auf einen besonderen Stapel. Natürlich war jeder Geschäftsführer entsetzt, daß man ihm so viel Falschgeld angedreht hatte. Aber die Brüder McGuire versicherten ihm, er könne ganz unbesorgt sein. Der eine von ihnen zog einen dienstlich aussehenden braunen Umschlag aus der Aktentasche, tat die beschmierten Scheine hinein und versiegelte ihn. Ehe sie dem Geschäftsführer diesen Umschlag übergaben, schärften sie ihm ein, er müsse ihn unbedingt versiegelt aufbewahren, bis sie beim nächsten Bundesgericht eine Beschlagnahmeverfügung erwirkt hätten. Sie versprachen, am nächsten Nachmittag mit dieser Verfügung wieder vorbeizukommen und den Umschlag abzuholen. Bei dieser Gelegenheit würden sie ihm auch seinen Verlust ersetzen.

Auf diese Weise verschafften sie sich natürlich die nötige Zeit, alle größeren Geschäfte abzusahnen, ehe sie die Stadt wieder verließen. Manchmal wartete ein Geschäftsführer eine ganze Woche, bis er schließlich mißtrauisch den Umschlag aufriß – und nichts als sauber ausgeschnittene Stücke Zeitungspapier darin fand. Die McGuires vertauschten die Umschläge, während sie ihren Opfern wohlwollend auf die Schultern klopften und ihnen versicherten, sie brauchten sich überhaupt keine Sorgen zu machen.

Auf unseren Reisen trafen wir auch immer wieder dieselben Gruppen von Hotelflittchen. Solange ich klein war, war ich ihr Liebling und ließ mich von ihnen verwöhnen. Wenn wir spätabends in eine Stadt kamen, Long Boy und ich, und die Halle eines Hotels betraten und Long Boy beim Portier nach einem Zimmer fragte – nun, Sie können sich nicht vorstellen, was das jedesmal für eine Aufregung gab! »Kinder, seht mal, die kleine Addie ist wieder da!« rief das Mädchen, das mich zuerst erblickte. Und dann kamen sie alle angerannt und küßten mich und machten ein Getue, als wäre ich eine richtige kleine Prinzessin. Long Boy, der mich an der Hand hielt, duldete es schweigend und versuchte krampfhaft zu lächeln, aber er wurde jedesmal glutrot im Gesicht und sah aus, als wäre er am liebsten im Boden versunken.

Ich kann mich nicht erinnern, daß er je mit mir über sie gesprochen hätte. Und ich fand, daß sie die nettesten und zärtlichsten Mädchen waren, die es überhaupt gab. Sie sprachen immer von »Partys« – auf wie vielen »Partys« sie in der Nacht zuvor gewesen waren oder zu wie vielen »Partys« sie am Abend gehen wollten. Lange Zeit lebte ich in dem Glauben, sie täten nichts anderes, als daß sie sich abends hübsch zurechtmachten und von einer Party zur anderen gingen. Und auch als ich größer wurde und wußte, warum sie in den Hotelhallen herumtänzelten oder warum sie meist ausgefallene bunte Kimonos anhatten und warum die Hotelpagen fremde Männer zu ihren Zimmern führten, hab ich, glaube ich, nicht viel darüber nachgedacht.

Am deutlichsten erinnere ich mich noch an die Nächte, wenn sie verhaftet wurden. Das war ein Schauspiel, das ich jedesmal genoß. Damals arbeiteten die Mädchen in Gruppen zu dritt oder zu viert in einem bestimmten Bezirk. In kleineren Ortschaften blieben sie nur ein, zwei Nächte, ehe sie weiterreisten, aber an größeren Orten hielten sie sich oft eine Woche und länger auf. In fast allen Städten hatten sie ein Abkommen mit der Polizei; danach wurden sie in regelmäßigen Abständen festgenommen, und zwar gewöhnlich einmal für sieben Tage, die sie in der Stadt arbeiteten. Die Polizei kam dann ins Hotel, brachte sie zum Revier und fuhr sie anschließend wieder zum Hotel zurück, nachdem sie pro Nase fünfundzwanzig Dollar Kaution auf Grund einer Anzeige hinterlegt hatten, die auf Ansprechen von Männern, ärgerniserregendes Verhalten oder irgend etwas dergleichen lautete. Diese Kaution verfiel natürlich. Sie war eine Art Lizenzgebühr, die von den Mädchen gezahlt werden mußte.

Die Polizisten waren sehr rücksichtsvoll und warteten mit der Verhaftung, bis die Mädchen die Nachtarbeit hinter sich hatten. Sie erschienen gewöhnlich in der Nacht von Samstag auf Sonntag oder vielmehr in der Frühe des Sonntagmorgens. Ich bilde mir ein, ich sei jedesmal aufgewacht, wenn sie nachts durch den Flur gestapft kamen und an die Türen klopften und die Mädchen herausholten. Was war das immer für ein Toben und Quietschen und Kreischen, bis sie schließlich kichernd und schnatternd mit den Polizisten abzogen.

Aber das allerschönste war, wenn die Mädchen wieder zurückkamen. Dann standen sie stundenlang im Flur vor ihren Zimmertüren und versuchten sich gegenseitig zu übertrumpfen mit Sachen, die sie über die Polizisten sagten. Ich lag in meinem Bett und lauschte, und ich konnte mich kaum halten vor Lachen über das, was ich da hörte. Es ist nicht zu glauben, was sie manchmal über die Polizisten sagten. Wahrscheinlich war das meiste übertrieben, sonst hätte man komische Vorstellungen von den Männern bekommen können.

Das Mädchen, das ich am liebsten mochte, hieß Juanita Pritle. Sie hatte funkelnde schwarze Augen und muß sehr gut gewesen sein in ihrem Beruf, jedenfalls behandelten die anderen sie voller Respekt. Dabei war sie kein bißchen hübsch. Sie war klein und pummelig, hatte kurze Beine, und ihre Stimme klang heiser, so als wäre sie gerade eine Treppe raufgerannt und kriegte keine Luft mehr. Wenn sie in einem Laden ein schönes Kleid sah, konnte sie einfach nicht widerstehen. Ich weiß noch, daß sie ein Kleid mit richtigem Affenhaar am Kragen hatte. Juanita lachte immer und sagte, Kleider hätten sie auf die schiefe Bahn gebracht. Anscheinend hatte man sie als Kind zu kurz gehalten. Ihr Vater, ein reicher

Baumwollpflanzer und Laienprediger, war, wie sie sagte, ein großer Geizhals. Sie erzählte immer, ihre Eltern hätten sie in Unterzeug aus Sackleinen rumlaufen lassen, bis sie sechzehn Jahre alt war.

Ich glaube, Juanita hatte es auf Long Boy abgesehen, aber er mied sie, als hätte sie einen Giftstachel im Hintern. Einer der Gründe dafür war vielleicht, daß sie immer mit ihm schimpfte und sagte, er sorge nicht richtig für mich. Sie fand, daß ich abends zu spät ins Bett käme, oder putzte Long Boy herunter, wenn sie zum Beispiel sah, daß ich abends noch scharfgewürzte Gerichte aß. »Du verstehst von Kindererziehung soviel wie ein glasäugiger Maulesel«, sagte sie dann zu ihm. »Wenn du die Kleine schon durch die ganze Welt schleppst, dann könntest du wenigstens anständig für sie sorgen.« Ich war damals in einem Alter, in dem ich es natürlich genoß, wenn jemand soviel Getue um mich machte, ganz besonders wenn es eine Frau war. Ich drängte mich immer an Juanita und gab mir alle Mühe, wie ein kränkliches, mißhandeltes Kind auszusehen.

In Wirklichkeit kümmerte sich Long Boy natürlich um mich, so gut er nur konnte. Am meisten beunruhigte ihn, daß ich nicht zur Schule ging. In den ersten Jahren malte er mir darum immer aus, wie schön ich es auf einer Internatsschule haben würde. Aber ich hatte irgendwann einmal etwas von Waisenhäusern gehört, und wenn er mir zu sehr zusetzte, heulte und jammerte und zeterte ich und sagte mit kläglicher Stimme, er wollte mich ja nur ins Waisenhaus stecken. Und ich konnte Theater spielen! Schließlich sah Long Boy anscheinend selber nicht mehr den Unterschied zwischen Internatsschule und Waisenhaus. Wenn er sich über mich ärgerte und mir Angst einjagen wollte, drohte er mir, er werde mich ins Waisenhaus stecken, obwohl er in Wirklichkeit eine Schule meinte.

Als ich größer wurde, fand ich ein noch besseres Mittel, mit ihm fertig zu werden: Ich brachte mir das Lesen und Schreiben bei. Ich weiß nicht mehr, wie, aber irgendwie schaffte ich es, und schon mit sieben, acht Jahren kaufte ich mir Zeitschriften wie *Wahre Geschichten* oder *Der Detektiv* und las sie von der ersten bis zur letzten Seite durch. Und es machte mir Spaß, schönzuschreiben. Wenn ich eine Handschrift sah, die mir gefiel, übte ich so lange, bis ich genauso schreiben konnte. Das Rechnen war kein Problem. Ich lernte es bei unseren Geschäften.

Wenn Long Boy nun wieder von der Schule anfing, sagte ich: »Ich kann doch lesen und schreiben, oder kann ich es nicht?«

»Doch, sicher kannst du das, Mäuschen«, sagte er dann, »aber –«

»Rechnen kann ich genauso schnell und genauso gut wie du, wetten?«

»Ja, schon, Kleines, aber ...«

»Wozu soll ich dann noch in die Schule gehen? Was kann ich denn da noch lernen?«

»Hm-hm«, machte Long Boy dann und stotterte irgend etwas oder seufzte still vor sich hin. Ich glaube, er wußte es selber nicht.

4

Lange Zeit hoffte ich, glaube ich, im stillen, eines Tages würden wir irgendwo bleiben und uns ein Heim schaffen, Long Boy und ich. Warum ich das hoffte, kann ich nicht richtig erklären. Wahrscheinlich hing es mit dem Gefühl der Einsamkeit und der Sehnsucht zusammen, das ich jedesmal empfand, wenn wir gegen Abend durch eine hübsche stille Wohngegend fuhren. Sicher wissen Sie, was ich meine, und kennen diese Stimmung. Es war ein so friedlicher Anblick, wie die Männer in Hemdsärmeln ihren Rasen sprengten, während die Frauen auf der Veranda im Schaukelstuhl saßen und ihre Kinder lachend und kreischend vor Vergnügen zwischen den Büschen umherrannten und Verstecken spielten. Manchmal beneidete ich diese Kinder um ihr schönes Leben und hätte gern dazugehört und mit ihnen getobt. Und manchmal hätte ich auch gern in einem solchen Haus gewohnt.

Das alles änderte sich, als wir nach Birmingham hinauffuhren, um Franklin D. Roosevelt zu sehen. Was wir da erlebten, machte mir ein für allemal klar, daß Long Boy und ich einfach nicht dafür geschaffen waren, so zu leben, wie gewöhnliche Menschen lebten.

Die Fahrt nach Birmingham war meine Idee. Ich hatte irgendwie erfahren, daß Franklin D. Roosevelts Sonderzug dort Station machen würde. Ich weiß nicht mehr genau, bei welcher Gelegenheit es war, aber ich glaube, er war irgendwo im Westen gewesen und reiste jetzt nach Warm Springs in Georgia. Jedenfalls hatte ich mir in den Kopf gesetzt, daß ich ihn unbedingt sehen mußte.

Zuerst lachte Long Boy mich aus. »Wozu willst du ihn denn sehen, den alten Knacker?« fragte er. »Was hast du davon?«

»Immerhin ist er der Präsident der Vereinigten Staaten«, sagte ich.

»Na gut«, sagte Long Boy, »und wenn schon! 'n hohes Tier in der Politik, das ist alles, was er ist. Von mir aus könnten alle Politiker der Welt zusammen im Zirkus auftreten und mit nacktem Hintern Kopfstand machen – ich würd darum keine zwei Meilen weit mit dem Auto fahren, und schon gar nich zweihundert Meilen. Schwindler sind sie, alle miteinander, falsch wie 'ne Badewanne voll Schlangen.«

Ich wurde wütend. »Franklin D. Roosevelt ist kein Schwindler«, sagte ich. »Er ist ein großer Mann.«

Long Boy lachte schallend. »Ein großer Mann, ha, ha, ha! So was gibt's gar nicht. Die großen Männer, die sind alle tot. Was stellst du dir vor? Meinst du, der olle Roosevelt sieht nackend anders aus als alle andern Männer? Meinst du, der muß nicht wie alle Männer mit einem Bein nach dem andern in seine Hosen steigen?«

»Aber er hilft den Armen«, sagte ich.

»Ach, hör auf, Püppchen«, sagte Long Boy. »Du mußt nicht alles glauben, was die da oben quasseln. Die nehmen uns doch nur auf den Arm mit ihrem Gerede von Arbeitsbeschaffung und Hilfsprogrammen. Der olle Roosevelt, der ist Millionär, der kommt irgendwo aus der Gegend von New York, wo die reichen Leute wohnen. Der braucht sich nicht abzurackern, der hat noch nie richtig geschuftet. Wenn der 'n armen Teufel sieht, der nichts zu beißen hat und kein Dach überm Kopf, dann weiß der doch gar nicht, was das ist.«

Natürlich habe ich zum Schluß meinen Kopf durchgesetzt. Ich mußte noch ein bißchen weinen und schmollen, und Long Boy hat noch ein bißchen gebrummt und geknurrt, aber an dem Tag, eh Roosevelt nach Birmingham kommen sollte, sind wir dann doch hingefahren.

Ich muß schon sagen, diese Stadt war eine Entdeckung. Und das nicht, weil ich ein kleines Mädchen vom Land war und weil es die erste große Stadt war, die ich zu Gesicht bekam. Oh, es war schon eine große Stadt, groß genug! Und dann die großen gelben Straßenbahnen, die zwischen den riesigen Gebäuden entlangrasselten, und die vielen Autos überall und das Gedränge von Menschen in den Straßen. Aber es war noch etwas anderes: Ich war überrascht, wie die Leute sich benahmen. Wie jeder andere hatte ich immer gehört, daß durch die Stahlwerke und die Erz- und Kohlengruben rings um Birmingham vor allem rauhe und etwas derbe Leute in die Stadt kämen. Aber das stimmte überhaupt nicht. Nie in meinem Leben bin ich netteren und freundlicheren Menschen begegnet. Sie brachten sich um vor Höflichkeit. Einmal, als Long Boy und ich eine Straße überqueren wollten, kam der ganze Verkehr zum Stillstand, weil ein paar Autofahrer anhielten und uns mit freundlichem Lächeln winkten, wir sollten hinübergehen.

Long Boy sagte, die Leute seien deshalb so nett, weil Birmingham von der Wirtschaftskrise so schwer getroffen war. »Sie stekken alle zusammen in derselben Misere, Mäuschen«, sagte er. »Sie haben schon genug Sorgen, da können sie nicht auch noch häßlich zueinander sein.«

Wir wohnten im Thomas Jefferson Hotel. Es war riesig, und es war sauber und ordentlich, aber es hat mir keinen großen Eindruck gemacht. Da wir immer unterwegs waren, nahm ich die Hotels so, wie sie gerade kamen. Meine große Enttäuschung erlebte ich am nächsten Morgen, als wir zum Bahnhof gingen, um Franklin D. Roosevelt zu sehen. Wir dachten, wir seien zeitig dran, aber nun sah es so aus, als kämen wir vor lauter Gewühl und Gedränge nicht einmal in die Nähe des Bahnhofs. So eine Menschenmenge hatte ich in meinem Leben noch nicht gesehen. Die Leute hatten einfach ihre Wagen auf der Straße stehengelassen und waren zu Fuß weitergegangen. Ich hätte mich am liebsten hingesetzt und geheult, so verzweifelt war ich.

Aber Long Boy ließ sich so leicht nicht erschüttern. »So, jetzt faßt du mich an und bleibst immer ganz dicht bei mir, hast du verstanden, Püppchen?« sagte er. Und dann rief er mit richtig lauter, dienstlich klingender Stimme: »Bitte zur Seite treten! Bitte Platz machen!« Die Leute drängten tatsächlich zur Seite und ließen uns durch. Als wir auf diese Weise schließlich den Bahnhof erreicht hatten, ging Long Boy schnurstracks auf den ersten Polizisten zu, den er erblickte. Er redete in einem Ton, als wäre er selber mindestens ein Geheimpolizist. »Die Kleine hier ist das Töchterchen von Richter Smith. Richter Smith gehört zur Begleitung des Präsidenten. Wir müssen auf den Bahnsteig.« Ich dachte, jetzt ist alles aus, aber der Polizist sagte nur: »In Ordnung, Sir.« Und dann drängte er sich vor uns her durch die Menge und rief immer wieder: »Platz machen! Zur Seite treten!«

Er geleitete uns bis auf den Bahnsteig, wo eine Kapelle und lauter wichtig aussehende Leute mit Abzeichen und Orden und Plaketten auf den Präsidenten warteten. Der Polizist zeigte uns ein paar weiße Striche auf dem Bahnsteig. »Da ungefähr muß der Wagen des Präsidenten zum Stehen kommen«, sagte er.

»Ich danke Ihnen, Officer«, sagte Long Boy. »Kann ich Ihren Namen erfahren?«

»Ware, Sir«, sagte der Polizist. »Henry Ware.«

»Ich danke Ihnen, Officer Ware«, sagte Long Boy. »Ich werde mich daran erinnern.«

Officer Ware wurde ganz rot im Gesicht und sah aus, als würde er gleich mit dem Schwanz wedeln. »Sagen Sie Bescheid, wenn ich noch was für Sie tun kann«, sagte er. Als er gegangen war, drückte Long Boy meine Hand und sah mich grinsend an. Er hatte es wieder mal geschafft, der alte Gauner.

Ich wünschte, ich könnte Ihnen etwas Historisches über Franklin D. Roosevelt erzählen. Ich glaube, kein Kind hat einen Präsidenten von so nah gesehen wie ich. Als der Zug endlich eingefahren war und vor uns hielt, hob mich Long Boy auf die Schienen hinunter, so daß ich direkt vor der Plattform stand, auf die Roosevelt heraustrat. Hätte ich die Hand ausgestreckt, hätte ich ihn fast berühren können. Ich sah sogar die Härchen, die ihm aus Nase und Ohren wuchsen. Und wenn ich gewollt hätte, dann hätte ich die Leberflecke an seinen Händen zählen können.

Ich konnte mein Glück noch gar nicht fassen, und ich war so aufgeregt, daß ich kaum atmen konnte, als er schließlich auf die Plattform herauskam. Ich wollte mir jede Kleinigkeit, alles, was ich sah und hörte, einprägen, damit ich später einmal meinen Enkeln davon erzählen konnte. Aber dann haben mich Franklin D. Roosevelts arme Füße abgelenkt. Ich nehme an, jeder weiß, daß er ein Krüppel war. Deshalb ist er ja auch immer nach Warm Springs in Georgia gefahren. Aber keiner hat davon gesprochen, wie verkrüppelt er *wirklich* war, wahrscheinlich weil es nicht nett gewesen wäre, darüber zu reden. Das ist es vielleicht auch heute nicht, aber ich will die Wahrheit sagen. Ich war richtig erschrocken.

Er konnte allein keinen Schritt tun. Auf einen Mann gestützt, schob er den Körper vor und ließ dann die Füße schlurfend nach vorn schwingen. Meine Augen waren auf gleicher Höhe mit seinen gelbbraunen Schuhen. Diese Schuhe hatten keine Falte und keinen Kratzer, sie sahen unnatürlich steif und ungebraucht aus, wie die Schuhe einer Schaufensterpuppe. Und an jedem der beiden Schuhe lief eine grausam glänzende Stahlschiene entlang. Ich weiß, daß ich Wort für Wort gehört habe, was Franklin D. Roosevelt an diesem Tag auf dem Bahnhof in Birmingham sagte, aber ich kann mich an kein einziges Wort mehr erinnern. Wenn ich daran zurückdenke, sehe ich immer nur die steifen Schuhe ohne Falte und ohne Kratzer vor mir. Und ich weiß noch, wie erschrocken und wie traurig ich war. Ein Glück, daß ich keine Gelegenheit hatte, mit ihm zu sprechen. Ich hätte bestimmt losgeheult und zu ihm gesagt: »Mr. President, mir tut das furchtbar leid, daß Sie so arm dran sind mit Ihren Füßen. So ein großer und guter Mann wie Sie hat das bestimmt nicht verdient.«

Komisch, wie verschieden zwei Menschen ein und dasselbe erleben können. Als Franklin D. Roosevelts Zug aus dem Bahnhof hinausfuhr, hätte ich am liebsten einen Augenblick für mich allein über alles nachgedacht, was ich gesehen hatte, und wahrscheinlich hätte ich auch ein bißchen geheult. Long Boy dagegen war nicht im geringsten beeindruckt. Ich glaube, er hat Franklin D. Roosevelt überhaupt nicht weiter beachtet. Er blickte nur immer wieder über die Menschenmenge und dachte krampfhaft darüber nach, wie sich die Begeisterung der Massen zu Geld machen ließe.

»Mann o Mann!« sagte er. »Mit so einer Menge Menschen müßte man doch irgendein Geschäft machen können.«

Und er hatte auch einen Einfall. Als wir den Bahnhof verließen, fiel sein Blick auf eines der Plakate, die man überall in der Stadt angebracht hatte. WIR STEHEN IMMER HINTER IHNEN, MR. PRESIDENT oder so etwas Ähnliches stand darauf. In der Mitte sah man ein Bild von Franklin D. Roosevelt, eine ganz ordentliche Zeichnung, mit ein paar aufgerollten Flaggen drumherum und den in altmodischen Lettern gedruckten Worten: UNSER PRÄSIDENT. Long Boy blieb so jäh stehen, daß er mir fast den Arm abriß. Er betrachtete das Plakat eine Weile, und dann trat er ganz dicht heran und entzifferte den Namen des Druckers auf der einen Ecke des Plakats. Als er sich wieder umdrehte, griente er übers ganze Gesicht.

Wir gingen gar nicht erst zum Hotel zurück, um den Wagen zu holen, sondern nahmen ein Taxi und fuhren zu der Druckerei. Es war ein kleiner, altmodischer und etwas schlampig wirkender Ein-Mann-Betrieb in einem heruntergekommenen Stadtviertel. Long Boy fragte den Drucker: »Haben Sie noch mehr von diesen Roosevelt-Plakaten?«

»Nein, Sir«, sagte der Mann, »aber wenn Sie wollen, kann ich Ihnen noch ein paar drucken.«

»Was kostet das?« fragte Long Boy.

»Na ja, weil ich's noch auf der Maschine hab – sagen wir, zehn Dollar pro Hundert.«

»Und wenn ich nur das Bild will?« fragte Long Boy. »Auf einem Stück Karton, zehn mal zwölf Zoll?«

»Hm, da müßte ich neu zurichten«, sagte der Mann. Er nahm einen Bleistift und ein Stück Papier und rechnete. »Sieben Dollar pro Hundert – billiger kann ich's nicht machen.«

»Gut, machen Sie mir zweihundert Stück«, sagte Long Boy. »Ich hol sie morgen früh ab.« Er zog seine Brieftasche heraus und gab dem Mann vierzehn Dollar. »Wo finde ich hier ein gutes Bilderrahmengeschäft?«

Der Mann gab uns die Adresse einer großen Firma in der Nähe des Stadtzentrums. Einen einfachen schwarzen Zehn-mal-zwölf-Zoll-Rahmen zu bekommen war natürlich kein Problem. Long Boy kaufte zweihundert Stück für zweiundzwanzig Dollar.

So begann unser schwungvoller Handel mit Bildern von Franklin D. Roosevelt. Am nächsten Morgen steckten wir dreißig, vierzig Bilder in Rahmen, und dann ging's los. Wir klapperten die Geschäfte ab, und der Erfolg war einfach verblüffend. Meistens brauchten wir kaum ein Wort zu sagen. Sobald ein Ladenbesitzer das Bild sah, fragte er: »Wieviel?« Wir sagten: »Ein Dollar.« Er ging zur Registrierkasse, es machte *klingeling,* und er nahm eine Dollarnote heraus und gab sie uns. Bevor wir noch den Laden wieder verlassen hatten, hängte er das Bild schon hinter dem Ladentisch auf.

Nach zwei Stunden sagte Long Boy: »Wir sind zu billig. Verlang ab sofort anderthalb Dollar.« Unser Umsatz ging dadurch nicht zurück. Als der Nachmittag halb um war, sagte Long Boy: »Wir sind immer noch zu billig. Ab sofort verlangen wir zwei Dollar.« Ein paar Ladenbesitzer zogen zwar die Stirn kraus, als sie diesen Preis hörten, zahlten aber doch. Long Boy hatte ins Schwarze getroffen. Die Bilder fanden reißenden Absatz.

Aber es war eine anstrengende Arbeit. Am Abend schleppten wir uns erschöpft ins Hotel. Ich war so müde, und meine Füße taten mir so weh, daß ich kaum etwas essen konnte. Auch Long Boy hatte keinen großen Appetit.

Am nächsten Tag brachen wir in aller Frühe wieder auf. Die Bilder gingen weg wie nichts, genau wie am Vortag, aber allmählich wurde mir bewußt, was es bedeutete, auf diese Weise sein Geld zu verdienen. Es war einfach zuviel Fußarbeit damit verbunden, und es nahm zuviel Zeit in Anspruch, von Laden zu Laden zu gehen. Außerdem war es heiß, und Long Boy und ich hatten vom Einrahmen der Bilder wunde Finger. Wir wurden mürrisch und stritten uns, wenn wir miteinander redeten.

Im Laufe des Tages wurde es immer noch schlimmer. Wir hatten inzwischen die Läden der Innenstadt abgeklappert und mußten jetzt die Außenbezirke abgrasen, wo die Geschäfte weiter auseinanderlagen. Als ich gegen zwei Uhr mittags zum Wagen zurückkam und mir einen neuen Stoß Bilder holen wollte, saß Long Boy hinterm Steuer und schrieb mit gerunzelter Stirn Zahlen auf die Rückseite eines Briefumschlags. Er sah auf und starrte mich an, als wäre ich das Pech in Person: »Weißt du, wieviel Bilder wir verkauft haben?«

»'ne ganze Menge«, sagte ich.

»Nein, Irrtum«, sagte er, und es klang erbittert. »Wie ich's auch rechne, ich kriege nicht mehr als einundneunzig oder zweiundneunzig raus.«

»Na ja, aber das ist doch 'ne Menge«, sagte ich.

»Ist es nicht«, sagte er. »Das ist viel zuwenig.«

»Und wie sollen wir die Dinger schneller verkaufen? Wie stellst du dir das vor?« sagte ich und wurde jetzt selber wütend. »Ich hab mir schon fast die Beine abgelaufen.«

»Ruhig, ruhig, reg dich nicht auf, Schätzchen«, sagte Long Boy. »Immer mit der Ruhe. Ich will dich ja nicht triezen. Ich will dir nur die Lage klarmachen.« Er zeigte auf den Umschlag. »Sieh mal, wir haben hundertneununddreißig Dollar eingenommen. Wenn du die Ausgaben für die Bilder und die Rahmen abrechnest, kannst du sagen, wir haben uns für lumpige hundert Dollar abgestrampelt.«

»Na, hundert Dollar, das ist doch nicht übel«, sagte ich, immer noch etwas schmollend.

»Doch, wenn du bedenkst, wie wir dafür schuften müssen, dann ist das ein Trinkgeld«, sagte Long Boy. »Das ist eben das Blöde, wenn man ehrliche Geschäfte macht – es springt einfach nicht genug dabei raus für die Arbeit, die man damit hat. Wozu soll man sich abschinden, wenn man das gleiche Geld auch leichter verdienen kann?«

Als ich einfach nur dasaß und nichts sagte, fragte er: »Oder bist du anderer Meinung?«

»Nein, ich glaub nicht«, sagte ich. Ich hatte nachgedacht. Long Boy hatte es nicht erwähnt, und so erwähnte ich es auch nicht, aber für mich war das schlimmste am ehrlichen Geldverdienen, daß es so langweilig war und so gar keine Aufregung mit sich brachte. Die Schinderei, die hätte mir nichts ausgemacht, wenn ich beim Verkaufen der Bilder von Franklin D. Roosevelt das gleiche Kribbeln verspürt hätte wie bei unseren anderen Geschäften.

Long Boy sah mich mit einem breiten Lächeln an. »Weißt du, was ich jetzt mache?«

»Was?« fragte ich.

»Ich steig jetzt auf der Stelle aus diesem Geschäft aus«, sagte er. »Ich finde, irgendwie ist es unter unserer Würde. Außerdem drückt es aufs Gemüt und ruiniert die Füße.«

Ja, das war das einzig Wahre. Wir packten die Bilderrahmen in den Kofferraum und schnürten die Roosevelt-Porträts zu einem Bündel zusammen. Am Stadtrand hielt Long Boy an, stieg aus und ließ das Bündel in eine tiefe Schlucht hinunterplumpsen. Wir verloren kein weiteres Wort darüber, und vielleicht dachten wir auch gar nicht weiter darüber nach, aber ich nehme an, irgendwie sagten wir uns beide, daß dies, was uns betraf, das Ende der ehrlichen Geschäfte war.

Die Nacht verbrachten wir in Tuscaloosa. Wir konnten beide nicht einschlafen, vielleicht weil wir so müde und erschöpft waren. Ich lag stundenlang wach und hörte, wie Long Boy sich unruhig in seinem Bett wälzte und zwischendurch mit beiden Fäusten sein Kissen bearbeitete. Manchmal murmelte er etwas vor sich hin, aber ich konnte es nicht verstehen. Als ich endlich gerade am Einschlafen war, hörte ich ihn leise flüstern: »Addie, schläfst du schon?«

»Mit einem Auge«, sagte ich.

Er räusperte sich. »Ich hab über alles nachgedacht, Mäuschen. Ich glaub, es ist Zeit, daß wir mit all dem Kleinkram aufhören. Wir müssen jetzt Geschäfte in größerem Stil machen.«

»Was für Geschäfte?« fragte ich, plötzlich wieder hellwach.

»Na, eben nicht diese Kinkerlitzchen. Geschäfte, wo's um größere Summen geht«, sagte er. »Um hübsche Scheinchen, meine ich. Natürlich bedeutet das auch ein größeres Risiko.«

»Davor hab ich keine Angst«, sagte ich. »Ein kleines süßes Mädchen wie mich können sie nicht ins Gefängnis stecken.«

»Da sei dir mal nicht allzu sicher. Ich würd's nicht drauf ankommen lassen!« sagte er.

»Tu ich auch nicht«, sagte ich. »An was für Geschäfte denkst du?«

»Oh, da gibt's etliche Möglichkeiten«, sagte er. »Aber ich glaube, für uns beide wäre das beste der Trick mit der fallengelassenen Brieftasche.«

»Wie geht das?« fragte ich.

»Paß auf«, sagte Long Boy. »Als erstes mußt du dir wen suchen ...«

5

Also ich muß ehrlich sagen, als Long Boy mir zum erstenmal den Trick mit der fallengelassenen Brieftasche erklärte, da dachte ich, er muß irgend etwas dabei vergessen haben, oder er ist nicht ganz bei Trost. Ich hielt es einfach nicht für möglich, daß sich jemand mit auch nur einem Fünkchen Verstand so leicht für dumm verkaufen läßt. Allerdings muß ich zugeben, ich hatte damals noch keine Erfahrung, wie ganz normale Menschen überschnappen, wenn sie glauben, sie kriegen was umsonst. Ganz besonders trifft das zu, wenn man das Glück hat, einen Geizhals zu erwischen. Wenn solche Leute, die es mit der Ehrlichkeit sowieso nicht so genau nehmen, das große Geld wittern und sich einbilden, sie kriegen es für nichts und wieder nichts, dann werden sie kurzsichtig wie Schweine am Futtertrog.

Zuerst ließen wir nur Brieftaschen mit höchstens hundert Dollar darin fallen. Und ungefähr eine Woche lang suchte ich mir immer ältere Damen aus, Frauen beim Einkaufen oder so. Sie waren leicht zu finden, aber ich glaube, ich hatte auch eine besondere Vorliebe für ältere Damen. Und offensichtlich hatten ältere Damen auch eine Schwäche für mich. Jedenfalls bekam ich sie leicht dahin, wo ich sie haben wollte. Long Boy sagte eine Zeitlang nichts dazu. Hauptsächlich übten wir ja noch, damit nachher alles wie am Schnürchen klappte. Aber schließlich hatte er genug. »Ich hab keine Lust, meine Zeit mit alten Schachteln zu verschwenden«, sagte er. »Und wenn sie noch so beschränkt aussehen. Du mußt dir jetzt Männer mit vollen Taschen vorknöpfen, Baby Doll. Das große Geld kommt nicht von selber zu uns.«

Von da an suchte ich mir also Männer aus für unseren Trick,

und ich muß sagen, sie waren nicht schwerer dahin zu kriegen, wo ich sie haben wollte, als ältere Damen. Im Gegenteil, bei ihnen ging es eher noch leichter, weil ihnen der Gedanke, sich etwas zu nehmen, was sie für das Geld eines fremden Menschen hielten, offenbar nichts weiter ausmachte. Sie verhielten sich, als hätten sie ein gutes Geschäft abgeschlossen. Bald gingen wir zu Brieftaschen mit zweihundertfünfzig Dollar Inhalt über. Und nach ein, zwei Wochen erhöhten wir die Summe auf dreihundert, dann auf vierhundert und schließlich auf fünfhundert Dollar. Fünfhundert Dollar – das war, wie sich herausstellte, im Normalfall genau der richtige Betrag.

Ich kann mich heute nicht mehr erinnern, wie viele Städte wir damals in den letzten Sommermonaten auf diese Weise abgegrast haben und wie sie alle hießen – Marion, Centreville, Brent und Prattville waren darunter, aber auch so kleine Orte wie Boligee und Bogueloosa. Wir haben ein paar dumme Fehler gemacht, wie ich zugeben muß. Manchmal ging eben einfach alles schief. Aber einen richtigen Mißerfolg hatten wir, glaube ich, nur zweimal, und selbst in diesen Fällen war es kein ausgesprochenes Verlustgeschäft. Beide Male war es einfach so, daß die Leute, mit denen wir zu tun hatten, zur Bank gingen, um das Geld abzuheben, und daß Long Boy und ich uns, als sie nach zehn, fünfzehn Minuten noch nicht wieder erschienen waren, lieber aus dem Staub machten. Long Boy ließ sich auf kein Risiko ein, wenn es um die Polizei ging. »Eins sag ich dir, Addieschätzchen«, sagte er immer, »wenn sie uns erwischen, dann nicht, weil wir uns blöd angestellt haben.«

Den Trick mit der fallengelassenen Brieftasche beherrschte er wirklich fabelhaft. Er war ein vielseitiger und begabter Schauspieler, könnte man sagen. Er hatte sich verschiedene Sorten Berufskleidung besorgt und trat in den unterschiedlichsten Rollen auf, vom Eisenbahner bis zum staatlichen Straßeninspektor. Ein paarmal stülpte er sich seinen Hut quer über den Kopf, klemmte sich eine billige Brille aus einem Fünf- und Zehn-Cent-Laden auf die Nase und spielte den Baptistenprediger. Und ich machte meine Sache auch nicht schlecht, wie ich wohl sagen darf. Immerhin mußte ich die Leute, mit denen wir dieses Geschäft machten, ganz allein aussuchen.

Gegen Ende des Sommers fuhren wir in den Südosten von Alabama hinunter. Dort wurde damals das große Geld mit Erdnüssen verdient, und nach allem, was in den Zeitungen stand, war die Ernte in diesem Jahr besonders gut gewesen. Long Boy war in der Gegend aufgewachsen. Er wußte, welche Städte für unsere Arbeit am günstigsten waren. Wir beschlossen, in Dothan anzufangen. Dothan war der Sitz der Bezirksverwaltung und hatte einige der größten Erdnußmühlen. Als wir am späten Nachmittag dort ankamen, machten wir gleich einen Streifzug durch die Stadt, weil Long Boy mir die Straße zeigen wollte, in der die Ölmühlen ihre kleinen Büros hatten. Wie immer besprachen wir dabei auch ausführlich, wie wir am nächsten Tag vorgehen wollten. Dann fuhren wir weiter nach Enterprise, um dort zu übernachten. In einer Stadt, in der wir mit Brieftaschen arbeiteten, blieben wir nie über Nacht. Auf diese Weise konnte, falls später die Polizei nach uns suchte, keiner eine Beschreibung von uns geben oder etwa sagen, was für einen Wagen wir fuhren.

Unterwegs, während wir die dreißig Meilen nach Enterprise fuhren, sagte Long Boy beiläufig: »Dann wollen wir morgen mal eine Brieftasche mit fünfzehnhundert Dollar nehmen.«

Ich dachte, das sollte ein Witz sein. Als ich sah, daß er's ernst meinte, starrte ich ihn fassungslos an.

Er lachte. »Was ist los, Spatz? Hast du die Sprache verloren?«

»Du bist komplett verrückt«, sagte ich. »Was zuviel ist, ist zuviel.«

Er sah mich spöttisch an. »Ist nicht zuviel, wirst schon sehen«, sagte er. »Ich kenn doch meine Erdnußfarmer. Harte oder gute Zeiten, die kassieren ihre Gutscheine von den Ölmühlen und haben hinterher oft ein paar tausend Dollar in bar in der Tasche. Einfach so. Viele trauen den Banken nicht, aber auch die anderen gehen erst gern 'n bißchen mit ihrem Geld spazieren, weil's sich so schön anfühlt in der Brusttasche.«

»Na gut, aber woran soll ich so einen Kerl erkennen?« fragte ich.

»Oh, keine Angst, du wirst sie schon erkennen!« sagte Long Boy. »Du riechst Geld so sicher wie die Bienen den Wein.«

Ich mußte lachen. Der alte Gauner.

Long Boy sagte: »Wenn du Farmer siehst, die einen krummen

Rücken von der Arbeit haben und sonnenverbrannte Gesichter und tiefe Furchen hinten im Nacken – mit denen brauchst du dich gar nicht erst aufzuhalten. Laß dir Zeit und sieh dir alle genau an. Nimm dir einen aufs Korn, der einen sauberen Overall anhat, einen mit einem Schmerbauch und einem rosigen Gesicht. Weißt du, so einen, dem man ansieht, daß er sich auch mit Plattfüßen für unwiderstehlich hält. Das sind die, die das Geld haben. Oder die schnell an Geld rankommen. Mach dir also keine Sorgen.«

Ich machte mir trotzdem Sorgen. Vor allem, als Long Boy abends eine Brieftasche für fünfzig Cent aus dem Koffer nahm, sie im Badezimmer über die Fliesen rieb, damit sie etwas abgenutzt aussah, und dann fünfzehnhundert Dollar hineintat, lauter Scheine zu fünfzig, zwanzig und zehn Dollar. Ich glaube, ich hatte noch nie so viel Geld auf einem Haufen gesehen. Es war wirklich ein hübscher Anblick, so eine prall gefüllte Brieftasche. Damit mußte man einen Erdnußfarmer schon ködern können.

Als wir am nächsten Morgen in den Wagen stiegen und nach Dothan fuhren, war ich so kribbelig wie eine Katze, die Angst um ihre Jungen hat. Long Boy dagegen war die Ruhe selbst. Er pfiff und summte vergnügt vor sich hin, als machten wir eine Spazierfahrt. Zwei, drei Meilen vor Dothan hielten wir an, und Long Boy zog einen gestreiften Overall und eine Überjacke an, wie sie die Eisenbahner tragen. Diesmal setzte er dazu sogar noch eine Maschinistenmütze auf und band sich ein Tuch um den Hals. Dann fuhren wir weiter nach Dothan und parkten den Wagen in der Nähe des Gerichtsgebäudes. Long Boy gab mir die dicke Brieftasche und grinste. »So, dann wollen wir mal einen fetten reichen Farmer disponieren, Schätzchen.«

Das war ein Vormittag! Was bin ich hin und her gelaufen, immer die Straße rauf und runter. In den Büros der Ölmühlen gingen viele Farmer aus und ein, aber keiner sah so aus, als wäre er unser Mann. Ich bin bestimmt nicht viel länger als eine Stunde rumgelaufen, aber mir kam es vor wie eine Ewigkeit. Long Boy muß es ähnlich gegangen sein. Ab und zu sah ich ihn, wie er ein paar Häuser weiter die Straße entlangschlenderte und sich die Schaufenster ansah.

Endlich kam aus einem der Büros ein Mann, der aussah, als

wäre er der richtige – genau so, wie Long Boy mir die reichen Farmer beschrieben hatte. Er hatte ein rosiges Gesicht und war so dick, daß sich sein sauberer Overall über dem Bauch spannte. Er sah aus, als würde er immer nur im Lieferwagen herumfahren und den Feldarbeitern sagen, was sie zu tun hatten. Er stolzierte gewichtig die Straße hinauf, und ich ging dicht hinter ihm her. An der Ecke, vor dem Kaufhaus Blumberg, blieb er stehen und lehnte sich mit dem Rücken an die Wand. Er stand einfach da und sah sich um, als gehörte ihm die Welt.

Ich hielt mich so dicht wie möglich an den Häuserwänden. Als ich von dem Mann nur noch ungefähr drei Meter entfernt war, vergewisserte ich mich, daß er nicht in meine Richtung sah, und ließ dann die Brieftasche unter meiner Jacke heraus auf den Bürgersteig fallen. Einen Augenblick später stieß ich einen leisen, aber deutlich hörbaren Laut der Überraschung aus, stürzte auf die Brieftasche zu und hob sie auf. Der Farmer hatte meinen Ausruf natürlich gehört. Als ich mich wieder aufrichtete, beobachtete ich, daß er zu mir herübersah und, wie Männer das immer taten, automatisch nach seiner Brusttasche griff, um sich zu vergewissern, daß die Brieftasche nicht die seine war. Ich stand unterdessen da und hielt die Brieftasche in der Hand, als wüßte ich nicht, was ich damit anfangen sollte. Schließlich ging ich auf ihn zu und hielt ihm die Brieftasche hin. »Mister«, fragte ich, »haben Sie das verloren?«

Er machte ein erhabenes Gesicht. Seine beiden Eckzähne funkelten golden, und er trug eine randlose Brille. »Nein, das hab ich nicht, kleines Fräulein«, sagte er. »Sie gehört nicht mir.«

Ich setzte eine hilflose Miene auf: »Ich hab sie gefunden.«

»Ja, das hast du«, sagte er. Er streckte die Hand aus. »Na, laß mal sehen, ob wir einen Namen darin finden.«

In dem Augenblick, als er die Brieftasche fühlte, veränderte sich sein Gesichtsausdruck. Und als er sie aufmachte und all das Geld sah, blieb ihm die Luft weg. Wie erstarrt stand er da. Dann streckte er die Zungenspitze heraus und fuhr sich damit über die Lippen. Und Sie werden es nicht glauben, aber das erste, was er tat, war, daß er das Geld zählte. Er nahm sich Zeit dafür und achtete darauf, daß auch ja nicht zwei Scheine aneinanderklebten. Als er das Geld gezählt hatte, stand er da und starrte wie betäubt vor sich hin.

»Was soll ich machen, Mister?« fragte ich.

»Ach so, ja«, sagte er. Erst jetzt fiel ihm wieder ein, daß er nachsehen wollte, ob sich ein Name in der Brieftasche fand. Und nachdem er vergeblich gesucht hatte, sagte er: »Ja, also … ich glaube … ich nehme an, hm …«

In dem Augenblick kam Long Boy um die Ecke geschlendert, und er sah aus, als hätte er eben gerade seine Lokomotive aufs Abstellgleis gefahren. Ich stieß einen leisen Schrei aus und sagte: »Oh, da kommt mein Daddy!« Ich lief auf Long Boy zu und rief: »Daddy, Daddy, stell dir vor, ich hab eine Brieftasche gefunden, mit ganz viel Geld drin!«

Long Boy lachte und sagte in freundlich-geduldigem Ton: »Was du nicht alles findest.« Er nickte dem Farmer lächelnd zu, als bäte er ihn, das törichte Geplapper eines Kindes, das es nicht besser weiß, zu verzeihen. »Hallo«, sagte er.

»Hallo«, sagte der Mann, ohne eine Miene zu verziehen. Wortlos überreichte er Long Boy die Brieftasche.

Long Boy nahm sie, und sein Lächeln erstarb. »Barmherziger Gott!« sagte er verdutzt. »Das Ding ist ja voller Geld.« Er ließ den Daumen über die Scheine gleiten. »Mann, das sind ja glatt vierhundert, fünfhundert Dollar!«

»Es sind genau fünfzehnhundert«, sagte der Mann, und es klang richtig feierlich, wie er das sagte.

»Nein!« Long Boy ließ den Unterkiefer sinken. Gleich darauf stieß er einen leisen Pfiff aus. Er tat so, als brauchte er ein paar Sekunden, um diese Mitteilung zu verkraften. Dann begann er in der Brieftasche herumzufingern, als suchte er nach einem Namen.

»Steht kein Name drin, und ist auch sonst nichts drin, kein Zettel, kein Brief, nichts!« sagte der Mann. »Hab schon nachgesehn.«

»Kein Name!« sagte Long Boy fassungslos. »So ein Leichtsinn … Was soll man dazu sagen …« Er schüttelte den Kopf und machte ein nachdenkliches Gesicht. Schließlich sagte er: »Ja, ich glaube, da müssen wir …« Plötzlich hielt er inne und wandte den Kopf. Ein paar Leute gingen vorüber. Er sah sich um, so als ob er sich vergewissern wollte, daß keiner uns beobachtete. Dann sagte er, und er flüsterte fast: »Wissen Sie was, Mister, wir sollten das besser in einer ruhigen Ecke besprechen. Gehn wir da 'n Stück zum Gericht rüber.«

»Gut, schon recht«, sagte der Farmer.

Als wir eben die Straße überqueren wollten, streckte Long Boy dem anderen die Hand hin. »Mein Name ist Renfrow. Sam Renfrow. Ich bin Lokführer.«

Der Mann gab ihm die Hand. »Tom Goolsby. Bin Farmer.« Dabei ließ er die Brieftasche keine Sekunde aus den Augen.

Wir kamen zu der Mauer, die den Gerichtsplatz umgab. Long Boy blieb stehen. »Tja«, sagte er, »eigentlich müßten wir das Geld ja wohl zur Polizei bringen.« Er sah Mr. Goolsby an. Mr. Goolsby sah Long Boy an. Dann nickte er.

»Das Dumme ist nur«, fuhr Long Boy fort, »daß ich diesen Saftspechten nicht über den Weg traue. Die teilen sich die Piepen wahrscheinlich, und fertig, Schluß. Wundern würd's mich jedenfalls nicht.«

»Das fürchte ich auch«, sagte Mr. Goolsby.

»Ich will mir bei Gott nichts nehmen, was mir nicht gehört«, sagte Long Boy. »Das bring ich einfach nicht fertig. Aber wenn keiner auf diese Brieftasche Anspruch erhebt, ich glaube, dann ist es nur recht und billig, daß meine Kleine siebenhundertfünfzig Dollar bekommt. Und Sie denken ganz bestimmt ähnlich über Ihren Anteil.«

An diesem Punkt wehrten die Leute manchmal ab und sagten, ich hätte das Geld schließlich gefunden, also würde es mir ganz gehören. Aber Mr. Goolsby, das war klar, hatte sich von Anfang an als Teilhaber betrachtet. »Klar tu ich das«, sagte er. »Was recht ist, ist recht.«

»Ich hab natürlich nicht allzuviel Mitleid mit so einem leichtsinnigen Vogel«, sagte Long Boy und lachte spöttisch. »Wenn der soviel Geld mit sich rumträgt und dann noch in einer Brieftasche ohne Namen, dann hat er's auch nicht anders verdient.«

»Wahrscheinlich irgend so ein betrunkener Kerl«, sagte Mr. Goolsby.

»Vielleicht hat er's sogar gestohlen«, sagte Long Boy.

»Würd mich gar nicht wundern«, sagte Mr. Goolsby.

»Andererseits will man ja auch keine Scherereien haben, mit Gerichten und so«, sagte Long Boy. »Ich hab nie Scherereien mit dem Gesetz gehabt, in meinem ganzen Leben nicht, Gott sei Dank. Ich bin ein rechtschaffener Mensch.«

»Geht mir genauso«, sagte Mr. Goolsby. »Hab noch nie ein Gefängnis von innen gesehen.«

Long Boy brachte so etwas wie einen Seufzer zustande und legte seine Hand auf meinen Kopf. »Aber ich hab auch nichts dagegen, daß meine Kleine siebenhundertfünfzig Dollar kriegt.«

Mr. Goolsby räusperte sich. »Na ja, was wollen Sie? Spricht man nicht vom glücklichen Finder ...?«

Long Boy sah ihn bedächtig lächelnd an, schüttelte dann den Kopf, schob die Unterlippe vor und tat so, als würde er angestrengt nachdenken. Nach einer Weile schlug er sich lachend mit der Hand vor den Kopf. Er sah mich an und sagte: »Ich hab's, ich weiß, was wir tun, Mäuschen. Darauf hätt ich aber auch eher kommen können. Ich rufe Cousin Aaron an.«

Ich grinste ihn so blöd an, wie ich nur konnte. »Cousin Aaron weiß sicher, was wir tun müssen«, sagte ich.

Mr. Goolsby machte ein etwas säuerliches Gesicht. Long Boy wandte sich wieder ihm zu. »Nehme an, Sie kennen Aaron Renfrow«, sagte er. Aaron Renfrow war der berühmteste Rechtsanwalt weit und breit. »Er ist ein Cousin von mir.«

»Ich hab von ihm gehört«, sagte Mr. Goolsby. Er zögerte einen Augenblick, dann räusperte er sich wieder. »Ich will Ihnen ja nicht reinreden, aber wenn Sie sich erst mit Anwälten einlassen, dann –«

»Aaron?« unterbrach ihn Long Boy lachend. »Keine Angst. Der olle Aaron ist mein bester Freund.« Er gab Mr. Goolsby die Brieftasche und strich mir mit der Hand über den Kopf. »So, und jetzt bleibst du mal hübsch hier bei Mr. Goolsby, mein Püppchen, und wartest«, sagte er. »Ich geh nur eben mal schnell ins Gericht und telefoniere von da aus mit Cousin Aaron.«

Mr. Goolsby setzte sich auf die Umfassungsmauer und strich liebkosend über die Brieftasche. Ich kletterte zu ihm hinauf. »Mein Daddy ist Lokomotivführer«, sagte ich.

»Ja, das hat er mir erzählt«, sagte Mr. Goolsby.

»Wir wohnen oben in Cottonwood«, sagte ich. »In einem Backsteinhaus.«

»Aha«, sagte er.

»Und wo wohnen Sie?« fragte ich.

»Drüben, in der Nähe von Ardilla«, sagte er.

»Mein Daddy ist Schatzmeister bei der Methodistengemeinde«, sagte ich.

»Aha«, sagte er wieder.

»Darum sind wir heute in die Stadt gekommen«, sagte ich. »Daddy mußte zur Bank und Geld vom Konto der Gemeinde abheben. Die Kirche soll ein neues Dach bekommen.«

»Aha«, sagte er.

»Und in welche Kirche gehen Sie?« fragte ich.

»Oh, wir gehören zur Pfingstkirche«, sagte er.

»Das sind nette Leute«, sagte ich.

Bis Long Boy zurückkam, hatte ich Mr. Goolsby so weit, daß er mir von seinen Kindern erzählte. Long Boy sah ihn strahlend an. »Zahlt sich doch aus, wenn man 'nen guten Anwalt in der Familie hat«, sagte er. »Das Geld ist so gut wie unser.«

»Wieso?« fragte Mr. Goolsby.

»Oh, das ist ganz einfach«, sagte Long Boy. »Cousin Aaron sagt, die Gesetzesbestimmungen sind da so klar wie nur möglich. Man braucht nur genausoviel Geld zu hinterlegen, wie man gefunden hat – zum Beweis, daß man kein Betrüger ist oder so. Das ist alles. Dann setzt man eine Anzeige in die Zeitung, daß man das Geld gefunden hat. Wenn sich innerhalb von sieben Tagen keiner meldet, gehört das Geld dem Finder, ganz legal.« Er zwinkerte Mr. Goolsby zu und sagte lachend: »Nur sagt das Gesetz nichts darüber, wo man die Anzeige aufgeben muß. Cousin Aaron will ein Inserat in einem kleinen Blättchen oben in Troy aufgeben.«

Zum erstenmal ging ein Lächeln über Mr. Goolsbys Gesicht. Und es sah so aus, als hätte er um ein Haar laut aufgelacht. »Gütiger Gott! Ich muß schon sagen, das ist wirklich gut!« sagte er.

Long Boy sah ihn plötzlich ganz ernst an und wand sich, als ob er verlegen wäre. »Mr. Goolsby, bitte, nehmen Sie mir's nicht krumm«, sagte er, »aber Cousin Aaron hat mir ausdrücklich geraten, ich soll es tun. Er ist erst heute nachmittag um vier wieder in seinem Büro, und ich hab um zwei Uhr wieder Dienst. Um vier brause ich schon mit 'ner Schnellzuglok durch die Gegend von Quincey, ich muß Ihnen also meinen Anteil an der Garantiesumme jetzt gleich geben. Das heißt, ich … also gut, ich muß Ihnen einen ganzen Haufen Geld anvertrauen. Ich will Sie nicht beleidigen, aber Sie verstehen sicher, wenn ich Sie bitte, daß Sie mir einen Ausweis zeigen, irgendein Papier, aus dem bervorgeht, daß Sie sind, wer Sie sagen, daß Sie sind.«

Das war das, was Long Boy den Knüller nannte.

»Klar«, sagte Mr. Goolsby. »Geschäft ist Geschäft.« Er griff in seine Tasche und zog eine abgewetzte alte Brieftasche hervor. »Hier ist meine Karte vom Viehzüchterverband Bezirk Houston«, sagte er, »und hier mein Kriegsveteranenausweis … hier meine Steuerquittung … meine –«

»Das reicht, das reicht«, sagte Long Boy. Er lächelte und tat beschämt. »Ich hätt Sie ja nicht gefragt, nur … ehrlich gesagt, das Geld, das ich bei mir hab, ist nicht meins. Es gehört meiner Gemeinde, aber ich nehme an, die können's ein paar Tage entbehren. Was für 'n Glück, daß ich's zufällig dabeihabe.«

»Tja, wie man so sagt, Geld heckt Geld«, sagte Mr. Goolsby.

»Und Sie wollen jetzt sicher auf Ihre Bank gehen, nehme ich an«, sagte Long Boy.

»Nicht nötig, Sir, ich kann meinen Anteil gleich aus der Tasche bezahlen«, sagte Mr. Goolsby.

Long Boy machte ein verblüfftes Gesicht. »Was, Sie schleppen siebenhundertfünfzig Dollar so einfach bar mit sich rum?« fragte er.

»Manchmal schon«, sagte Mr. Goolsby mit überheblicher Miene.

Long Boy sah aus, als wäre er zutiefst beeindruckt. »So, und jetzt müssen wir das gefundene Geld und unsere Garantiesumme in einen Umschlag stecken, den Umschlag zukleben und unsere Namen hinten über die Lasche schreiben«, sagte er. »Wenn Sie dann zu Cousin Aaron gehen, macht der sein Siegel drauf und beglaubigt die Sache. Dann können Sie den Umschlag bei ihm im Safe lassen oder mit nach Hause nehmen – nur verlieren Sie ihn bloß nicht, Mr. Goolsby.«

»Und was berechnet er dafür?« fragte Mr. Goolsby.

»Cousin Aaron?« Long Boy sah ihn überrascht an. »Wieso? Überhaupt nichts. Mann, ich sag Ihnen doch, Cousin Aaron ist mein bester Freund.« Er lachte. »Na ja, das Zeitungsinserat, das müssen wir wohl bezahlen.«

Long Boy wandte sich an mich. »Komm, Mäuschen, lauf mal schnell rüber ins Gericht und laß dir im Bezirksbüro den größten Umschlag geben, den sie haben. Sag, dein Daddy schickt dich.«

Ich rannte zum Gerichtsgebäude, ging rein, sah mich um und entdeckte hinter der breiten Treppe eine dunkle Ecke. Dort hob ich meinen Rock hoch und zog den braunen Umschlag hervor, den ich unter meinem Hemdchen direkt auf dem Leib trug. Ich wartete noch ein, zwei Minuten, und dann rannte ich wieder zurück. Long Boy hielt sein Geld schon abgezählt in der Hand. Mr. Goolsby langte in seine Overalltasche und zog eine Rolle funkelnagelneuer Scheine heraus. Er zählte sieben Hundert-Dollar-Noten und einen Fünfzig-Dollar-Schein ab. Long Boy leerte die Brieftasche, tat alles Geld zusammen und schob es in den Umschlag. Dann fuhr er mit der Zunge über die gummierte Lasche und klebte den Umschlag zu. Mit einem breiten Grinsen wog er ihn in der Hand. »Mein lieber Mann!« sagte er. »Eine ganz schöne Stange Geld!«

Long Boy bat Mr. Goolsby um seinen Füllfederhalter. Er legte den Umschlag auf die Mauer und wollte seinen Namen über die Lasche schreiben. »Nee, geht nich«, sagte er, »ist zu rauh.« Er lachte. »Drehn Sie sich mal um, Herr Nachbar, Ihr Rücken gibt 'ne bessere Unterlage ab.« Mr. Goolsby kehrte ihm den Rücken zu und bückte sich. Im Handumdrehen hatte Long Boy den Umschlag in die Tasche geschoben und einen anderen herausgezogen, der ganz genauso aussah – wir hatten ihn mit ausgeschnittenen Seiten aus einem Kaufhauskatalog vollgestopft. Nachdem Long Boy seinen Namen über die Lasche geschrieben hatte, lachte er wieder und hielt ihn Mr. Goolsby unter die Nase. Dann drehte er sich um, damit Mr. Goolsby auf seinem Rücken unterschreiben konnte.

Nach dieser Prozedur sah er Mr. Goolsby lächelnd an. »Seien Sie bitte Punkt vier in Cousin Aarons Büro. Es ist im Gebäude der First National Bank. Ich bleib mit Cousin Aaron in Verbindung, aber ich schlage vor, daß wir uns heute in einer Woche bei ihm treffen. Und dann teilen wir uns die Beute, was?« Er streckte die Hand aus. »Ich werd Sie bestimmt nicht vergessen, Mr. Goolsby«, sagte er.

Mr. Goolsby schüttelte ihm die Hand und rang sich noch einmal ein dünnes Lächeln ab. »Na, da haben wir uns ja, scheint's, gegenseitig Glück gebracht«, sagte er.

6

Long Boy prahlte gern und behauptete immer, wir seien schließlich für Alabama zu groß geworden. Aber ganz so ist das nicht. Ich glaube sogar, es stimmt überhaupt nicht. Ich habe immer das Gefühl gehabt, wir hätten in Alabama sehr gut weiterarbeiten und bis an unser Lebensende bleiben können, wenn Long Boy nicht wegen Miss Trixie Delight den Verstand verloren hätte. Eins steht wenigstens fest: wenn er vor Trixie nicht so angegeben hätte, dann wäre er auch nie auf die Idee gekommen, dieses Angeberauto zu kaufen. Es war ein Wagen, knallgelb wie ein Kanarienvogel, und natürlich mußten wir darin auffallen wie zwei Dreckspatzen auf einem goldenen Teller. Nein, nein, wenn Long Boy sich nicht so in Trixie verknallt hätte, dann wären wir bestimmt nicht so leicht in Schwierigkeiten geraten und hätten nicht Hals über Kopf aus Alabama verduften müssen.

Eigentlich hab ich gar keine Lust, Ihnen die Geschichte mit Trixie zu erzählen. Diese blöde Kuh hat uns nur Unglück gebracht. Außerdem kann auch ich nicht gerade sagen, daß ich besonders stolz darauf sei, wie ich Trixie am Ende abgehängt habe. Nicht daß ich mich deswegen geniere. Keine Spur. Auf einen erwachsenen Mann aufpassen, das ist weiß Gott ein hartes Geschäft. Da darf man als Frau nicht zimperlich sein und keine Mittel scheuen, sonst ist es aus und vorbei.

Das ganze Theater fing an, als Long Boy und ich zum Jahrmarkt nach Cullman fuhren. Da oben werden hauptsächlich Erdbeeren angebaut, und wir wollten mit ein, zwei Brieftaschen ins Geschäft kommen. Als wir das erste Mal über den Rummelplatz schlenderten, sahen wir schon, daß die Chancen nicht gut für uns standen.

Die meisten großen Erdbeerfarmer sind Deutsche, na, und Sie wissen ja, die Deutschen sind vorsichtige Leute – die sind immer auf der Hut, besonders wenn es ums Geld geht. Sie wußten, wie man sich gegen Betrüger schützt. Überall, wo man hinsah, standen mißtrauische Polizisten und Schnüffler rum. Ich glaube, man hätte sich bloß nach einer Brieftasche zu bücken brauchen, dann hätten sich schon zwei oder drei von diesen Typen auf einen gestürzt. Long Boy hatte die Lage sofort erfaßt und wollte weiterfahren, aber ich bettelte, wir sollten noch ein bißchen bleiben.

Ich kann das nicht richtig erklären. Nichts erbittert mich so, wie wenn alte Leute rührselig werden und von ihrer schönen Kindheit schwärmen. Wer auch nur ein Fünkchen ehrlich ist, singt da ein anderes Lied. Groß werden, das ist keine leichte Sache, das tut oft weh, und sehr jung sein ist einfach demütigend. Trotzdem gibt es, glaube ich, ein paar echte Freuden in der Kindheit, und der erste Jahrmarktsbesuch ist wahrscheinlich eine davon. Wenigstens war es bei mir so. Vielleicht hat dieser Jahrmarkt mir die Märchen ersetzt, die mir keiner erzählt hat, und all die schönen Kinderbücher, die ich nie gelesen hatte. Die Geräusche und die Gerüche und was es da alles zu sehen gab; auf diesem kleinen, bescheidenen Rummelplatz! Für mich war es eine Zauberwelt, wie ein schöner Traum. Wenn ich heute irgendwo rieche, wie Zucker in einem Topf gebräunt wird, dann brauche ich nur die Augen zu schließen, und schon sehe ich alles wieder vor mir. Ich weiß noch, wie ich staunte, als eine rothaarige Frau mir meine erste Portion rosa Zuckerwatte drehte. Ich weiß noch, wie ich das erste Mal in einen kandierten Apfel biß, den ich an einem Stöckchen hielt. Und ich weiß auch noch, wie mir das Herz bis zum Halse schlug, als ich zum erstenmal in einem Riesenrad saß und es höher und höher ging.

Und ich hatte großes Glück. Nicht viele Kinder bekamen damals, in diesen harten Zeiten, das Geld für einen Jahrmarktsbesuch von ihren Eltern. Long Boy gab mir, soviel ich haben wollte, und ich hab alles gründlich ausgekostet. Ich sah mir alles, was es zu sehen gab, mindestens zweimal an und bin mit allem, womit man fahren konnte, mindestens zwei-, dreimal gefahren. Ich war meist schon zur Stelle, wenn die Buden aufmachten, und ich ging abends erst, wenn ein kleiner, o-beiniger Mann eine hohe wacklige Leiter hinaufkletterte und von einer winzigen Plattform aus rückwärts einen Salto in einen mit Wasser gefüllten Tank machte, auf dessen Oberfläche Benzin lodernd brannte. Ich weiß noch, er nannte sich Großer Sindbad. Und wenn er triumphierend und mit den Armen winkend aus dem Tank herausstieg, kam jedesmal ein hübsches Mädchen angelaufen, das bestimmt zweimal so groß war wie er, und hüllte ihn in einen Bademantel und gab ihm einen Kuß.

Komisch, wofür die Leute damals ihr gutes Geld ausgegeben haben! Eine der größten Attraktionen auf diesem Jahrmarkt war der »Steinerne Mann«. Man bezahlte zehn Cent und ging hinein, und da lag auf einer Holzpritsche ein armer, ausgemergelter alter Mann, der nur mit einem Lendenschurz oder so bekleidet war. Man sah sofort, daß er an irgendeiner schrecklichen Krankheit litt, die ihn völlig gelähmt hatte. Sobald sich genügend Zuschauer angesammelt hatten, kam ein dicker, schwitzender Mann von draußen herein, nahm einen kleinen Holzhammer und klopfte damit dem gelähmten Mann auf verschiedene Körperstellen – *klick, klick, klick, klick*. »Spürst du das, Steinerner Mann?« rief er dann. »Spürst du, wie ich auf dir herumhämmere?« Der alte Mann antwortete mit krächzender Stimme: »Nein, ich spüre überhaupt nichts. Mein Körper ist aus Stein.«

In einem anderen Zelt war ein Mann ausgestellt, dem bei einem Unfall ein Stück von seinem Schädel abgerissen worden war. Ich hab vergessen, wie sie ihn nannten, aber draußen hingen große Bilder, auf denen man einen Mann sah, dessen ganzes Gehirn bloßlag, und auf den Schildern stand: EIN LEBENDES MENSCHLICHES HIRN – DAS MÜSSEN SIE GESEHEN HABEN. Natürlich war es in Wirklichkeit gar nicht so aufregend. Man ging rein, und drinnen saß ein ganz gewöhnlich aussehender Mann mit einer schwarzen Kappe auf dem Kopf und las Zeitung. Nach einer Weile legte er seine Zeitung beiseite, stand auf und erzählte lange Geschichten, was für ein medizinisches Wunder er sei, so was gäb's überhaupt nicht noch mal, und die berühmtesten Ärzte aus aller Welt seien angereist gekommen und hätten sein Gehirn untersucht. Zum Schluß nahm er die Kappe ab, und da sah man dann tatsächlich ein Stück von seinem Gehirn, und man sah, wie es unter einer dünnen Hautschicht pulsierte.

Die allergrößte Attraktion aber war die Schau »Halb Mann, halb Frau«. EIN IRRTUM DER NATUR stand auf den Schildern. EIN ECHTER HERMAPHRODIT. KOMMEN, SEHEN, STAUNEN SIE. Die Leute kicherten und tuschelten, aber sie zahlten ihre zehn Cent und strömten hinein, in der sicheren Erwartung, betrogen zu werden. Das wurden sie jedoch nicht. Nein, das, was die Bilder draußen versprachen, Sie wissen schon, eine schöne Frau und ein gut aussehender Mann in einer Person, das bekamen sie nicht zu sehen. Aber ich sage mir immer, es war doch eine ziemlich ungewöhnliche Schau für damals, vor allem wenn man bedenkt, wie gesittet und genierlich die Leute angeblich waren. Die Genehmigung bekamen die Veranstalter sicher nur, weil sie das Zelt in der Mitte durch eine Leinwand abgeteilt hatten. Auf der einen Seite gingen die Männer und die Jungens rein und auf der anderen die Frauen und die Mädchen.

Am Ende des Zelts war ein Podium aufgebaut, und nach einer Weile stieg ein dicklicher kleiner grauhaariger Mann in einem einfachen blauen Bademantel da hinauf und begann mit leiser Stimme zu sprechen. Er sagte, er sei vierundfünfzig Jahre alt und mit den Geschlechtsorganen sowohl eines Mannes wie einer Frau auf die Welt gekommen. Bis zu seinem fünfzehnten Lebensjahr, sagte er, habe er wie ein Mädchen gelebt und sich auch so angezogen, aber dann habe er sich mehr als Mann gefühlt, und von da an habe er männliche Kleidung getragen. Die Mediziner, erzählte er, hätten sich immer sehr für seinen Fall interessiert, und zahllose Ärzte hätten ihn schon untersucht, aber keiner habe ihm helfen können. Danach ließ er den Bademantel fallen und stand splitternackt da. Er sah tatsächlich aus wie eine Frau – wie eine junge Frau. Sein pummeliger bleicher Frauenkörper mit den kleinen vorstehenden Brüsten wirkte so, als hätte er nichts zu tun mit dem weißen Haar des Mannes und dem vierundfünfzig Jahre alten Gesicht. Nachdem ihn alle ausgiebig betrachtet hatten, griff er in sich hinein und zog seine männlichen Geschlechtsorgane hervor – einen winzigen Pimmel und ein Säckchen mit zwei Kugeln.

Beim Hinausgehen kicherte von den Zuschauern keiner mehr. Sie hatten fast genau das gesehen, wofür sie bezahlt hatten, aber ihnen war nicht recht wohl dabei. Ich nehme an, so liegt es nun mal in der Natur des Menschen. Die meisten lassen sich lieber betrügen, als daß sie sich etwas zeigen lassen, wobei ihnen unbehaglich zumute ist.

An den Zwittermenschen erinnere ich mich vielleicht auch deshalb so gut, weil er in demselben Hotel wohnte wie wir. Ich sah ihn jeden Morgen im Speisesaal beim Frühstück und manchmal auch spätabends in der Hotelhalle, wenn er vom Jahrmarkt zurückkam. Er war immer sehr ordentlich gekleidet, und sein langes weißes Haar, das ihm bis über den Kragen fiel, war sorgfältig gekämmt. Er hatte einen trippelnden Gang, und er hob nie die Augen, sondern blickte immer auf den Boden. Er tat mir furchtbar leid. Eines Morgens, als er das Hotel verließ und ich gerade reingehen wollte, sagte ich, ohne darüber nachzudenken: »Guten Morgen, Mister.«

Sie können sich nicht vorstellen, wie erfreut, wie dankbar er mich da angelächelt hat. Er blieb stehen und sah sich um, so als hoffte er, alle hätten beobachtet, daß ich ihn gegrüßt hatte. »Oh, guten Morgen, kleines Fräulein«, antwortete er, und er lächelte noch immer, als er über den Bürgersteig trippelte und in ein dort wartendes Taxi stieg.

Hinterher habe ich oft bedauert, daß ich Long Boy während der Woche, die ich auf dem Jahrmarkt verbrachte, mehr oder weniger aus den Augen verloren hatte. Gewiß, er war immer irgendwo in der Nähe. Aber ich habe eben nicht so auf ihn aufgepaßt, wie ich hätte aufpassen sollen. Natürlich wußte ich, daß er jeden Tag stundenlang vor einer Schaubude herumlungerte, die sich »Der Harem des Sultans« nannte. Aber ich dachte mir nichts weiter dabei. Viele Männer lungerten in der Nähe dieses Harems herum, vor allem abends, nach zehn Uhr, wenn jede zweite Schau nur für Männer zugelassen war. Was ich vom »Harem des Sultans« gesehen hatte, konnte mich nicht reizen – für mich war das ein Stall voll dicker Mädchen, die in dünnen Fähnchen herumhopsten. Ich wußte auch, daß Long Boy manchmal abends noch ausging, nachdem er mich im Hotel zu Bett gebracht hatte. Aber auch daran war ich gewöhnt.

Erst am Abend, bevor wir von Cullman weiterfuhren, kriegte ich spitz, daß etwas Ungewöhnliches im Gange war. Long Boy räusperte sich umständlich und ausdauernd wie immer, wenn er mir etwas Wichtiges mitteilen wollte, und sagte schließlich: »Hm, ja, Addieschatz, ich wollte dir noch sagen, ich hab 'ner Dame versprochen, daß wir sie nach Mobile mitnehmen, wenn wir morgen fahren. Die Dame und ihre Zofe.«

Das kam überraschend für mich. »Mobile?« sagte ich. »Ich wußte gar nicht, daß wir nach Mobile fahren.«

»Doch, doch«, sagte er. »Da wollte ich schon lange mal hin. In Mobile, da können wir 'ne Menge gute Geschäfte machen.«

Ich wußte, daß er log. Ich wußte immer ganz genau, wann Long Boy log. Er log immer dann, wenn sein Ton besonders ehrlich klang.

»Und wie heißt die Dame?« fragte ich.

»Hm, ach so, ja ... Miss Delight«, sagte er. »Trixie Delight.«

»Komischer Name«, sagte ich.

Long Boy lachte kurz auf. »Na ja, weißt du, das ist ihr Künstlername. Die Leute im Schaugeschäft, die haben doch immer so komische Namen, verstehst du? Sie ist Tänzerin.«

»Im ›Harem des Sultans‹?« fragte ich.

Und ich verzog dabei keine Miene, darauf achtete ich in solchen Fällen immer sehr. Aber Long Boy wurde rot im Gesicht. »Nun denk mal nicht gleich wieder was Schlechtes über dieses Mädchen«, sagte er. »Sie ist 'ne richtige Dame. Und das ist mit der Grund, warum sie vom ›Harem des Sultans‹ weg will. Die Leute da sind ihr zu gewöhnlich. Sie ist was Besseres. Sie kommt aus 'ner piekfeinen Familie. Und auf der High School ist sie auch gewesen.«

Am nächsten Morgen fuhren Long Boy und ich also zu einer Pension in der Nähe des Jahrmarkts und holten Trixie Delight und ihre Zofe ab. Aber erst mußten wir zwei Stunden warten, bis Trixie aufgestanden war und sich angekleidet und gefrühstückt hatte. Trixie konnte nie pünktlich sein. Aber das schien ihr nichts auszumachen, und es war ja auch nicht so wichtig. Ich will nicht lügen – als Trixie dann endlich herausgeputzt und frisch frisiert zum Wagen kam, da war ich einfach baff. Nicht daß ich sie für die schönste Frau der Welt gehalten hätte, aber die auffälligste war sie bestimmt.

Sie hatte platinblondes Haar, und das fiel mir als erstes auf. Bedenken Sie, wie ungewöhnlich das damals war. Es gab nur wenige Frauen, die den Mut hatten, sich ihr Haar zu färben, und noch weniger, die wagten, es sich hell zu färben. Man benutzte dazu Wasserstoffsuperoxyd oder Henna. Ich hab nie rausbekommen, wie Trixie es fertigbrachte, sich ihr Haar platinblond zu bleichen, aber soviel ich weiß, hatte damals nur *eine* andere Frau solches Haar, und das war Jean Harlow, die berühmte Filmschauspielerin. Trixies Haut war so sahnig weiß wie eine Magnolienknospe. Und sie hob das noch hervor, indem sie ihre Augenbrauen färbte und so viel Wimperntusche auftrug, daß ihre dunkelbraunen Augen schwarz wirkten.

Trixie hatte eine gute Figur. Vielleicht ein klein bißchen korpulent, aber ich glaube, die meisten Leute haben sowieso nur ihren Busen gesehen. Junge, Junge, war das ein Busen! Wenn Grant es damals, als er noch General und noch nicht Präsident der Vereinigten Staaten war, mit einer solchen Brustwehr zu tun gehabt hätte, dann hätte er Vicksburg bestimmt nie im Leben eingenommen. Man spricht bei Frauen manchmal von enganliegenden oder hautengen Kleidern, die wie angegossen sitzen. Nun, Trixie sah immer aus, als hätte man sie in ihre Kleider hineingepumpt. Sie trug mit Vorliebe enge Pullover, und wenn sie ging, schien von der Taille aufwärts alles an ihr zu hüpfen und zu schwanken und an den Halterungen zu zerren, als würde sie jeden Augenblick zur Decke emporschweben.

Ich möchte hier nicht den Eindruck erwecken, daß Trixie eine große Schönheit gewesen wäre. Wenn man sie aus der Nähe betrachtete, sah man, daß ihre Nase reichlich schmal und etwas zu spitz war und daß ihre Augen zu eng beieinanderstanden. Außerdem hatte sie den Mund immer halb offen, was ihrem Gesicht einen dümmlichen Ausdruck gab. Aber wenn sie zum Beispiel ein Lokal betrat, stießen sich die Frauen gegenseitig mit den Ellbogen an, und die Männer machten Stielaugen und richteten sich kerzengerade auf ihren Stühlen auf. Es war leicht zu begreifen, warum Long Boy sie für eine flotte Biene hielt.

Eins muß ich Trixie lassen: Sie hat nie versucht, mich zu verhätscheln, in der Hoffnung, sie könnte damit bei Long Boy Eindruck schinden, so wie manche andere Mädchen das taten. Für sie war ich nur ein Anhängsel von Long Boy. Außerdem trug ich einen Rock. Trixie gehörte zu den Frauen, die sich zu Tode langweilen und verblühen, wenn kein Mann in der Nähe ist. Na, Sie kennen diesen Typ ja sicher. Wenn Trixie und ich mal allein waren, kriegte ich nie mehr von ihr zu hören als ein »Ja, richtig« oder »Ich glaube schon, Kindchen«. Dann gähnte sie und kratzte sich oder polierte sich die Fingernägel oder kaute gelangweilt auf einem Kaugummi herum. Aber sowie Long Boy oder sonst irgendein männliches Wesen dazukam, wurde sie sofort putzmunter und lachte und schnatterte drauflos und klapperte mit den Wimpern. Alles, was Hosen trug, brachte sie in Fahrt.

Damals, an dem ersten Morgen, als sie schließlich aus der Pension herauskam, rauschte sie mit einem Lächeln, bei dem sie sämtliche Zähne entblößte, auf Long Boy zu und floß über vor Entschuldigungen, daß sie ihn so lange habe warten lassen. Als Long Boy sie mit mir bekannt machte, nickte sie nur abwesend und sagte: »Tag, Kindchen.« Dann blieb sie an der vorderen Tür des Wagens stehen und wartete, während ich dasaß und sie anstarrte. Schließlich räusperte sich Long Boy. »Addiebaby«, sagte er, »vielleicht setzt du dich heute lieber mal nach hinten.«

Das gefiel mir ganz und gar nicht. Ich sah nicht ein, warum ich für Trixie Delight meinen Platz räumen sollte. Sie konnte ja auch hinten nach Mobile mitfahren. Aber ich nickte wie ein artiges kleines Mädchen und setzte mich zusammen mit Trixies farbiger Zofe hinten in den Wagen.

Die Zofe hieß Imogene. Sie war ein kleines, zierliches Persönchen mit großen Augen und einer Haut von der Farbe eines alten Kupferpennys. Sie war wirklich so winzig, daß ich schon dachte, sie sei etwas zurückgeblieben, bis ich dann erfuhr, daß sie erst knapp fünfzehn Jahre alt war. Imogene und ich sind später gute Freunde geworden – ich komme noch darauf zurück –, aber an diesem ersten Morgen hielt ich sie eine Zeitlang für die dümmste und verstockteste Ziege, die mir je begegnet war. Wenn ich sie was fragte, knurrte sie nur oder murmelte irgend etwas Unverständliches. Und wenn ich irgendeine Bemerkung machte, drehte sie mir nur ihr mürrisches Gesicht zu, maß mich mit ihren großen Kulleraugen und wandte sich wieder ab.

Es dauerte eine Stunde, bis ich merkte, daß Imogene vielleicht mürrisch und verstockt, aber bestimmt nicht auf den Kopf gefallen war. Trixie schnatterte schon die ganze Zeit lang Long Boy die Ohren voll. Sie erzählte ihm, was für eine großartige Tänzerin sie sei und wie das Publikum sie überall bewundert und angebetet habe. Plötzlich beugte Imogene sich vor und sagte: »Sie müssen ihm auch von damals erzählen, wie der Mann Ihnen mit der Flasche den Schädel einschlagen wollte. Wissen Sie noch, Miss Trixie?« Dann lehnte sie sich mit einem boshaften Funkeln ihrer Augen wieder in ihren Sitz zurück.

Einen Augenblick lang blieb Trixie die Spucke weg. Dann kreischte sie: »Du dummes Ding! Du weißt doch, daß das nicht stimmt. Der wollte mich doch nicht im Ernst mit der Flasche schlagen, dieser Bauernlümmel.« Sie schnaubte verächtlich. »Das war doch alles nur Spaß.« Dann warf sie Long Boy einen schelmischen Blick zu. »Wenn Sie mich ganz lieb bitten, vielleicht erzähl ich Ihnen mal davon.«

Imogene saß still da und wartete, bis Trixie wieder in Fahrt gekommen war. Diesmal beobachtete ich sie und sah, wie ihre Augen wieder zu funkeln begannen. Wieder beugte sie sich vor. »Sie müssen ihm mal erzählen, wie Sie damals um ein Haar im Kittchen gelandet wären, Miss Trixie.«

Diesmal versuchte Trixie nicht, mit einem Lachen darüber hinwegzugehen. Sie drehte sich um, und wenn Blicke töten könnten, wäre Imogene toter gewesen als General Stonewall Jacksons Pferd. »Sei still, Imogene!« sagte sie barsch. Dann wandte sie sich wieder Long Boy zu und lachte. »Wirklich, dieses Mädchen erfindet die tollsten Geschichten. Sie macht mich wahnsinnig! Mir soll's egal sein, was der alte Abraham Lincoln gesagt hat, ich verpaß ihr noch mal 'ne tüchtige Tracht Prügel.« Imogene saß still da, und man sah ihr an, daß sie höchst zufrieden mit sich war. In diesem Augenblick sagte ich mir, daß wir uns bei nächster Gelegenheit einmal ausführlich unterhalten mußten, Imogene und ich.

Diese Gelegenheit bot sich, als wir vor einer Imbißstube anhielten, um etwas zu Mittag zu essen. Long Boy und Trixie wollten drinnen sitzen, aber ich ließ mir für Imogene und mich ein paar Sandwiches und was zu trinken geben und ging damit wieder hinaus zum Wagen. Nach einer Weile fragte ich sie: »Wo kommst du eigentlich her, Imogene?«

Imogene warf mir einen mürrischen Blick zu. »Ich komme von nirgendwoher. Ich geh nur immer irgendwohin.«

»Na ja, aber du mußt doch irgendwo geboren sein«, sagte ich.

Imogene kaute eine Zeitlang an ihrem Sandwich, ehe sie sich zu einer Antwort entschloß. »Unten, in der Nähe von Troy«, sagte sie.

»Und wie lange arbeitest du schon bei Miss Trixie?« fragte ich.

Imogene zuckte mit den Schultern. »Weiß nicht. Ich hab die Tage nicht gezählt. Schon lang, ein Jahr oder so.«

»Was für 'ne Tänzerin ist sie eigentlich?« fragte ich.

»Sie zieht sich aus«, sagte Imogene.

Ich lachte. »Und tanzen tut sie gar nicht?«

Imogene lachte spöttisch. »Na ja, manche Leute nennen's vielleicht auch tanzen. Sie wackelt so 'n bißchen mit den Hüften und mit ihrem dicken Hintern.«

Ich fragte. »Weißt du, warum sie ihren Job in Cullman aufgegeben hat?«

»Sie sollte sich mit Männern abgeben«, sagte Imogene. »Der Boß wollte, daß sie mit seinen Freunden ins Bett geht.«

Ich dachte darüber nach. Wahrscheinlich war ich enttäuscht. »Na ja, dann kann man ihr eigentlich keinen Vorwurf machen, daß sie abgehauen ist«, sagte ich.

»Oh, die hat sonst nichts dagegen«, sagte Imogene. »Sie will nur extra dafür bezahlt werden. Sie will es nicht umsonst tun, egal, wer es ist.«

»Hat sie oft Männer, Imogene?« fragte ich.

Imogene drehte sich zu mir herum und starrte mich wieder mit ihren großen Kulleraugen an, als wollte sie sagen, wie kann man nur so blöd sein.

Ich fragte: »Wieviel nimmt sie?«

Imogene zuckte mit den Schultern. »Soviel sie kriegen kann, nehm ich an. Sie verlangt mindestens fünf Dollar.«

»Das is 'ne Menge Geld«, sagte ich. Und das war es auch. Ich wußte, daß ein gutes Mädchen vom Gewerbe wie zum Beispiel Juanita Pritle nicht mehr als drei Dollar verlangte. Nach einer Weile fragte ich: »Warum bist du so wütend auf Miss Trixie?«

Imogenes Augen blitzten. »Weil sie mir keinen Lohn zahlt. Sie muß mir vier Dollar die Woche geben. Und sie gibt mir nie was, nur ab und zu mal fünf oder zehn Cent.«

»Und warum gehst du nicht fort?« fragte ich.

Imogene fuhr wild herum. »Fortgehn! Wie soll ich denn fortgehn? Was soll ich denn machen, wenn ich fortgeh? Ich hab kein Geld, ich kann nicht heim zu meiner Mama. Und selbst wenn ich's könnte – denen geht's schon schlecht genug, bei den Zeiten, die wir haben.« Ihre Unterlippe zitterte. Einen Augenblick lang dachte ich, sie würde anfangen zu weinen, aber Imogene ließ sich nicht so leicht unterkriegen. Sie wischte sich mit der Hand kräftig über den Mund, und das Zittern hörte auf. Dann preßte sie die Hände im Schoß zusammen und starrte vor sich hin. »Meine Mama sagt, du gehst jetzt arbeiten für diese nette weiße Dame, und die weiße Dame tut für dich sorgen.« Imogene schnaubte, und ihre Augen blitzten. »Weißt du, was ich immer denke? Auf Hühnerdreck, da ist doch immer so 'n kleiner weißer Fleck drauf. Hast du sicher schon mal gesehn. Das ist das, was die weiße Miss Trixie für mich ist. Ja, das ist sie, 'n kleiner weißer Fleck auf dreckiger Hühnerscheiße!«

Ich glaube, ungefähr vierundzwanzig Stunden oder so hatte ich noch die schwache Hoffnung, wir würden Trixie bis Mobile mitnehmen und ihr dann Lebewohl sagen. Ich glaubte es nicht, aber, wie gesagt, ich hatte die schwache Hoffnung. Doch dann mußte ich den Tatsachen ins Gesicht sehen. Und was Long Boy betraf, so betrachtete er Trixie als eine Dauereinrichtung in unserem Leben. Sein gesunder Menschenverstand war völlig in die Binsen gegangen. Jedesmal wenn er Trixie ansah, huschte ein albernes, idiotisches Grinsen über sein Gesicht. Manchmal, wenn Trixie durch eine Hotelhalle oder durch ein Restaurant stolzierte und die Männer wie auf Kommando den Kopf nach ihr umdrehten, stieß er mich an und flüsterte: »Na, ist das nicht ein tolles Mädchen?«

Ein-, zweimal war ich drauf und dran, ihm zu stecken, was für eine billige Nummer Trixie in Wirklichkeit war. Aber so etwas wie eine innere Stimme sagte mir, daß er mir doch nicht glauben würde. Wahrscheinlich war es eher mein Instinkt als mein Verstand, was mich davon abhielt. Es dauerte nämlich noch zwei, drei Tage, bis ich herausfand, daß Long Boy und Trixie nicht miteinander schliefen. Und das war's, was mir wirklich Angst einjagte. Offensichtlich hatte Trixie aus irgendeinem Grund Long Boy aufgebunden, sie würde ihre Reize für ihren Ehemann aufheben. Ich war mir nicht ganz klar, was Trixie vorhatte, aber es sah für mich so aus, als brauchte sie, wenn sie wollte, nur noch den Finger hinzuhalten, und Long Boy würde ihr mit dem größten Vergnügen einen Trauring draufstecken.

Ich kann mich nicht mehr genau erinnern, wo wir überall in den zwölf Tagen, die Trixie bei uns war, gewesen sind und was wir im einzelnen gemacht haben. Wir fuhren kreuz und quer durch die Gegend. Wir unternahmen nichts mehr, wir drehten all die Tage kein einziges Ding. Ich sprach einmal mit Long Boy darüber, aber er vertröstete mich. »Ach, Zuckerpüppchen«, sagte er, »denk doch mal eine Weile lang an was anderes als ans Geschäft. Wir haben uns ein paar Tage Ferien sauer und redlich verdient. Jetzt wollen wir uns mal tüchtig amüsieren.«

Wir fuhren immer erst am frühen Nachmittag los. Trixie schlief vormittags sehr lange, und dann hüpfte sie stundenlang halbnackt herum, putzte sich, naschte mit Kirschen gefüllte Pralinen und blätterte in Filmzeitschriften. Sie brachte die arme Imogene zur Verzweiflung. »Imogene, wasch mir die Strümpfe hier.« – »Imogene, lauf mal schnell runter und hol mir eine Cola.« – »Imogene, du mußt noch meine Wäsche bügeln.« – »Imogene, an meinem blauen Kleid ist eine Naht geplatzt.« Trixie war faul wie die Sünde und rührte keinen Finger.

Unterwegs übernahm sie dann das Kommando. Irgendwann im Laufe der ersten Tage war sie dazu übergegangen, Long Boy mit »Daddy« anzureden, und dabei piepste sie jedesmal wie ein kleines Mädchen. »Oh, Daddy, halt mal an und kauf mir eines von den Dingern da«, oder: »Oh, Daddy, können wir nicht mal nach Soundso fahren?« Ihre Blase kann nicht größer gewesen sein als eine Erdnuß. Damals gab es irgendwo in Alabama eine Garage und Reparaturwerkstatt, die Winfield hieß. Der Besitzer hatte einen Namen mit den Anfangsbuchstaben P. P., und er verschenkte als Reklame schwarze Reifenüberzüge, auf denen in großen roten Druckbuchstaben P. P. BEI WINFIELD stand. Trixie mußte dabei immer an Pipi denken und fand das zum Totlachen komisch. Jedesmal, wenn sie an der Rückseite eines Wagens solchen Überzug entdeckte, kreischte sie laut auf vor Vergnügen. Und wenn sie auf die Toilette mußte, was mindestens jede Stunde einmal vorkam, kicherte sie geziert und sagte: »Daddy, Baby muß schon wieder zu Winfield.« Das hieß, daß wir an der nächsten Tankstelle anhalten und fünfzehn, zwanzig Minuten warten mußten, bis sie sich auch noch frisch geschminkt hatte.

Trixie konnte tun und sagen, was sie wollte, Long Boy war alles recht. Sie brauchte ihn nur anzusehen, und schon erschien auf seinem Gesicht wieder dieses alberne, idiotische Grinsen. Dann sah er aus wie ein schon halb im Rahm ersoffener Kater. Bloß weil Trixie behauptete, ihr Onkel habe in Tuscaloosa studiert, fuhren wir dorthin und sahen uns die Universität von Alabama an. Bloß weil Trixie von irgendwem gehört hatte, Hale sei eine schöne Gegend, fuhren wir hin und spazierten zwischen den Indianergrabhügeln herum. Und sobald wir an einer Schaubude vorbeikamen, die ein Kalb mit zwei Köpfen oder ein sechsbeiniges Schwein anpries, machten wir halt und gingen hinein, bloß weil Trixie behauptete, sie gehe für ihr Leben gern ins Museum.

Die ganze Zeit über dachte ich natürlich ununterbrochen darüber nach, wie wir Trixie am besten wieder loswerden konnten. Ich überlegte so angestrengt, daß mir der Schädel brummte. Imogene und ich hatten immer ein Zimmer zusammen, und abends, wenn Long Boy und Trixie ausgingen und irgendwo Steaks und Pommes frites aßen, weil das Trixies Lieblingsessen war, unterhielten wir uns darüber. Imogene dachte ja auch nach, aber sie war keine große Hilfe. »Du kannst es ja mal mit Glas versuchen. Mußt es ganz fein zerstampfen und ihr dann in den Kaffee tun«, schlug sie einmal vor. Ein andermal sagte sie: »Eine alte Frau bei uns zu Hause sagt, man muß ein kleines Stückchen von der Monatsbinde einer Frau nehmen und im Hutband des Mannes verstecken, dann sieht der Mann die Frau nie wieder an.« Das waren immerhin Ideen. Mir dagegen fiel überhaupt nichts ein.

Völlig verzweifelt war ich, als Long Boy einen neuen Wagen kaufte. Seit wir in Cullman losgefahren waren, hatte Trixie jedesmal, wenn wir einen schnittigen Sportzweisitzer oder einen anderen eleganten offenen Wagen sahen, ihre Bemerkungen gemacht. »Oh, ist der nicht toll!« sagte sie, oder: »Mann, so eine flotte Kiste müßte man haben!« Manchmal drückte sie sich noch deutlicher aus. So sah sie Long Boy zum Beispiel mit klimpernden Wimpern an und sagte: »Ein großer Mann wie du sollte wenigstens so einen hübschen Wagen haben wie den da, Daddy.« Ich kann mich nicht erinnern, daß mir dieses dumme Gequatsche sehr viel ausgemacht hätte. Ich dachte gar nicht weiter darüber nach. Es gab sehr viel wichtigere Sachen, die ich Trixie im stillen vorwarf. Und dann, eines Nachmittags in Sylacauga, war es soweit. Imogene und ich warteten draußen vor dem Hotel auf Long Boy und Trixie, da fuhren sie plötzlich in einem funkelnagelneuen kanariengelben Cadillac V-8, einem Tourenwagen, vor. Long Boy grinste wie ein Vollidiot, und Trixie sah so fröhlich und zufrieden aus wie ein Huhn, das ein viereckiges Ei gelegt hat. Ich war sprachlos.

Long Boy kletterte aus dem Wagen. »Na, gefällt er dir, Addieschatz?«

Ich starrte ihn nur an. Endlich fand ich die Sprache wieder. »Willst du sagen, du hast ihn *gekauft*?«

»Natürlich hab ich ihn gekauft«, sagte er. Als hätte er sich noch nie im Leben einen Wagen auf andere Art verschafft.

»Und was hat er gekostet?« fragte ich.

»Einundzwanzighundert«, sagte er stolz. »Und für den alten Hudson haben sie mir ganz schön was angerechnet.« Er nahm mich bei der Hand und ging mit mir um den Wagen herum. Er führte mir vor, wie das Verdeck rauf- und runterging, und zeigte mir die zweite Windschutzscheibe zwischen den Vorder- und den Rücksitzen.

Ich konnte ihm nicht richtig zuhören. Ich wäre am liebsten davongelaufen, um mich irgendwo auszuweinen. Daß Long Boy den komischen Wagen von unserem Geld gekauft hatte, machte mir ja nichts aus, aber daß er Trixie dazu mitgenommen hatte und nicht mich, das verletzte mich. Jetzt bestand für mich kein Zweifel mehr, daß Trixie bei ihm von nun an immer und in allem an erster Stelle kam. Ich hatte mir zuviel gefallen lassen, das war mir jetzt klar. Ich hatte ihr zuviel durchgehen lassen. Ich war zu freundlich zu ihr gewesen. Ich schwor mir, sie von jetzt an Tag und Nacht zu beobachten, bis ich eine Möglichkeit fand, sie mit ihrem Wackelhintern ein für allemal auf den Topf zu setzen.

Glücklicherweise half mir gleich der nächste Tag einen guten Schritt weiter. Wir fuhren nach Montgomery runter und stiegen im Exchange Hotel ab. Ich nehme an, man hat das Exchange inzwischen renoviert und modernisiert. Damals war es noch ziemlich so, wie es zur Zeit des Bürgerkriegs ausgesehen haben muß: schwere, mit braunem Leder bezogene Möbel in der Halle, eine Menge Topfpflanzen und oben große, hohe Zimmer mit Fenstern über den Türen. Imogene und ich hatten unser Zimmer direkt neben dem von Trixie. Zwischen den beiden Räumen gab es eine schwere eichene Verbindungstür, aber sie war verschlossen. Das Fenster über der Tür war mit Farbe übermalt. Ich fummelte so lange daran rum, bis es sich einen Spalt öffnen ließ. So konnte ich alles hören, was Trixie sagte oder tat.

Dabei wußte ich noch gar nicht, was ich eigentlich erreichen wollte. Ich hatte mir nur geschworen, daß ich Trixie rund um die Uhr auf die Finger sehen würde, und das tat ich nun. Wenn sie aus ihrem Zimmer ging, stand ich an der Tür und lauschte, bis sie in den Aufzug getreten war, und dann folgte ich ihr heimlich. Zum Glück wohnten wir im ersten Stock. Der Flur war ziemlich lang. Aber wenn ich ganz schnell lief und die eine Treppe runtersauste, war ich nur ein paar Sekunden nach Trixie in der Halle. Wenn sie sich dort mit Long Boy traf, setzte ich mich irgendwohin und wartete, bis sie zurückkamen. Zwei-, dreimal aber ging sie allein aus. Ich ging ihr nach, blieb stehen, wenn sie stehenblieb, und versteckte mich schnell in Toreinfahrten, wenn ich dachte, sie würde sich umdrehen – genau wie ein Detektiv.

Es ereignete sich nichts Aufregendes, aber etwas bekam ich dabei doch heraus. Trixie hatte ganz offensichtlich kein Geld. Sie sah sich immer lange und ausgiebig die Auslagen der Geschäfte an, kaufte aber nie etwas. Mir ging ein Licht auf. Long Boy kaufte ihr zwar alles, was sie wollte, aber er gab ihr kein Geld. So hielt man es damals. Anständige Mädchen nahmen von Männern kein Geld an. Und solange Trixie das anständige Mädchen spielte, konnte sie Long Boy nicht um Geld bitten, und natürlich bot er ihr auch keins an.

Da war noch eine andere Kleinigkeit. Am Süßwaren- und Zigarettenstand unten in der Hotelhalle bediente ein Mann, der Floyd hieß. Und Floyd hielt sich für unwiderstehlich. Ein kleiner Gernegroß, der sich einbildete, er sei ein wahrer Teufelskerl. Er hatte ein schmales Schnurrbärtchen und trug sein langes schwarzes Haar glatt zurückgekämmt, bis auf eine kleine falsche Locke, die er sich in die Stirn hängen ließ und alle Augenblicke mit dem Handballen zurechtrückte. Er konnte keine Frau bedienen, ohne ihr schöne Augen zu machen und mit ihr zu flirten. Wenn Trixie kam und Bonbons oder Kaugummi kaufen wollte, zog er jedesmal eine kleine Extraschau ab. Einmal, als er Trixie einen Stift reichte, damit sie mit ihrer Unterschrift den Betrag bestätigen konnte, für den sie eingekauft hatte, wartete er, bis sich ihre Finger um den Stift geschlossen hatten, und zog ihn ihr dann mit einem Grinsen aus der Hand. Ein andermal streckte er ihr die Hand hin, so als wollte er ihr Kaugummi geben, und als sie danach griff, war die Hand leer, und er machte eine schnelle Bewegung, als wollte er sich ihre Hand grapschen. Beide Male tat Trixie kichernd so, als wollte sie ihm einen Klaps auf die Hand geben, und sagte in albernem Ton: »Oh, Sie, lassen Sie das, sonst haue ich Sie!«

Als ich dies das zweite Mal beobachtet hatte, ging ich in mein Zimmer und legte mich aufs Bett und dachte lange nach. Dann stand ich auf und holte die Zigarrenkiste hervor, die ich in meinem Koffer verwahrte, seit Trixie bei uns war. Ich wollte mich überzeugen, wieviel Geld wir noch darin hatten. Ich zählte sechzig Dollar und ein paar Münzen. Am Abend, als wir allein waren, fragte ich Imogene: »Sag mal, was würde Miss Trixie deiner Meinung nach tun, wenn ihr ein Mann fünfundzwanzig Dollar anbieten würde?«

Imogene kicherte und sagte: »Bist du verrückt?« Dann fuhr sie, immer noch kichernd, fort: »Für so viel Geld läßt die mitten auf der Straße die Hose runter.«

»Das hab ich mir auch gedacht«, sagte ich und erklärte Imogene den Plan, den ich mir zurechtgelegt hatte. Sie hörte mir zu und riß die Augen immer weiter auf. Dann schüttelte sie den Kopf. »Huuu! Da mach ich lieber doch nicht mit. Das ist mir zu gefährlich!«

»Überleg doch mal, Imogene«, sagte ich. »Du willst doch von

Miss Trixie fort, nicht wahr? Wenn du mir nun hilfst, dann geb ich dir das Geld, daß du nach Hause fahren kannst.«

»Wieviel?« fragte Imogene.

»Dreißig Dollar«, sagte ich.

»Laß mich das Geld mal sehn«, sagte Imogene.

Ich nahm die Zigarrenkiste und zählte Imogene dreißig Dollar hin, alles in Ein-Dollar-Scheinen. In Imogenes kleiner Hand war das ein stattliches Häufchen. Imogene starrte mit ihren großen Kulleraugen darauf. Sie sah das Geld an, dann sah sie mich an, und schließlich sagte sie: »Also gut.«

Am nächsten Morgen stand ich dicht an der Tür und horchte, als Imogene von unten heraufkam und Trixie das Frühstück aufs Zimmer brachte. Ich konnte kaum atmen, solche Angst hatte ich, Imogene würde am Ende alles verpatzen. Aber Imogene war die geborene Schauspielerin. Sie war ein Naturtalent. Sie sagte: »Miss Trixie, Sie kennen doch den Mann da unten am Zigarettenstand, ich meine, diesen Mister Floyd, ja?«

Trixie lag noch im Bett. Ich hörte die Sprungfedern quietschen. Sie gähnte laut. »Ja, ich kenn ihn«, sagte sie. »Wieso, was ist mit ihm?«

»Er hat mir gesagt, er zahlt fünfundzwanzig Dollar, wenn er mal zu Ihnen darf.«

»Was?« kläffte Trixie. »Dieser miese Kaffer! Die Nerven möcht ich haben!« Es klang so empört, daß mir schon das Herz in die Hose rutschte. Aber nach einer Weile quietschten die Sprungfedern wieder, und Trixies Stimme klang jetzt ungefähr so, wie wenn jemand laut vor sich hin denkt. »Fünfundzwanzig Dollar! Ha! Ich wette, soviel verdient dieser kleine Ladenschwengel nicht mal in der ganzen Woche. Wo will der fünfundzwanzig Dollar herhaben!«

»Keine Ahnung«, sagte Imogene. »Ich sag nur, was er mir gesagt hat.«

»Fünfundzwanzig Dollar, ha!« wiederholte Trixie ungläubig. Und nach einer längeren Pause fügte sie hinzu: »Da muß er mir erst mal das Geld zeigen, eh ich das glaube.«

Das genügte mir. Ich lief runter in die Halle und wartete, bis zwei Hotelgäste, die gerade am Zigarettenstand bedient wurden, gegangen waren. Dann verlangte ich ein Päckchen Fruchtgummibonbons. Floyd gab es mir und sagte mit seinem affektierten Lächeln: »Da, meine kleine Süße, soll ich sie dir auch gleich lutschen?«

Ich lachte, als fände ich das furchtbar komisch, und gab ihm eine Fünf-Cent-Münze. Dabei sagte ich: »Sie kennen doch die blonde Dame, die hier manchmal runterkommt – Miss Trixie Delight, ja? Die findet Sie ganz toll. Sie hat gesagt, Sie sehen phantastisch aus.«

Er war so überrascht, daß er fast sein albernes Grinsen vergaß. Er kniff die Augen zusammen und sah mich forschend an, ob ich ihn vielleicht nur zum Narren halten wollte. »Soso«, sagte er. »Das hast du wohl geträumt, was?«

»Nein, ehrlich«, sagte ich. »Sie sagt, Sie sehen besser aus als Warner Baxter.«

Er leckte sich die Lippen und fingerte an seiner Krawatte herum. »So, hat sie gesagt?« stotterte er. »Na, dann ...« Er setzte ein pfiffiges Lächeln auf und versuchte eine witzige Bemerkung zu machen: »Na, jedenfalls hat die Dame einen guten Geschmack, findest du nicht?«

Ich lachte wieder und sagte: »Ich hab nur gedacht, es interessiert Sie vielleicht.« Ich drehte mich um und wollte gehen.

»He, warte einen Moment«, sagte er. Er zog eine Halb-Pfund-Schachtel Schokoladencremebonbons aus dem Regal hinter sich und gab sie mir. »Bring das der Dame und sag ihr, mit einer Empfehlung von Mister Floyd.«

»Oh, die mag sie bestimmt«, sagte ich und tat so, als ob ich vor Aufregung zappelte. Plötzlich kam mir noch eine Idee. »Wollen Sie ihr nicht ein Briefchen dazu schreiben?« fragte ich.

»Nun«, sagte er. »Was soll ich ihr denn schreiben?«

»Oh, das weiß ich doch nicht«, sagte ich. »Ich hab gedacht, Männer schreiben immer was dazu, wenn sie Damen Geschenke schicken. Schreiben Sie ihr doch, Sie möchten sich mal mit ihr treffen. Dann fühlt sie sich bestimmt geschmeichelt.«

Er strich sich über sein Schnurrbärtchen und lächelte. »Ja, mein Kind, keine schlechte Idee.« Er nahm aus einer Schublade unter dem Ladentisch einen Bleistift und ein Blatt Papier und fing an zu schreiben. Plötzlich hielt er inne. »Du, sag mal, sie ist doch nicht verheiratet oder verlobt oder so?«

Ich lachte, als hätte er mir den komischsten Witz erzählt. »Natürlich nicht«, sagte ich. »Sie hat nicht mal einen festen Freund. Der Mann, mit dem sie manchmal weggeht, das ist doch nur mein Daddy. Er ist ihr Manager. Sie ist Tänzerin.«

»Sieh mal einer an«, sagte er und reckte sich wie ein Gockelhahn, der gleich zu krähen anfängt. »Tänzerin ist sie also – was du alles weißt. Soso. Na, daß sie so was Ähnliches ist, das hab ich mir gleich gedacht. Wo tanzt sie denn?«

»Oh, in vielen großen Städten«, sagte ich. »Sie ist ein Star.«

»Was du nicht sagst!« sagte er.

Ich konnte es kaum erwarten, bis ich oben in meinem Zimmer war, um das Briefchen zu lesen. Es lautete: *Süße Sachen für die Süße. Manche Mädchen sagen, daß ich ein guter Tänzer bin. Wollen Sie nicht bald mal abends ausprobieren, ob's stimmt? Floyd.*

Es war nicht schwer, seine ungeschickte steife Handschrift nachzuahmen. Eine Stunde später hatte ich ein Briefchen geschrieben, auf das sogar seine Mutter reingefallen wäre: *Süße Sachen für die Süße. Gibt noch mehr bei mir zu holen. Bin in einer Viertelstunde oben. Floyd.*

Ich nahm die fünfundzwanzig Dollar, die noch in der Zigarrenkiste waren, und schob sie in das zusammengefaltete Briefchen. Dann tat ich alles in ein Hotelkuvert und schlang ein Gummiband um das Kuvert und die Bonbonschachtel. Das Päckchen versteckte ich in der untersten Schublade einer Kommode.

Der schwierigste Teil meines Plans stand mir noch bevor, und ich will hier nicht so tun, als ob ich keine Angst gehabt hätte. Ich wußte, daß ich in Teufels Küche kommen würde, wenn auch nur eine winzige Kleinigkeit schiefging. Am Abend, als wir im Bett lagen, ging ich mit Imogene das, was sie zu tun hatte, wieder und wieder durch, bis sie schließlich wütend wurde und kein Wort mehr mit mir reden wollte. Ich dachte, ich würde in dieser Nacht kein Auge zutun, aber schließlich bin ich dann doch eingeschlafen. Ich nehme an, ich war erschöpft vor lauter Kopfzerbrechen.

Am nächsten Morgen um neun klopfte ich an Trixies Tür. Trixie gähnte und kratzte sich, als sie endlich aufmachte. Ich sagte: »Miss Trixie, Long Boy läßt Ihnen ausrichten, daß er nach Hayneville fahren mußte. Er kommt erst zum Abendessen zurück.«

»Wie? ... Wieso, was will er denn da?« fragte Trixie.

»Ich glaube, er muß zur Bank, Geld abheben«, sagte ich. »Er bleibt den ganzen Tag fort.«

»Aha ... Ja, ja, schon gut, Kindchen«, sagte Trixie. »In Ordnung.«

Ich wartete ein paar Minuten, dann ging ich runter, um mit Long Boy zu frühstücken, wie ich es manchmal tat. Ich aß einen Pfannkuchen und trank eine Tasse Kaffee, während Long Boy ein ausgiebiges Frühstück in sich hineinschaufelte. Mir war zumute, als hüpfte mir ein Ochsenfrosch im Bauch herum. Nach etwa einer Viertelstunde kam Imogene in ihrer frisch gestärkten Zofentracht an unseren Tisch und sagte höflich und ruhig: »Mister Long Boy, Miss Trixie fühlt sich nicht gut. Sie hat gesagt, ich soll Ihnen sagen, sie bleibt heute im Bett. Sie hat gesagt, sie trifft sich mit Ihnen zum Abendessen.«

Long Boy machte ein besorgtes Gesicht. »Ist sie krank?« fragte er beunruhigt. »Sicher ist sie krank, wenn sie im Bett bleibt? Ich sehe lieber mal nach ihr.« Er wollte aufstehen. Mir wurde eiskalt. Damit hatte ich nicht gerechnet.

Aber Imogene, Gott segne sie, rettete die Lage. Sie sagte: »Oh, sie ist nicht richtig krank. Sie brauchen sich nicht zu sorgen. Sie hat nur ihre Tage.«

Long Boy wurde rot im Gesicht. »Oh ... ich verstehe«, murmelte er. »Ich verstehe ...« Er räusperte sich. »Ja, dann sag ihr, ich erwarte sie zum Abendessen.«

Nachdem sich Long Boy in der Halle niedergelassen hatte, um die Zeitung zu lesen, fuhr ich mit dem Aufzug hinauf und ging in mein Zimmer. Ich legte mich aufs Bett und wollte ganz ruhig sein, aber alle paar Sekunden stand ich wieder auf und ging an die Tür und lauschte. Als ich sicher war, daß Trixie ihr Frühstück beendet hatte, holte ich ganz tief Luft, ging zu der Kommode und nahm die Bonbonschachtel mit dem Umschlag aus der untersten Schublade. Ich wäre am liebsten gerannt, aber ich zwang mich, ganz langsam zu gehen, erst den Flur entlang und dann die Treppe hinunter. In der Halle blieb ich dicht an der Treppe stehen, so daß Long Boy mich nicht sehen konnte, und wartete, bis ein Page vorbeikam. Ich winkte ihn herbei, gab ihm zehn Cent und bat ihn, Miss Trixie Delight das Päckchen aufs Zimmer zu bringen. Als er zum Aufzug ging, machte ich kehrt und rannte wieder hinauf in mein Zimmer.

Ich stellte mich an die Verbindungstür und lauschte. Trixie kommandierte wie üblich Imogene herum. Endlich klopfte der Page an die Tür. Ich hörte Trixie etwas gereizt sagen: »Was ist das – was soll das?« Aber gleich darauf knisterte es: Sie riß den Umschlag auf. Dann herrschte Stille. Ich hielt den Atem an und schloß die Augen. Wenn Trixie aufgeschrien oder den Telefonhörer abgenommen hätte, ich glaube, ich wäre in Ohnmacht gefallen. Aber es blieb weiter still. Schließlich räusperte sich Trixie: »Imogene, nun laß gut sein für heute«, sagte sie. »Du kannst gehen. Ich rufe dich, wenn ich dich brauche.«

Es machte nichts aus, wenn Long Boy mich zum Zigaretten- und Süßwarenstand gehen sah. Aber er sah mich nicht. Er saß noch immer im Sessel und war ganz in seine Zeitung vertieft. Floyd begrüßte mich mit einem breiten dämlichen Lächeln. »Ja, hallo, mein kleines Fräulein.«

Ich strahlte ihn treuherzig an. »Miss Trixie schickt mich. Sie will Sie sprechen«, sagte ich. »Sie hat gesagt, es ist wichtig – Zimmer zweihundertdreiunddreißig.«

»Oh, tatsächlich?« sagte er. Er reckte sich, als wollte er sein Gefieder ausbreiten, und zog seine Krawatte zurecht. »Wann will sie mich denn sprechen?«

»Jetzt gleich«, sagte ich.

»Oh«, sagte er und blickte verzweifelt nach allen Seiten. »Das ist schwierig, ich kann jetzt nicht …«

»Sie hat gesagt, es ist sehr wichtig«, sagte ich und rollte die Augen. »Sie werden es nicht bereuen.«

Das dämliche Lächeln erschien wieder. »Ja, hm …« Er zögerte einen Augenblick, dann sagte er: »Ich glaube, für ein paar Minuten kann ich hinaufgehen. Wie war doch die Zimmernummer?«

»Zweihundertdreiunddreißig«, sagte ich. »Sie erwartet Sie schon.«

Er lachte selbstgefällig. »Schön, sag ihr, ich komme sofort.«

Ich ging durch die Halle, als hätte ich endlos Zeit, aber als ich die Treppe erreicht hatte, rannte ich so schnell hinauf, wie ich nur konnte. Imogene saß auf ihrem Bett, als ich in unser Zimmer kam.

Ich hüpfte triumphierend auf sie zu und flüsterte aufgeregt: »Er kommt! Er kommt!« Imogene starrte mich nur mit ihren großen Kulleraugen an und schüttelte düster den Kopf.

Wir preßten beide die Ohren an die Tür, als wir Floyd durch den Flur kommen hörten. Er pfiff einen Schlager vor sich hin. Als er klopfte, rief Trixie mit zuckersüßer Stimme: »Wer ist da?«

»Der Scheich von Arabien«, sagte Floyd. »Der Herzensbrecher.«

Trixie kicherte, und wir hörten, wie sie zur Tür ging und öffnete. Was Trixie anhatte oder nicht anhatte, mußte Floyd völlig aus der Fassung gebracht haben, denn eine Weile lang war gar nichts zu hören. Dann stieß er einen bewundernden Pfiff aus und sagte: »Hallo, hallo! Und wie wunderschön Sie aussehen!«

Wieder folgte eine Pause. Dann sagte Trixie etwas ungeduldig: »Nun kommen Sie schon herein, Süßer.« Wir hörten, wie die Tür abgeschlossen wurde, und dann sagte Trixie: »Sie sind aber ein ganz Schneller, Sie. Sie gehen ran, Sie lassen den Mädchen nicht viel Zeit, wie?«

»Oh, man tut, was man kann«, sagte Floyd. Ich sah fast sein dämliches Grinsen dabei.

»Das glaub ich Ihnen gern«, sagte Trixie und lachte heiser, so wie ich sie noch nie hatte lachen hören. »Das glaub ich Ihnen gern!« Wieder herrschte Schweigen, und ich wußte, jetzt führte sie Floyd ihr Wimperngeklimper vor. »Eins wollen wir aber gleich klarstellen, Süßer«, sagte Trixie. »Du gehörst doch sicher nicht zu den Männern, die wie die Klatschweiber alles austratschen, oder?«

»Wie meinen Sie das?« fragte Floyd.

»Oh, du weißt genau, was ich meine«, sagte Trixie. »Ich meine diese Typen, die sich erst mit einer Frau amüsieren und dann im ganzen Hotel herumposaunen, mit wem sie's getrieben haben. Im allgemeinen macht's mir ja nichts aus, aber im Moment kann ich so was nicht gebrauchen. Ich will nicht ins Gerede kommen.«

»Na, na, seh ich denn etwa so aus?« sagte Floyd. »Schon gut, Herzchen, ich bin auch nicht von gestern, ich hab Erfahrung. Ich kann den Mund halten. Was zwischen dir und mir passiert, Baby, das erfährt keine Menschenseele, das bleibt unter uns.«

»Na schön, Süßer«, sagte Trixie. »Ich glaube dir. Ich wollte das nur klarstellen.«

»Wie wär's mit heut abend?« sagte Floyd. »Ich hol dich so um sieben ab, ja?«

»Oh, heute abend kann ich nicht, Süßer«, sagte Trixie. »Schade, aber wenn du scharf bist, bleib doch gleich da!«

Ich glaube, ich hätte hundert Dollar dafür gegeben, wenn ich in diesem Augenblick Floyds Gesicht hätte sehen können. Aber er faßte sich schnell. Man hörte etwas rascheln, und Trixie stieß einen leisen Quietscher aus. »Oh, du bist aber ein ganz Wilder!« sagte sie. Dann schalt sie: »Langsam! Langsam! Warte doch! Du reißt es ja kaputt! Warte, ich zieh es schon freiwillig aus.«

Ich sah Imogene an. Ihre Augen blickten groß und ernst. »Ich gehe«, wisperte ich. Ich streckte die Hand aus, und sie griff in ihre Schürzentasche und gab mir den zweiten Schlüssel zu Trixies Zimmer, den sie immer bei sich trug. Ich war schon beinahe zur Tür hinaus, da sagte sie: »Laß mich nicht allein!« Sie kam hinter mir her. Ich lief den Flur entlang. Auf halber Treppe drehte ich mich um und sagte: »Warte hier auf mich!«

Und da war doch Long Boy tatsächlich nicht mehr in der Halle! Als ich den leeren Sessel sah, in dem er gerade noch gesessen hatte, fiel ich fast in Ohnmacht. Ich rannte durch die Halle und sah im Speisesaal nach ihm. Aber auch da war er nicht. Ich rannte zum Eingang des Hotels und blickte links und rechts die Straße entlang. Ich rannte zum Haustelefon und rief in seinem Zimmer an. Es waren wohl nicht mehr als drei Minuten vergangen, aber mir kam es wie eine Stunde vor, als ich Long Boy durch die Tür von der Garage her in die Halle kommen sah. Ich muß vollkommen verzweifelt ausgesehen haben. Als ich auf ihn zurannte, starrte er mich verdutzt und mit offenem Mund an. »Aber Addie, Schätzchen, was ist denn«, sagte er, »was hast du denn …?«

Ich gab ihm den Schlüssel. »Du gehst am besten sofort zu Trixie rauf«, sagte ich, »schnell!«

»Wieso, was … was ist denn?« stammelte er. »Ist sie krank?«

»Nein, krank ist sie nicht«, sagte ich. »Geh nur, schnell, und klopf nicht an. Nimm den Schlüssel und geh rein.« Er stotterte noch irgend etwas, aber ich schob und stieß ihn zum Aufzug hin.

Langsam ging ich die Treppe hinauf. Imogene hockte noch auf genau derselben Stufe, wo ich sie zurückgelassen hatte. Ich setzte mich zu ihr. Mir war gar nicht wohl. In meinem Magen brodelte es, und mein Herz klopfte so schnell, daß ich Angst hatte, es würde gleich zerspringen. Nach einer Weile sagte Imogene: »Dein Daddy bringt den Mann um, nehm ich an.«

»Red keinen Unsinn!« sagte ich. Aber ich muß zugeben, daß ich an diese Möglichkeit noch keinen Augenblick gedacht hatte. Sicher bin ich gar nicht auf den Gedanken gekommen, daß Long Boy eine solche Dummheit begehen könnte. Aber als ich jetzt darüber nachdachte, war ich mir nicht mehr so sicher. Ich bekam es mit der Angst zu tun.

»Der sticht ihn glatt ab, nehm ich an«, sagte Imogene.

»Tut er nicht«, sagte ich. »Er hat nämlich gar kein Messer.« Dann fiel mir ein, daß Long Boy *doch* ein Messer hatte. Ein niedliches kleines Federmesserchen, aber auch damit, sagte ich mir, konnte man allerhand Unheil anrichten. Und Long Boy konnte mächtig zornig werden. Da er verrückt nach Trixie war, mußte man mit dem Schlimmsten rechnen ...

»Bei uns zu Haus«, sagte Imogene, »da ist mal 'n Mann von der Arbeit gekommen und hat gehört, daß drinnen bei seiner Frau 'n Kerl im Bett gelegen hat. Und was macht er? Geht zum Holzschuppen, holt seine Axt, geht zu den beiden rein und macht Hackfleisch aus ihnen. Die Leute haben gesagt, er hat sie kleingehackt wie Anmachholz.«

»Oh, hör doch auf, Imogene«, sagte ich. Je länger ich darüber nachdachte, desto ängstlicher wurde ich. Ich versuchte an was anderes zu denken – an irgend etwas, einerlei was. Es hatte keinen Zweck. Ich sprang auf und stürmte die Treppe hinauf.

Aber ich hätte mir keine Sorgen zu machen brauchen. Long Boy kam mir durch den Flur entgegen. Sein Gesicht war erhitzt, aber seine Augen! O Gott, wenn ich an seine bedepperten Augen denke! Er sah aus, als wäre ihm eine Ladung Backsteine auf den Kopf gefallen. »Pack deine Sachen, Liebling«, sagte er, als hätte er einen Kloß im Hals. »Wir fahren.«

»Jetzt?« fragte ich.

»Sofort, in dieser Minute«, sagte er.

War das eine Fahrt, die wir dann machten, Long Boy und ich! Ich kann Ihnen sagen! Wir fuhren den Rest des Tages und die halbe Nacht hindurch. Er fuhr stur nach Norden und fuhr und fuhr. Ich fragte nicht, wohin wir fuhren. Mir war klar, daß er es selber nicht wußte. Er blickte starr geradeaus und sagte kein Wort. Aber ab und zu stieß er einen langen tiefen Seufzer aus.

Wir haben nur noch ein einziges Mal über Trixie gesprochen. Es war schon spät in der Nacht, und ich war halb eingeschlafen, als Long Boy wieder einen tiefen Seufzer ausstieß und traurig und wie zu sich selbst sagte: »Nein, ich weiß wirklich nicht, warum das Mädchen mir das angetan hat. Wo ich für sie so ziemlich alles getan hätte! Das ist doch einfach nicht fair.«

Ich sagte: »Von jetzt an solltest du lieber dafür bezahlen. Da kommst du billiger weg.«

Entsetzt sagte er: »Aber Püppchen, so darfst du doch nicht reden. Das gehört sich nicht.«

»Du hast das auch schon mal gesagt. Ich hab es selbst gehört«, sagte ich.

»Na ja, dann war's aber nicht für deine Ohren bestimmt«, sagte er.

Eine Weile schwiegen wir beide, dann sagte er: »Ich nehm an, sie hat das schon 'ne ganze Zeit so getrieben.«

»Von Anfang an«, sagte ich.

»Daß andere Männer bei ihr waren, meinst du?« fragte er.

»Haufenweise«, sagte ich.

»Ja, zum Donnerwetter, Spitzmaus, warum hast du mir das denn nicht gesagt?« fragte er.

»Du hättest mir ja doch nicht geglaubt«, sagte ich.

Wieder seufzte er. »Baby Doll«, sagte er tieftraurig, »eins mußt du mir versprechen: Wenn du mal groß bist, dann wirst du nicht so eine, die sich rumtreibt und die Männer betrügt, versprichst du mir das?«

Ich versuchte ein Gähnen zu unterdrücken. »Gut, ich verspreche es dir«, sagte ich. Der alte Gauner.

7

Falls Sie es noch nicht wissen sollten – eine treulose Frau kann einem Mann nicht nur das Herz brechen, sie kann ihm noch Schlimmeres antun. Sie kann ihm jeden Mumm nehmen. Über eine Woche nachdem wir Montgomery fluchtartig verlassen hatten, schlich Long Boy immer noch so bedeppert herum wie ein kleines Ferkel, das gerade vom Verschneiden kommt. Die ganze Zeit über war er so sanftmütig und unsicher, daß ich das heulende Elend kriegte.

Natürlich tat ich nach Möglichkeit so, als merkte ich nichts. Jeden Morgen fragte ich: »Na, wie ist's? Wolln wir heute mal wieder 'n Ding drehn, Long Boy?« Und jeden Morgen seufzte er, verdrehte die Augen und murmelte irgendwelche lahmen Ausreden.

»Nein, ich glaube, der Ort ist zu klein, Mäuschen.« Oder: »Wir wollen hier lieber nichts riskieren, Baby Doll.«

Einmal, als wir aus einem Café kamen, sagte ich zu ihm: »Na, mit der blöden Kellnerin da drinnen hättest du jetzt aber wirklich ein Geschäft machen können, Long Boy.«

Long Boy starrte gequält vor sich hin: »Ach, weißt du, Addiepüppchen, ich bin im Moment nicht so richtig aufgelegt zum Süßholzraspeln.«

In einem hatte Long Boy recht. Die meisten Ortschaften im nördlichen Teil von Alabama, wo wir jetzt ohne Ziel hin und her fuhren, waren tatsächlich so klein, daß man dort keine Geschäfte machen konnte. Wir fielen zu sehr auf, vor allem seit wir in diesem dicken gelben Cadillac herumkutschierten. Es waren harte Zeiten, und jeder neue Wagen zog alle Blicke auf sich und wurde bestaunt wie ein Weltwunder. In den kleineren Flecken, durch die wir kamen, waren elegante Sportwagen so selten wie Kühe mit acht Zitzen. Und jedesmal, wenn wir in so einem staubigen Kaff, das nur aus einer Straße bestand, anhielten und etwas essen oder tanken wollten, dann sammelte sich um unseren Wagen eine Horde von Gaffern an. Trotzdem, auch in Nordalabama gab es eine Menge Städte wie zum Beispiel Huntsville oder Florence, wo wir nicht weiter aufgefallen wären. Aber nach ein paar Tagen hatte ich das deutliche Gefühl, daß Long Boy um die größeren Städte absichtlich einen Bogen machte. Und als er auch noch nach Winston County fuhr, war ich mir ganz sicher. Später wurde mir natürlich klar, daß ich Long Boy unrecht tat. Daß er in diese öde Gegend fuhr, bewies nur, daß er nicht er selbst war.

Ja, was soll ich über Winston County sagen? Damals, in den dreißiger Jahren, wußte in Alabama jedes Kind, daß man sich in Winston County nicht blicken ließ, wenn man dort nicht dringend geschäftlich zu tun hatte. Und selbst dann war es gut, wenn man dauernd lächelte und aufpaßte, daß man keinem auf die Füße trat. Zunächst einmal ist Winston County eine gebirgige Gegend, und die Gebirgler sind bekanntlich eine Gesellschaft für sich. Sie halten zusammen und sind empfindlich wie Bienen, wenn sie schwärmen. Zum andern aber standen die Leute von Winston in dem Ruf, ganz besonders hitzköpfige und mißtrauische Eigenbrötler und durch und durch bösartig zu sein. Diesen Ruf hatten sie sich zu Beginn des Bürgerkriegs erworben. Da es in Winston County keine Plantagen gab und da niemand Sklaven besaß, sagten sich die Leute, der Kampf gehe sie nichts an. Sie waren der Meinung, wenn Alabama sich von der Union lossagen könnte, dann könnten sie sich auch von Alabama lossagen. Sie setzten eine unabhängige Regierung ein und riefen den Freistaat Winston aus. Die Regierung der Konföderierten schickte während des Krieges mehrmals Truppen nach Winston, die Lebensmittel holen und Soldaten rekrutieren sollten. Aber fast jedesmal nahmen die Gebirgler ihre langen Flinten vom Haken und hielten sie in Schach.

Ich muß sagen, auf den ersten Blick wirkte Winston gar nicht so aufregend und wild, wie ich es mir nach all dem Gerede immer vorgestellt hatte. Sicher, es war eine arme, karge und steinige Gegend. Es gab kaum irgendwo gepflasterte Straßen, und während wir dahinfuhren und riesige Staubwolken aufwirbelten, sahen wir so gut wie nie ein größeres Farmgebäude. Manchmal kamen wir an ganzen Familien vorüber, die barfuß die Straße entlangtrotteten. Die Männer trugen immer Overalls und zerbeulte alte Hüte, und die Frauen sahen in ihren langen wehenden Kleidern und mit ihren Kiepenhüten auf dem Kopf alle gleich aus. Die kleinen Kinder, die nur Haut und Knochen waren, steckten in allen möglichen Kleidungsstücken, die aus Mehlsäcken, Stoffresten und zerlumpten abgetragenen Sachen zusammengeflickt waren. Aber bettelarm zu sein war damals in Alabama nichts Ungewöhnliches, und ich fand, daß die Gebirgler von Winston noch im Vorteil waren gegenüber den armen Leuten, die sich unten im heißen, dürren Flachland abrackerten, um ihren Lebensunterhalt zusammenzukratzen. Überall zogen sich dichte grüne Nadelwälder dahin, und fast an jeder Kurve sahen wir einen Bach, der einen Berghang heruntergeflossen kam. Die Gebirgsluft war kühl und würzig.

Die kleinen Städte in Winston, wie zum Beispiel Double Springs oder Haleyville, wirkten auch nicht viel anders als Kleinstädte irgendwo sonst, außer vielleicht daß die Leute ein bißchen reichlich zugeknöpft waren. In Winston County lächelte man anscheinend nur selten, und mit Worten ging man so sparsam um, als kosteten sie einen Dollar das Stück.

Ich war einigermaßen überrascht, als wir ein Hotel fanden, das gar nicht übel war. Es war eigentlich auch kein richtiges Hotel, sondern mehr eine große Jagdhütte, ein weitläufiges Gebäude und noch ziemlich neu. Es lag am Rand eines riesigen Staatsforstes und Wildreservats. In den Wintermonaten beherbergte man dort Jäger, aber in dem Reservat wurde gerade ein Camp vom Naturschutzverein gebaut, und deshalb wohnten in dem Jagdhaus damals, als wir da waren, viele Ingenieure und Vermessungsbeamte der Regierung.

Gleich am ersten Abend fiel mir ein großer Mann mit sommersprossigem Gesicht auf, der in einem Winkel der Diele für sich allein auf einem Sofa saß. Er trug einen hellbraunen Stetson-Hut und einen dunklen Straßenanzug, aber irgendwie hatte ich das Gefühl, daß er kein Fremder war, sondern hier aus der Gegend kam. Er gefiel mir nicht. Er sah kalt und berechnend aus und hatte irgendwie einen bösartigen Blick. Hin und wieder kamen Männer herein, gingen zu ihm hinüber und sprachen mit ihm. Er sagte meist nicht viel, sondern hörte nur zu. Manchmal zog er ein schwarzes Notizbuch aus der Tasche und kritzelte etwas hinein. Ein paarmal stand er auch auf und ging mit den Männern durch die Hintertür des Hotels hinaus. Aber jedesmal kam er schon nach wenigen Minuten zurück und setzte sich wieder auf das Sofa. Er saß einfach nur da, starrte ins Leere und drehte meist eine nicht angezündete Zigarre mit den Fingern zwischen den Lippen herum. Meiner Meinung nach mußte er irgendwas mit dem Hotel zu tun haben.

Als ich am nächsten Morgen die Treppe herunterkam, um mit Long Boy zu frühstücken, blickte ich zufällig seitwärts über das Geländer. Im Schatten der Treppe, so daß man ihn von der Diele aus nicht sehen konnte, stand der Mann vom Abend vorher. Und er hielt Geld in der Hand, lauter Scheine. Es war so ziemlich das dickste Bündel Geldscheine, das ich je gesehen hatte. Irgend jemand mußte es ihm gerade gegeben haben, denn er zählte langsam und sorgfältig die Scheine.

Long Boy hatte schon unser Frühstück bestellt, als ich in den Speiseraum kam. Ich setzte mich an den Tisch und flüsterte ihm aufgeregt zu: »Ich hab grad einen Mann mit einem Haufen Geld gesehn! Ich kann dir sagen, ein Stapel Scheine, dick wie eine Bibel!«

Long Boy sah sofort interessiert auf. »Wo ist der Mann?« fragte er.

»Da drüben bei der Treppe«, sagte ich. »Warte einen Moment, ich zeig ihn dir gleich.« Ein, zwei Minuten später ging der Mann durch die Diele und steuerte auf das Sofa in der Ecke zu. »Das ist er«, sagte ich.

Long Boy musterte den Mann. »Hmmmmm«, machte er nachdenklich, »hmmmmm. Wieviel Geld ist es gewesen – was meinst du?«

Ich war so froh, daß Long Boy sich überhaupt wieder für etwas interessierte, daß ich ein bißchen übertrieb. »Och, 'ne Menge«, sagte ich. »Zwei-, dreitausend mindestens.«

»Hmmm«, machte Long Boy noch einmal. »Hmmm.«

Ich erzählte ihm, was ich am Abend vorher beobachtet hatte.

»Wahrscheinlich 'n Alkoholschmuggler«, sagte Long Boy.

»Alkoholschmuggler haben nicht soviel Geld«, sagte ich und dachte an die Taxifahrer, die ich immer durch die Hotelhallen schleichen sah.

»Doch, wenn sie ihren Laden groß genug aufziehn, dann schon«, sagte Long Boy. Er sah noch immer nachdenklich zu dem Mann hinüber.

»Meinst du, wir könnten ein Geschäft mit ihm machen, Long Boy?« fragte ich. »Mit 'ner Brieftasche vielleicht?«

Long Boy schüttelte den Kopf. »Bei Schmugglern gibt's bessere Methoden, Mäuschen.«

»Was für Methoden?« fragte ich.

»Oh, jede Menge«, sagte Long Boy. Er überlegte eine Weile. »Na, ich hör mich mal 'n bißchen um. Vielleicht krieg ich ja was raus über den Burschen. Dann sehn wir weiter.«

Ich kriegte Long Boy erst beim Abendessen wieder zu sehen. Als er in den Speisesaal kam, strahlte er über beide Backen. Er sah aus, als wäre er wieder ganz der alte. Er wußte, daß ich fast platzte vor Neugier, aber er bestellte in aller Ruhe sein Steak und fing erst an zu erzählen, als die Kellnerin es gebracht hatte. »Also unser Freund heißt Jess Hardin. Und er ist tatsächlich Alkoholschmuggler. Großhändler könnte man sagen, jedenfalls beliefert er so ziemlich alle kleinen Alkoholschmuggler weit und breit. Sein Bruder ist stellvertretender Sheriff hier im Bezirk. Die beiden haben, scheint's, so gut wie alle Fäden und alles, was sich hier einigermaßen lohnt, in der Hand. Auch das Hotel gehört ihnen zum größten Teil.«

Ich dachte nach. »Sag mal, meinst du, wir könnten –«

Long Boy ließ mich nicht aussprechen. Er sah mich fröhlich an. »Allerdings, Baby Doll!« sagte er. »Ich glaube, da können wir ganz hübsch was absahnen. Wir müssen bloß auf der Hut sein und sehr gut aufpassen.«

Ich glaube, ich habe mit Armen und Beinen gezappelt vor lauter Aufregung und Freude. Long Boy lachte. Er beugte sich über den Tisch: »Nun hör mir mal gut zu. Als erstes müssen wir rauskriegen, wo unser alter Freund Jess sein Zeug versteckt hält. Ich glaub, das kannst du besser als ich. Wenn wir fertiggegessen haben, gehen wir rüber und setzen uns ganz gemütlich in die Diele. Und wenn der alte Knacker aufsteht und rausgeht, dann schlenderst du ganz lässig und wie von ungefähr zu der Seitenveranda da drüben und paßt auf, wohin er geht. Aber ganz unauffällig, verstanden?«

»Klar«, sagte ich.

»Hauptsache, daß er dich nicht sieht«, sagte Long Boy.

»Klar«, sagte ich.

Wir saßen ungefähr zwanzig Minuten in der Diele, da kam ein Mann rein und ging zu Jess Hardin hinüber. Er sagte irgendwas, und Hardin nickte und stand auf. Sie gingen durch die hintere Tür hinaus. Long Boy warf mir einen Blick zu.

Ich stand auf und reckte mich, als wäre ich müde vom langen Sitzen. So als ob ich nach etwas suchte, womit ich mich beschäftigen konnte, schlenderte ich durch den Raum und zu der Doppeltür hin, die auf die Veranda führte. Ich trat hinaus und vergewisserte mich, daß niemand dort war. Dann lief ich bis ans Ende der Veranda. Ich brauchte mich nur über das Geländer zu beugen und den Kopf ein bißchen zu recken, dann konnte ich in den Hof hinter dem Haus sehen. Hardin und der andere Mann standen dicht bei der hinteren Tür vor einer Art Behälter. Und jetzt hob Hardin den Deckel hoch, und der Mann griff hinein und holte vier, fünf Flaschen in Strohhüllen heraus. Er nickte Hardin zu und ging außen um das Hotel herum nach vorn, wobei er sich immer schön im Schatten hielt.

Ich konnte es kaum abwarten, bis ich wieder drinnen war, aber ich nahm mir Zeit. Als ich Long Boy erzählte, was ich gesehen hatte, fragte er: »Wie groß ist der Behälter?«

Ich dachte nach und wollte gerade etwas sagen, als Jess Hardin wieder in die Diele kam. Und in diesem Augenblick fiel mir zum erstenmal auf, wie gerade er sich hielt, so gerade, als ginge er ein bißchen nach hinten geneigt. Ich wartete, bis er sich aufs Sofa gesetzt hatte, dann sagte ich: »Ziemlich groß, ungefähr dreimal so groß wie der Koffer hinten auf unserm Wagen.«

Long Boy lächelte freundlich, so als wollte er seinem kleinen Töchterchen etwas Liebes sagen. »Das kann's nicht sein«, flüsterte er. »Nicht groß genug. Paß weiter auf.«

Im Laufe der nächsten zwei Stunden kamen vier oder fünf Männer herein und sprachen mit Hardin. Mit zweien ging er hinaus. Ich ging beide Male auf die Veranda. Aber es war jedesmal das gleiche. Hardin ging zu dem Behälter, hob den Deckel hoch, und die Männer griffen hinein, beluden sich die Arme mit Flaschen und gingen fort.

Inzwischen war es ungefähr zehn Uhr abends, und ich wurde langsam müde und wollte ins Bett gehen. Da stand Hardin plötzlich auf, gähnte leise und ging quer durch die Diele rüber zum Empfang. Er sagte etwas zu dem Portier, und als er sich abwandte, sah es zuerst so aus, als ob er auf die Treppe zusteuerte. Er ging aber daran vorbei und verschwand wieder durch die hintere Tür. Ich sah Long Boy an. Er zwinkerte. Ich stand auf und ging auf die Veranda hinaus, so schnell ich eben konnte, ohne daß es so aussah, als hätte ich es eilig hinauszukommen.

Hardin hatte den Deckel des Behälters geöffnet und blickte hinein. Dann machte er ihn wieder zu, drehte sich um und ging auf die drei Nebengebäude fünfzig Meter hinter der Jagdhütte zu. Er verschwand im Schatten des größten der drei Schuppen, der etwa so groß war wie eine Garage für ein, zwei Wagen. Nach einigen Minuten tauchte er wieder auf, in jeder Hand einen unförmigen scheppernden Sack. Whiskey, dachte ich, und ich hatte recht. Nachdem er die beiden Säcke einmal abgesetzt und sich ausgeruht hatte, schleppte er sie zu dem Behälter und hob sie hinein.

Ich ging gerade wieder durch die Diele, da kam Hardin zur hinteren Tür herein. Ohne nach links oder rechts zu sehen, stieg er die Treppe hinauf. Ich erzählte Long Boy, was ich gesehen hatte, und er strahlte und sagte: »Ein braves kleines Mädchen!« Er blickte zur Treppe hinüber, um sich zu vergewissern, daß Hardin außer Sicht war, dann stand er auf, streckte die Glieder und sagte laut, so daß alle in der Diele es hören konnten: »Na, Baby Doll, wie wär's mit einem kleinen Spaziergang vorm Schlafengehen?«

Zu den Schuppen zu kommen war nicht weiter schwierig. Wir gingen ein Stück die Auffahrt in Richtung Straße hinunter und dann in einem großen Bogen querfeldein, bis wir direkt hinter ihnen herauskamen. Im Schatten des Schuppens, in den Hardin hineingegangen war, blieb Long Boy stehen und flüsterte: »Behalt du das Hotel im Auge, Spitzmaus. Wenn du wen kommen siehst, hustest du leise. Ich schau mal rein.«

Ich sagte: »Hoffentlich ist nicht abgeschlossen.« Ich hatte Herzklopfen, aber Long Boy war die Ruhe selbst und kühl wie eine Auster.

»Quatsch«, sagte er und lachte leise vor sich hin. »Auf dem Land wird nie was abgeschlossen.«

Und er hatte sich nicht getäuscht. Ich hörte die Tür knarren. Er ging hinein. Ich hörte ihn drinnen herumkramen, und dann dachte ich, das Herz würde mir stehenbleiben, ich hörte, daß er ein Streichholz anzündete. Aber im gleichen Moment blies er es auch schon wieder aus, und dann pfiff er leise und flüsterte: »Donnerwetter!« Er wühlte noch einen Augenblick herum, und ungefähr eine Minute später hörte ich wieder die Tür knarren, und er kam heraus. »Gehn wir«, wisperte er.

Während wir im Dunkeln zum Hotel zurückgingen, sagte er: »Du würdest es nicht glauben! Also wirklich, Schätzchen, der alte Kerl hat da drinnen Whiskey gelagert – das gäb 'nen See, da könntest du glatt mit 'm Paddelboot drauf rumgondeln!«

Erst als wir uns dem Hotel näherten, sah ich, daß er zwei Flaschen Whiskey in Strohhüllen unter dem Arm hatte. Da Long Boy nicht trank, wunderte ich mich und fragte ihn: »Was hast du denn mit den Flaschen vor?«

Long Boy lachte. »Das sind meine Warenproben – für den Fall, daß ich Warenproben brauche.« Er faßte mich am Arm. »Komm, ich will sie gleich im Wagen verstauen.« Als wir zu unserem Wagen kamen, der auf dem Parkplatz hinter dem Hotel stand, sagte er: »Steig mal kurz ein, Addieschatz. Wir müssen was Wichtiges besprechen.« Wir setzten uns in den Wagen, und Long Boy schob die Strohhüllen hoch, besah sich die Etiketten und tat die Flaschen ins Handschuhfach. Dann drehte er sich mit einem breiten Grinsen zu mir herum. »So, Püppchen«, sagte er, »und jetzt brauchen wir dem ollen Jess Hardin nur noch 'ne Ladung Whiskey zu verhökern.«

»Wir haben doch gar keinen Whiskey«, sagte ich.

Long Boy lachte. »Brauchen auch keinen. Ich will doch Hardin 'ne Partie von seinem *eigenen* Whiskey andrehn.« Als ich ihn nur anstarrte, sagte er: »Ist doch ganz einfach, Spitzmaus. Ich geh hin zu Hardin und verkauf ihm 'ne Partie Whiskey. Ich garantier ihm, daß ich die Ware an einem bestimmten Platz irgendwo hier in der Nähe abliefere – sagen wir mal, so um sieben Uhr morgens. Also gut, und irgendwann vor Sonnenaufgang, vielleicht um vier oder fünf in der Frühe, schleich ich mich zu seinem kleinen Warenlager da drüben hin. Ich nehm mir so viele Flaschen, wie ich brauche, schlepp sie runter zur Straße, und dann steigen wir zwei gemütlich in den Wagen, fahren hin und laden das Zeug ein und bringen es zu der mit Jess Hardin ausgemachten Stelle. Da verstecken wir es im Gebüsch und warten in Ruhe ab, bis er mit den Kröten aufkreuzt – und dann machen wir uns wie die Zugvögel auf und davon.«

»Und wenn er merkt, daß ihm Whiskey fehlt?« fragte ich.

Long Boy lächelte. »Merkt er nicht, Mäuschen. Das merkt der nicht mal, wenn er nachsieht – was ich kaum glaube. Laß den alten Long Boy nur machen. Meistens ist es das Beste, du stopfst 'n paar Säcke von der gleichen Sorte mit Papier voll und tauschst sie gegen die aus, die du dir holst. Aber wo der Schuppen da bis unters Dach voll ist, brauch ich mir soviel Mühe gar nicht zu machen. Ich schieb da einfach 'n paar Sachen 'n bißchen anders hin, dann kriegt der olle Jess Hardin nie im Leben raus, daß er 'ne Partie Whiskey zweimal gekauft hat.«

»Wieviel willst du ihm denn verkaufen?« fragte ich.

»Na ja, so zwanzig Kisten, dacht ich«, sagte Long Boy.

»Und wenn er nicht anbeißt?« fragte ich.

»Oh, keine Angst, der beißt schon an«, sagte Long Boy. »Ich biete ihm das Zeug so billig an, daß er nicht nein sagen kann.«

»Wie billig?« fragte ich.

»So etwa fünfundzwanzig Dollar die Kiste, denk ich«, sagte Long Boy.

»Macht fünfhundert Dollar«, sagte ich und sah Long Boy vergnügt an. »Das könnte was werden.«

Er lachte. »Und ob das was wird! Mensch, ich hab schon mit Schmugglern Geschäfte gemacht, wie ich noch 'n halbes Wickelkind war.«

Am nächsten Morgen fuhren wir los, Long Boy und ich, und sahen uns nach einem Platz um, wo wir Jess Hardins Whiskey verstecken konnten. Wir brauchten nicht lange zu suchen. Die Gegend rund um die Jagdhütte war so von Buschwerk und Gestrüpp überwuchert, daß wir mit Leichtigkeit eine ganze Herde Jerseykühe dort hätten verstecken können. Wir sahen uns mehrere Stellen an und entschieden uns dann für eine ausgetrocknete Wasserrinne, ungefähr zwei Meilen vom Hotel und nur ein paar Schritte von der Straße entfernt. Die Stelle war leicht zu finden, weil ganz in der Nähe eine hohe Kiefer stand, die vom Blitz getroffen war.

Es war ein so schöner Tag, daß wir beschlossen, eine kleine Spazierfahrt zu machen. Long Boy fuhr ein paar abseits gelegene Wege entlang, und bald waren wir inmitten einer Wildnis, so groß und so still und so schön, daß mir ganz feierlich zumute war. Wir sahen so viele Hirsche, daß ich das Zählen bald aufgab. Meistens liefen sie davon, die weißen Wedel hochgereckt, aber manchmal blieben sie auch einfach stehen und blickten uns aus ihren großen, traurigen braunen Augen an. Einmal, in einer kleinen Niederung, sah ich, wie ein stolzer Truthahn eine Schar Hennen und Küken vor sich hertrieb. Ich dachte, daß dieser riesige Wald vielleicht noch genauso war wie früher, als es die Menschen noch nicht gab. Aber Long Boy lächelte, als ich das sagte. »Oh, das würde ich nicht sagen, Schatz. In diesen Wäldern, da braut so mancher 'ne hübsche Menge Whiskey zusammen.«

»Woher weißt du das?« fragte ich.

»Es gibt so bestimmte Merkmale – wenn man weiß, wonach man suchen muß«, sagte er.

An diesem Abend verbrachte Long Boy eine Ewigkeit bei Tisch und ließ es sich schmecken. Ich saß ungeduldig da und wartete mit diesem zappeligen und kribbeligen Gänsehautgefühl, das mich immer überkam, ehe wir ein Ding drehten. Endlich hatte er den letzten Krümel Brombeerauflauf in sich hineingestopft und zwinkerte mir zu. »So, dann wollen wir mal den alten Jess ein bißchen disponieren, Püppchen.« Wir verließen den Speiseraum, schlenderten durch die Diele und setzten uns, so als wäre es das Natürlichste von der Welt, in die beiden Sessel gegenüber von Jess Hardins Sofa. Hardin gab mit keiner Miene zu erkennen, ob er uns bemerkt hatte. Er starrte wie gewöhnlich vor sich hin und drehte mit den

Fingern seine dicke Zigarre im Mund herum. Nach ein paar Minuten stand Long Boy auf und setzte sich neben ihn auf das Sofa. »Sie heißen Hardin?« fragte er.

Hardin drehte den Kopf gerade weit genug herum, um Long Boy einen kurzen, scharfen Blick zuzuwerfen. »Stimmt«, sagte er.

»Jack hat gesagt, ich soll mich an Sie wenden«, sagte Long Boy.

»Welcher Jack?« fragte Hardin.

Long Boy lachte vielsagend und machte eine wegwerfende Handbewegung. »Bleiben wir bei Jack, das genügt.«

»Kenne keinen Jack«, sagte Hardin. Er blickte starr vor sich hin und drehte seine Zigarre zwischen den Lippen.

»Sollten vielleicht mal seine Bekanntschaft machen«, sagte Long Boy. »Jack hat das größte Großhandelsunternehmen hier unten.«

Hardin saß stumm da und schien über diese Mitteilung nachzudenken. »Sie haben Ware zu verkaufen?« fragte er schließlich.

»Stimmt«, sagte Long Boy.

»Bin an Fusel nicht interessiert«, sagte Hardin.

»Ich biete keinen Fusel an«, sagte Long Boy. »Ich geb mich nur mit reeller Ware ab.«

»Welche Marke?« fragte Hardin.

»Alle Marken«, sagte Long Boy. »Für 'ne Partie Three Feathers kann ich Ihnen 'nen Sonderpreis machen.«

»Wieviel?« fragte Hardin.

»Kommt drauf an«, sagte Long Boy. »Wenn Sie zwanzig Kisten nehmen, laß ich Ihnen die Kiste für fünfundzwanzig Dollar.«

»Zuviel«, sagte Hardin.

Long Boy lachte verächtlich. »Ist es nicht. So billig krieg ich das Zeug nicht mal da, wo's legal verkauft wird.«

»Hier ist's nicht legal«, sagte Hardin.

»Um so mehr Grund, daß Sie zugreifen«, sagte Long Boy.

»Zwanzig Dollar«, sagte Hardin.

»Geht nicht«, sagte Long Boy. »Der Preis wird in Birmingham festgesetzt.«

Hardin überlegte. »Wann können Sie liefern?« fragte er.

»Heute nacht oder morgen früh, wenn Sie wollen«, sagte Long Boy.

Zum erstenmal wandte Hardin den Kopf und sah Long Boy an.

Er nahm die Zigarre aus dem Mund. »Sie haben's schon hier im Bezirk?«

»Stimmt«, sagte Long Boy.

Hardin überlegte noch einmal. »In Ordnung«, sagte er. »Können das morgen früh abmachen.«

Als wir in unserem Zimmer waren, lachte Long Boy hell auf. »Na, hab ich's dir nicht gesagt, Schätzchen? Nichts leichter, als einem Stinktier das Fell über die Ohren zu ziehn.«

Ich lachte, konnte aber nicht verbergen, daß ich etwas enttäuscht war. »Ich hatte gehofft, wir würden das Geschäft morgen früh machen«, sagte ich.

»Unsinn, Püppchen«, sagte Long Boy, »hab's doch nicht so höllisch eilig. Du mußt dem alten Jess Zeit lassen, damit er unser Geld beschafft.«

»Dann bleiben wir wohl noch eine Nacht hier«, sagte ich. Long Boy sah mich lächelnd an. Er wußte, wie ich die Warterei haßte. »Oh, warum denn?« sagte er. »Angenommen, wir liefern dem ollen Jess Hardin seine Ware morgen abend, dann könnten wir um Mitternacht schon längst über alle Berge sein. Wie wäre das?«

Wieder mußte er lachen, als ich übers ganze Gesicht strahlte und sagte: »Oh, das wär wirklich toll!«

Der Rest des Abends verlief fast genauso wie früher, bevor wir Trixie begegnet waren. Long Boy war munter und vergnügt und wieder ganz der alte. Das Geschäftemachen beruhigte wie immer seine Nerven.

Wir gingen zu Bett, und ich war schon beinahe eingeschlafen, da fiel mir ein, daß ich noch etwas hatte fragen wollen. Ich rief zu Long Boy hinüber: »Schläfst du schon?«

»Nein, noch nicht«, sagte er.

»Was hat er mit Fusel gemeint?« fragte ich.

»Unerlaubt gebrannten Schnaps«, sagte Long Boy. »Ganz gewöhnlichen Maisschnaps.«

»Aha«, sagte ich und mußte lachen, weil mir dabei etwas anderes einfiel. »Der alte Jess Hardin war ganz schön überrascht, als du gesagt hast, du könntest ihm den Whiskey so schnell liefern.«

»Ja«, sagte Long Boy. »Ja ...«

Es kam mir so vor, als hätte ich nur einen Augenblick geschlafen, da schüttelte mich Long Boy und sagte: »Addie ... Addieschatz ... Wach auf, Püppchen!« Ich schlug die Augen auf und blinzelte. Das Licht brannte, und Long Boy stand angezogen an meinem Bett. Er sah ängstlich und besorgt aus.

»Was ist denn?« fragte ich.

»Steh auf, Spitzmaus«, sagte er. »Mach schnell, zieh dich an. Wir müssen hier weg!«

»Was ... Wieso ...«, sagte ich. »Wie spät ist es?«

»Kurz nach drei«, sagte Long Boy.

»Bist du verrückt?« Ich war so müde, daß ich kaum aus den Augen sehen konnte.

»Bitte, Schätzchen«, sagte er. »Die Sache ist wirklich ernst. Mach jetzt keinen Ärger. Sei ein liebes Mädchen und tu, was ich sage.«

»Also, ich ... ich weiß gar nicht, was ... du ...« Wütend murmelnd und stotternd stand ich auf und suchte schlaftrunken nach meinen Kleidern. Ich war fuchsteufelswild. Seit wir von Montgomery losgefahren waren, hatte Long Boy sich komisch benommen. Aber das jetzt ging mir endgültig zu weit. Ich konnte vor Müdigkeit keinen klaren Gedanken fassen, aber ich hatte das dunkle Gefühl, daß Long Boy die Nerven durchgegangen waren und daß er kneifen wollte. Wahrscheinlich war ihm einfach der Spaß an dem Geschäft mit Jess Hardin vergangen. Er tat so, als hörte er nicht, wie ich murrte und brummte. Mit einem besorgten Gesicht packte er unsere Sachen zusammen und schnürte die Riemen darum. Als ich meine Schuhe zugeknöpft hatte, packte er mich am Arm und zerrte mich buchstäblich aus dem Zimmer und die Treppe zur Diele hinunter.

In der halbdunklen Diele saß hinter dem Empfangsschalter ein alter verschlafener Mann. Aber während er herumkramte und unsere Rechnung ausschrieb, wurde er wach und fing an, allerlei Fragen zu stellen – wo wir hin wollten, welche Straße wir fahren würden und so weiter. Long Boy gab ihm nur knappe Antworten, und bald waren wir draußen in der kühlen Nachtluft und stiegen in den Wagen.

Ich war inzwischen hellwach. »Willst du mir jetzt endlich erzählen, was eigentlich los ist?« sagte ich.

Long Boy ließ den Motor an und fuhr die Einfahrt hinunter. »Was los ist?« sagte er bitter. »Ich hab Mist gemacht, ich hab einen saudummen Fehler gemacht, das ist los! Das hätte uns beide das Leben kosten können! Die ganze Nacht hab ich darüber nachgedacht. Seit du das gesagt hast.« Er schüttelte den Kopf und schnalzte ärgerlich mit der Zunge. »Verdammt noch mal, ich versteh nicht, wie ich so dumm sein konnte!«

»Wovon redest du eigentlich?« fragte ich.

»Ich rede davon, daß ich diesem wieseläugigen Hardin gesagt habe, daß ich hier im Bezirk Whiskey in 'nem Versteck habe«, sagte er. »Wo hab ich da bloß meinen Verstand gelassen! So leichtsinnig bin ich doch sonst nie gewesen. Zum Teufel, wie konnte ich –«

Ich versuchte ihn zu unterbrechen. »Ich verstehe immer noch nicht –«

»Aber Mäuschen«, sagte er in dem gleichen ärgerlichen Ton, »begreifst du denn nicht, was ich gemacht habe? Hardin schmeißt das Geschäft in der ganzen Gegend hier. Das hier ist sein Gebiet! Als ich gesagt hab, ich hätte den Whiskey hier im Bezirk, in dem Moment hab ich schon in der Patsche gesessen. Solche Leute wie Hardin haben schon manchen wegen weniger umgebracht – wegen sehr viel weniger. Außerdem –«

»Anscheinend hat er sich aber nichts draus gemacht«, sagte ich.

»O nein, *anscheinend* hat er sich nichts draus gemacht«, sagte Long Boy. »Dazu ist er zu schlau. Der hat mich ganz schön zum Narren gehalten, der Fuchs. Für ihn war die Sache klar. Wenn wir uns mit ihm getroffen hätten, um ihm den Whiskey zu übergeben, dann hätte er ihn uns ohne Bezahlung abgeknöpft und uns hochkant über die Bezirksgrenze befördert. Das ist das mindeste, was der getan hätte! Höchstwahrscheinlich wäre sein Bruder, dieser Sheriff, aus dem Busch gekommen und hätte mich eingelocht. Aber es hätte auch noch 'ne Portion schlimmer kommen können. Vielleicht wären wir einfach von der Bildfläche verschwunden, und keiner hätte je wieder von uns gehört. Ich meine das ernst, Mäuschen! Ich trau das diesem Gauner glatt zu. Das ist 'n eiskalter Bursche, falscher als 'ne Klapperschlange.«

Wir waren an einer Kreuzung in der Nähe der Jagdhütte angelangt. Long Boy hielt kurz an, um einen Blick auf die Straßenschilder zu werfen. »Ich muß einfach 'n Brett vorm Kopf gehabt haben«, sagte Long Boy, als wir weiterfuhren. »Vielleicht hätten wir 'n Geschäft mit Hardin machen können, wenn ich gesagt hätte, es dauert zwei, drei Tage, bis ich den Whiskey rangeschafft habe. Vielleicht, vielleicht hätte er gedacht, das ist 'n günstiges Angebot, und hätte bezahlt. Aber je länger ich darüber nachdenke, desto mehr bezweifle ich es. Warum hätte er gutes Geld für 'n Posten Whiskey bezahlen sollen, wenn er sich das Zeug bloß untern Nagel zu reißen brauchte? Wenn hier irgendwo 'ne Fuhre Whiskey auftaucht und er kriegt Wind davon, dann gehört das Zeug ihm.«

»Ja, nur muß er den Whiskey doch auch irgendwo kaufen«, sagte ich.

»Klar, aber er schafft ihn selber ran, Schätzchen«, sagte Long Boy. »Denkst du etwa, der läßt jeden, der Lust dazu hat, Whiskey in sein Gebiet hier bringen? Das würde ihm doch das ganze Geschäft verderben. Wenn du mich fragst, ich glaube, der Kerl ist zu allem fähig, um das zu verhindern.«

»Sicher hast du recht«, sagte ich, »aber du hast doch gesagt, du hättest früher oft mit Alkoholschmugglern Geschäfte gemacht.«

»Sicher, aber das waren kleine Schwarzbrenner und so«, sagte Long Boy. »Ich hab ausspioniert, wo sie ihr Zeugs versteckt hielten, und dann hab ich ihnen 'n paar Gallonen geklaut und ihnen ihr eigenes Gebräu wieder angedreht. Aber das war Fusel, ganz gewöhnlicher Maisschnaps. Sie haben das Zeug meist in Einmachgläser abgefüllt, und ich hab einfach 'n paar davon gegen Einmachgläser voll Wasser ausgetauscht.« Er schüttelte den Kopf und verzog das Gesicht. »Verflucht, ich glaube, ich brauche hier oben mal 'n Ölwechsel.« Er tippte sich an die Stirn. »Mir einzubilden, ich könnte mit 'nem hartgesottenen Burschen wie Hardin auf die gleiche Tour Geschäfte machen! Wie konnte mir das bloß passieren!« Er sah mich an. »Weißt du, damals, da bin ich keinem ins Gehege gekommen, wenn ich 'nem kleinen Alkoholschmuggler Whiskey verkauft habe. Wer damals 'n alten Autokühler hatte und 'n paar Sack Mais und 'n paar Dollar auf der Kante für Zucker und Hefe, der konnte seine Destille machen und Maiswhiskey brennen. Da hat sich keiner drum gekümmert. Vielleicht ist das sogar heut noch so, ich hab keine Ahnung. Aber reellen Whiskey verkaufen, das ist was anderes. In so 'nem Unternehmen, wie es Jess Hardin aufgezogen hat, da steckt 'n Haufen Geld drin, und da läßt er keinen dran!«

»Und ich hatte so gehofft, wir könnten ihm ein bißchen von seinem Geld abnehmen«, sagte ich.

»Kommt Zeit, kommt Geld, Schätzchen«, sagte Long Boy. »Es gibt Dinge, da nützt dir all das schöne Geld nichts. Zum Beispiel, wenn du plötzlich mausetot irgendwo im Straßengraben verfaulst.«

Ich lehnte den Kopf gegen die Rücklehne und dachte über alles nach. Zum erstenmal fiel mir auf, wie dunkel die Nacht war. Der Himmel war so schwarz, daß ich angestrengt hinblicken mußte, bis ich ein paar einzelne Sterne sah. Der Mond sah aus wie ein bleicher Knochensplitter. Dann verschluckte ihn eine häßliche, gezackte schwarze Wolke. Ein Frösteln lief mir über den Rücken.

Long Boy merkte es. »Ist dir kalt, Spitzmaus? Soll ich anhalten und das Verdeck zumachen?«

Ich schüttelte den Kopf. »Mir ist nicht kalt.« Ich saß da und beobachtete, wie die schmale Straße im Scheinwerferlicht auf uns zugerast kam, und plötzlich war ich froh, daß wir Jess Hardin und Winston County hinter uns ließen. Ich sagte: »Ich finde es schön, wenn wir durch die Nacht fahren.«

»Ich auch«, sagte Long Boy. »Es ist, als ob der Wagen besser läuft.« Er lachte. »Du kannst dich sicher nicht mehr erinnern, weil du noch zu klein warst, aber einmal haben wir nachts –« Er zuckte und hörte mitten im Satz auf.

»Was ist?« fragte ich.

»Hinter uns ist ein Wagen«, sagte er. Seine Augen wanderten immer wieder zum Rückspiegel, und in dem sanften Schein, der von der Beleuchtung des Armaturenbretts ausging, sah ich, daß sein Gesicht angespannter war, als seine Stimme geklungen hatte.

Ich drehte mich um. »Ich sehe keinen Scheinwerfer«, sagte ich.

»Er hat sie nicht an«, sagte Long Boy. »Sieh genau hin.«

Eine ganze Zeit lang sah ich nur den Staub, den wir aufwirbelten. Aber als wir ein längeres Stück geradeaus fuhren, erkannte ich einen schwarzen Schatten, der uns in sechzig bis achtzig Meter Entfernung folgte. »Ich glaub, jetzt seh ich ihn«, sagte ich. »Wer kann das sein, was meinst –« Und dann fuhr ich jäh herum und starrte Long Boy an. »Das ist doch nicht Jess Hardin, oder?«

»Er oder sein Bruder«, sagte er. Seine Stimme klang ruhig. »Ich glaube, jetzt kriegen wir Ärger, Mäuschen.«

»Aber das kann doch nicht sein.« Ich wollte es einfach nicht glauben. Ich sah wieder nach hinten. »Wie können die denn wissen, wo wir sind?«

»Haben uns wahrscheinlich beobachtet«, sagte Long Boy. »In der Hoffnung, wir würden sie zu den zwanzig Kisten Whiskey führen. Vielleicht hat der Hotelportier sie angerufen.«

»Aber ...« sagte ich. Ich wollte mir immer noch einreden, daß das einfach nicht sein konnte. Ich hatte auf einmal Angst, schreckliche Angst. »Ach, das ist bestimmt so 'n oller Farmer in seinem Klapperkasten.«

»Das werden wir gleich sehen«, sagte Long Boy. Er nahm den Fuß vom Gaspedal und heftete den Blick auf den Rückspiegel. Ich starrte nach hinten. Zuerst kam der schwarze Schatten näher, als wir das Tempo drosselten, aber als wir langsamer und langsamer wurden, behielt er immer die gleiche Entfernung bei. Als wir schon fast im Schrittempo fuhren, sagte Long Boy: »So, und nun halt deinen Hut fest, Baby!« Er schaltete und trat mit aller Wucht aufs Gaspedal. Der große Wagen schoß los, verschlang die Straße wie ein hungriger Luchs. Wir hatten bestimmt siebzig Meilen drauf, als der Wagen hinter uns die Scheinwerfer aufblendete. Er war jetzt weit über hundert Meter hinter uns, und ich sah, wie der Abstand mit jeder Sekunde größer wurde. Da hörte ich die Sirene aufheulen.

Also ich glaube, es gibt kein gräßlicheres Geräusch auf der ganzen Welt als eine Polizeisirene, die einem selber gilt. Mein Herz klopfte wie verrückt, und ich sah Long Boy an. Er machte ein grimmiges Gesicht. Er nahm den Fuß vom Gaspedal. »Halt nicht an!« sagte ich. »Schnell weiter!«

»Hat keinen Zweck, Mäuschen«, sagte er. Wieder hörte ich die Sirene heulen. Der andere Wagen holte schnell auf. Long Boy bremste ab, und der andere schoß an uns vorbei, kam quietschend zum Stehen und stellte sich quer. Long Boy hielt an. Er beugte sich zu mir rüber und strich mir über die Knie. »Mach dir bloß keine

Sorgen, Kleines«, sagte er. »Wird schon alles gut werden. Überlaß das Reden nur mir.«

Es war ein schwarzer Tourenwagen mit offenem Verdeck. Zwei Männer saßen auf den vorderen Sitzen. Der Fahrer blieb im Wagen, aber der andere stieg aus und kam auf uns zu. Er hatte einen Stetson-Hut auf dem Kopf und ging sehr gerade, mit einer leichten Neigung nach hinten. Einen Augenblick lang hätte ich geschworen, es wäre Jess Hardin. Aber dann trat er in den Lichtkreis unseres Scheinwerfers, und da wußte ich, daß es Hardins Bruder sein mußte, der Sheriff. Er hatte das gleiche sommersprossige Gesicht, den gleichen stahlharten Blick, aber er war älter und korpulenter. Er trug eine Khakiuniform und hatte an der Jacke eine silbern schimmernde Plakette. Tief unten an seiner Hüfte baumelte eine Pistole. Er hatte eine große Stablampe in der Hand und leuchtete uns damit ins Gesicht. Er sah uns lange und forschend an, bevor er sprach. Und obwohl er leise sprach, klang seine Stimme geladen wie ein Gewehr. »Na, wollten wohl 'ne kleine Wettfahrt mit uns machen, Mister, was?«

Long Boy lachte freundlich und als wollte er um Nachsicht bitten. »Konnte ja nicht wissen, wen ich hinter mir hatte, und da –«

Sheriff Hardin ließ ihn nicht ausreden. »Bißchen riskant, so was, finden Sie nicht? Ein kleiner Schuß in die Reifen kann böse Folgen haben.« Nach einer kurzen, wirkungsvollen Pause fuhr er fort: »Sind ja mächtig früh dran, wie?«

»Ja, ziemlich«, sagte Long Boy fröhlich. »Wir dachten, wir fahren mal früh los, meine Kleine und ich.«

»Und wohin?« fragte Sheriff Hardin.

»Runter in den Süden, nach Eutaw«, sagte Long Boy.

»Sind Sie da zu Hause?«

»In der Nähe«, sagte Long Boy.

Sheriff Hardin setzte den Fuß aufs Trittbrett und leuchtete wie zufällig mit seiner Stablampe über den Rücksitz. »Was treiben Sie?«

»Viehhandel«, sagte Long Boy. »Hauptsächlich Maultiere und Pferde. Manchmal Rinder.«

»Komisch«, sagte Sheriff Hardin, und seine Stimme wurde noch leiser, »und ich hab mir sagen lassen, Sie sind Alkoholschmuggler.«

Long Boy lachte, als ob das ein kolossaler Witz wäre. »Alkoholschmuggler? Ich?« sagte er. »Nein, Sir. Das muß ein Irrtum sein.«

»Vielleicht«, sagte Sheriff Hardin. »Vielleicht auch nicht.« Er sah Long Boy sehr lange an, jedenfalls kam es mir wie eine Ewigkeit vor. Dann wandte er sich ab und ging um den Wagen herum. Er nahm sich Zeit. Er leuchtete in aller Ruhe den Rücksitz ab, dann die Reifen, dann das zusammengeklappte Verdeck entlang. Als er auf meiner Seite neben der Tür stand, streckte er lässig den Arm aus und klappte das Handschuhfach auf. Offensichtlich wußte er, was er dort finden würde. Er mußte den Wagen durchsucht haben, während wir geschlafen hatten. Er zog die beiden Flaschen mit den Strohhüllen heraus und sagte fast freundlich: »Na, da hab ich ja wohl das Osterei gefunden, was?«

Long Boys Lachen klang gequält. »Die sind für einen Freund von mir. Ich wollte sie ihm ...«

Sheriff Hardin würdigte ihn keines Blickes. Er rief zu dem Mann in dem Wagen: »In Ordnung, Bo. Komm her. Ich hab gefunden, was ich gesucht hab.«

8

Wenn man älter wird, lernt man es zu schätzen, daß nicht alle bösen Erfahrungen ein Bedauern hinterlassen. Ich denke, Sie wissen, was ich meine. Es gibt Erlebnisse, die sind so unangenehm, daß man sie um keinen Preis noch einmal durchmachen möchte, aber trotzdem tut es einem nicht leid, daß man die Erfahrung einmal gemacht hat. Vielleicht ist man dadurch klüger geworden oder schlauer oder vernünftiger. Aber es kommt auch vor, daß ein Erlebnis so häßlich oder schrecklich ist oder einem so weh tut, daß es einem sinnlos erscheint wie ein schlechter Scherz. In dem Fall kann man nur versuchen, die Sache zu vergessen.

So ungefähr geht es mir mit der Nacht, in der Long Boy und ich in Winston County in der Klemme saßen. Ich wollte sie immer nur vergessen, und darum weiß ich bis heute zum Beispiel auch nicht den Namen des Ortes, an den Sheriff Hardin uns brachte. Ich hab mir nie die Mühe gemacht, ihn herauszufinden. Die Fahrt dorthin kam mir sehr lang vor. Hardin fuhr in dem schwarzen Tourenwagen vor uns. Long Boy fuhr unseren Wagen, und der Mann, den Sheriff Hardin Bo nannte, saß hinter uns auf dem Rücksitz. Ich hatte ihn, als er einstieg, nicht richtig zu Gesicht bekommen und wußte nur, daß er dick und plump war – und stumm. Er sagte die ganze Zeit, während wir durch die dunkle Nacht fuhren, kein einziges Wort, aber ich spürte, wie er lauernd hinter uns saß. Und jedesmal, wenn er sich anders hinsetzte oder ein schnüffelndes Geräusch von sich gab, überlief es mich kalt.

Immerhin weiß ich noch, daß es eine ziemlich kleine Stadt war – ein paar Reihen ein- und zweigeschossiger Häuser rund um einen kleinen Platz oder Park mit irgendeinem Denkmal in der Mitte.

Um diese Nachtzeit lag natürlich alles dunkel und verlassen da. Nur in zwei, drei Häusern brannte trübes Licht. Sheriff Hardin fuhr halb um den Platz herum und hielt vor einem der dunklen Gebäude. Als Long Boy neben ihm anhielt, rief er zu uns herüber: »Nimm ihm seine Wagenschlüssel ab, Bo.« Bo beugte sich vor und streckte seine dicke Pranke aus, und Long Boy gab ihm die Autoschlüssel. Das nützte ihnen allerdings nicht viel. Ich hatte immer einen zweiten Satz Schlüssel in meinem Täschchen, weil Long Boy seine mindestens zweimal im Jahr verlor oder verlegte.

Als wir ausgestiegen waren und auf dem Bürgersteig standen, zeigte Hardin auf einen Eingang an der Ecke des Gebäudes. »Geh vor und mach Licht, Bo«, sagte er. Wir warteten, bis Bo die Treppe hinaufgestampft war und oben das Licht angeknipst hatte. Es war eine steile Treppe, und als wir sie hinaufgestiegen waren, ging Bo uns durch einen langen Flur voraus und knipste noch weitere Lampen an. Wir kamen an zwei oder drei geschlossenen Türen vorbei. Hinter der einen, das sagte mir meine Nase, mußte eine schmutzige Toilette sein. Bo hatte inzwischen ganz am Ende des Flurs die Tür zu einem Büroraum aufgerissen und Licht darin gemacht. Er blieb vor der Tür stehen und wartete auf uns. Ich war überrascht, als ich ihn jetzt zum erstenmal deutlich sah. Er wirkte wie ein ungeschlachter, aber harmloser Bursche vom Lande. Die Tür hatte ein Milchglasfenster. Darauf war ein silberner Stern gemalt, und darunter stand in schwarzen Buchstaben: CLEEDY HARDIN, STELLVERTRETENDER SHERIFF. Das Büro war ziemlich schäbig. An den Wänden blätterte die Farbe ab, und an der Decke sah man große braune Wasserflecke. Das spärliche Mobiliar bestand aus vier, fünf alten Stühlen, die nicht zueinander paßten, und einem fleckigen und zerkratzten Kiefernholztisch, der als Schreibtisch diente. Ein breiter schwarzer Kanonenofen in der einen Ecke des Raumes sorgte im Winter für Wärme. Sheriff Hardin zeigte auf einen Stuhl an der Wand neben der Tür. »Setz dich da hin, Kind«, sagte er zu mir.

Dann wandte er sich an Long Boy und deutete auf einen Stuhl vor dem Tisch. Er selber ging um den Tisch herum und ließ sich Long Boy gegenüber auf einen Stuhl fallen. Er hatte die beiden Flaschen Whiskey unterm Arm, und eine ganze Weile saß er nur da und hielt sie an die Brust gedrückt und starrte Long Boy an. Er war älter, als ich gedacht hatte. Sein graues verzerrtes Gesicht wirkte kränklich. Er hatte sich ein schlecht sitzendes Gebiß verpassen lassen und die unangenehme Angewohnheit, die untere Hälfte halb aus dem Mund zu schieben, wenn er einen anstarrte. Dabei sah er jedesmal aus wie eine leidende Bulldogge. Plötzlich beugte er sich vor und knallte die beiden Flaschen auf den Tisch. »Na, Mister Alkoholschmuggler«, sagte er, »jetzt hab ich Sie in der Zange, was?«

Long Boy rang sich ein Lachen ab, und es gelang ihm sogar ganz gut. »Ach, Unsinn, Mann, ich bin kein Alkoholschmuggler«, sagte er. »Ich hab Ihnen doch gesagt, der Whiskey ist für einen Freund von mir. Ich hab gedacht, da ist doch nichts dabei, wenn ich zwei Fläschchen –«

Sheriff Hardin unterbrach ihn mit einem wütenden Schnauben. »Zwei Fläschchen – nichts dabei!« Er lachte höhnisch. Er blickte zu Bo hinüber, der mit verschränkten Armen auf der Fensterbank saß. »He, Bo, hast du das gehört? Der Vogel hier will sich damit rausreden, daß er das Gesetz nicht kennt.« Er blitzte Long Boy an und schnaubte verächtlich. »Ha! Ich wette, Sie kennen es besser als ich.« Die untere Hälfte seiner Zahnprothese schob sich vor. Er legte die Arme auf den Tisch und beugte sich weit herüber. »Und nun hören Sie mir gut zu, für den Fall, daß Sie mit den Feinheiten nicht vertraut sind: Ich brauche keine zwei Fläschchen, um Anzeige gegen Sie zu erstatten, Mister Alkoholschmuggler. Das Gesetz sagt, ich brauche dazu nur einen einzigen Tropfen!« Er lehnte sich zurück und sagte noch einmal, langsam und genüßlich: »Nur einen einzigen Tropfen!«

Er sah Long Boy an, als erwartete er, er werde etwas sagen. Als Long Boy schwieg, sagte er: »Nun, dann will ich Ihnen mal klarmachen, in was für 'ne Lage Sie sich gebracht haben, Mister Alkoholschmuggler. Sie können Ihrem hübschen Autochen da draußen Lebewohl sagen, für immer. Das Ding ist konfisziert. Da gibt's kein Wenn und kein Aber. Das Gesetz sagt, wenn einer alkoholische Getränke in einem Fahrzeug befördert, dann wird das Fahrzeug konfisziert und öffentlich versteigert.«

»Nun mal langsam«, protestierte Long Boy. »Das kommt mir

doch 'n bißchen happig vor, den Wagen zu konfiszieren, bloß weil ich –«

»Happig!« unterbrach ihn Hardin. »Happig! Das nennen Sie schon happig? Mann, Sie haben mich noch nicht zu Ende angehört!« Für einen Augenblick sah es fast so aus, als wollte er lächeln. Aber statt dessen schob er seine unteren falschen Zähne vor und starrte Long Boy an. Dann beugte er sich wieder vor und sagte: »Also, ich glaube, Sie haben doch nicht richtig zugehört. Mann, Sie stecken so tief in der Klemme, daß Sie allmählich mal drüber nachdenken sollten. Sie werden angeklagt wegen Besitzes und Transports von Whiskey, und ich glaube, wenn ich mich 'n bißchen anstrenge, krieg ich noch 'n paar weitere Anklagepunkte zusammen.« Er zeigte auf die beiden Whiskeyflaschen. »Da ist keine Steuermarke dran. Ich kann ja mal den Jungs von der Alkoholsteuer Bescheid sagen. Die würden sich bestimmt für Sie interessieren.«

Er lachte verächtlich. »Ich kann Ihnen sagen, Mann, wir haben hier oben 'n netten kleinen Staatsanwalt, der verspeist Sie bei lebendigem Leibe. So 'n feiner Alkoholschmuggler wie Sie – darauf hat der schon lange Appetit.« Er blickte zu Bo hinüber. »Hab ich recht, Bo? Für Roney Ware wär dieser Vogel hier 'n feines Frühstück.« Bo scharrte mit den Füßen. Sheriff Hardin sah wieder Long Boy an. »Roney hält für die Männer hier Bibelstunden ab. Der haßt Whiskey mehr als die Sünde.«

Ich sah, wie sich Long Boys Nacken rötete. »Hören Sie«, sagte er, »was ist, wenn ich 'ne Kaution zahle?«

Sheriff Hardin sah ihn überrascht an. »Mit 'ner Kaution kommen Sie hier nicht auf freien Fuß. So was haben wir nicht nötig. Sind hier ja nicht in der Großstadt. Wir sind mit unseren Gerichtsterminen auf dem laufenden. Sowie's hell wird, bring ich Sie rüber zur Bezirksverwaltung und melde Sie an. Und gegen zehn stehen Sie sicher schon vor Gericht.« Er hielt inne und sah Long Boy an. »Machen Sie sich man schon drauf gefaßt, daß Sie 'ne Zeitlang in der Gegend bleiben. Steineklopfen und Straßen ausbessern und so. Wenn Sie sehr viel Glück haben, kommen Sie mit sechs Monaten davon. Aber wenn ich mir überlege, wie dreist Sie hier mit Alkohol rumgefahren sind, möcht ich annehmen, Sie kriegen runde zwölf Monate aufgebrummt. Vielleicht auch noch mehr, falls der alte Roney sich noch 'n paar Anklagepunkte einfallen läßt.«

Ich erschrak zu Tode. Ich wußte, Sheriff Hardin meinte es ernst. Auch Long Boy war sich darüber anscheinend im klaren. Er sagte: »Vielleicht können wir den Fall ja unter uns regeln.«

Sheriff Hardin machte ein uninteressiertes Gesicht. »Wüßte nicht, was da zu regeln wär«, sagte er. Er deutete mit dem Kopf auf den Whiskey. »Das da ist das Beweismaterial«, fuhr er fort. Er sah Long Boy an. »Und außerdem hab ich Sie. Mehr brauch ich nicht.«

Er legte sein eines Bein auf den Tisch, kippte seinen Stuhl zurück und sah zur Decke. »Klar«, sagte er nach einer Weile, »Spaß macht mir das auch nicht, 'nen Mann wie Sie bei der Straßenkolonne landen zu sehen. Die armen Schweine tun mir immer leid. Ewig draußen, bei Wind und Wetter. Und nichts zu fressen außer 'n Stückchen Schweinefleisch und Maisbrot. Schicke nicht gern jemand zur Straßenkolonne. Hab ich noch nie gern getan. Man ist ja kein Unmensch.«

Er nahm das Bein vom Tisch und beugte sich vor. »Ich sag Ihnen, was ich tu. Daß ich den Whiskey in Ihrem Wagen gefunden hab, da kann ich nichts machen, dafür wandern Sie vor Gericht. Aber ich brauch ja nicht aussagen, daß Sie Alkoholschmuggler sind. Das macht 'n Riesenunterschied. Wenn Sie dem alten Roney und dem Richter einreden können, daß Sie den Whiskey nur so, zum Trinken, dabeihatten, dann kommen Sie vielleicht mit 'ner Geldstrafe davon. Und im schlimmsten Fall kriegen Sie nicht mehr als dreißig Tage.«

Er saß da und sah Long Boy an. Long Boy sagte vorsichtig: »Da wär ich Ihnen dankbar.«

Sheriff Hardin lehnte sich zurück, und seine Stimme klang fast freundlich. »Daß Sie Alkoholschmuggler sind, kann ich allerdings so lange nicht übersehen, wie Sie irgendwo Whiskey versteckt haben. Sie müssen mir also schon sagen, wo Sie die Ware haben. Bo und ich können ja hinfahren und das Zeug auskippen. Dann wär mein Gewissen beruhigt.«

Long Boy sagte: »Ich hab aber keinen Whiskey, nirgendwo.«

Hardin machte ein hämisches Gesicht. »So?« sagte er. »Da bin ich anders informiert.«

Long Boy sagte: »Ich sag Ihnen doch, ich hab keinen Whiskey. Ich hab das zu Ihrem Bruder nur gesagt –«

Sheriff Hardin blickte auf, als wäre er hoch erstaunt. »Meinem Bruder? Was zum Teufel hat denn mein Bruder damit zu tun?« Er sprach mit erhobener Stimme. »Hast du das gehört, Bo? Da versuch ich, dem Mann zu helfen, und er zieht meine Familie mit rein!« Er warf Long Boy einen so bösen Blick zu, daß ich dachte, gleich fällt er über ihn her. Aber dann wandte er sich ab und sagte: »Na gut, wie Sie wollen, junger Mann. Es ist Ihre Beerdigung, nicht meine.« Eine Zeitlang saß er grübelnd da, dann stand er auf. »Bo«, sagte er und deutete mit dem Kopf zur Tür. Bo folgte ihm auf den Flur hinaus.

Als sie beide draußen waren, drehte Long Boy sich um und zwinkerte mir lächelnd zu. Aber es war ein schwaches Lächeln, und er sah ziemlich mitgenommen aus. So hatte er wahrscheinlich noch nie in der Klemme gesteckt. Wie ich's mir auch überlegte, es kam auf das gleiche raus, ob er Sheriff Hardin davon überzeugen konnte, daß er keinen Whiskey versteckt hatte, oder ob er ihn nicht überzeugen konnte. Wenn er die Wahrheit sagte – nun, man brauchte Sheriff Hardin nur anzusehen, dann wußte man, daß Long Boy sich damit nur in eine noch üblere Lage bringen würde. Je länger ich nachdachte, desto unruhiger wurde ich. Auf unseren Fahrten kamen wir immer wieder an Kolonnen von Gefangenen vorüber, die Straßenarbeiten verrichten mußten, und jetzt sah ich in Gedanken schon vor mir, wie Long Boy in der heißen Sonne schuftete und schwitzte, während ein bewaffneter fetter Wachmann ihn fluchend antrieb, und bei dieser Vorstellung mußte ich fast heulen.

Unterdessen hörten wir Sheriff Hardin draußen auf dem Flur mit leiser Stimme reden. Nach ungefähr fünf Minuten kam er mit Bo wieder herein. Er machte ein grimmiges, entschlossenes Gesicht. Kaum hatte er sich gesetzt, sagte er: »So, junger Mann, und jetzt Schluß mit den Mätzchen! Wo ist der Whiskey?«

Long Boy sagte: »Sie müssen mir schon glauben, es gibt diesen Whiskey nicht.«

»Sie lügen!« sagte Sheriff Hardin.

»Nein, tu ich nicht. Es gibt diesen Whiskey nicht und hat ihn nie gegeben«, sagte Long Boy, und seine Stimme klang erschöpft.

Sheriff Hardin funkelte Long Boy an und atmete keuchend. »Sind Sie übergeschnappt? Wollen Sie sich wegen 'n paar Kisten Whiskey zu Zwangsarbeit verknacken lassen? Sie müssen verrückt sein!«

»Ich sage nur die Wahrheit.«

Sheriff Hardin sah Long Boy an, als wollte er ihn umbringen. »Warum haben Sie dann gesagt, Sie hätten welchen?«

»Ich hatte gedacht, ich kriegte welchen«, sagte Long Boy. »Er ist nicht geliefert worden.«

»Mann, Sie sind der schlimmste und übelste Lügner, der mir je unter die Augen gekommen ist«, sagte Sheriff Hardin. Aber zum erstenmal schien er seiner Sache nicht mehr so sicher zu sein. Sein Blick war nicht mehr ganz so bösartig, aber seine Stimme klang heimtückisch, als er fortfuhr: »Denken Sie drüber nach. Denken Sie in aller Ruhe drüber nach. Ich geb Ihnen fünf Minuten, dann bin ich mit meiner Geduld am Ende.« Er kippte seinen Stuhl nach hinten, legte ein Bein auf den Tisch und sah in eine andere Richtung.

Nach kurzem Schweigen sagte Long Boy: »Hören Sie, ich mach Ihnen einen Vorschlag.«

Sheriff Hardin tat gleichgültig, aber seine Augen verrieten seine Neugier. »Was für 'n Vorschlag?«

»Also gut«, sagte Long Boy, »Sie sind der Meinung, ich hab irgendwo zwanzig Kisten Whiskey versteckt. Das hab ich nicht, aber um Ihnen das zu beweisen, bin ich bereit, Ihnen den Preis zu zahlen, den diese zwanzig Kisten Whiskey wert wären – fünfhundert Dollar. Ich hab das Geld nicht bei mir, aber ich kann es holen, wenn die Banken aufmachen.«

Sheriff Hardin nahm das Bein vom Tisch und ließ den Stuhl knallend nach vorn kippen. Er spielte den Entrüsteten. »Wollen Sie mich bestechen, Sie Schmuggler?« fragte er mit lauter Stimme. Er sah zu Bo hinüber: »Hast du Töne, Bo? Hast du das gehört?« Er schlug mit der Faust auf den Tisch. »Mann, jetzt sitzen Sie aber richtig in der Tinte. Sie haben versucht, einen Polizisten zu bestechen!«

Long Boy sagte: »Ich wollte Sie ja überhaupt nicht bestechen. Ich weiß nur nicht, wie ich Sie sonst überzeugen kann, daß ich keinen Whiskey habe.«

Sheriff Hardin plusterte sich immer noch auf. »Mann, Sie sind so ungefähr das übelste Subjekt, das mir je über den Weg gelaufen ist! Will der Kerl einen bestechen, wo er schon bis zum Hals im Schlamassel drinsteckt!« Er markierte den wilden Mann und tobte, aber offensichtlich hatte Long Boys Angebot doch einige Zweifel in ihm geweckt, jedenfalls was den Whiskey betraf. Er saß da und schob sein Gebiß hin und her. Beiläufig, allzu beiläufig zog er seine Uhr aus der Tasche und warf einen Blick darauf. Dann erhob er sich und sagte zu Bo: »Ist gleich fünf. Im Café drüben müßte schon wer wach sein. Ich glaub, ich geh mal 'n Augenblick rüber. Komm mal eben mit raus auf den Flur, eh ich geh.« Er sah Long Boy stirnrunzelnd an. »Denken Sie nach über das, was ich Ihnen gesagt habe.«

In dem Augenblick, als er hinausging, wußte ich, daß uns nicht viel Zeit blieb. Es war klar, daß er entweder mit seinem Bruder telefonieren oder sich mit ihm treffen wollte. Ich hatte schon einmal daran gedacht, aber jetzt stand für mich endgültig fest, daß es für uns nur eine Möglichkeit gab, aus der Patsche, in der wir saßen, herauszukommen – wir mußten abhauen. Bis dahin hatte ich wohl immer noch gehofft, Long Boy würde uns aus dem Schlamassel rausreden, wie er das sonst immer machte. Aber es war klar, daß er nicht mehr weiterwußte. Ich wußte, worauf er hinauswollte, als er Sheriff Hardin das Geld für den Whiskey anbot, aber das Manöver war nur ein halber Erfolg gewesen, wenn überhaupt. Sheriff Hardin war sich vielleicht nicht mehr ganz so sicher mit den zwanzig Kisten Whiskey, aber er hatte mit keinem Zeichen zu erkennen gegeben, daß wir uns freikaufen könnten. Ich öffnete mein rotes Handtäschchen, griff hinein und umklammerte die Autoschlüssel. Ich drückte sie, so fest ich konnte. Irgendwie hoffte ich, sie würden mir zu einem guten Einfall verhelfen.

Bo blieb lange draußen bei Sheriff Hardin. Als er wieder hereinkam, würdigte er uns keines Blickes und setzte sich wortlos hinter den Tisch auf Sheriff Hardins Stuhl. Er legte beide Füße auf die Tischkante und stocherte mit einem Streichholz in seinen Zähnen herum. Ich sah ihn mir genau an. Er hatte eine Polizeiplakette am Rock und trug an seiner Hüfte eine Pistole, aber er war genau der Typ des ausweichenden, unbeholfenen, aber eigentlich ganz netten

Burschen vom Lande, dem ich schon oft begegnet war. Er war einer von denen, die an Tankstellen die Pumpe bedienten und in den Drugstores Mineralwasser ausschenkten oder in Hotels die Hilfsarbeiten machten. Ich wußte, daß er schüchtern und unsicher war, nicht besonders helle und wahrscheinlich noch zu jung, um richtig gemein zu sein. Bestimmt hatte er vor Frauen eine mächtige Angst. Trixie hätte ihn wahrscheinlich im Handumdrehen dazu gebracht, daß er ihr Klee aus der Hand gefressen und freundlich gemuht hätte.

Ich saß auf meinem Stuhl und dachte mir alle möglichen Arten aus, wie man ihn überlisten könnte. Ich konnte zum Beispiel eine Ohnmacht oder einen hysterischen Anfall vortäuschen und ihm dann eins über den Schädel geben. Aber ich wußte, daß das nicht klappen würde. Außerdem wollte ich ihn nur so weit verwirren, daß er ein paar Minuten lang nicht klar denken konnte. Schließlich hatte ich mich für einen Trick entschieden. Es war nicht weit damit her, aber ich mußte irgend etwas versuchen. Ich umklammerte die Schlüssel und zog sie aus dem Täschchen. Ich stand auf, ging zu Long Boy und sagte mit einer weinerlichen Stimme wie ein müdes und gelangweiltes vierjähriges Kind: »Daddy, ich muß mal.«

Long Boy sperrte Mund und Nase auf, und er hätte nicht erstaunter aussehen können, wenn mir plötzlich Federn gewachsen wären. Bo brachte seine Füße in eine andere Lage und errötete bis über beide Ohren. Er starrte an die Decke. Als ich wartend stehenblieb, räusperte er sich und machte eine ruckartige Bewegung mit dem Daumen. »Draußen im Flur ist 'ne – äh – Toilette.«

Long Boy machte ein so entgeistertes Gesicht, daß ich um ein Haar lauthals gelacht hätte. Ich packte ihn am Arm und fing wieder an zu jammern. »Daddy, ich hab so Angst. Komm mit und warte an der Tür.« Long Boy sah zu Bo hinüber, aber der starrte noch immer an die Decke.

»Na gut, mein Kleines«, sagte Long Boy, »dann will ich mal mit dir gehn.«

Sowie wir zur Tür hinaus waren, drückte ich Long Boy die Autoschlüssel in die Hand. Er zuckte zurück. »Los!« sagte ich mit zusammengebissenen Zähnen. Er zischte: »Bist du ver… warte, Addie … Warte! …« Aber ich ging weiter den Flur entlang und sah stur geradeaus. Als ich an der Toilettentür vorbeikam, machte ich kurz halt, öffnete sie und schlug sie geräuschvoll wieder zu. Und dann sauste ich erst richtig los! Long Boy war langsam und zögernd hinter mir hergekommen, aber inzwischen hatte er's sich anscheinend doch anders überlegt. Mit großen Schritten kam er mir nachgeeilt. An der Treppe hatte er mich eingeholt. Es war kaum zu glauben, was für einen donnernden Lärm unsere Füße machten, als wir die Stufen hinuntersausten. Es klang, als jagten zwei frisch beschlagene Maultiere im Galopp durch einen Stall.

Unten raste ich, so schnell ich konnte, über den Bürgersteig. Wie Long Boy in den Wagen gekommen ist, weiß ich nicht. Ich bin jedenfalls aufs Trittbrett gesprungen und kopfüber hineingepurzelt. Long Boy mußte sozusagen mit einem einzigen Griff den Anlasser betätigt, den Rückwärtsgang eingeschaltet und die Scheinwerfer angeknipst haben. Wir fuhren dröhnend ein Stück zurück, hielten und schossen dann mit so einem Ruck los, daß ich glaubte, es risse mir den Kopf ab. Ich konnte eben noch einen Blick auf das erleuchtete Fenster über uns werfen. Es schaute niemand heraus.

Long Boy murmelte vor sich hin: »Also, das ist das Verrückteste, was ...« Ich glaube, wir sahen Sheriff Hardin im gleichen Moment. Er kam über den Platz auf uns zugerannt. Ohne Zögern sprang er mitten auf die Fahrbahn und blieb mit weit ausgebreiteten Armen stehen. Das war wohl die dümmste oder die mutigste Tat, die ich je gesehen habe. Es gab keine Möglichkeit, um ihn herumzufahren. Long Boy ächzte leise und drosselte das Tempo. Ich griff ans Armaturenbrett und zog den Gashebel so weit heraus, wie ich konnte. Es hörte sich an, als ob der Motor zitternd Atem holte, und dann machte der Wagen einen Satz, daß er sich fast vom Boden zu lösen schien. »Wa... wa... was –« stammelte Long Boy überrascht.

»Er kann ja springen!« rief ich.

Und springen tat er auch. Eine Sekunde lang sah es so aus, als ob sein weißes, entgeistertes Gesicht über der Kühlerverzierung schwebte. Dann warf er sich herum und machte einen Hechtsprung zum Bürgersteig. Long Boy stieß den Gashebel hinein und bekam den schleudernden Wagen wieder in die Gewalt. »Herr im Himmel«, hauchte er mit feierlicher Stimme. Und dann fing er an zu toben. Er stauchte mich ganz schön zusammen, aber ich hörte es kaum. Schließlich gingen ihm die Worte aus, und er wiederholte immer wieder den gleichen Satz: »Du hättest ihn umbringen können! ... Du hättest ihn umbringen können! ...«

Ich sagte: »Schon gut, er lebt ja noch.«

So schnell wie wir damals hat sicher noch nie jemand eine Stadt verlassen. Am Horizont zeichnete sich das erste schwache Dämmerlicht des anbrechenden Tages ab, und einige Fenster waren schon erleuchtet. Häuser und Bäume flogen vorbei – zip, zip –, und schneller, als ich es erzählen kann, waren wir draußen in der freien dunklen Landschaft. Long Boy fuhr so schnell, daß er die Augen auf die Straße gerichtet halten mußte und nicht in den Rückspiegel blicken konnte. Alle paar Sekunden fragte er: »Kommen sie schon?«

Ich hatte mich umgedreht und beobachtete die Straße hinter uns. »Noch nicht«, sagte ich jedesmal.

Wir mußten etwas über eine Meile gefahren sein, als ich in der Ferne die Sirene hörte. Long Boy hörte sie auch. Er verzog grimmig das Gesicht. »Wir schaffen's nicht, Mäuschen«, sagte er.

»Doch«, sagte ich.

Long Boy schüttelte den Kopf. »Nicht in dieser gelben Karre. Das war wirklich Blödsinn. Ich hätte dich zurückhalten sollen.«

»Wärst du lieber ins Gefängnis gewandert?« sagte ich.

»Fürchte, das haben wir nur 'n bißchen aufgeschoben«, sagte er. »Ich nehm ja an, wir können sie abhängen, aber sowie's richtig hell wird, können wir einpacken. Bis dahin hat jeder kleine Polyp in Alabama diesen Wagen auf'm Kieker.«

»Vielleicht können wir uns irgendwo im Wald verstecken«, sagte ich.

Long Boy knurrte. »Das müssen wir vielleicht, aber was –« Er brachte den Wagen schlitternd zum Stehen, schaltete und setzte zurück. Wir hatten eine Kreuzung überquert, und auf dem Schild in unserer Richtung stand JASPER. Es war die Straße, die wir in der Nacht zuvor entlanggefahren waren. Long Boy murmelte: »Da will ich bestimmt nicht noch mal hin.« Er riß den Wagen in einer Wolke von Staub herum und sah nach den anderen Schildern. Während wir so bei laufendem Motor im Wagen saßen, hörten wir die Sirene näher und näher kommen. Long Boy legte den Kopf etwas zur Seite und horchte ernst und angespannt. Plötzlich sah er mich mit einem breiten Grinsen an. »Na, dann wollen wir sie wenigstens 'n bißchen durch die Gegend hetzen, Zuckerpüppchen.« Er schaltete, und wir bogen mit quietschenden Reifen in eine Nebenstraße ein.

Es war komisch mit der Sirene. Ich weiß nicht, ob es an den Kurven lag oder woran sonst, jedenfalls hörten wir sie manchmal zwei, drei Minuten lang überhaupt nicht und dann plötzlich wieder so deutlich, als wären sie uns schon dicht auf den Fersen. Ich behielt die Straße hinter uns im Auge, um auf Scheinwerferlicht zu achten, aber schon nach ungefähr fünfzehn Minuten hatte das keinen Sinn mehr. Es war inzwischen so hell, daß man deutlich die schmutziggelbe Straße sah, und wenn ich mir ein bißchen Mühe gab, konnte ich sogar schon die Landschaft rings um uns erkennen. Wir fuhren durch ein Buschwaldgebiet, das anscheinend völlig unbewohnt war. Seit wir von der Hauptstraße abgebogen waren, hatte ich nirgendwo ein Licht schimmern sehen, und auch die Schatten in der Ferne sahen nicht wie Häuser oder Stallgebäude aus.

Long Boy hockte über das Lenkrad gebeugt auf seinem Sitz, das Gaspedal meist ganz oder fast ganz runtergedrückt, und sah weder nach rechts noch nach links. Wir kamen an eine Kurve – und wären beinahe in unser Unglück gerast. Vor uns knatterte ein alter offener Lastwagen, der die volle Breite der schmalen Straße einnahm. Auf der Ladefläche standen etwa zwei Dutzend Männer. Ihrer Kleidung nach mußten es Bauarbeiter sein, die wahrscheinlich zu ihrem Arbeitsplatz im Wildreservat gebracht wurden. Long Boy trat auf die Bremse und stöhnte: »O Gott, auch das noch!«

Nachdem wir gut eine Minute hinter dem Lastwagen hergezottelt waren, wurde ich unruhig. »Drück doch mal auf die Hupe«, sagte ich.

Long Boy starrte angespannt geradeaus. »Hat keinen Zweck«, sagte er. »Wie soll er denn von der Straße runter?«

Ich spähte nach vorn, sah mir die Straße an und kam mir dumm vor. Ich hatte länger nicht darauf geachtet, und inzwischen fuhren wir eine Steigung hinauf. An den meisten Stellen fiel die Böschung etwa anderthalb Meter tief ab, an anderen Stellen so tief, daß ich die Höhe im Dämmerlicht nicht abschätzen konnte. Wir waren weitere hundert Meter oder so hinter dem Lastwagen hergefahren, als der Fahrer einen niedrigeren Gang einlegen mußte und die alte Mühle fast zum Stehen kam. Die Männer hinten auf der Ladefläche fanden es anscheinend furchtbar witzig, daß wir den Staub schlucken mußten, den sie aufwirbelten. Sie lachten und schnitten Grimassen und freuten sich wie kleine Kinder.

Ich weiß nicht, wie lange wir hinter dem Lastwagen hergekrochen sind. Irgendwann gab ich auf und lehnte mich in meinen Sitz zurück. Hätte ich noch länger bibbernd dagehockt und auf die Straße gestarrt, dann hätte ich in die Hose gemacht. Alle Augenblicke fuhr Long Boy hart an den Straßenrand, damit er an dem Lastwagen vorbeiblicken und sehen konnte, ob eine zum Überholen geeignete Stelle kam. Zuerst knurrte er jedesmal und sagte: »Verdammt, nichts zu machen.« Aber bald sagte er nichts mehr. Wahrscheinlich dachte er, es interessierte mich nicht. Ich saß zusammengesunken und mutlos da und versuchte, nicht daran zu denken, wie langsam wir die Straße entlangkrochen und wie schnell Sheriff Hardin hinter uns herkam.

Ich bildete mir ein, ich sei jetzt ganz ruhig, aber als ich plötzlich die Sirene wieder hörte, merkte ich, daß ich mir etwas vorgemacht hatte. Ich fuhr hoch und drehte mich um. Auch Long Boy blickte immer wieder über die Schulter nach hinten. »Siehst du was?« fragte er ein paarmal. »Noch nicht«, sagte ich. Ich sah noch immer kein Scheinwerferlicht, aber die Sirene kam ständig näher, soviel stand fest. Die Männer auf dem Lastwagen hatten sie auch gehört. Sie stießen sich gegenseitig an und blickten die Straße entlang. Dann starrten sie mit zusammengekniffenen Augen über die hintere Klappe des Lastwagens und versuchten, durch das grelle Scheinwerferlicht einen Blick auf uns zu werfen. Die Sirene heulte jetzt so nahe, daß ich fast Angst hatte, mich umzudrehen. Plötzlich deuteten zwei, drei Männer auf dem Lastwagen die Straße hinunter und sagten etwas zu den anderen. Alle drängten zum Ende der Ladefläche und versuchten über die hintere Klappe zu spähen.

Ich mußte schlucken. »Er kommt«, sagte ich.

»Ich weiß«, murmelte Long Boy.

Long Boy fuhr an den Straßenrand und so dicht an den Lastwagen heran, daß wir ihn beinahe rammten. Auf diese Weise steuerte er etwa hundert Meter hinter dem Knatterkasten her, den Hals nach links gereckt, damit er an dem Lastwagen vorbeisehen konnte. Dann hörte ich ihn sagen, als redete er mit sich selbst: »Na, vielleicht klappt's.« Für einen Moment wandte er sich mir zu und sagte mit gepreßter Stimme: »Halt dich schön fest, Kleines!« Er trat aufs Gaspedal, und wir hopsten von der Fahrbahn.

Ich war so erschrocken, daß ich ein paar Sekunden brauchte, bis mir klar wurde, was Long Boy vorhatte. Nun, Sie wissen, was ein Straßeneinschnitt ist: eine Stelle, wo die Straße nicht oben über das Gelände führt, sondern in das Gelände eingeschnitten ist. Meist sind die Böschungen an solchen Stellen abgeschrägt und treffen in einem Winkel von ungefähr fünfundvierzig Grad zu beiden Seiten der Straße auf. Long Boy hatte sich die Einschnitte, durch die wir kamen, während wir hinter dem Lastwagen herschlichen, genau angesehen, und er hatte den Entschluß gefaßt, notfalls eine solche Böschung hinaufzurasen und so den Lastwagen zu überholen. Ich ahnte natürlich nichts davon. Als ich wieder Luft bekam und aufblickte, war es, als würden wir direkt in das rosarote Morgengrauen am Himmel schießen. So ging es immer höher und höher, bis die Wagenräder sich auf der Stelle zu drehen begannen. In diesem Moment riß Long Boy das Steuer herum, und wir schlingerten quer über die schräge Wand des Einschnitts hinunter. Der Wagen rutschte und holperte und riß so viele Steinbrocken hoch, daß es sich anhörte, als schlügen mehrere Männer mit Vorschlaghämmern von unten gegen den Wagen. Wir rumpelten ungefähr drei Meter vor dem Lastwagen auf die Straße zurück.

Das Ganze hatte vielleicht zwanzig Sekunden gedauert, aber es dauerte sehr viel länger, bis Long Boy so zu tun versuchte, als ob er ganz ruhig atmete, und mich fragte: »Alles in Ordnung, Baby Doll?«

Ich japste immer noch. »Klar«, sagte ich.

Long Boy lachte. »Na, fürs erste haben wir ihnen jedenfalls 'n hübschen Brocken vor 'n Kühler gepackt.«

Wir rasten weiter. Nach etwa einer Viertelstunde war es plötzlich ringsherum taghell. Es war ganz merkwürdig. Als ob irgendwer einen großen Staubwedel genommen und alle Schatten der

Nacht weggewischt hätte. Long Boy machte ein besorgtes Gesicht. »Wir müssen von der Straße runter, Addieschatz. Wenn wir nicht ganz bald eine Nebenstraße finden, landen wir garantiert in einer Stadt.«

Aber es gab keine Nebenstraßen. Links und rechts, so weit wir sehen konnten, war nichts als elendes Buschland. Ein-, zweimal kamen wir an eingefallenen, halbvermoderten Umzäunungen vorbei, aber die waren bestimmt über hundert Jahre alt, das sah man auf den ersten Blick. Hier hatten irgendwann mal ein paar Leute versucht, das Land zu bestellen. Wahrscheinlich war der Boden so karg und steinig, daß sie schließlich aufgegeben hatten und weitergezogen waren. Wenn sie nicht verhungert waren. Als wir nach einiger Zeit durch eine kleine bewaldete Senke kamen, hielt Long Boy an und setzte den Wagen ein Stück zurück. Von Gestrüpp und herunterhängendem Gezweig halb verborgen, zweigte ein schmaler Weg ab. Eigentlich war es nur ein Pfad. Long Boy warf einen prüfenden Blick darauf und sagte dann: »Na, mal sehen, ob er breit genug ist.«

Nachdem wir in den Weg eingebogen waren, hielt er an und ging zurück und glättete mit dem Fuß die Reifenspuren, die wir am Rand der Straße hinterlassen hatten. Er nahm sein Taschentuch, wischte damit noch einmal über den Weg und kam zum Wagen zurück.

Der Weg war längst nicht so schlecht, wie ich gedacht hatte. Natürlich war er holprig und an manchen Stellen so ausgefahren, daß wir mit dem Wagenboden über die Erde kratzten, aber ich hatte schon schlimmere Wege erlebt. Nachdem wir ihn eine Zeitlang entlanggerumpelt waren – wahrscheinlich höchstens zehn Minuten lang, aber mir kam es sehr viel länger vor –, gab Long Boy, der immer wieder in den Wald hineinspähte, einen grunzenden Laut von sich. »Sieht so aus, als ob wir gleich wem begegnen.« Er hatte recht. Wir fuhren noch ein paar hundert Meter, und da stand, dicht am Weg, ein altes windschiefes Holzhaus oder, genauer gesagt, eine Hütte. Dahinter war ein Hof, in dem alles mögliche Gerümpel herumstand, und auf der anderen Seite des Hofes eine Scheune. Sie war zweimal so groß wie das Haus, aber noch windschiefer.

Long Boy fuhr auf den Hof und hielt vor der halbverfallenen Eingangsveranda an. »Keiner zu Hause?« rief er.

Nach einer Weile ging knarrend die Tür auf. Ein alter Mann mit wässrigen verschlafenen Augen und spärlichem widerborstigem Haar streckte den Kopf heraus. Er warf uns einen Blick zu und machte wortlos die Tür wieder zu. Ich sah Long Boy an. Er lachte und sagte. »Muß sich erst die Hosen anziehn.«

Nach ein paar Minuten öffnete sich die Tür wieder, und der Alte kam auf die Veranda heraus, ein großer hagerer Mann. Er war barfuß und trug einen Overall über seiner fleckigen, schmutziggrauen Unterhose.

»Hallo«, sagte Long Boy in einem möglichst hinterwäldlerischen Tonfall.

»Hallo«, sagte der Alte. Er zeigte keinerlei Neugier. Er stand einfach nur da und sah uns an.

»Die Polizei ist hinter uns her«, sagte Long Boy. »Dachte, Sie würden uns vielleicht helfen.«

Der Gesichtsausdruck des alten Mannes veränderte sich nicht. Er rieb sich mit der einen Hand langsam über den Bauch. »Was haben Sie gemacht?«

»Bißchen Whiskey rangeschafft«, sagte Long Boy.

Der Alte dachte offensichtlich über diese Auskunft nach, aber sein Gesicht blieb so abwesend und gleichgültig wie vorher. Er legte den einen Arm um einen Verandapfosten, ließ sich auf den Boden hinunter und ging auf den Wagen zu. Er blieb davor stehen und betrachtete ihn lange, wobei er sich mit dem Daumen über sein Stoppelkinn fuhr. »Müssen den Wagen hier verstecken«, sagte er.

»Das müssen wir wohl«, sagte Long Boy.

Der Alte wandte sich um und ging auf die Scheune zu. Das Tor war in der Mitte, und drinnen zog sich über der Tenne ein Heuboden entlang. In der Tenne standen alle möglichen Fuhrwerke und Gerätschaften herum, darunter ein uralter Einspänner mit einem eingesunkenen Lederverdeck. Der Alte packte die eine Deichselstange – die andere war abgebrochen – und zog die Kutsche aus der Scheune heraus. Long Boy fuhr den Wagen bis dicht vor die Scheune, stieg aus und half dem Alten. Der Alte winkte mit beiden

Armen und bedeutete Long Boy, er solle den Wagen reinfahren. Es war ein sehr schmales Tor, aber Long Boy bugsierte den Wagen hinein. Als wir ausstiegen und auf den Hof hinausgingen, war der Alte verschwunden. Ein paar Augenblicke später kam er um die Ecke der Scheune und schleppte ein großes zusammengerolltes Maschennetz heran, wie man es zum Schutz von Saatbeeten benutzt. Es war so mürbe und verrottet, daß es fast auseinanderfiel, aber Long Boy half dem Alten dabei, es auszubreiten, und tatsächlich bedeckte es den ganzen Wagen. Nun kletterte der Alte auf den Heuboden und warf ungefähr einen halben Ballen Heu herunter. Er und Long Boy verteilten das Heu über dem Maschennetz und schoben dann den Einspänner vor unseren Wagen.

Der Alte stellte sich draußen vor die Scheune hin und begutachtete sein Werk. »So wird's gehn«, meinte er. Dann drehte er sich um, ging auf das Haus zu und sagte: »Kommen Sie rein.«

Wenn man dieses Haus betrat, kam man sich vor, als wäre man in die Tage der Wildnis zurückgekehrt. Ein riesiger steinerner Kamin nahm fast die ganze Breite der einen Wand ein. Der Alte benutzte ihn zum Kochen. Über dem Feuer, in einem schwarzen Eisentopf, der von einem eisernen Dreifuß herabhing, siedete irgend etwas vor sich hin. Neben der Feuerstelle stapelten sich rauchgeschwärzte Töpfe und Pfannen, und oben auf dem breiten Sims lagen, zwischen Tellern und Bechern, Bestecke herum. In der Mitte des Raumes stand ein Tisch, der durch den langen Gebrauch so glatt wie Atlasseide geworden war. Vier Stühle mit Sitzen und Lehnen aus Weidengeflecht standen im Halbkreis um den Kamin. In der einen Ecke hatte der Alte seine Schlafstelle, ein Maishülsenlager, und in einer anderen stand ein alter Küchenschrank mit einer Blechtür. An den Wänden hing die merkwürdigste Sammlung von Gegenständen zu sehen, die man sich vorstellen kann. Da gab es alles, von Blechfotografien über Flinten bis zu verrosteten eisernen Fallen.

Der Alte stand vor dem Kamin und klopfte mit einem Fuß auf die Bodendielen. »Hier drunter ist mein Keller. Wenn einer schnüffeln kommt, können Sie sich da verstecken.«

»Vielen Dank«, sagte Long Boy. »Ich zahl Ihnen natürlich für Ihre Mühe.«

Der Alte sah ihn ruhig an. »Ich nehm kein Silber, wenn ich Leuten helfe«, sagte er. »Das is gegen die Schrift.« Er zeigte auf die Stühle. »Setzen Sie sich.«

Wir setzten uns. Der Alte starrte eine Weile ins Feuer, dann fragte er: »Wie heißen Sie?«

»Pray«, sagte Long Boy. »Und das ist meine Kleine – Addie.«

Der Alte nickte. »Ich heiß Jackson. Die meisten nennen mich Dock.« Wieder sah er eine Zeitlang ins Feuer, dann sagte er langsam: »Brenn mir selber ab und zu 'n bißchen Whiskey.«

»Hab ich mir gedacht«, sagte Long Boy.

Old Dock dachte darüber nach. »Und wie sind Sie draufgekommen?« fragte er.

»Hab den Haufen Glimmholz unten am Weg gesehn«, sagte Long Boy.

Old Dock rieb sich mit dem Daumen übers Kinn. »Ich wollte das Holz schon wegschaffen«, sagte er. Er blickte unter seinen buschigen Brauen hervor. »Sie haben aber 'n mächtig scharfen Blick.«

»Mister«, sagte Long Boy, »wo ich herkomme, da lernen Sie, sich vor den Steuerfahndern in acht zu nehmen, noch eh Sie getauft sind.«

Old Dock verdaute diese Mitteilung, und sein Mund zuckte und verzog sich zu einem leichten Lächeln. Aus dem Lächeln wurde ein Grinsen. Schließlich fing er an, meckernd zu lachen. Er wischte sich mit der Hand über die Augen und stampfte mit dem bloßen Fuß auf. »Ah, das ist gut!« rief er. »Das ist wirklich gut!« Er sah Long Boy an. »Und wo kommen Sie her?«

»Aus dem Süden«, sagte Long Boy. »Coffee County.«

Old Dock starrte wieder ausdruckslos vor sich hin. »Kenn ich nicht«, sagte er. »Bin nie viel rumgekommen. Hab mein ganzes Leben hier zugebracht. Und vor mir mein Vater. Und sein Vater und dem sein Vater auch. Mein Urgroßvater, der ist aus Tennessee hergekommen. 'n Mann wie 'n Bär soll das gewesen sein.«

»Wohnen Sie ganz allein hier?« fragte Long Boy.

Old Dock nickte und starrte mit einem abwesenden Blick ins Feuer. »Hab meine Frau vor zwei Jahren begraben, im September«, sagte er und hielt inne, ehe er fortfuhr: »Eine gute Frau, ja, das war sie. Sind siebenundvierzig Jahre verheiratet gewesen, und sie hat nie 'n böses Wort zu mir gesagt.« Wieder hielt er inne. »Ist irgendwie nich richtig ohne sie. Sie fehlt mir.« Und nach einem längeren Schweigen fragte er: »Haben Sie was gegessen?«

»Seit gestern abend nichts mehr«, sagte Long Boy.

Old Dock deutete mit dem bloßen Fuß auf den eisernen Topf, der über dem Feuer hing. »Hab mir da 'n bißchen Eichhörnchengulasch aufgewärmt. Nichts Besonderes. Is aber genug davon da.«

»Danke«, sagte Long Boy. »Hört sich gut an. Kann mich nicht erinnern, daß ich um diese Jahreszeit schon mal Eichhörnchenfleisch gegessen habe.«

Old Dock stand auf und nahm drei Schüsseln vom Kaminsims. »Schmecken ganz gut, die Biester. Dürfen nur keine Weibchen nehmen«, sagte er. »Wenn sie trächtig sind, hat das Fleisch 'n zu scharfen Geschmack.«

Das Gulasch schmeckte gut und war sehr zart. Die Soße war mit Maismehl und einer Handvoll getrockneter roter Pfefferschoten zubereitet. Nachdem wir gegessen hatten, gingen Long Boy und ich hinaus und schlenderten auf dem Hof umher. Ich wartete darauf, daß er etwas sagte, und als er das nicht tat, fragte ich: »Wie soll's jetzt weitergehen?«

»Weiß ich auch noch nicht, Püppchen«, sagte er. »Mir ist noch nichts eingefallen.« Er schüttelte den Kopf. »Hab ja schon in mancher Klemme gesessen, aber noch nie so tief.« Er machte ein wütendes Gesicht. »Und schuld daran is bloß dieser verflixte Wagen. Knallgelb wie 'n Kanarienvogel! Sowie wir uns damit auf 'ner größeren Straße blicken lassen, sind wir erledigt. Da könnten wir ebensogut in 'nem Feuerwehrwagen rumkutschieren.«

»Vielleicht können wir ihn verkaufen«, sagte ich.

Long Boy sah mich traurig an. »Versuchen können wir's ja«, sagte er. »Aber ich glaub nicht, daß wir Glück haben. Nicht in dieser Gegend. Und wenn wir die Kiste zu einem Händler bringen, dann hat uns die Polizei schneller am Schlafittchen, als 'n Lämmerschwanz wackeln kann.«

»Dann müssen wir ihn eben einfach stehenlassen«, sagte ich.

»Dürfte 'n bißchen schwierig sein, von hier zu Fuß wegzukommen«, sagte er. »Irgendwas Fahrbares brauchen wir schon.« Eine

Weile gingen wir schweigend hin und her, dann sagte er: »Ich nehme an, du weißt, daß wir Alabama für 'ne Zeitlang verlassen müssen. Werden wahrscheinlich überall gesucht.« Er grinste. »Sind dem Hardin, dem Sheriff, 'n bißchen zu heftig auf die Hühneraugen getreten. Das dauert sicher 'ne Zeit, bis der Ruhe gibt.«

»Wo wollen wir denn hin?« fragte ich.

»Na ja, nach Tennessee, das ist am nächsten«, sagte er. »Wenn's uns da oben nicht gefällt, können wir immer noch anderswohin. In Mississippi soll man auch gute Geschäfte machen können.«

Als Old Dock herauskam, setzten wir uns zu ihm auf die Kante der Veranda und unterhielten uns mit ihm. Long Boy sagte: »Möchte gern den Wagen verkaufen.«

Old Dock blinzelte. »Hübscher Wagen«, sagte er.

Long Boy lächelte. »Wissen Sie wen, der Interesse hätte?«

Old Docks Stimme klang erstaunt. »Sie meinen, hier in der Gegend?«

»Genau«, sagte Long Boy.

»Oh, hier hat doch keiner Geld«, sagte Old Dock. »Hier hat noch nie einer Geld gehabt.« Er überlegte eine Weile. »Hab mir sagen lassen, daß es jetzt überall knapp ist, das Geld. Is das wahr?«

»Ja, das stimmt«, sagte Long Boy. »Vielleicht kann ich den Wagen tauschen.«

»Tauschen? Gegen was?« fragte Old Dock.

»Gegen 'n andern Wagen«, sagte Long Boy.

»Ach so.« Old Dock saß da und dachte nach. »Die Hankins haben 'n Lieferwagen. Ziemlicher Klapperkasten. Die Hankins, das sind drei Brüder.«

»Wo wohnen sie?« fragte Long Boy.

»Drüben bei Hankins' Springs«, sagte Old Dock. »Ganzes Stück von hier.«

»Wie komm ich an die Burschen ran?« fragte Long Boy.

Old Dock dachte weiter nach. »Kann ja mal den Gaylord-Jungen rüberschicken«, sagte er. »Der hilft mir manchmal Maische rühren und so. Die Gaylords wohnen drüben hinterm Berg.« Er deutete auf eine Anhöhe in der Ferne.

»Wär nett«, sagte Long Boy. »Kommt er an 'nem Geschäft vorbei?«

»Ja, bei Lokey, wenn er da langgeht«, sagte Old Dock.

»Dann kann er uns ja 'n paar Lebensmittel mitbringen«, sagte Long Boy.

Old Dock saß nachdenklich da. »Könnte 'n bißchen Sirup vertragen«, sagte er. »Hab schon ein, zwei Wochen Lust auf was Süßes.« Er stand auf. »Ich geh mal eben den jungen Gaylord rufen.«

»Wie wollen Sie das machen?« fragte Long Boy.

»Ich läute meine Glocke«, sagte Old Dock.

Wir folgten ihm um das Haus herum. Von einem Seifenbaum hing an einer Kette ein eiserner Wagenreifen herab. Old Dock nahm eine kurze Eisenstange und schlug damit ein halbes Dutzend Mal dagegen. Es klang so laut und klar wie eine Kirchenglocke. »Kommt sicher gleich angerannt«, sagte Old Dock. »Der ist jetzt unten am Bach fischen. Ist er immer um diese Zeit.«

Nach etwa einer Viertelstunde sahen wir den Gaylord-Jungen über das Feld kommen. Er war zwar so mager wie ein Junge, aber sicher mußte er sich schon seit gut zwanzig Jahren rasieren. Offenbar trug er weiter nichts als einen verschossenen und hier und da geflickten Overall. Er hatte einen ausdruckslosen Blick, und ihm fehlten bereits etliche Zähne. Old Dock und Long Boy nahmen ihn beiseite und erklärten ihm, was sie von ihm wollten. Es verging eine ganze Weile, dann gab ihm Old Dock einen Sack, und Long Boy gab ihm Geld für die Lebensmittel.

Zum Mittagessen bekamen wir noch einmal Eichhörnchengulasch, und nach dem Essen setzten wir uns alle drei auf die Veranda, den Rücken an die Wand gelehnt und die Beine vor uns ausgestreckt. Ehe wir noch ein Gespräch anfangen konnten, waren wir schon eingeschlafen. Der Gaylord-Junge kam gegen drei Uhr zurück, schweißtriefend, aber strahlend. »Jeff Lokey hat mir 'ne Zuckerstange geschenkt, wie ich die Sachen gekauft hab«, sagte er. »Die Hankins haben gesagt, sie kommen vor Sonnenuntergang rüber. Leroy ist wieder betrunken gewesen.« Long Boy gab ihm einen Dollar, und der Bursche stapfte völlig verblüfft davon.

Als er gegangen war, sagte Old Dock: »Geht mich ja nichts an, aber der Wagen ist doch nicht gestohlen?«

»Nein«, sagte Long Boy. »Der ist bar bezahlt, und die Papiere sind alle in Ordnung.«

»War nur so 'n Gedanke«, sagte Old Dock. »Die drei Hankins werden rabiat, wenn sie denken, daß sie wer für dumm verkaufen will. Und Leroy Hankins, der ist immer rabiat.«

Zum Abendessen gab es Schweinekotelett, Gemüse und Maiskuchen. Old Dock goß sich über alles Zuckersirup. Wir waren kaum fertig, da hörten wir draußen im Hof ein lautes Rattern und Quietschen und wußten, daß die drei Hankins angekommen waren.

Ob Sie es glauben oder nicht, in meinem ganzen Leben hab ich kein übleres Pack gesehen als die drei Hankins. Alle drei waren schmutzig und unrasiert, und ihre Overalls starrten nur so vor Dreck. Es waren drei riesige und eher hagere Burschen, jeder groß genug, daß er plattfüßig dastehen und über einen Kuhstall wegspucken konnte. Sie stanken wie ein Rudel nasser Hunde, das irgendwo Whiskey aufgeschlabbert hat. Clovis und Asa Hankins trugen ständig ein breites blödes Grinsen zur Schau und lachten über alles, was gesagt wurde. Leroy, der jüngste Bruder, hatte einen mürrischen, bösartigen Gesichtsausdruck, der sich nie veränderte. Sein Blick und die Art, wie er sich bewegte, hatten etwas, daß einem nicht wohl war, wenn er hinter einem stand.

Der alte Lieferwagen der Brüder Hankins, ein Dodge, sah fast so heruntergekommen und zusammengeflickt aus wie die drei. Long Boy musterte ihn und machte ein erschrockenes Gesicht. Er klopfte auf das eingebeulte Verdeck und trat gegen den einen abgenutzten Vorderreifen, der an der Seite einen komischen Wulst hatte, sagte aber nichts. Er ging mit den drei Hankins zur Scheune hinüber, und Old Dock half ihm, den Wagen abzudecken. Er ließ die drei Brüder den Wagen lange genug beglotzen. Dann setzte er sich hinter das Lenkrad und ließ den Motor an. Er ließ ihn eine Weile laufen und brachte ihn auf Touren, dann stieg er wieder aus, stellte sich aufs Trittbrett und sagte in einem hinterwäldlerischen Tonfall: »So, Jungs, da habt ihr die Mühle. Ist so gut wie neu. In der Stadt würdet ihr die nicht unter siebenundzwanzighundert Dollar kriegen. Hat nicht mehr als sechshundertsiebzig Meilen auf dem Tacho. Ich würd sie um nichts in der Welt hergeben, aber die Polente ist hinter mir her. Hab Whiskey transportiert und noch so 'n paar Kleinigkeiten gemacht. Kann in der Kiste nicht verduften.

Ist zu groß und zu auffällig. Die Polypen würden sich auf mich stürzen wie die Hühner auf den Maikäfer.« Er klatschte mit der flachen Hand auf die Tür. »Seht euch den Kasten gut an.«

Clovis und Asa Hankins wechselten einen Blick, und Clovis fragte: »Wieviel wollen Sie haben?«

»Hab keinen festen Preis«, sagte Long Boy. »Ich kriege ja doch nicht soviel dafür, wie die Kutsche wert ist. Bin an 'nem Tausch interessiert. Das einzige ist, ihr müßt mir drei Tage Vorsprung geben, eh ihr euch damit auf dem Highway blicken laßt. Dock Jackson hier gibt euch dann die Schlüssel und die Papiere.«

Clovis und Asa starrten ihn mit offenem Mund an. Leroy runzelte die Stirn. »Na los, Jungs, was bietet ihr?« sagte Long Boy. »Als erstes nehm ich eure alte Kiste da drüben.«

Clovis und Asa sahen sich ungläubig an. Asa kicherte vor Begeisterung. Beide grienten vom einen Ohr zum andern und klopften sich gegenseitig auf die Schulter. Leroy machte immer noch ein mürrisches Gesicht. Anscheinend interessierte ihn an dem Wagen einzig und allein der chromblitzende Suchscheinwerfer. Immer wieder fuhr er mit der Hand darüber und bewegte den Hebel, mit dem man den Lichtstrahl lenkte. Er warf seinen lachenden Brüdern einen finsteren Blick zu und spuckte auf den Boden. Dann wandte er seinen bösen Blick Long Boy zu und fragte verdrossen: »Und wie wissen wir, ob der Wagen Ihnen gehört?«

Long Boy sagte: »Mann, ich hab die Papiere dabei. Da, im Handschuhfach. Ich brauch nur hinten was ausfüllen, und das Ding ist auf Sie überschrieben.« Er wandte sich an Clovis und Asa. »Also, was ist? Was bietet ihr noch außer dem Lieferwagen?«

»Wir haben vier Dollar«, sagte Asa.

»Nehm ich«, sagte Long Boy. »Was noch?«

»Ich hab 'n feines Jagdgewehr«, sagte Clovis.

»Kein Bedarf«, sagte Long Boy. »Kann mit Schießeisen nichts anfangen. Auch mit Möbeln nicht. Was noch?«

Asa flüsterte Clovis etwas zu, und Clovis nickte. »Wir haben noch zwei Ballen Baumwolle«, sagte er.

»Passen die in die Karre rein?« fragte Long Boy. Clovis und Asa nickten. »Gut, ich nehm sie«, sagte Long Boy.

»Die Baumwolle nicht«, sagte Leroy mit lauter Stimme.

Long Boy warf ihm nur einen kurzen Blick zu und fragte die beiden anderen: »Los, was noch, Jungs?«

Leroy sagte mit noch lauterer und noch häßlicherer Stimme: »Die Baumwolle nicht!« Er sah Long Boy und seine Brüder drohend an. Clovis und Asa grinsten nicht mehr. Leroy spuckte wieder auf den Boden. »Der Wagen taugt nichts.«

Long Boy sah ihm ins Gesicht und fragte: »Wieso?«

»Da kann man nichts mit transportieren«, sagte Leroy.

»Wenn's weiter nichts ist«, sagte Long Boy, und man hörte seiner Stimme an, für wie töricht er diesen Einwand hielt. »Für den Flitzer hier kriegen Sie glatt zwei Karren wie Ihre.« Er wandte sich an Clovis und Asa. »Außerdem ist in dieser Kiste mehr Platz als in eurem Lieferwagen, nehm ich an.«

»Da wird nichts draus!« sagte Leroy mit lauter Stimme, drehte sich um und ging aus der Scheune hinaus, auf den Lieferwagen zu. Seine Brüder sahen sich beunruhigt an und liefen hinter ihm her. Auf halbem Weg holten sie ihn ein. Wir beobachteten, wie sie ihn festhielten und ernst auf ihn einredeten. Nach einer Weile schüttelte er sie ab und stakste weiter. Clovis und Asa standen ratlos da, bis Leroy den Motor anließ und rückwärts zum Hoftor hinausfuhr. Sie warfen beide einen Blick zur Scheune hinüber, dann drehten sie sich um, rannten los und stiegen zu Leroy in den Lieferwagen.

Ich war so enttäuscht und verzweifelt, daß ich mich ganz elend fühlte. Old Dock knurrte: »Nichts zu machen.« Long Boy sagte nichts. Sein Gesicht war ruhig. Old Dock half Long Boy, den Wagen wieder zuzudecken, und sagte: »Komische Leute, diese Hankins. Clovis und Asa sind nicht so übel, außer wenn sie getrunken haben. Die beiden schlagen eher dem Vater nach. Aber dieser Leroy, der ist wie seine Mutter. Bissig wie 'ne Füchsin, die Junge hat. 'ne böse Frau. Immer in Rage. Der alte Hankins, der ist mal betrunken heimgekommen und hat sie durchgeprügelt. Und da hat sie gewartet, bis er eingeschlafen war, und dann hat sie unter seinem Bett 'n Feuer angezündet. Hat ihn übel zugerichtet, den alten Hankins, hab ich mir sagen lassen.«

In der Nacht schliefen wir in dem zweiten Raum des Holzhauses. Long Boy hatte ein Bett, und für mich legte Old Dock einen mit Maishülsen vollgestopften Sack auf den Boden. Ich war todmüde, aber mir ging ständig im Kopf herum, was passiert war. »Mach dir keine Sorgen, Spitzmaus«, sagte Long Boy. »Die kommen wieder.«

»Woher willst du das wissen?« fragte ich.

»Darfst nicht vergessen, daß sie zwei gegen einen sind«, sagte er. »Und außerdem möchte Leroy den Wagen genauso gern haben wie seine Brüder. Er gibt's nur nicht zu, weil er bösartig und widerborstig ist. Da kann er nichts gegen machen. Ist so veranlagt.«

Und natürlich hatte Long Boy recht. Am nächsten Morgen saßen wir auf der Veranda, als gegen zehn der alte Lieferwagen auf den Hof gerattert kam. Clovis und Asa stiegen mit einem breiten Grinsen aus, Leroy machte ein mürrisches Gesicht wie am Abend zuvor. Clovis sagte. »Wolln uns den Wagen noch mal ansehn.«

Long Boy stand wortlos auf und ging mit ihnen zur Scheune. Als er und Old Dock das Abdecknetz heruntergenommen hatten, gingen Clovis und Asa langsam um den Wagen herum und strahlten vor Begeisterung. Leroy stand in der Einfahrt und warf funkelnde Blicke um sich. Nach ein paar Minuten gingen Clovis und Asa zu Leroy hinüber und zogen ihn mit hinaus auf den Hof. Wir sahen, wie sie heftig mit ihm diskutierten. Leroy sagte kein Wort, und sein starrer Gesichtsausdruck veränderte sich nicht, solange sie auch auf ihn einredeten.

Nach ungefähr einer Viertelstunde kamen die drei Hankins wieder in die Scheune. Clovis und Asa spazierten wieder um den Wagen herum. Leroy war bei der Tür stehengeblieben, aber diesmal starrte er Long Boy an. Offensichtlich störte ihn Long Boys Ruhe. Er trat dicht an Long Boy heran und griff nach dem Suchscheinwerfer. »Der Wagen taugt nichts«, sagte er.

Long Boy sah ihm kurz in die Augen und blickte in eine andere Richtung.

Mit verbissenem Gesicht drehte und zerrte Leroy an dem Suchscheinwerfer. »Ich glaube, den Scheinwerfer hier nehm ich mir auf alle Fälle mal mit«, sagte er mit höhnischer Stimme.

Long Boy wandte sich ihm zu, sah ihn ruhig an und sagte mit leiser, aber harter und kalter Stimme: »Wenn Sie das tun, schlag ich Sie zusammen.«

Leroy blickte noch finsterer, sagte aber nichts. Er stand da, die

Hand auf dem Scheinwerfer, bis Clovis und Asa ihn wieder hinauswinkten. Als sie draußen waren, sagte ich zu Long Boy: »Es gibt noch Ärger, wenn du nicht vorsichtig bist.«

Long Boy lächelte: »Laß mal, Püppchen, ich bin unter solchem Gesindel aufgewachsen. Wenn du dir von so einem Burschen auf die Füße treten läßt, dann trampeln sie dich gleich alle miteinander zu Tode.«

Die Besprechung draußen auf dem Hof schien nicht enden zu wollen. Clovis und Asa hatten Leroy zu dem Seifenbaum geschleppt und redeten dort gestikulierend auf ihn ein. Ab und zu wirbelte einer mit dem Schuh wütend eine Staubwolke auf oder schleuderte zornig seinen Hut auf den Boden. Leroy stand wie üblich mit gerunzelter Stirn da. Während ich ihn beobachtete, wurde mir klar, daß Long Boy ihn genau richtig eingeschätzt hatte. In seiner bösartigen, widerborstigen Art fühlte er sich wahrscheinlich sauwohl. Endlich kamen die drei zur Scheune zurückgeschlendert, Clovis und Asa mit bedepperten Mienen, Leroy mit unverändert mürrischem Gesicht. Clovis sagte zu Long Boy: »Glaub, wir müssen uns die Sache noch mal überlegen.«

»Tut mir leid, Jungs«, sagte Long Boy, »das kommt nicht in Frage. Ich hab euch 'n funkelnagelneuen Wagen für euren alten Kram angeboten. Mehr Zeit will ich nicht verschwenden.« Er wandte sich um und wollte den Wagen wieder zudecken.

Sie stutzten – sogar Leroy. Für ein, zwei Momente wich das Funkeln aus seinen Augen. Er sah erst Long Boy an, dann seine beiden Brüder. Er scharrte mit den Füßen, und sein Gesichtsausdruck wurde noch bösartiger. Mit lauter Stimme und in dem gleichen höhnischen Ton wie vorher sagte er: »Machen wir 'n Ringkampf drum!«

Clovis und Asa lachten sich ins Fäustchen und stießen sich gegenseitig mit den Ellbogen, und zuerst dachte ich, das Ganze wäre nur ein dummer Witz. Aber Long Boy drehte sich herum und sah Leroy an. »Wodrum?«

Leroy sagte: »Um den Scheinwerfer da gegen das Tauschgeschäft.«

»Was für 'n Ringkampf?« fragte Long Boy.

»Freistil«, sagte Leroy.

»Mit oder ohne Schuhe?« fragte Long Boy.

»Mir egal«, sagte Leroy.

»Ohne«, sagte Long Boy.

Clovis und Asa brüllten vor Begeisterung und boxten sich gegenseitig in die Rippen. Ich stand da und konnte mich vor Staunen nicht rühren. Selbst als die Männer schon aus der Scheune hinausgingen, konnte ich immer noch nicht glauben, was geschah. Ich lief hinter ihnen her. Long Boy bückte sich gerade und schnürte sich die Schuhe auf. Ich ging zu ihm und sagte. »Du bist verrückt!«

»Ich mach das schon, Baby Doll, keine Sorge«, sagte er. »Geh du mal lieber ins Haus.«

»Ich geh nicht ins Haus!« sagte ich. Ich schob die Unterlippe vor und blitzte ihn an, aber ich war den Tränen nah.

Long Boy zog Schuhe und Socken aus und richtete sich auf. Leroy hatte seine derben Schuhe abgeschüttelt und stampfte in etwa drei Meter Entfernung mit seinen schmutzigen bloßen Füßen den Boden. Clovis und Asa tanzten vor lauter Begeisterung brüllend und johlend um ihn herum. Old Dock stand abseits und kaute aufgeregt an seiner Zunge herum.

Long Boy krempelte sich die Ärmel auf. »So, wollen wir das noch mal klarstellen«, sagte er. »Wenn Leroy gewinnt, kriegt er den Suchscheinwerfer. Wenn ich gewinne, dann ist er bereit, den Lieferwagen, zwei Ballen Baumwolle und vier Dollar gegen meinen Wagen einzutauschen. In Ordnung?«

»In Ordnung!« rief Clovis. »Richtig!« brüllte Asa. Sie fielen einander lachend in die Arme.

»Also los«, sagte Long Boy. Er ging auf Leroy zu. Leroy spreizte die Beine und duckte sich so weit herunter, daß die Knöchel seiner einen Hand fast über den Boden schleiften. Er sah aus wie ein riesiger Affe. Asa rief: »Mach ihn fertig, Leroy!« Clovis klopfte ihm auf den Rücken und ging fast zu Boden vor Lachen.

Als Long Boy nur noch etwa anderthalb Meter von Leroy entfernt war, ging er langsam, im Uhrzeigersinn, den Kopf nach rechts gedreht, um ihn herum. Leroy bewegte sich langsam im Kreis, damit er ihn im Auge behalten konnte. Plötzlich ließ er sich fallen und schlug, auf den einen Arm gestützt, wie ein Pferd mit den Füßen aus: Er versuchte, Long Boy zwischen die Beine zu treten. Das ging alles so schnell und war so gemein, daß mir die Luft wegblieb. »Das ist nicht fair!« rief ich. »Lassen Sie das!« Ich stand in der Nähe von Old Dock. Ich trat dicht an ihn heran und zerrte an seinem Overall. »Sorgen Sie dafür, daß er fair kämpft«, rief ich.

Old Dock hörte überhaupt nicht, was ich sagte. Sein Mund zuckte vor Aufregung, und seine alten Augen glänzten. »Geh aus dem Weg, Mädchen«, sagte er, ohne Long Boy und Leroy auch nur eine Sekunde aus den Augen zu lassen.

Long Boy umkreiste Leroy immer schneller; so kam es mir jedenfalls vor. Ich war überrascht, wie flink und wie geschmeidig er sich bewegte. Ich hatte ihn noch nie kämpfen sehen und ihn mir immer nur als flotten Redner, nie als Kämpfer vorgestellt. Zum erstenmal wurde mir klar, daß er für einen fast fünfunddreißigjährigen Mann noch eine ganze Menge Schwung hatte.

Leroy blinzelte und schüttelte den Kopf. Da er sich ständig im Kreis drehen mußte, um Long Boy im Auge zu behalten, wurde ihm schwindelig. Er richtete sich auf und ging, die Arme ausgebreitet, auf Long Boy zu. Ohne seine Schritte zu verlangsamen, sagte Long Boy: »Tritt nicht auf die Harke, Leroy.« Leroy blieb stehen, drehte den Kopf zur Seite und sah nach unten. Long Boy sprang einen halben Schritt auf ihn zu und schlug ihm mit der Handkante fest gegen den Adamsapfel. Leroy sah aus, als würden ihm die Augen aus dem Kopf hervorquellen. Sein Gesicht wurde rot, dann violett. Er versuchte, tief Atem zu holen, und gab ein hechelndes Geräusch von sich. Er krümmte sich und würgte. Long Boy zielte genau mit der Fußkante und trat ihn, so fest er konnte, unter das Kinn. Leroy flog nach hinten und schlug klatschend wie ein Zweizentnersack voll nassem Dung auf dem Boden auf.

Clovis und Asa lachten wie toll. Sie konnten sich kaum aufrecht halten vor Lachen. Sie taumelten zu Leroy hin und knieten neben ihm nieder. Long Boy lächelte sie an und fragte sie freundlich: »Na, war das fair oder nicht?«

»War es«, rief Asa begeistert.

Clovis drehte Leroys Kopf hin und her. »Fairer ging's nicht«, brüllte er.

Eine Zeitlang konnte ich Long Boy nur anstarren. Am liebsten wäre ich zu ihm hingerannt und hätte ihn schluchzend umarmt, aber das ging natürlich nicht. Und da dachte ich, ich lache lieber.

Ungefähr eine halbe Stunde nachdem es dunkel geworden war, fuhren wir mit dem alten Lieferwagen los. Long Boy trug einen abgewetzten Overall von Old Dock. Er hatte das Band von seinem Hut abgerissen und sich den Hut völlig verbeult auf den Kopf gesetzt. Ich trug mein schäbigstes Kleid und einen Kiepenhut, der Old Docks Frau gehört hatte. Unsere Koffer hatten wir hinten zwischen die Baumwollballen gezwängt und mit Säcken zugedeckt. Old Dock kam heraus und winkte uns, aber er war nicht ganz bei der Sache. Er hielt einen Zwanzig-Dollar-Schein, den Long Boy ihm aufgedrängt hatte, in der Hand und sah ihn immer wieder an. Wahrscheinlich hatte er noch nie in seinem Leben soviel Geld auf einmal in der Hand gehabt.

Zwei, drei Stunden lief der Lieferwagen ganz brav. Dann kamen wir an eine ziemlich steile Steigung. Der Motor wurde heiß, und der Kühler fing an zu kochen. Wir mußten anhalten. Long Boy stieg aus und schraubte fluchend den Kühlerdeckel ab. Während ich ihn so im trüben Scheinwerferlicht hantieren sah, kam mir eine angenehme Erinnerung. Als er wieder einstieg, fragte ich ihn: »Sag mal, Long Boy, viel Geld haben wir sicher auch nicht mehr, oder?«

»Oh, 'ne Weile kommen wir schon noch zurecht«, sagte er.

»Aber viel ist es nicht?«

»Nein, ich glaub nicht. Wir haben 'ne Masse für den verflixten Wagen ausgegeben und für – hä – für 'n paar andere Dinge.« Er lachte. »Müssen wohl fürs erste wieder mal 'n paar Bibeln verkaufen, Mäuschen.«

Als ich das hörte, war mir auf einmal so wohl wie schon lange nicht mehr.

9

Vielleicht erinnert sich mancher noch an ein Lied, das die Leute damals, in den dreißiger Jahren, sangen. Ich weiß nicht mehr, wie es hieß, aber eine Stelle darin ging ungefähr so:

Bei fünf Cent für Wolle und vierzig für 'n Steak im Magen –
Da kann der arme Mann nur noch am Hungertuch nagen.

Nein, das war nicht zum Lachen, darüber konnte man höchstens traurig lächeln. Allen Farmern ging's damals dreckig, aber die kleinen Baumwollfarmer waren am schlimmsten dran; die hatten wirklich nichts zu beißen und mußten Hunger leiden und bittere Not. Wenn ich an die Zeit zurückdenke, dann überlege ich manchmal, ob Long Boy und ich nicht die einzigen in der ganzen Welt waren, die damals mit Baumwolle Geld verdienten. Hätte Präsident Franklin D. Roosevelt nicht ein Hilfsprogramm aufgestellt und die Farmer aufgefordert, ein Drittel ihrer Baumwolle unterzupflügen, ich glaube, dann wären wir sogar Millionäre geworden. Dieses Programm hatte den Zweck, die Ernte zu verringern und den Baumwollpreis anzuheben. Alles, was dann dabei herauskam – aber davon will ich Ihnen jetzt ja erzählen.

Wir hatten gar nicht die Absicht, ins Baumwollgeschäft einzusteigen, als wir in dem alten Dodge-Lieferwagen von Alabama nach Norden ratterten. Long Boy hat später ausgerechnet, daß wir nur ungefähr 125 Meilen gefahren sind, aber mit dem kochenden Kühler und bei zwei Reifenpannen brauchten wir die ganze Nacht dafür. Es war heller Tag, als wir die Grenze von Tennessee erreichten. Ich hatte mich auf meinem Sitz zusammengerollt und schlief.

Long Boy hatte versprochen, mich zu wecken, weil es für mich die erste Grenze war, die ich überschritt. Und als er mich ins Bein zwickte und sagte: »Es ist soweit, Püppchen! Hier fängt Tennessee an«, setzte ich mich sofort auf.

Ich weiß nicht, was ich erwartet hatte – jedenfalls war ich furchtbar enttäuscht. In Tennessee sah es genauso aus wie in Alabama, soweit ich feststellen konnte, außer daß vielleicht die Straße etwas besser war. Ein, zwei Meilen lang sah ich mir das an, dann gähnte ich und fragte: »Können wir nicht bald irgendwo haltmachen? Ich bin hundemüde.«

»Gleich, Baby, gleich«, sagte Long Boy. »Ich möchte nur erst sehen, daß wir die Baumwolle verkaufen. Den alten Lieferwagen werden wir überall los.«

»Und wie verkauft man Baumwolle?« fragte ich.

»Tja, das weiß ich auch nicht«, sagte Long Boy. »Hab's noch nie ausprobiert. Ich versteh nur was von Erdnüssen. Vielleicht kriegen wir was raus, wenn wir irgendwo 'n Happen essen.«

Wir hielten vor einem Gasthaus an der Straße. Nachdem wir etwas gegessen hatten, sprach Long Boy mit dem dicken Mann hinter der Theke. Dabei versuchte er, seinen Tonfall dem abgewetzten Overall und dem verbeulten Hut anzupassen. »Sagen Sie mal, wo kann man hier in der Gegend Baumwolle verkloppen?«

Der Mann schüttelte freundlich den Kopf. »Lohnt sich nicht mal, das Zeugs hinzuschaffen, was, Mister?«

»Sag ich auch immer«, sagte Long Boy.

Der Mann sagte: »Die meisten von hier fahrn zum Direktmarkt bei Pulaski. Woanders kriegen Sie bestimmt auch nicht mehr. Etwa sechs Meilen von hier, gleich an der Straße. Da steht so 'n großes Lagerhaus auf der rechten Seite. Sie können's gar nicht verfehlen.«

»Danke«, sagte Long Boy. »Und was zahlen die so?«

»Bei mittlerer Qualität kriegen Sie höchstens fünf Cent das Pfund«, sagte der Mann. »Und für gute Qualität gibt's auch nicht viel mehr. Beim Bieten fangen die natürlich immer mit drei oder vier Cent an.«

»Klar«, sagte Long Boy.

Wir fanden das Lagerhaus ohne Schwierigkeiten. Es war riesig und nicht zu übersehen. An der Vorderfront hing ein großes Schild: ZOLLSPEICHER HALSTEAD. Obwohl es noch ziemlich früh war, warteten schon vier, fünf Gespanne und ein paar Lieferwagen, alle mit Baumwolle beladen, in einer Schlange an einer langen Rampe vor dem Hintereingang des Gebäudes. Wir schlossen uns hinten an. Es dauerte fast eine Stunde, bis wir an die Reihe kamen. Zwei stämmige Farbige hoben die beiden Ballen mit langen Eisenhaken auf die Rampe, in die eine große Waage eingebaut war. Ein älterer Mann mit Spitzbauch und einer Nickelbrille auf der Nasenspitze stand an einem Pult neben der Eingangstür. Als er die beiden Ballen sah, nahm er zwei große grüne Anhänger aus einem Kasten, der in Höhe seines Kopfes hinter ihm an der Wand hing.

Einer der beiden Farbigen packte den einen Ballen und zog ihn auf die Waage. Er wartete, bis die Nadel auf der großen Skala zur Ruhe kam, und rief dann in einem singenden Tonfall: »Vierhundertneunundachtzig, das macht sich!«

»Vierhundertneunundachtzig«, wiederholte der Alte und schrieb die Zahl auf beide Enden des grünen Anhängers. Er gab den Anhänger dem Farbigen, der ihn an einem der Metallbänder befestigte, die den Ballen zusammenhielten.

Dann zog der andere Farbige den zweiten Ballen auf die Waage. Er rief: »Fünfhundertsechsunddreißig, wart ihr aber fleißig!«

»Fünfhundertsechsunddreißig«, wiederholte der Alte. Er kritzelte es auf den anderen Anhänger und gab ihn dem Farbigen. Dann sah er Long Boy an. »Wolln Sie verkaufen?« Long Boy nickte. Der Alte wandte sich an den einen Farbigen und sagte: »Gib ihm Muster, Jim.«

Der Mann, der Jim hieß, hatte ein häßliches sichelförmiges Messer, das ihm an einer langen Schnur vom Gürtel herabhing. Er packte es am Griff und schlitzte damit an der Seite des einen Ballens die Sackleinwand auf. Mit einer raschen Drehung stieß er das Messer in den Ballen hinein und zog eine Handvoll Baumwolle heraus. Dann ging er um den Ballen herum und machte auf der anderen Seite das gleiche. Er riß das untere Ende des Anhängers ab, steckte es zwischen die herausgezogene Baumwolle und gab das Ganze dem Alten, der inzwischen aus einem Fach unter seinem Pult ein Stück braunes Papier hervorgeholt hatte. Der Alte wickelte das Papier um die Baumwolle. Es sah aus wie eine große Eistüte. Das gleiche machte er mit der Baumwolle und dem Anhänger vom zweiten Ballen. Dann gab er Long Boy die beiden Tüten. Als Long Boy stehenblieb und ihn fragend ansah, sagte er: »Bringen Sie die Muster und die Coupons nach vorn ins Büro. Da kriegen Sie Ihre Quittungen.«

Als wir die Stufen von der Rampe hinunterstiegen, sahen wir einen jungen Mann von der Einfahrt her auf uns zukommen. Er sah phantastisch aus mit seinem dunklen Haar und seinen schneeweißen Zähnen. Er hatte einen flotten Leinenanzug an und einen breitrandigen Panama-Hut auf dem Kopf. Ich schämte mich zu Tode in meinem alten Kleid und mit dem Kiepenhut. Der junge Mann zog den Hut und lächelte uns freundlich an. »Guten Morgen, Sir. Guten Morgen, junge Dame«, sagte er mit seiner tiefen, tönenden Stimme. »Baumwolle verkaufen?«

»So ist es«, sagte Long Boy.

»Die Firma Domingus und Sohn würde Sie gern als Kunden begrüßen«, sagte der junge Mann. »Wir beliefern die besten Spinnereien und zahlen Höchstpreise. Unser Büro ist gleich da drüben.« Er deutete auf eine Reihe kleiner Holzhäuser auf der anderen Straßenseite. »Falls Sie vorbeikommen mögen, wenn Sie Ihre Quittungen erhalten haben – mein Vater wird Sie persönlich bedienen.«

»Danke«, sagte Long Boy. »Machen wir.«

Wir fuhren um das Lagerhaus herum und gingen vorn in das Büro. Ein dunkelhaariger junger Mann stand hinter einem Schalter. Er hatte gerade einen großen älteren Farmer bedient, der einen ganzen Arm voll Muster bei sich hatte. Long Boy trat an den Schalter, und der junge Mann fragte: »Ihr Name, bitte, Sir?«

»O. C. Johnson«, sagte Long Boy. Das war einer von den Namen, auf die er alle möglichen Ausweispapiere bei sich hatte.

Der junge Mann schrieb den Namen auf eine der Quittungen in einem großen viereckigen Buch. Dann nahm er eine der Mustertüten, die Long Boy in der Hand hielt, wühlte darin herum und zog den grünen Coupon heraus. Nachdem er die darauf gedruckte Nummer und das eingetragene Gewicht notiert hatte, schob er den Coupon wieder in die Tüte unter die Baumwolle. Auf die gleiche

Weise füllte er die zweite Quittung aus, dann fragte er: »Sie unterschreiben, Mistah Johnson?«

»Klar, kann ich«, sagte Long Boy. Der junge Mann drehte das Quittungsbuch herum und zeigte Long Boy, wo er unterschreiben mußte. Danach riß er die rosa Quittungen heraus, gab sie ihm und warf die Durchschriften in eine Schublade. Er sagte: »Lagergebühren ab heute mittag zwölf Uhr, Mistah Johnson. Wenn Sie nicht vorher verkaufen, gehen die Gebühren zu Ihren Lasten.«

»In Ordnung«, sagte Long Boy.

Die rosa Lagerhausquittungen sahen wie zwei riesige Bankschecks aus. Ich war sehr beeindruckt, und draußen ließ ich mir von Long Boy eine geben und betrachtete sie genau. Oben standen der Name und die Adresse des Warenspeichers und darunter der Vermerk: *Unter Zollverschluß der US-Regierung*. Der junge Mann hatte mit Tintenstift ein Formular ausgefüllt, welches bestätigte, daß O. C. Johnson an diesem Tag einen Ballen Baumwolle, Anhängernummer Soundso, Gewicht soundsoviel Pfund, in Verwahrung gegeben hatte. Rechts, über einer Linie, unter der *Beauftragter* stand, hatte er mit seinem Namen unterzeichnet. Unter Long Boys falscher Unterschrift in der anderen Ecke stand *Eigentümer*.

Wir gingen hinüber auf die andere Straßenseite, wo sich die Aufkäuferbüros aneinanderreihten, und entdeckten die kleine Baracke mit dem Schild DOMINGUS & SOHN über der Tür. Das Büro bestand aus nur einem einzigen Raum. Eine dickliche rothaarige Person saß an einem Tisch in der hinteren Ecke. Mr. Domingus hockte mit der einen Hinterbacke auf einem zerkratzten Tisch in der Nähe der Tür. Er sah wie eine etwas verfallene Ausgabe seines Sohnes aus. Sein Leinenanzug war zerknittert; er hatte eine Whiskeynase und einen Stoppelbart. Seine scharfblickenden alten Händleraugen waren leicht gerötet. »Morgen«, sagte er.

»Hallo«, sagte Long Boy. »Wollte sehn, ob ich meine Baumwolle hier verkaufen kann.«

Mr. Domingus streckte lässig den Arm aus und nahm eine Handvoll Baumwolle aus einer von Long Boys Tüten. Er drückte und rieb sie, fuhr vielleicht eine halbe Minute lang mit den Fingern hindurch, zupfte dann ein etwa walnußgroßes Knäuel heraus und gab Long Boy den Rest zurück. Er zog das Knäuel zwischen Daumen und Zeigefingern immer mehr auseinander und ließ jedesmal ein bißchen fallen, bis nur noch ein paar Fasern übrig waren. Den Kopf zur Seite geneigt, betrachtete er sie eine Weile kritisch und blies sie dann fort. Ohne ein Wort zu sagen, nahm er eine Probe Baumwolle aus der zweiten Tüte und wiederholte die Prozedur. Dann schüttelte er langsam den Kopf. »Tja, Farbe nicht sehr hell, sehn Sie ja selber. Faserlänge nicht besonders, und die Qualität auch nicht.« Er überlegte einen Augenblick. »Ich kann Ihnen vier Cent bieten.«

Long Boy scharrte mit dem Fuß wie ein Tölpel. »Hatte gedacht, ich krieg mehr dafür«, sagte er.

Mr. Domingus schüttelte wieder den Kopf. »Tja, Herr Nachbar, ich kann nicht für Qualität zahlen, die nicht da ist. Ich kaufe am liebsten nur von mittlerer Qualität aufwärts, aber ich mach schon mal 'ne Ausnahme.«

Long Boy schien über diese Auskunft nachzudenken. Er sagte: »Na gut, ich probier's mal anderswo. Komm, Mäuschen.«

Mr. Domingus wartete so lange, bis er überzeugt war, daß Long Boy es ernst meinte. Dann sagte er: »Auf viereinviertel könnte ich noch raufgehn.«

Long Boy blickte sich nicht um. »Danke«, sagte er.

Wir waren schon fast zur Tür hinaus, als Mr. Domingus sagte: »Also gut, kommen Sie wieder rein. Ich zahl Ihnen viereinhalb. Mehr zahlt Ihnen keiner für die Baumwolle da.«

Long Boy blieb stehen und dachte nach. Dann drehte er sich um und sagte: »Na gut, abgemacht.«

Mr. Domingus gab sich weder erfreut noch verärgert.

Er deutete mit dem Kopf auf die rothaarige Person. »Die Dame dahinten erledigt das.« Er rief ihr über die Schulter zu: »Viereinhalb Cent, Annie Jo.«

Das rothaarige Mädchen hatte eine sehr freundliche Art. Sie nahm die Lagerhausquittungen und die grünen Coupons und heftete sie an ein weißes Formular. Wie der junge Mann fragte auch sie: »Unterschreiben Sie mit Ihrem Namen, Mr. Johnson?«

»Ja, tu ich«, sagte Long Boy.

Sie kreuzte eine Stelle auf dem Formular an und gab es Long Boy zum Unterschreiben. »Damit übertragen Sie uns die Eigentumsrechte an der Baumwolle«, sagte sie. Während Long Boy unterschrieb, tippte sie auf einer Addiermaschine herum. Als sie die Endsumme hatte, sah sie Long Boy lächelnd an und sagte: »Tausendundfünfundzwanzig Pfund zu viereinhalb Cent, das macht sechsundvierzig Dollar und dreizehn Cent. In Ordnung?«

Long Boy nickte. »Scheint zu stimmen.«

Sie schlug ein großes Scheckbuch auf und stellte ihm einen Scheck aus.

Im Hinausgehen sagte Long Boy zu Mr. Domingus: »Bringe morgen den Rest meiner Ernte.«

»Schön, schön«, sagte Mr. Domingus. »Sehr erfreut. Sie werden gut bedient werden.«

Draußen fragte ich Long Boy: »Warum hast du das gesagt?«

Long Boy grinste vergnügt und zwinkerte mit den Augen. »Weil ich mir das vorgenommen hab, Püppchen«, sagte er. »Warte, bis wir im Wagen sind, dann erklär ich's dir.« Er war in so guter Stimmung, daß er mich am Arm nahm und mich fast trug, als wir über die Straße liefen. Im Lieferwagen sah er mich mit glänzenden Augen an. »Addieschatz«, sagte er, »wir sind da auf was gestoßen, womit man reich werden kann. Richtig reich, meine ich. Hast du dir überlegt, daß mir der Mann da drinnen sechsundvierzig Dollar gegeben hat – für ein paar Handvoll Baumwolle?«

»Wieso, hat er doch gar nicht«, sagte ich, »er –«

Long Boy ließ mich nicht ausreden: »Aber wie kann er *wissen,* ob wir wirklich Baumwolle hatten? Wie kann der junge Kerl im Lagerhaus-Büro *wissen,* ob wir wirklich Baumwolle gebracht haben? Bis zum Moment hat noch keiner die Baumwolle gesehen, außer dem Alten und den zwei Farbigen hinten im Lagerhaus.«

»Na ja, sie wissen eben, daß ein braver Farmer sie nicht betrügt«, sagte ich.

Long Boy lachte. »Und wenn einer kommt, der kein braver Farmer ist?« Er saß da und grinste mich an, bis ich kapierte, worauf er hinauswollte, und ihn ansah. Er lachte. »Sieh mal, Mäuschen, die ganze Verkaufsprozedur geht doch sozusagen davon aus, daß die kleinen, armen Farmer die ehrlichsten Menschen sind, die es gibt. Davon und von dem Umstand, daß so ein dicker Baumwollballen ziemlich unhandlich und für Taschenspielertricks nicht gerade geeignet ist. Ich glaube, heute würd sich's nicht mal lohnen, einen zu stehlen. Aber du kannst 'ne Menge Geld mit Baumwolle machen, wenn du sie nur so zu verkaufen brauchst, wie wir das heute gemacht haben.«

»Sechsundvierzig Dollar finde ich nicht so furchtbar viel«, sagte ich.

Long Boy sagte: »Weil du dir so was nicht im Großen vorstellen kannst, Püppchen.« Er nahm seinen Bleistift und sein kleines Notizbuch. »Laß mich mal rechnen«, sagte er. »Also ich schätze, selbst der kleinste Farmer mit nur einem Maultier erntet an die zehn Ballen im Jahr. Das ist bei Gott nicht viel, wenn du davon leben mußt. Aber jetzt paß auf: Angenommen, wir behalten diesen alten Karren und kreuzen jeden Tag in diesen Klamotten bei zwei Baumwollkäufern auf, und jedem verkaufen wir unsere ganze Ernte von zehn Ballen. Dazu würden wir ein, zwei Stunden brauchen, und pro Tag würden wir zwanzig Ballen Baumwolle verkaufen. Ein Ballen Baumwolle wiegt im Schnitt fünfhundert Pfund. Das heißt, wir würden zehntausend Pfund Baumwolle pro Tag verhökern. Wenn wir pro Pfund nur viereinhalb Cent bekommen, so wie heute, dann wären das vierhundertfünfzig Dollar pro Tag. Ziehen wir die Samstage und die Sonntage ab, könnten wir auf die Tour zweitausendzweihundertundfünfzig Dollar in der Woche verdienen.«

Ich starrte ihn nur fassungslos an. Es dauerte eine Weile, bis mir aufging, was an dem Plan nicht in Ordnung war. »Alles schön und gut«, sagte ich, »aber wo nimmst du die Lagerhausquittungen und die Muster her?«

Long Boy winkte lässig ab. »Oh, die Muster sind nicht wichtig. 'n bißchen Baumwolle können wir uns überall beschaffen.« Er machte ein nachdenkliches Gesicht. »Wie ich die Sache sehe, sind die Lagerhausquittungen auch nicht so wichtig. Die Hauptsache sind diese grünen Anhängercoupons. Mit Coupons und ein paar Handvoll Baumwolle können wir ins Lagerhausbüro gehen und uns die Quittungen holen. Und mit den Quittungen wickeln wir das Geschäft mit den Aufkäufern ab. Aber zuerst brauchen wir die Coupons.«

»Und wo kriegen wir die her?« fragte ich.

Long Boy lächelte. »Hm, darüber muß ich noch nachdenken, aber ich glaube, das einfachste ist, wir klauen sie. Wenn's dunkel ist, werd ich mich mal ins Lagerhaus schleichen und mir 'n kleinen Vorrat von diesen grünen Coupons unter den Nagel reißen.«

Ich bekam es mit der Angst zu tun. »Da kriegst du noch 'ne Kugel in den Bauch!« sagte ich.

Er lachte. »Ach woher, wer soll da schon auf mich schießen? Überleg doch mal, Baby Doll, kein Mensch kommt heute auf die Idee, ein Lagerhaus voll Baumwolle zu bewachen. Lohnt sich ja gar nicht, das Zeug fortzuschaffen – bei den Preisen! Die haben 'ne automatische Feuerlöschanlage, hab ich gesehn, und das is alles!«

»Und wenn sie merken, daß die Coupons fehlen?«

»Merken die nicht. Ich nehm sie ja nicht von oben runter.« Er ließ den Motor an und drehte sich lächelnd zu mir herum. »Du darfst nicht vergessen, daß zur Zeit kein Mensch außer uns beiden diese Coupons für besonders wichtig hält.«

Wir fuhren weiter nach Pulaski und stiegen in einem Hotel ab. Nachdem wir gebadet hatten, sanken wir ins Bett und schliefen bis zum Abendessen. Ich könnte mir denken, es war ganz gut, daß das Personal inzwischen Schichtwechsel gehabt hatte, als Long Boy und ich in den Speisesaal herunterkamen. Wenn die Leute der Tagesschicht uns wirklich wiedererkannt hätten, dann hätten sie sich womöglich gefragt, wieso ein ärmlicher Farmer und seine schlampige kleine Tochter plötzlich in der Aufmachung von Stadtleuten erschienen. Ich hatte mein grünes Lieblingskleid angezogen, und Long Boy trug seinen blauen Anzug, in dem er immer so aussah, als ob ihm die größte Automobilvertretung am Ort gehörte. Nach dem Abendessen spazierten wir die Hauptstraße entlang und sahen uns die Schaufenster an, und Long Boy kaufte sich in einem Drugstore eine kleine Taschenlampe, die in seine Rocktasche paßte.

Gegen zehn Uhr fuhren wir mit dem Lieferwagen wieder zum Lagerhaus. Tatsächlich lag das Gebäude dunkel und verlassen da, wie Long Boy gesagt hatte. Es war jetzt ein schwarzer, unförmiger und regloser Schatten, bei dessen Anblick es mich kalt überlief. Ich hatte gedacht, Long Boy würde sich wie ein Einbrecher zum

Hintereingang schleichen und sich vielleicht sogar die Schuhe ausziehen, um kein Geräusch zu machen, aber er schaltete nicht einmal die Scheinwerfer aus. Er fuhr um das Gebäude herum und hielt so unbekümmert vor dem Hintereingang, als gehörte ihm der ganze Laden. Er ließ die Scheinwerfer brennen und den Motor weiterlaufen. »Bin gleich wieder da, Addieschatz«, sagte er und stieg aus.

Die große Schiebetür war verschlossen, aber in der Schiebetür gab es eine kleinere Tür. Long Boy rüttelte ein paarmal am Griff und murmelte etwas vor sich hin. Dann nahm er die Taschenlampe zu Hilfe, und gleich darauf bekam er die Tür mühelos auf. Ich saß so zappelig auf meinem Sitz wie eine Eule mit wunden Füßen. Jedesmal, wenn ich auf der Straße die Scheinwerfer eines Wagens näher kommen sah, hielt ich den Atem an, bis ich sicher war, daß der Wagen am Lagerhaus vorbeifuhr. Nach etwa fünf Minuten traute ich mich nicht mehr, hinauszuschauen. Überall, wohin ich auch blickte, sah ich Leute im Dunkeln stehen. Als es länger und länger dauerte und Long Boy noch immer nicht zurückkam, malte ich mir alle möglichen Schrecken aus. Wenn ihn nun jemand erwischt hatte? Wenn er nun gestolpert war und sich den Kopf aufgeschlagen hatte und da drinnen bewußtlos auf dem Steinboden lag?

Als ich mir schließlich einbildete, die Schatten griffen nach mir, hielt ich es nicht mehr aus. Ich sprang aus dem Wagen und rannte die Stufen zur Rampe hinauf. Die kleine Tür stand nur einen Spaltbreit offen. Ich lehnte mich daran und flüsterte: »Long Boy!« Als keine Antwort kam, stieß ich die Tür auf und ging hinein. Das Herz blieb mir fast stehen, als ich, nur zwei, drei Meter von mir entfernt, einen Lichtschein und eine dunkle Gestalt erblickte.

Es war natürlich Long Boy. Er hatte seine Taschenlampe angeknipst und stand, über das Pult gebeugt, wenige Schritte hinter der Tür. Mich packte plötzlich eine kalte Wut. Ich hätte ihn beißen, ihn zerfetzen können. »Komm raus hier!« sagte ich. »Bist du verrückt?«

Er drehte sich um, und ich sah das Aufblitzen seiner lächelnden Augen. »Komm rein, Spitzmaus«, sagte er.

Er hatte einen ganzen Stoß grüner Baumwollanhänger auf der

einen Ecke des Pults liegen. Er nahm sie einen nach dem andern herunter und schrieb Zahlen darauf. »Hab 'n ganzen Karton von diesen Dingern gefunden«, sagte er und deutete mit dem Kopf darauf. »Dachte, ich benutze gleich den Stift von dem Alten, wo ich ihn schon zur Hand hab.«

»Komm jetzt!« fauchte ich wütend. »Du bist schon die halbe Nacht hier drinnen!«

»Nur noch ein paar Minuten, Baby«, sagte er, ganz in seine Arbeit vertieft. »Schnapp dir inzwischen was von der Baumwolle da drüben. Brauchen wir für die Muster.« Ungefähr fünf Meter von der Schiebetür entfernt lag ein Haufen Baumwolle. Wahrscheinlich war da ein Ballen aufgeplatzt. Ich tat davon so viel, wie hineinging, in meinen Rockschoß und wartete nervös an der Tür, bis Long Boy den letzten grünen Anhänger mit Zahlen versehen hatte. »So!« sagte er. Dann griff er unter das Pult, zog einen Stoß von dem braunen Papier hervor und legte ihn um die Anhänger. Schließlich kam er, aber bevor ich ihn daran hindern konnte, hatte er das Jackett seines schönen neuen Anzugs ausgezogen und stopfte Baumwolle hinein.

Als wir endlich in den Lieferwagen stiegen, war ich noch immer böse. Long Boy sah mich strahlend an. »Nun komm, Baby, lach doch mal. Ich hab ja nicht genau gezählt, aber ich schätze, wir sind heut nacht um an die fünfzig Ballen Baumwolle reicher geworden.«

Am nächsten Morgen waren wir schon in aller Frühe auf. Long Boy hatte wieder den Overall an und den verbeulten Hut auf dem Kopf, und ich hatte wieder das alte Kleid angezogen und den Kiepenhut aufgesetzt. Wir fuhren zu einem die ganze Nacht hindurch geöffneten Restaurant, aßen eine Kleinigkeit und tranken Kaffee. Dann setzten wir uns wieder in den Wagen und bereiteten die Baumwollmuster vor. Wir steckten grüne Anhänger-Coupons zwischen zwei Handvoll Baumwolle und wickelten braunes Papier darum. Als wir acht Tüten fertig auf dem Armaturenbrett liegen hatten, sagte ich: »So, das reicht.«

Long Boy sagte: »Komm, Schätzchen, nur noch zwei.«

»Genug!« sagte ich entschlossen. Ich machte mir noch immer Sorgen wegen der Nummern auf den Coupons. Ich war überzeugt, irgend jemand würde merken, daß in der fortlaufenden Reihe eine Anzahl Nummern fehlte. Long Boy versuchte mich zu beruhigen. »Ist ganz unmöglich, daß das einer merkt«, sagte er. »Wenn der Alte bei der Waage neue Anhänger braucht, greift er einfach in den Kasten und holt sich einen Stoß raus. Davon abgesehen wette ich, daß die großen Farmer warten, bis sie zehn oder sogar zwanzig Wagenladungen abgeliefert haben, eh sie mit ihren Coupons nach vorn ins Büro gehen und sich die Quittungen geben lassen. Und außerdem hab ich dir doch gesagt, daß sich außer uns beiden kein Mensch für diese Coupons interessiert.«

Als wir zum Lagerhaus kamen, warteten schon etliche Gespanne und Lieferwagen vor der Rampe. Long Boy fuhr mit dem Lieferwagen an den Rand der Einfahrt und hielt an. »Warten wir 'n Augenblick, bis richtig dicker Betrieb ist«, sagte er. Nach ungefähr zwanzig Minuten, als die Reihe länger geworden war und vier, fünf große Wagen ihre Ladung abgeliefert hatten, drückte Long Boy auf den Anlasser und grinste mich an. »So, dann wolln wir sie mal disponieren, Mäuschen.« Wir fuhren um das Lagerhaus herum, an der Plattform vorbei, und hielten vorn vor dem Büro, an derselben Stelle wie am Tag vorher.

Zwei Farmer waren vor uns an der Reihe. Beide hatten die Arme voller Muster. Als Long Boy schließlich vor dem Schalter stand, sah man dem jungen dunkelhaarigen Mann nicht an, ob er ihn wiedererkannte oder nicht. »Ihr Name, bitte, Sir?« fragte er. Als er die Hand ausstreckte und nach dem ersten Coupon griff, hielt ich den Atem an. Aber er schrieb die Zahlen wortlos auf seine Quittung. Er stellte uns acht Quittungen aus und erkundigte sich in seiner höflichen Art, ob Long Boy seinen Namen schreiben könne.

Long Boy sagte, ja, das könne er, und als er die letzte Quittung unterschrieben hatte, fragte er: »Wie heißen Sie, junger Mann?«

»Halstead, Sir«, sagte der junge Mann. »John Halstead.«

»Gehört Ihnen etwa das Lagerhaus hier?« fragte Long Boy.

»Nein, Sir, das ist mein Onkel Clyde«, sagte der junge Halstead, und es klang fast, als sei er bei dem Gedanken etwas erschrocken.

»Clyde Halstead«, sagte Long Boy nachdenklich. »Vielleicht verwandt mit den Halsteads unten in der Nähe von Ardmore?«

»Nein, Sir, nicht daß ich wüßte«, sagte der junge Halstead.

»Sind jedenfalls ordentliche Leute«, sagte Long Boy. »Na, dann heben Sie man noch 'n paar von diesen Quittungen für mich auf. Komm diese Woche jeden Tag vorbei. Der alte Lieferwagen schafft immer nur 'n paar Ballen auf einmal.«

Der junge Halstead sagte sehr förmlich: »Gern zu Diensten, Mistah Johnson.«

Mr. Domingus saß genau wie am Tag vorher auf der Tischkante. Die grauen Stoppeln an seinem Kinn waren etwas länger, und seine Augen waren vielleicht etwas stärker gerötet. Er stand auf und sagte: »Morgen.«

»Bring Ihnen heute meine beste Baumwolle«, sagte Long Boy.

Mr. Domingus sagte nichts. Er nahm Long Boy die Muster ab und legte sie vor sich auf den Tisch. Er untersuchte sie sorgfältig, indem er mit Daumen und Zeigefinger die Fasern jeder einzelnen Probe prüfte. Schließlich schob er fünf Muster beiseite. »Faserlänge bei denen hier recht gut«, sagte er, »aber Farbe nicht besonders. Kann Ihnen da viereinhalb Cent bieten.« Er deutete auf die anderen drei Muster. »Das Zeug da ist nicht viel wert. Zu viele Samenkapseln und Stiele drin, außerdem richtig schmutzig in der Farbe. Ist nicht die Qualität, auf die ich aus bin. Aber nett, daß Sie zu mir gekommen sind. Ich geb Ihnen vier Cent.«

Long Boy schüttelte den Kopf. »Nein, Sir.« Er sprach wie einer, der etwas davon versteht, und sagte, indem er auf die fünf Muster deutete: »Das da ist gute mittlere Qualität, und ich lauf so lang damit rum, bis ich meine fünf Cent dafür kriege.« Er legte die rechte Hand auf die drei anderen Proben. »Und das da, das ist die gleiche Baumwolle, wie ich sie Ihnen gestern verkauft habe. Finde, sie müßte heute denselben Preis bringen.«

»Was hab ich Ihnen gestern gezahlt?« fragte Mr. Domingus.

»Viereinhalb«, sagte Long Boy.

Mr. Domingus rieb sich die Nase. Er nahm die fünf Muster, ging damit zu der Rothaarigen und legte sie ihr auf den Tisch. »Fünf Cent für die hier, Annie Jo«, sagte er. »Und viereinhalb für die drei andern.« Und zu Long Boy sagte er: »Kommen Sie, die Dame bedient Sie weiter.«

Annie Jo füllte das Formular aus, bat Long Boy, es zu unterschreiben, und stellte ihm einen Scheck über $ 193,21 aus, den sie ihm mit einem freundlichen Blick überreichte.

Als wir draußen waren, fühlte ich mich so wohl wie ein Fisch im Wasser, aber Long Boy brachte nur ein müdes Lächeln zustande. Im Wagen fragte ich: »Was ist denn nun kaputt?«

Long Boy schüttelte den Kopf. »Ach Püppchen, es ist eben einfach nicht genug. Acht Ballen Baumwolle, das hört sich so gewaltig an, aber hundertdreiundneunzig Dollar, das ist nicht viel Geld.«

»Wieso nicht?« Ich war wütend. »Das sind fast zweihundert Dollar. Das ist 'ne Menge Geld für einen Tag. Vor gar nicht langer Zeit, da waren wir froh, wenn wir zwanzig Dollar am Tag gemacht haben.« Je mehr ich darüber nachdachte, desto mehr regte ich mich auf. »Eins will ich dir sagen: Es gibt sicher nicht viele Leute, die am Tag zweihundert Dollar machen. Ich wette, nicht mal Präsident Roosevelt verdient so viel!«

Long Boy lächelte. »Schon gut, schon gut«, sagte er, »nun reg dich bloß nicht auf. Hab mich ja nicht beklagt. Hab nur mal 'n bißchen über die Sache nachgedacht. Wir haben da 'n feines Geschäft aufgezogen, aber es hat noch 'ne Menge Haken.«

»Zum Beispiel?« fragte ich.

Long Boy sagte: »Tja, nun haben wir noch den ganzen Tag vor uns. Wolln wir nicht sehn, ob wir noch acht oder zehn Ballen an den Mann bringen können?«

»Wir können ja zu einem anderen Aufkäufer gehen«, sagte ich.

Long Boy seufzte. »Das is es ja. Aufkäufer gibt's jede Menge, aber die Quittungen kriegen wir nur an einer Stelle und bei ein und demselben Mann. Das hatte ich mir nicht richtig überlegt. Mit den Coupons kriegen wir die Quittungen sicher, aber nicht jede beliebige Menge.« Er rieb sich das Kinn. »Muß noch darüber nachdenken.«

Und er dachte angestrengt darüber nach. Das muß ich Long Boy lassen, wenn ihm was zu schaffen machte, dachte er über nichts anderes nach, bis er eine Lösung gefunden hatte.

Der nächste Tag war ein Mittwoch. Wir machten zehn Proben fertig und brachten sie zum Lagerhausbüro. Mit unseren Quittungen gingen wir zu einem Aufkäufer, der Lon Bates hieß. Er hatte sein Büro, von Domingus & Sohn aus gesehen, am anderen Ende der langen Reihe von Baracken. Mr. Bates sah wie ein alter Griesgram aus und war von einer etwas jähen Art. Nachdem er unsere Muster geprüft hatte, sagte er: »Fünf Cent, nicht mehr und nicht weniger. Mehr kann ich bei dem Preis, den die Fabriken zahlen, nicht bieten. Ja oder nein?«

»In Ordnung«, sagte Long Boy.

»Schön«, sagte Mr. Bates. »Bin's leid, mir ewig anzuhören, daß es keinen Zweck mehr hat, Baumwolle anzubauen. Bei der Kommission, die ich kriege, ist das Aufkaufen auch nicht interessanter.« Er setzte sich an seinen Schreibtisch und schrieb Long Boy einen Scheck über $ 248,80 aus.

Am Donnerstag erschienen wir wieder mit zehn Mustern im Lagerhausbüro. Als wir mit unseren Quittungen die Straße überquerten, hörten wir den alten Bates schon von weitem in seinem Büro brüllen. »Das hab ich nicht nötig, verstanden?« schrie er. »Ich laß mich von Ihnen nicht Räuber nennen!« Er stand hinter seinem Tisch und starrte mit funkelnden Augen einen sommersprossigen Farmer an, der genauso wütend aussah wie Mr. Bates. »Wenn Sie sich beschweren wollen«, schrie der alte Bates, »dann schreiben Sie an die Professoren in Washington. Die sind dafür verantwortlich, nicht ich!«

Der Farmer sah ihn kalt an. »Schreiben Sie ihnen doch selber«, sagte er in schleppendem Ton. »Ich sag Ihnen nur, für fünf Cent das Pfund geb ich diese Baumwolle nicht her. Ich fahre nach Memphis, da krieg ich 'n anständigen Preis dafür.« Er drehte sich um und stürmte aus der Baracke hinaus.

Mr. Bates war so wütend, daß ihm die Hände zitterten und er kaum imstande war, unsere Baumwolle zu prüfen. »Fünf Cent«, schnauzte er.

»In Ordnung«, sagte Long Boy. Mr. Bates schrieb einen Scheck über $ 237,17 aus.

Als wir zum Parkplatz vor dem Lagerhaus kamen, stand dort neben einem großen leeren Tieflader der sommersprossige Farmer. Long Boy trat auf ihn zu. »Hab ich das vorhin richtig gehört, was Sie gesagt haben? Sie wollen Ihre Baumwolle in Memphis verkaufen, Mistah?«

»Stimmt«, sagte der Farmer. »Hab hier 'ne Ladung gute mittlere

Qualität abgeliefert. Die schmeiß ich doch diesen Halsabschneidern nicht für fünf Cent in den Rachen.«

»Kann man denn Quittungen von hier auch in Memphis verkaufen?« fragte Long Boy.

Der Farmer sah Long Boy prüfend an, als wollte er sich vergewissern, daß man ihn nicht aufzog. »Na, klar können Sie das«, sagte er. »Zollspeicherquittungen sind überall gültig. Nehme an, die meisten, die ihre Baumwolle hierherbringen, verkaufen sie anderswo. Die meisten haben ihren festen Aufkäufer bei sich in der Nähe. Manche fahren für 'n gutes Geschäft zweihundert Meilen in der Gegend rum. Jeder verkauft da, wo er den besten Preis kriegt.«

»Das wußte ich gar nicht«, sagte Long Boy nachdenklich.

»Eins müssen Sie sich merken, wenn Sie mit Aufkäufern wie hier zu tun haben«, sagte der Farmer. »Diese Halsabschneider arbeiten fast alle auf Kommissionsbasis für die großen Spinnereien. Viele zahlen Ihnen für Ihre Wolle den Preis für mittelmäßige Qualität und behaupten dann bei den Spinnereien, sie hätten dafür den Preis für mittlere Qualität bezahlt. Auf diese Weise schlagen sie noch 'n paar Dollar zusätzlich für sich raus.«

»Nicht möglich!« sagte Long Boy.

»Natürlich sind nicht alle Aufkäufer so«, sagte der Farmer, »aber es lohnt sich, 'n bißchen rumzufahren, bis man einen findet, der einen anständig behandelt. Am besten zahlen die, die direkt für die Spinnereien kaufen. Wo Sie Ihre Baumwolle liegen haben, das ist den Aufkäufern schnuppe, Hauptsache, Sie haben das Zeug in einem Zollspeicher liegen. Die Fabriken müssen sowieso ihre Lastwagen rumschicken, damit sie die Ballen bei den einzelnen Lagerhäusern abholen.«

Long Boy nickte nachdenklich. »So ist das also, vielen Dank«, sagte er. »Da bin ich 'ne ganze Portion schlauer geworden.« Auf der Rückfahrt in die Stadt sagte er kein Wort. In unserem Hotelzimmer streckte er sich auf seinem Bett aus und starrte an die Dekke. Nach einer halben Stunde etwa setzte er sich plötzlich auf und sagte: »Addieschatz, wir müssen heut nachmittag noch mal zum Lagerhaus und uns 'n paar Quittungen besorgen.«

»Nein!« sagte ich.

»Hör zu, Schatz, die Sache ist wichtig«, sagte er. »Wir nehmen nicht viele Muster mit, höchstens fünf.«

»Das ist riskant«, sagte ich.

»Weiß ich«, sagte er. Das überraschte mich. Sonst mußte ich Long Boy immer mahnen, vorsichtig zu sein und es nicht zu weit zu treiben. »Warum muß es denn unbedingt heute nachmittag sein?« fragte ich.

»Ich will mir so 'ne Quittung mal 'n bißchen genauer ansehn«, sagte er. »Ich hab 'ne Idee.«

»Was für eine Idee?« fragte ich.

Er legte sich auf sein Bett zurück. »Erst muß ich so 'ne Quittung haben, dann sag ich's dir.«

Nach dem Mittagessen fuhren wir wieder zum Lagerhaus. Unterwegs, nachdem wir eine Strecke gefahren waren, bog Long Boy in einen Feldweg ab und hielt an. Wir machten fünf Mustertüten zurecht. »Dürfte die letzte Portion sein«, sagte er. Ich hätte nicht sagen können, ob seine Stimme traurig oder nachdenklich klang. Wir fuhren weiter. »Morgen wär's sowieso aus gewesen«, sagte er. »War sicher 'n Fehler, daß ich den jungen Halstead angequatscht hab. Jetzt kennt er uns. Sonst hätten wir das Spielchen noch 'n paar Tage weitertreiben können.«

Als wir vor dem Lagerhausbüro anhielten, sagte er: »Kannst hier warten, wenn du willst. Dauert nur ein paar Minuten.«

»Nein, ich komm mit«, sagte ich. Ich dachte, daß er was vorhätte, und wollte ihn nicht aus den Augen lassen. Aber ich hatte mich geirrt. Als der junge Halstead unsere Quittungen ausschrieb, sagte Long Boy: »So, das wär's für diesmal. Nächstes Jahr sehn wir uns wieder.«

»Haben ja 'ne ganz schöne Ernte eingebracht, Mistah Johnson«, sagte der junge Halstead.

»Ja, war ganz gut«, sagte Long Boy. »Ist Ihr Onkel Clyde öfter in der Gegend dieser Tage?«

»Nein, Sir«, sagte der junge Halstead, »er ist meistens draußen auf seinem Landsitz bei Aspen Hill. Ganz verrückt mit den Pferden, die er da züchtet.«

Draußen ging Long Boy schnurstracks zum Lieferwagen, setzte sich hinters Lenkrad und musterte eines der rosa Quittungsformulare von vorn und von hinten. Es kam mir vor, als sei er etwas enttäuscht, aber ich war mir nicht sicher. Er griff in die Mustertüten, zog die grünen Coupons heraus und tat sie zu den Quittungen. Dann gab er alles mir. »Tu's in deine Handtasche, Spitzmaus«, sagte er.

»Ja, aber ...« fing ich an.

Er lächelte. »Ich sage nichts. Erst muß ich sehen, ob die Sache klappt. Du wirst schon sehen, wenn wir wieder im Hotel sind.«

Er fuhr so schnell zurück, wie es in dem alten Lieferwagen ging, und als wir wieder in unserem Zimmer waren, nahm er sofort den Telefonhörer ab und sagte zu dem Mädchen in der Vermittlung: »Kindchen, können Sie mich mit dem Zollspeicher da draußen am Highway vierundsechzig verbinden? Halstead oder so ...« Er summte leise vor sich hin, bis die Verbindung zustande kam. Dann sagte er: »Könnte ich wohl bitte Mr. Clyde Halstead sprechen? ... Oh, das ist ja dumm. Ja, also ... Hier spricht John Boggs von der Druckerei Boggs, Ma'am. Ich wollte eigentlich nur mal anfragen, ob wir nicht einen Teil seiner Druckaufträge ausführen könnten ... Ach so ... ja, Ma'am, ich verstehe. Aber können Sie mir vielleicht sagen, bei wem er zur Zeit arbeiten läßt? ... Briefpapier und Frachtbriefe, ja, Ma'am. Drucken die auch seine Quittungen und Ballenanhänger? ... Aha, ja, ich verstehe ... In der South Street, ja, ich weiß ... Schön, vielen Dank auch, Ma'am. Ich rufe Mr. Halstead am nächsten Mittwoch noch mal an. Guten Tag.«

Er legte auf und zwinkerte mir zu. Nach ein paar Sekunden nahm er den Hörer wieder ab und sagte zu dem Mädchen von der Vermittlung: »Kindchen, könnten Sie mich jetzt mit der Druckerei Polk in der South Street verbinden?« Er räusperte sich, und als die Verbindung hergestellt war, sprach er mit leiser, höflicher und etwas affektierter Stimme. »Könnte ich bitte Mistah Polk sprechen? ... Oh, Sie sind's selber. Mistah Polk, hier spricht John Halstead, von Halsteads Zollspeicher ... Danke, gut, Mistah Polk, und bei Ihnen? ... Freut mich zu hören, Sir. Mistah Polk, ich rufe Sie im Auftrag von Onkel Clyde an, unsere Quittungen und Ballenanhänger gehen zur Neige ... Ja, Sir, er hat gesagt, die übliche Bestellung ... Na ja, Sir, wir brauchen sie schon bald, so bald wie ... Samstag um drei? Ja, Sir, ich denke, das reicht ... Nein, Sir, er ist nicht hier. Er ist draußen auf seinem Landsitz bei Aspen Hill. Ist ja ganz verrückt mit seinen Pferden, die er da züchtet ... Oh, tatsächlich? Komisch, das muß ihm entfallen sein, Mistah Polk ... ja, Sir, selbstverständlich, Mistah Polk ... ja, Sir, ich laß das dann in bar begleichen, zusammen mit diesem Auftrag ... Quittungen und Ballenanhänger, genau, Sir ... Ich danke Ihnen, Mistah Polk. Einer unserer Leute vom Lagerhaus kommt Samstag um drei bei Ihnen vorbei. Guten Tag, Sir.«

Long Boy legte auf und sah mich mit ernstem Gesicht an. »Na, was sagst du dazu? Der Kerl bezahlt seine Druckereirechnungen nicht.« Dann brach er in ein Freudengeheul aus und warf sich lachend auf sein Bett.

Ich sah ihn strahlend an. Ich war so aufgeregt, daß ich meine Füße nicht still halten konnte. »Meinst du, es klappt?« fragte ich.

»Klar klappt es«, sagte Long Boy. »Es hat ja schon geklappt.« Wir saßen da und redeten und lachten vielleicht eine halbe Stunde lang, dann sagte Long Boy: »Wir müssen aber noch was anderes erledigen.«

Wir gingen hinunter und fuhren zu einer Autoreparaturwerkstatt in der Nähe des Hotels. Long Boy sprach mit dem Besitzer und seinen zwei Mechanikern. »Also, ich möchte, daß Sie außen an der Kiste überhaupt nichts machen«, sagte er. »Aber überholen Sie innen alles, und sorgen Sie dafür, daß sie wieder flott läuft. Sie haben bis Samstag mittag Zeit. Kosten spielen keine Rolle. Bocken Sie die Karre auf und schieben Sie von mir aus 'n neuen Wagen drunter.« Er zog vier Fünfzig-Dollar-Noten aus der Brieftasche. »Hier haben Sie eine Anzahlung. Kaufen Sie Ersatzteile und neue Reifen und was Sie sonst brauchen. Ich bezahl bar, und wenn Sie gute Arbeit leisten, leg ich noch fünfzig Dollar drauf, die Sie sich teilen können. Sie haben zwei Nächte und fast zwei Tage Zeit. Sorgen Sie dafür, daß die alte Mühle wieder läuft.« Er schlug mit der flachen Hand auf die Seitenwand des Lieferwagens. »Soll im nächsten Monat ganz hübsch was runterklappern.«

Die drei Männer standen zuerst nur mit offenem Mund da und glotzten fassungslos. Dann grinsten sie. Damals kamen Leute, die so redeten wie Long Boy, nicht oft in eine Autoreparaturwerkstatt.

Der nächste Tag war, glaube ich, einer der schönsten und sorgenfreisten Tage, die Long Boy und ich je erlebt haben. Am Abend konnte ich Long Boy sogar dazu überreden, mit mir ins Kino zu gehen. An einige Stellen des Films kann ich mich noch erinnern. Er hieß *Sohn eines Seemanns,* mit Joe E. Brown. Ich weiß noch, wie Long Boy sich halbtot lachte, als ein Mann zu dem breitmäuligen Joe E. Brown sagte: »Ich sollte Ihnen die Kehle durchschneiden, vom einen Ohr zum andern«, und ein anderer Mann sagte: »Das hat schon jemand besorgt.«

Am Samstag morgen wurden wir doch etwas nervös. Wir versuchten beide, uns nichts anmerken zu lassen, aber beim Umhergehen in unserem Hotelzimmer stießen wir immer wieder zusammen. Long Boy rief bei der Werkstatt an, um sich zu vergewissern, ob der Wagen fertig war, und danach stocherten wir lustlos in unserem Mittagessen herum. Um ein Uhr machten wir uns auf den Weg zu der Werkstatt. Die drei Männer hatten Long Boy beim Wort genommen und ganze Arbeit geleistet. Sie hatten irgendwo das Unfallwrack eines fast neuen 1933er Dodge aufgetrieben und alles ausgebaut, was sie brauchen konnten – Motor, Mohairsitze und was weiß ich. Drinnen roch es jetzt wie in einem neuen Wagen. Der Motor schnurrte wie eine Katze, die sechs Junge säugt. Der Spaß kostete Long Boy dreihundertvierzig Dollar, die fünfzig Dollar eingerechnet.

Ehe wir das Hotel verließen, zog Long Boy einen weißen Overall an, den er manchmal trug, wenn wir mit Brieftaschen arbeiteten. Wir bezahlten unsere Rechnung und fuhren die South Street hinunter und parkten ein paar Häuser hinter der Druckerei. Wir waren eine gute halbe Stunde zu früh dran, aber nachdem Long Boy eine Viertelstunde lang nervös mit den Fingern auf das Armaturenbrett getrommelt hatte, sagte er: »Mal sehn, vielleicht haben sie den Kram schon fertig.« Nach wenigen Minuten kam er mit einem großen Karton und einem viereckigen Paket aus der Druckerei. Beim Einsteigen sagte er: »Hat mich achtunddreißig Dollar und einundachtzig Cent gekostet. Mal sehn, ob's das wert ist.« Er gab mir das Paket und riß den Karton an einer Seite auf. Er war bis oben hin voll grüner Anhängerkarten. Ich riß das Packpapier von dem Paket ab. Zwölf große viereckige Bücher kamen zum Vorschein. Long Boy nahm eins und ließ den Daumen über die Blattränder gleiten. Es enthielt 120 rosa Quittungen von Halsteads Zollspeicher, zwölf Stück pro Seite.

Einen Augenblick lang saßen Long Boy und ich nur da und sahen uns an. Er fing als erster an zu lachen. Er trat auf den Anlasser und sagte: »Zischen Sie ab, John D. Rockefeller – jetzt kommen wir!«

10

Ich wünschte, alle Menschen in der Welt wären reich, jedenfalls eine Zeitlang. Nein, ich bin nicht so dumm, zu glauben, daß Geld glücklich oder die Menschen besser macht. Aber wenn das Geld ein bißchen gleichmäßiger verteilt würde, könnte es bestimmt mehr menschliches Leid und Elend heilen als das Penizillin. Und eines weiß ich ganz sicher: Wenn man mehr Geld hat, als man braucht, kommt einem die Welt schöner, einfacher und heller vor. Ich kann das nicht richtig erklären, aber es hat sicher nicht nur mit dem Geld zu tun. Geld ist überhaupt nicht wichtig, wenn man's nicht braucht. Vielleicht ist es damit so, wie es in dem alten Sprichwort heißt: Je schwerer der Beutel, desto leichter das Herz.

Long Boy und ich nahmen uns fürs Reichwerden nicht viel Zeit. Als wir am Samstag nachmittag von Pulaski losfuhren, glaubten wir zwar beide nicht, daß wir das Geschäft mit den Quittungen noch vor Montag beginnen würden. Aber als wir nach einer Fahrt von etwa zwanzig Meilen in Lawrenceburg ankamen und uns ein Hotel gesucht hatten, setzte ich mich auf der Stelle hin und übte mich anhand der fünf echten Quittungen, die wir noch hatten, darin, John Halsteads saubere, gestochene Handschrift nachzuahmen. Nach einer Weile hatte ich es so gut heraus, daß Long Boy, der mir zusah, leise durch die Zähne pfiff und sagte: »Sieht ja geradezu perfekt aus. Versuchen wir's doch mal.«

»Jetzt?« fragte ich.

Er lachte. »Warum nicht? Samstags ist überall bis spät geöffnet.«

Er ging zum Drugstore und kaufte mir eine ganze Schachtel Tintenstifte. Außerdem kaufte er einen dicken Markierstift, mit dem er in unserem Hotelzimmer die grünen Anhänger ausfüllte, während ich zehn Quittungen kopierte. Anschließend machten wir Mustertüten zurecht, und dann zogen wir los. Der erste Baumwollaufkäufer, den wir aufstöberten, war ein rundlicher munterer Mann. Er hatte sein Büro über einem Getreidelager. Er prüfte unsere Muster und bot uns fünf Cent für das Pfund. Eine stille grauhaarige Büroangestellte schrieb uns einen Scheck über $ 250,96 aus.

Als wir wieder in unserem Wagen saßen, grinsten wir uns erst mal eine Minute lang an. Long Boy trommelte mit den Fingern auf das Lenkrad. »Hm, is ja eigentlich noch früh am Tag ...« sagte er.

Ich sah ihn an und lachte. »Also gut! Wenn's sein muß ...« sagte ich.

Wir fuhren zum Hotel zurück und bereiteten weitere zehn Muster vor. Diesmal gerieten wir an einen mürrischen Graukopf, der die Unterlippe voller Schnupftabak hatte. Das Büro war in der Nähe des Bahnhofs. Der alte Halsabschneider wollte uns mit vier Cent pro Pfund abspeisen. Long Boy handelte ihn auf viereinhalb Cent rauf, und am Ende zogen wir mit einem Scheck über $ 224,19 ab.

Und ob Sie's mir glauben oder nicht – wir sind gleich noch einmal los, ehe wir Feierabend gemacht haben. Es war fast neun Uhr, als wir die dritte Partie von zehn Mustern bei einem Aufkäufer absetzten, der sein Büro gleich hinter der Hauptgeschäftsstraße hatte. Und ich glaube, wir hätten noch zwei, drei weitere Aufkäufer besuchen können, wenn wir nicht so müde gewesen wären. Als wir endlich Schluß machten, sahen wir jedenfalls immer noch Farmer mit Baumwollmustern herumlaufen. Unser Gewinn belief sich auf $ 721,95.

Am Sonntag morgen setzte sich Long Boy hin und kritzelte wieder Gewichtsangaben auf einen Stapel Anhänger, während ich mir mit den Quittungen fast die Finger wund schrieb. Schließlich hatte ich über die Hälfte der Quittungen in dem einen Buch ausgefüllt. Mehr schaffte ich nicht, ich konnte einfach nicht mehr schreiben.

Am Montag morgen standen wir in aller Frühe auf, und nun ging das Geschäft erst richtig los! Ich weiß nicht mehr, wo wir in den folgenden vier, fünf Wochen überall gewesen sind. Die lohnendsten Geschäfte machten wir natürlich in den größeren Ortschaften wie Waynesboro, Savannah und Selmer, aber auch kleinere Orte wie Pinger und Leapwood und Hornsby ließen wir nicht links liegen. Wir verkauften nie weniger als dreißig Muster am Tag. Im Durchschnitt verkauften wir ungefähr vierzig, aber oft kamen wir flott voran und brachten es auf fünfzig. Wir verdienten am Tag nie unter 700 Dollar, und nach ein paar Tagen fanden wir es schon nicht mehr aufregend, wenn es einmal tausend Dollar und mehr waren.

Kein einziges Mal zweifelte ein Aufkäufer die Echtheit unserer Quittungen an. Und nur einmal in all den Tagen wurde uns etwas mulmig. Es war in der kleinen Stadt Pocahontas. Wir verhandelten mit einem Aufkäufer, der für eine Spinnerei arbeitete. Auf einmal nahm der Kerl eine unserer Quittungen und sagte: »Pulaski? Hm, warum verkaufen Sie eigentlich nicht an Ort und Stelle?«

»Hab ich ja gemacht«, sagte Long Boy. »Aber der Preis hat mir nicht gepaßt.«

»Bei wem waren Sie denn da?« fragte der Aufkäufer.

»Domingus hieß der, glaube ich«, sagte Long Boy.

Der Aufkäufer grinste. »Cal Domingus?«

»Kann sein«, sagte Long Boy. »Jedenfalls wollte er mich übers Ohr hauen.«

Der Aufkäufer lachte. »Typisch. Ich kenn den alten Halsabschneider!«

Oh, wir hatten schon unsere Probleme. Nach den ersten zwei Wochen hatten wir ein paarmal Mühe, uns die Baumwolle für die Muster zu beschaffen. Einmal schlich sich Long Boy nachts in ein Lagerhaus und besorgte ein Häufchen, das ein paar Tage reichte. In einer anderen Nacht holte er etwas vom Hof einer Entkernungsanlage. Das Problem löste sich schließlich auf höchst einfache Weise. Wir fanden heraus, daß manche Aufkäufer ihre Muster nicht behielten, sondern hinten zum Bürofenster hinauswarfen. Wir fuhren abends einfach herum, und Long Boy sammelte eine Anzahl Tüten auf. Nicht selten verkauften wir auf diese Weise Aufkäufern Baumwolle, die sie schon einmal bezahlt hatten.

Das größte Kopfzerbrechen bereitete uns das Einlösen der

Schecks. Long Boy wollte die Schecks natürlich nicht an seine Bank in Eutaw schicken. Früher oder später wäre man ihm dann doch auf die Spur gekommen. Er löste sie stets ein und überwies dann das Geld auf sein Konto. Wenn die Banken noch geöffnet hatten, konnte er die Schecks ohne weiteres einlösen. Aber an den meisten Tagen arbeiteten wir noch, wenn die Banken längst geschlossen hatten. Und manchmal hatten wir zu viele auf eine einzige kleine Bank ausgestellte Schecks, als daß wir es hätten wagen können, sie alle einzulösen. Dann fuhren wir zu einer Waren- oder Futterhandlung und gaben sie dort in Zahlung. Long Boy gab sich bei solchen Gelegenheiten als Farmer aus, der gerade etwas Geld in die Finger bekommen hat und nun etwas kaufen will, was er dringend braucht. Bald hatten wir immer Heuballen und Säcke mit Maultierfutter oder Butterfässer und Werkzeug hinten im Wagen. Wenn sich zuviel angesammelt hatte, machten wir irgendwo an einer Viehweide halt und luden den ganzen Kram ab. Mochte sich ein Farmer darüber freuen.

Am besten gefiel mir, wenn wir Schecks am späten Samstagabend in Zahlung gaben. Wir gingen dann fast immer in irgendwelche Geschäfte, wo ganze Farmerfamilien ihren Wochenvorrat an Lebensmitteln einkauften. Manchmal waren wir nacheinander in drei oder vier Geschäften, bis wir alle unsere Schecks eingelöst hatten. Und danach hatten wir unseren Lieferwagen oft voller Lebensmittel – ganze Säcke voll Mehl, Hafergrütze und Maismehl, Berge von Pökelfleisch und Sirupdosen. Dann warteten wir gewöhnlich, bis wir an einem heruntergekommenen, armselig wirkenden Farmhaus vorbeikamen, und bauten dort alles vor der Eingangstür auf. Oft erlebten wir, daß alle, die gerade zu sehen waren, Kinder wie Erwachsene, davonliefen oder sich im Haus versteckten, wenn wir vorfuhren, so daß wir beim Abladen der Sachen keinen Menschen zu Gesicht bekamen. Aber manchmal trat auch eine verhärmte, hohlwangige Frau aus dem Haus und sah uns zu. Diese Frauen hatten fast immer ein strampelndes Baby auf dem Arm, und meist spähte hinter ihnen eine Schar kleiner Kinder mit weit aufgerissenen Augen und triefenden Nasen hervor. Soweit ich mich erinnere, hat keine dieser armen Frauen je ein Wort zu uns gesagt. Sie standen einfach nur da und starrten uns an. Meistens stürzten sie sich auf die Sachen, sobald wir davonfuhren. Aber oft standen sie auch noch fassungslos da, wenn sie schon meinen Blikken entschwanden.

Ich glaube, am meisten hat mich damals aufgeregt, daß manche Baumwollaufkäufer so elende Betrüger waren. Es gab welche, die boten uns drei oder vier Cent pro Pfund für die gleichen Muster, für die ehrliche Aufkäufer fünf Cent zahlten. Long Boy lachte immer, wenn ich mich über sie entrüstete, besonders wenn ich sagte, ich wolle mich erkundigen, ob es nicht irgendeine Stelle gebe, wo ich sie anzeigen könnte. Es dauerte lange, bis mir klar wurde, wie seltsam sich das angehört haben muß.

Es war erstaunlich, wieviel wir zu tun hatten. Ich mußte mich natürlich fast jeden Abend hinsetzen und einen neuen Vorrat Quittungen ausschreiben. Bald konnte ich die Handschrift des jungen Halstead ohne Vorlage kopieren, aber es war eine langweilige Arbeit, die ich nicht ausstehen konnte. An den Wochenenden nahmen wir uns oft frei, und ich ging dann gewöhnlich ins Kino oder kaufte mir etwas, worauf ich gerade Lust hatte. Aber komisch – trotz all des vielen Geldes wollte ich eigentlich nicht mehr Sachen haben als früher. Und bei Long Boy war es genauso. Am Wochenende ging er meist in einen Spielsalon oder unternahm etwas anderes, wonach ich nicht weiter fragte, aber Spaß am Geldausgeben hatte er eigentlich nur, wenn es um den alten Lieferwagen ging.

Der Lieferwagen war zu seinem Hobby geworden, so könnte man sagen. Das fing an, als er entdeckte, daß der Wagen mit dem neuen Motor schneller lief als viele andere Wagen, die wir unterwegs sahen. Es machte Long Boy Spaß, vor einem Stoplicht oder einer heruntergelassenen Bahnschranke neben einem respektabel aussehenden Wagen anzuhalten. Wenn dann der Weg wieder frei wurde, brachte er den Lieferwagen so schnell auf Touren, daß es aussah, als käme der andere Wagen gar nicht vom Fleck. Manchmal starrten Autofahrer uns völlig verdutzt nach. Wenn wir einen Tag freinahmen, fuhr Long Boy fast immer zu einer Werkstatt und ließ die Mechaniker nachsehen, ob sie noch irgend etwas an dem Wagen basteln konnten, damit er noch schneller lief. Ich verstehe nichts von Autos, aber ich glaube, unser alter Lieferwagen hatte zum Schluß mehr als einen Vergaser und eine Art Schnellgang.

Wenn Long Boy wollte, raste die Kiste jedenfalls los wie ein geölter Blitz.

Trotzdem, der Wagen sah furchtbar aus, und manchmal wünschte ich, wir hätten ihn nicht gebraucht. Natürlich trug ich auch gar nicht gern ewig schäbige Kleider und diesen albernen Kiepenhut, aber ich tröstete mich damit, daß dieser Aufzug, gemessen an den Geschäften, die wir machten, kein allzu großes Opfer war.

Im Grunde hatten wir keinen blassen Schimmer vom Baumwollgeschäft. So entdeckten wir zum Beispiel erst nachdem wir vier, fünf Distrikte abgegrast hatten, daß wir in das richtige Baumwollgebiet von Tennessee noch gar nicht vorgedrungen waren. Die meiste Baumwolle dort wird in fünfzehn, sechzehn Bezirken geerntet, die alle in einem Umkreis von ungefähr hundertfünfzig Meilen um Memphis liegen. Wir hatten uns aus irgendeinem Grund vorgenommen, nach Memphis zu fahren, und als wir unterwegs unversehens auf so ausgesprochene Baumwollbezirke wie Hardeman und Fayette stießen, gingen uns die Augen über. Wohin man sah, überall standen Pferdefuhrwerke oder Lastwagen mit Baumwolle herum. Die Entkörnungsmaschinen und die Speicher arbeiteten rund um die Uhr. Und Baumwollaufkäufer gab's wie Sand am Meer.

Mann, da haben wir vielleicht Quittungen verkauft! Ich glaube, wir haben in West-Tennessee kaum eine Ortschaft ausgelassen. Von Chewalla bis Hollow Rock und Golddust – die ganze Gegend haben wir abgeklappert. Eines Abends, als ich wieder Quittungen ausfüllte, sagte ich: »Morgen kommt unser letztes Quittungsbuch an die Reihe.« Long Boy hatte die Beine hochgelegt und rauchte eine dicke Zigarre. »Ach, weißt du, Mäuschen, ich glaub, das ist ganz gut so«, sagte er. »Die Saison ist fast um. Wir bringen noch zwanzig oder dreißig Muster an den Mann, und dann fahren wir nach Memphis.«

»Und was tun wir, wenn die Quittungen alle sind?« fragte ich. Long Boy ließ sich nicht aus der Ruhe bringen. »Wir tun überhaupt nichts, Baby Doll«, sagte er. »Ich glaub, wir brauchen von jetzt an nur noch zwei Monate im Jahr zu arbeiten.« Er zog an seiner Zigarre. »Wir können's uns 'n bißchen gemütlich machen, bis die nächste Baumwollernte losgeht. Dann besorgen wir uns 'n Stapel Quittungsbücher von 'nem andern Zollspeicher und ziehen wieder los. Vielleicht unten in Mississippi.«

Ich habe seither oft über dieses Gespräch nachgedacht. Ich glaube, eines ist im Leben so sicher wie der Tod: Wenn alles gutgeht und man überhaupt keine Sorgen mehr hat, genau dann muß man auf das Schlimmste gefaßt sein. Ich war damals noch zu jung, um das zu wissen, aber Long Boy hätte es wissen sollen.

Wir hatten erst ein gutes Dutzend Quittungen aus dem letzten Buch verbraucht, als wir uns entschlossen, den Highway siebzig entlang nach Memphis zu fahren. Ich glaubte, wir kämen in eine völlig verarmte Stadt. Alle Welt sagte, bei dem niedrigen Baumwollpreis und dem kümmerlichen Frachtverkehr auf dem Mississippi pfeife Memphis auf dem letzten Loch. Aber mir kam es ganz und gar nicht so vor. Auf mich wirkte Memphis wie eine große, lebendige Stadt, nur daß vielleicht die Leute durch die Straßen schlenderten, als hätten sie's nicht besonders eilig. Die meisten waren auch ziemlich gut gekleidet. Und je länger ich mir die eleganten Leute in der South Main Street, der Hauptgeschäftsstraße, betrachtete, desto schäbiger kamen mir Long Boys ausgebeulter abgewetzter Overall und mein häßliches altes Kleid vor. »In dem Aufzug können wir hier unmöglich in ein Hotel gehen«, sagte ich.

Auch Long Boy hatte sich die Leute angesehen. »Tja«, sagte er, »da hast du wohl recht.« Wir fuhren noch eine Straße weiter, dann sagte er: »Wir ziehn uns auf dem Bahnhof in der Toilette um. Ich möchte gern ins Gyoso Hotel gehn. Es soll sehr hübsch sein. Wir können den Wagen ja hinten auf dem Parkplatz abstellen und dann durch den Vordereingang reingehn.«

So machten wir es. Und Long Boy hatte recht gehabt mit dem Gyoso Hotel. Vielleicht haben Sie ja schon mal davon gehört. Sicher, es war altmodisch, aber wunderschön mit den alten Möbeln, den dicken Teppichen und den riesigen Kronleuchtern. Es war das feinste Hotel, in dem wir je gewohnt hatten. Überall herrschte eine vornehm gedämpfte Stille – Sie wissen, was ich meine. Man brauchte sich nur umzusehn, als suchte man etwas, und schon tauchte jemand auf und fragte, was er für einen tun könne. Ich fand es herrlich.

Wir ruhten uns einen ganzen Tag lang aus, dann machten wir uns wieder an die Arbeit. Wir hatten die alten Sachen in unserem Lieferwagen auf dem Parkplatz gelassen. Long Boy legte Jacke und Krawatte ab, zog seinen Overall über die Hose und setzte seinen alten Hut auf. Ich brauchte mir nur ein paar ausgetretene Schuhe anzuziehen und den Kiepenhut aufzusetzen. Wir fuhren zum Baumwollmarkt in der Front Street. Dort herrschte ein mächtiges Gewühl. Überall standen riesige, mit Baumwolle beladene Lastwagen herum. Es wimmelte von Menschen. Die Aufkäufer hatten ihre kleinen Büros in den heruntergekommenen Häusern zu beiden Seiten der Straße. Wir sahen viele Farmer mit Mustertüten im Arm, aber auch eine Menge Großpflanzer. Man erkannte sie an ihren weißen Leinenanzügen und ihren breiten Panama-Hüten, und die meisten schwangen einen Spazierstock. Sie brauchten keine Proben herumzutragen. Sie hatten ganze Lagerhäuser mit Baumwolle vollgestapelt, und die Aufkäufer fuhren zu ihnen hinaus und stuften die Wolle nach ihrer Güte ein. Die Großpflanzer kamen nur in die Stadt, um noch ein bißchen zu feilschen oder um ihre Schecks abzuholen.

Wir hatten zehn Muster bei uns und noch einmal zehn im Wagen. Wir konnten sie alle mühelos zu fünf Cent das Pfund verkaufen. Der einzige Unterschied war, daß hier mehrere Aufkäufer in einem Büro saßen. Wenn einer von ihnen die Baumwolle begutachtet und man sich über den Preis geeinigt hatte, schrieb der Aufkäufer einen Zettel aus und trug ihn zusammen mit den Coupons und den Quittungen zu einem Kassenschalter im Hintergrund des Büros. Dort mußte man sich anstellen und warten, bis der Scheck ausgefertigt war.

Nachdem wir unsere letzten Muster verkauft hatten, gingen wir die Front Street hinunter zum Flußufer. Der Mississippi kam mir so breit vor wie der Ozean, und wenn das, was man da sah, geringer Schiffsverkehr war, dann hätte ich gern mal sehen mögen, wie er normalerweise war. Überall an den Kais, soweit das Auge reichte, lagen große Schiffe und Barkassen. Und ein Schiff nach dem andern sah man flußaufwärts oder flußabwärts fahren. Ein Schlepper zog eine Kette von Lastkähnen, so lang wie ein Güterzug, hinter sich her.

Die nächsten Tage verliefen ganz ähnlich. Jeden Morgen fuhren wir zur Front Street und verkauften zwanzig Muster. Anschließend fuhren wir zum Hotel zurück und wechselten, bevor wir hineingingen, auf dem Parkplatz unsere Kleidung. Ich weiß nicht, womit Long Boy sich die Zeit vertrieb. Ich selbst saß am liebsten einfach unten in der Halle und beobachtete die Leute, die kamen und gingen. Ich glaube, es war am dritten Tag nach unserer Ankunft, als sich etwas Aufregendes ereignete.

Ich saß in einem breiten Ledersessel in der einen Ecke der Halle. Plötzlich spürte ich, wie mich etwas ganz leicht in die Seite pikste. Es war ein Brief, ein einzelnes gefaltetes Blatt teures Briefpapier, das zwischen das Sitzkissen und die Seitenlehne gerutscht war. Oben stand in geprägten großen Buchstaben: JAMES WILKERSON & COMPANY, BERGBAU-INGENIEURE, SAN FRANCISCO. Der Brief war an einen Colonel Rupert Culpepper, Sea Breeze Plantation, Biloxi, Mississippi, adressiert.

Der Inhalt lautete etwa folgendermaßen:

Sehr geehrter Herr Colonel Culpepper,
in der Anlage finden Sie alle Angaben betreffend unsere Untersuchung Ihrer Grubenliegenschaft »Lost Mine No 4« bei Dugway, Utah.

Wie Sie daraus ersehen werden, würden sich die Kosten einer Neuinbetriebnahme der Grube auf $ 1443 867,00 belaufen. In diesem Betrag ist der Preis für alle notwendigen Fahrzeuge enthalten, nicht jedoch der Kaufpreis für zwei Sportflugzeuge, zu deren Anschaffung wir Ihnen um Ihrer eigenen Bequemlichkeit willen, aber auch im Hinblick auf Ihre Geschäftspartner, die möglicherweise ebenso vielbeschäftigt sind wie Sie, dringend raten würden.

Wie wir bei früherer Gelegenheit feststellen konnten, ziehen Sie es vor, Ihre Grubenunternehmungen selbst oder mit Hilfe einiger weniger Freunde und Geschäftspartner zu finanzieren. Sollten Sie jedoch eine zusätzliche Finanzierungshilfe wünschen, sind wir bereit, alle Kosten für die Neuinbetriebnahme der Grube »Lost Mine No 4« gegen eine Beteiligung von 25 % zu übernehmen. Unsere Geologen sind der Ansicht, daß die Grube praktisch unerschöpflich ist.

Der Brief war von dem Präsidenten der Gesellschaft unterzeichnet. Ich saß heftig schluckend in meinem Sessel und sah mir den angegebenen Betrag immer wieder an, um mich zu vergewissern, daß es tatsächlich um weit über eine Million Dollar ging. Dann sprang ich auf und schaute mich nach Long Boy um. Ich konnte ihn nirgendwo finden. Als ich überall vergeblich nach ihm gesucht hatte, setzte ich mich wieder hin und bemühte mich, in aller Ruhe Long Boys Rückkehr abzuwarten. Aber ich hatte schreckliche Angst, Colonel Culpepper könnte inzwischen kommen und nach seinem Brief suchen. Eins stand fest: Auf keinen Fall wollte ich den Brief bei der Rezeption abgeben, jedenfalls nicht, bevor Long Boy ihn gelesen oder ich mir diesen Colonel Culpepper etwas genauer angesehen hatte, damit ich ihn später wiedererkannte. Doch schließlich wurde ich so unruhig, daß ich es nicht mehr aushielt. Ich las den Brief noch einmal, prägte mir den Wortlaut genau ein und ging zur Rezeption. »Wohnt Colonel Culpepper hier im Hotel?« fragte ich.

Der Empfangschef brauchte nicht einmal nachzusehen. »Magnolia Suite, dritte Etage, kleines Fräulein«, sagte er freundlich lächelnd. Ich fuhr mit dem Aufzug hinauf und ging den Flur entlang, bis ich an eine Tür mit einem Messingschild kam, auf dem MAGNOLIA SUITE stand. Ich strich meinen Rock glatt, fuhr mir mit der Hand übers Haar und klopfte an. Ein nett aussehender Farbiger in einem frisch gestärkten weißen Jackett öffnete.

»Ist Colonel Culpepper da?« fragte ich.

Der Farbige lächelte. »Ja, er ist da. Wen darf ich melden?«

Ich wollte gerade meinen Namen nennen, da hörte ich einen Mann sagen: »Wer ist denn da, Richard?«

Die Tür ging etwas weiter auf, und Colonel Culpepper persönlich stand vor mir. Der Farbige nickte mir mit einem breiten Lächeln zu und verschwand.

Colonel Culpepper sah wirklich wie ein Millionär aus. Er war nicht groß, sondern sogar eher klein und untersetzt, aber er hielt sich sehr gerade. Er hatte weißes Haar, dichtes schneeweißes Haar, das er lang nach hinten zurückgekämmt trug. Und er hatte die fröhlichsten hellblauen Augen, die ich je gesehen hatte. Aber das Bemerkenswerte an ihm war sein Gesicht – ein offenes, strahlendes Babygesicht, so als hätte er in seinem ganzen Leben noch nie einen schlechten Tag gehabt. Er trug einen schönen hellbraunen Anzug aus leichtem Seidentaft und sehr teuer aussehende braun-weiße Schuhe. Ein frisches weißes Leinentaschentuch steckte ihm in der Brusttasche. Einen winzigen Augenblick lang hatte ich das Gefühl, daß er etwas verwirrt war, als er mich sah.

»Sind Sie Colonel Culpepper?« fragte ich.

Er lächelte mich an, als wäre es ein lustiges Geheimnis, das nur wir beide wüßten. »Es sieht so aus, mein Schäfchen«, sagte er.

Ich hielt ihm den Brief hin. »Sie müssen das unten verloren haben«, sagte ich.

Er faltete den Brief auseinander und warf einen Blick darauf. »Ja, in der Tat«, sagte er. »Ich hatte es noch gar nicht bemerkt.« Seine Stimme klang freundlich und hell, so als würde er jeden Augenblick in sprudelndes Gelächter ausbrechen. »Na, dann vielen Dank, mein ...«

Er hielt inne, weil ich alle meine Manieren vergessen hatte. Ich hatte an ihm vorbei in das Zimmer geschaut. Es war bestimmt das schönste Zimmer, das ich je gesehen hatte, jedenfalls in einem Hotel. Auf dem Boden lag ein eleganter gelbroter Teppich, die Möbel glänzten, so blank waren sie poliert, und an den Wänden hingen echte Gemälde. Aber was meinen Blick gefesselt hatte, war ein silbernes flaschenähnliches Ding, das Richard, der Farbige, gerade hereingebracht hatte und nun zu mehreren gewöhnlichen Flaschen und Gläsern auf eine Anrichte stellte. Ich hatte diese Dinger in Filmen schon oft gesehen und mich immer darüber gewundert. Wenn man auf einen kleinen Hebel drückte, spritzte Wasser daraus hervor. In lustigen Filmen schnappten sich manchmal mehrere Leute solche Flaschen und spritzten sich gegenseitig ins Gesicht. Ich zeigte mit dem Finger darauf und fragte: »Ist das so ein Ding, wo Wasser rausspritzt?«

Colonel Culpepper drehte sich um. »Oh, du meinst meinen alten Mayfair-Siphon«, sagte er.

»Ich wollte schon immer wissen, wie man die Dinger nennt«, sagte ich und wurde verlegen, weil ich mich wie ein Trampeltier aufgeführt hatte. Ich spürte, wie ich errötete. »Ich ... ich hab sie oft im Film gesehn«, stammelte ich.

Colonel Culpeppers fröhlicher Gesichtsausdruck veränderte sich nicht, aber um seinen Mund zuckte es. »Das ist eine kleine

Spielerei, die ich mir aus England mitgebracht habe«, sagte er. »Willst du mal sehn, wie es spritzt?«

Ich strahlte ihn an. »Darf ich?«

Wieder sah er mich an, als ob er gleich losprusten würde, aber er lachte nicht. Er sagte: »Komm herein, Kindchen.«

Wir gingen zu der Anrichte, und er nahm den silbernen Siphon und ein Glas. »Man muß es mit Gefühl machen«, sagte er. »Man muß auf den Hebel drücken, aber nicht zu fest.« Er tat es, und pfffft! schoß ein Strahl Wasser hervor und füllte das Glas bis zur Hälfte. Er gab mir das Glas und bedeutete mir mit einer Handbewegung, daß ich trinken sollte. »Zum Wohl«, sagte er. Er zog die Brauen in die Höhe und sah zu, wie ich einen Schluck von dem sprudelnden Wasser trank. Es hatte einen brennenden, starken Geschmack, und ich verzog das Gesicht. »Versuch's mal«, sagte er. Ich hielt den Hahn auf das Glas gerichtet und drückte auf den Hebel. Pfffft! Der Wasserstrahl schlug mir fast das Glas aus der Hand, und alles tropfte. Colonel Culpepper riß in gespieltem Erstaunen die Augen auf, und Richard krümmte sich fast vor Lachen.

Ich drehte den Siphon in der Hand hin und her. »Wie funktioniert das?« fragte ich.

Colonel Culpepper nahm mir den Siphon ab. »Na, dann paß mal auf ...« sagte er, und während der nächsten fünf Minuten schien es für ihn nichts Wichtigeres zu geben, als mir zu erklären, wie dieser Siphon funktionierte. Er nahm ihn auseinander und zeigte mir das Gasröhrchen, und ganz besonders wies er mich auf die äußere Flaschenhülle hin, ein handgearbeitetes Gitterwerk aus schwerem Silber. Er hatte eine lustige Art zu sprechen und gebrauchte viele große Worte, aber er brachte alles in einem Ton vor, als machte er nur einen Scherz.

Er stellte den Siphon wieder auf die Anrichte und ließ seinen Blick über die Reihe der Flaschen mit den verschiedenen Etiketten gleiten. Wahrscheinlich war es Whiskey. Er wandte sich an Richard. »Haben wir eine ... hm ... eine weniger scharfe Erfrischung für unsere kleine Besucherin, Richard?«

Richard lachte. Er fand es anscheinend wirklich lustig, daß ich zu dem Colonel gekommen war. »Was sie möchte, Colonel«, sagte er.

Colonel Culpepper sah mich fragend an. »Wenn Sie Erdbeerlimonade hätten ...« sagte ich.

»Hol uns zwei Flaschen, Richard«, sagte Colonel Culpepper.

Wieder lachte Richard. »Sofort, bin gleich wieder da, Sir«, sagte er.

Während wir auf unsere Drinks warteten, saß ich auf dem Sofa, und Colonel Culpepper setzte sich mir gegenüber in einen dicken Polstersessel. Er war so freundlich und nett, daß ich beschloß, ihm eine ernsthafte Frage zu stellen. »Entschuldigen Sie«, sagte ich, »Sie sind Millionär, nicht wahr?«

Sein Mund zuckte nur ein ganz klein bißchen. »Und?« sagte er.

Ich fragte: »Wie fühlt man sich da?«

Seine Augen strahlten. »Nun, wie fühlt man sich denn, wenn man jung und hübsch ist?«

Ich spürte, wie ich rot wurde. »Ach ...« sagte ich. »Das ist doch ...«

Er lächelte. »Man fühlt sich großartig. Ganz großartig.«

»Ich frage deshalb«, sagte ich, »weil ich auch Millionär werden will.«

Er nickte, als wäre er darüber nicht weiter überrascht. Er fragte: »Du hast wohl was für Geld übrig?«

»Oh, das ist es eigentlich nicht«, sagte ich. »Ich mache mir gar nicht soviel aus Geld. Ich denk mir das so: Wenn ich eine Million Dollar gemacht hab, dann kann ich tun, was ich will, und brauch mir nie um Geld Sorgen zu machen.«

Er lächelte und schüttelte den Kopf. »Ja, ich verstehe, aber ganz so ist das leider nicht, Kindchen. Da gibt's harte Spielregeln. Die mußt du vorher gut lernen. Sonst kannst du nicht mitspielen. Wenn man ganz viel Geld verdienen will, muß man immer tüchtig bei der Sache sein. Und wenn es mehr oder auch nur nicht weniger werden soll, dann muß man sich fortwährend drum kümmern.«

Ich dachte darüber nach. »Ich glaube, das wär nichts für mich«, sagte ich. »Es gibt schönere Dinge, um die man sich kümmern kann, als Geld.«

Er nickte. »Ganz recht.« Er lächelte. »Du solltest auch bedenken, daß es Schöneres gibt, als viel Geld zu machen. Viel Geld verdienen und mit Geld umgehen, das ist ein Spiel für Leute, die kein

Talent für interessantere Dinge haben. Viel Geld verdienen ist in Wirklichkeit nur ein langweiliges Spiel für Langweiler. Einem Menschen, der Phantasie hat, kann es nur Spaß machen, wenn er's darauf anlegt, mehr Geld zu verdienen als alle anderen, oder wenn er ein größeres Risiko eingeht – oder wenn er es Leuten abknöpft, die es so kolossal wichtig nehmen.«

Ich sah in seine zwinkernden Augen. Ich sagte: »Ihnen scheint's Spaß zu machen.«

Er lachte schmunzelnd. »Oh, ich bin auch ein ungewöhnlicher Millionär. Ein höchst ungewöhnlicher. Ich bin von Natur aus einfach unfähig, die Dinge allzu ernst zu nehmen.« Er sah mich an, und seine blauen Augen hüpften richtig. »Ich gehe davon aus, daß nichts besonders wichtig ist und daß die meisten Dinge überhaupt nicht wichtig sind.«

Darüber grübelte ich immer noch nach, als Richard die Limonade brachte. Er goß sie in Gläser, tat Eis hinein und stand grinsend da, während Colonel Culpepper kostete. Offensichtlich machte sich der Colonel nicht viel aus Erdbeerlimonade, aber er sagte kein Wort. Er fuhr sich mit der Zunge im Mund herum und stellte das Glas auf das Tischchen zwischen uns. Colonel Culpepper sagte: »Ich habe dich noch gar nicht nach deinem Namen gefragt, mein Kind.«

»Addie«, sagte ich. »Addie Pray.«

Der Name schien ihm zu gefallen. Er wiederholte ihn leise und lächelte. »Ein schöner Name«, sagte er. »Bist du mit deinen Eltern hier?«

»Nur mit meinem Daddy«, sagte ich. »Meine Mama ist tot.«

»Und was macht dein Vater?« fragte er.

Ich überlegte, was ich sagen sollte, und gab mir Mühe, nicht zu lange zu zögern. »Er verkauft Sachen«, sagte ich. »Alle möglichen Sachen. Baumwolle zum Beispiel.«

»Und wie geht das Geschäft?« fragte er.

»Ganz gut, glaub ich«, sagte ich. Ich wußte, daß es jetzt Zeit war zu gehen. Ich trank mein Glas so schnell aus, wie es ging, ohne daß es so aussah, als stürzte ich die Limonade herunter. Dann stand ich auf. »Ja, ich muß jetzt gehn. Mein Daddy macht sich sicher schon Sorgen.«

Colonel Culpepper brachte mich an die Tür. Ich sagte: »Vielleicht lernen Sie meinen Daddy mal kennen. Er versteht viel von Geschäften.«

»Würde mich freuen«, sagte Colonel Culpepper. Nachdem er mir die Tür aufgemacht hatte, sah er mich noch einmal auf seine lustige Art an und sagte: »So, Addie, dann wünsche ich dir, daß du bald eine Million Dollar zusammen hast. Wenn's soweit ist, mußt du Richard und mich unbedingt wieder besuchen.« Ich hörte Richard lachen.

Ich konnte es kaum erwarten, wieder zu Long Boy zu kommen. Als ich ihn gefunden hatte, erzählte ich ihm so schnell, wie ich konnte, von dem Brief und von allem, was passiert war. Er stieß einen leisen Pfiff aus. »Scheint ja wirklich ein reicher Hecht zu sein. Hat wahrscheinlich überall seine Finger drin.«

»Vielleicht können wir mit ihm ein Geschäft machen«, sagte ich. »Er ist wirklich nett, aber er hat so viel Geld – ihm würde das gar nichts ausmachen.«

»Würde es bestimmt nicht«, sagte Long Boy. »Würde es nicht mal vermissen.« Er machte ein nachdenkliches Gesicht. »Ich begreife nur nicht ganz ...« Er hielt inne.

»Was?« fragte ich.

»Ach, nichts«, sagte er. »Ich muß erst gründlich darüber nachdenken. Vielleicht treffen wir ihn mal hier im Hotel, und du kannst mich mit ihm bekannt machen.«

Das hoffte ich auch, vor allem als das Wochenende kam und Long Boy und ich viel in der Hotelhalle herumsaßen. Aber nach drei Tagen gab ich die Hoffnung auf, daß wir Colonel Culpepper zufällig begegnen würden. Trotzdem hoffte ich weiter, Long Boy würde irgendeinen Plan ausbrüten, der uns mit ihm in Verbindung brächte.

Wir waren beide schon früh wach am Montag morgen, und so beschlossen wir, zur Front Street zu fahren und unsere Muster zu verkaufen, sobald der Markt um sieben Uhr öffnete. Das war der erste Fehler. So früh am Montag morgen waren nur wenige Leute da. Aber hinterher ist man ja immer klüger. Bisher war immer alles glattgegangen, warum sollten wir diesmal Schwierigkeiten kriegen? Wir suchten uns sogar noch ein Büro aus, wo gar kein Betrieb war.

Ich werde den Aufkäufer, mit dem wir es zu tun bekamen, nie vergessen. Auf seinem Tisch stand ein billiges hölzernes Namensschild: JEREMIAH POSS. Er war ein Wichtigtuer, einer von denen, die bei allem, was sie tun, kolossal Wind machen. Er sah aus wie ein aufgeblasenes Eichhörnchen mit einem goldenen Schneidezahn und einer Hornbrille. Nachdem er die Faserlänge unseres letzten Musters geprüft hatte, sagte er zu Long Boy: »Hätten noch 'n bißchen mehr rausholen können, wenn Sie mehr Dünger genommen hätten, junger Freund.«

»Kann sein«, sagte Long Boy.

»Was für Dünger nehmen Sie denn?« fragte Poss.

»Normalen Dünger«, sagte Long Boy.

Poss sah ihn mit großen Augen an. »Ja, aber was für 'n normalen Dünger?«

»Normalen chemischen Dünger«, sagte Long Boy. »Hab ihn in der Futtermittelhandlung gekauft.«

Poss starrte ihn noch eine Weile an und schniefte. »Kann Ihnen fünf Cent geben«, sagte er.

»In Ordnung«, sagte Long Boy.

Poss sammelte unsere Quittungen und Coupons ein und schrieb einen Zettel für die Kasse. »Wieviel Acres müssen Sie denn unterpflügen?« fragte er.

Ich wußte nicht, wovon er redete, und auch Long Boy hatte keine Ahnung, wie ich an seinem Zögern merkte. Er sagte: »Soviel wie immer, nehm ich an.«

Wieder sah ihn Poss mit großen runden Augen an, und diesmal klang seine Stimme fast streng. »Was heißt das – soviel wie immer?«

»Soviel wie dieses Jahr«, sagte Long Boy.

»Soviel wie dieses Jahr?« sagte Poss, als ob er seinen eigenen Ohren nicht traute. »Mann, ich rede von dem neuen Baumwollkontingentierungsprogramm. Wo haben Sie denn gelebt? Auf dem Mond?«

»Oh«, sagte Long Boy und kratzte sich wie immer in solchen Fällen am Kinn. »Das hab ich mir noch gar nicht überlegt.«

Poss starrte ihn an wie einen Idioten. »Da gibt's überhaupt nichts zu überlegen«, sagte er. »Hängt nur davon ab, wieviel Acres

Sie dies Jahr gepflanzt haben. Wieviel ...« Er brach ab, und plötzlich tanzten seine Glotzaugen unruhig auf und ab. Er schniefte und füllte den Zettel für die Kasse fertig aus. Plötzlich sah er auf und sagte: »He, was ist 'n das da an Ihrer Hand?« Er griff nach Long Boys Ärmel, zerrte seinen Arm über den Tisch und schlug zweimal nach seiner Hand. »Scheint nichts gewesen zu sein«, sagte er. »Dachte, ich hätte da 'ne Spinne gesehn.« Er stand auf und sagte in freundlicherem Ton: »Ich bringe das eben zur Kasse.«

Sowie er gegangen war, zischte Long Boy mir leise zu: »Wir müssen hier weg!«

»Warum?« fragte ich ebenso leise.

Long Boy sagte: »Das kleine Theaterspiel eben – er hat meine Hand gefühlt. Er weiß, daß ich kein Farmer bin.«

Ich sah mich um. Poss stand vor der Öffnung des Kassenschalters und tuschelte mit dem Kassierer. »Du hast recht«, flüsterte ich. »Gehn wir!«

»Noch nicht«, sagte Long Boy. »Erst schlendern wir ganz lässig nach vorn.« Wir hatten die vordere Hälfte des Büros erreicht, als Poss sich suchend nach uns umdrehte. Er zeigte lächelnd die Zähne und sagte katzenfreundlich: »Kann noch einen Augenblick dauern mit Ihrem Scheck. Die Buchungsmaschine streikt.«

»Schon gut, danke«, sagte Long Boy. »Wir warten.«

Wir lehnten uns an einen Tisch, während Poss zu seinem Platz zurückging. Er kramte herum und tat so, als achtete er nicht auf uns. In diesem Augenblick kamen zum Glück drei Farmer mit Mustern herein, und der eine ging zu Poss. Poss konnte sich kaum auf die Baumwollproben konzentrieren, so sehr war er damit beschäftigt, uns im Auge zu behalten. Long Boy trat an die Tür und sah die Straße hinauf und hinunter. Ich stellte mich zu ihm. Long Boy fragte leise: »Was macht er jetzt?«

Ich warf einen Blick über meine Schulter: »Zupft die Fasern auseinander«, sagte ich.

Long Boy knurrte: »Los!«

Wir gingen zur Tür hinaus und eilten, so schnell wir konnten, ohne zu rennen, die Straße entlang. Der Lieferwagen stand ein paar Häuser von den Büros entfernt auf der anderen Straßenseite. Als wir ihn beinahe erreicht hatten, hörten wir, wie jemand hinter uns herbrüllte: »He! Warten Sie!« Wir sahen uns beide nicht um. Erst als wir in den Wagen stiegen, sahen wir Poss in der Tür stehen und wild gestikulieren. Long Boy ließ den Motor an, und wir brausten die Straße hinunter an ihm vorbei. Aus dem Augenwinkel sah ich ihn auf dem Bürgersteig stehen und mit beiden Armen winken.

Long Boys Stimme klang ruhig. »Das haben wir gerade noch geschafft. Schlauer Fuchs, dieser Bursche.«

Ich atmete auf. »So, damit ist Memphis wohl erledigt«, sagte ich.

»Wenn's nur das wäre«, sagte Long Boy. »Wir sind erledigt, wenn wir nicht schleunigst diesen Lieferwagen loswerden. Er hat ihn sich genau angesehen.« Ich blickte Long Boy an und war überrascht, daß er so angespannt und besorgt aussah. Er sagte: »Du darfst nicht vergessen, daß wir in einer Großstadt sind. Die haben hier Polizeiautos mit Funk. In ein paar Minuten hält jeder Polizist in Memphis nach uns Ausschau.« Ich mußte schlucken.

Wir bogen in die South Main Street ein, und da steckten wir auch schon mittendrin im morgendlichen Verkehrsgewühl. Wir kamen nur noch im Kriechtempo voran. Long Boy nutzte zwar jede Lücke und fuhr bei rotem Licht über Kreuzungen, aber alle Augenblicke mußten wir anhalten. Long Boys Gesicht verkrampfte sich immer mehr. Ich hatte fast Angst, zu den Verkehrspolizisten hinzusehen. Als wir nach etwa einer Viertelstunde mitten in einen Stau gerieten, schälte sich Long Boy aus seinem Overall und schob ihn unter den Sitz. Ich zog mir andere Schuhe an und setzte den Kiepenhut ab.

Long Boy hatte inzwischen nachgedacht. »Wenn wir zum Hotel kommen«, sagte er, »lassen wir den Wagen hinten auf dem Parkplatz, sausen rein, schnappen unsere Sachen und gehn in ein anderes Hotel. Am Bahnhof oder an der Busstation lassen wir uns vorläufig besser nicht blicken. Die Polizei sucht bestimmt nach einem Mann mit einem kleinen Mädchen.« Er schüttelte den Kopf. »Zu dumm, daß wir unsere schöne alte Kiste stehenlassen müssen.«

Es dauerte lange, aber endlich erreichten wir den Hotelparkplatz. Der Lieferwagen war kaum zum Stehen gekommen, da war Long Boy schon ausgestiegen und zog sich seine Weste und seinen Rock über. Dann lief er um das Hotel herum zum vorderen Eingang. Ich rannte hinter ihm her. Unsere Sachen lagen über das ganze Zimmer verstreut. Und natürlich mußte ich bei all der Aufregung auch noch auf die Toilette. Als ich aus dem Bad herauskam, schnallte Long Boy gerade den letzten Koffer zu. Wir liefen den Flur entlang zum Aufzug. Unten in der Halle kamen zwei Pagen herbeigeeilt und nahmen uns das Gepäck ab. Long Boy ging an die Kasse, um unsere Rechnung zu bezahlen. Vier, fünf Leute waren vor ihm an der Reihe. Immer wieder trat er vom einen Bein aufs andere und zog sich die Krawatte zurecht. Ich merkte daran, wie nervös er war. Mir ging es genauso. Ich stand dicht bei der Eingangstür, wo die Pagen unser Gepäck abgestellt hatten, und war auch zappelig und nervös.

Plötzlich tippte mir jemand an die Schulter und sagte: »Guten Morgen, Addie Pray.« Ich kippte fast aus meinen Schuhen.

Es war Colonel Culpepper. Seine Augen strahlten blau und lustig. Er hielt einen Rohrstock und einen Panama-Hut in der Hand und trug einen weißen Anzug, der aussah, als wäre er aus Seide. Er lächelte. »Hab ich dich erschreckt?«

Ich war so verwirrt, daß ich kaum reden konnte. »Oh ... nein ... nein«, sagte ich.

Er sagte: »Ich reise ab. Ich wollte gerade gehen, da sah ich ...« Er hielt inne und zog die Brauen hoch. »Ist etwas, mein Kleines?«

Ich mußte einen Blick über die Schulter geworfen haben, oder er merkte mir einfach meine Unruhe an. »Oh, nein ... nein«, sagte ich wieder und kicherte töricht. Und weil mir sonst nichts einfiel, sagte ich: »Heiß heute, nicht?«

Er lächelte und sagte: »Ja, allerdings.« Er sah mich ein, zwei Sekunden an, und dann machte er wieder dieses lustige augenzwinkernde Gesicht. »Aber es war nett, dich noch einmal zu sehen, Kindchen«, sagte er.

Er hatte sich kaum abgewandt, als zweierlei geschah. Erstens kam Long Boy mit großen Schritten durch die Halle auf mich zu. Er stopfte die Hotelrechnung in die Tasche, faßte mich am Arm und sagte: »Gehn wir.« Das zweite war, daß wie aus dem Nichts zwei Männer auftauchten und sich uns in den Weg stellten.

Der eine war schon älter und hatte ein hartes rotes Gesicht mit kleinen kalten Augen. Der andere war jung und hätte vielleicht ganz gut ausgesehen, wenn er nicht so mürrisch geblickt und den

Mund so fest zusammengekniffen hätte. Man sah auf den ersten Blick, daß sie Polizisten waren, auch wenn einem die Ausbeulung in Hüfthöhe und der schwere Ledergürtel unter der offenen Jacke nicht auffielen. Ihre Haltung und wie sie die Hüte aufgesetzt hatten – unverkennbar Polypen. Der Ältere sagte: »Mistah Johnson? Mistah O. C. Johnson?«

Long Boy blickte so kühl wie Pfefferminzcreme. Er brachte sogar ein ganz ordentliches Lächeln zustande. »Bin ich nicht«, sagte er. »Mein Name ist Pray.«

Der Jüngere sagte: »Gehört Ihnen nicht der Lieferwagen hinten auf dem Parkplatz?«

»Lieferwagen?« Long Boy machte ein erstauntes Gesicht. »Ich hab keinen Lieferwagen.«

Der Ältere sagte: »Wie war Ihr Name?«

»Pray«, sagte Long Boy. »Moses Pray.« Er legte mir die Hand auf die Schulter. »Das ist mein Töchterchen.«

Der Ältere sagte: »Waren Sie nicht in der Front Street heute morgen?«

Long Boy schüttelte den Kopf. »Tut mir leid. Ich weiß gar nicht, wo die Front Street ist.«

Der Jüngere sagte: »Unten beim Baumwollmarkt. Haben Sie nicht Baumwolle verkauft?«

Long Boy tat wieder höchst erstaunt. »Nein«, sagte er. Er lächelte. »Sagen Sie mal, was soll das eigentlich?«

Der Ältere sagte: »Mistah Pray, können Sie sich auswei...« Weiter kam er nicht, denn eine Stimme sagte: »Ah, da sind Sie ja, Pray. Sind Sie reisefertig?«

Long Boy und ich drehten uns im gleichen Augenblick um. Und da stand Colonel Culpepper vor uns. So zufrieden und imposant wie ein Hahn mit drei Schwänzen. Ich warf Long Boy einen kurzen Blick zu. Ich hatte nicht die geringste Ahnung, was er jetzt dachte oder was er vielleicht gerade sagen wollte. Ich sagte rasch: »Colonel, die Männer da halten uns für jemand anders.«

Colonel Culpepper zog die Brauen in die Höhe und sah die beiden Polizisten an. Der Jüngere fragte: »Kennen Sie diesen Mann?«

»Ob ich ihn kenne?« sagte Colonel Culpepper. »Natürlich kenne ich ihn. Er ist der Geschäftsführer meiner Spinnerei.« Er musterte die beiden Polizisten und fragte: »Wer sind Sie?« Seine Stimme klang freundlich, aber irgendwie machte er deutlich, daß sie sich lieber eine gute Antwort einfallen lassen sollten.

»Polizei«, sagte der Ältere und schlug sein Revers um, so daß man die Dienstmarke darunter sehen konnte. »Wo ist Ihre Spinnerei?«

»In Tupelo, Mississippi«, sagte Colonel Culpepper. »Wir wollen gerade hinfahren. Mein Wagen wartet draußen.« Er hob den Rohrstock und deutete auf einen langen, hell glänzenden Pierce-Arrow, der genau vor dem Hoteleingang parkte. Richard, in blauer Chauffeurlivree, lehnte am vorderen Kotflügel. Colonel Culpepper zog eine große teure Brieftasche aus seiner Rocktasche, nahm eine Visitenkarte heraus und reichte sie dem älteren Beamten. »Meine Karte«, sagte er.

Der jüngere Polizist renkte sich fast den Hals aus, um sie auch lesen zu können. Er scharrte mit den Füßen. »Gut, vielen Dank, Colonel. War eine Routineüberprüfung.«

Der Ältere wollte immer noch nicht aufgeben. »Können wir Sie notfalls in der Spinnerei erreichen?«

»Selbstverständlich«, sagte Colonel Culpepper.

Als die Polizisten gingen, wandte sich Colonel Culpepper mit einem Lächeln an uns. »Alles bereit? Wo ist Ihr Gepäck? Ah, da drüben. Fein, die Pagen sollen es hinausbringen.« Und mit leiser Stimme fügte er hinzu: »Nur ganz ruhig jetzt.« Dann sagte er wieder laut zu Long Boy: »Sehr interessante Konferenz, Pray, nicht wahr?«

Long Boy sagte: »Wirklich. Hochinteressant.«

Wir warteten auf dem Bürgersteig, während Richard und die Pagen das Gepäck verstauten. Dann kam Richard um den Wagen herum und hielt uns die Tür auf. Er begrüßte mich mit einem breiten Lächeln. Als wir alle im Wagen saßen, beugte sich Colonel Culpepper vor und sagte: »Leg ein anständiges Tempo vor, Richard. Wir haben zwei Flüchtlinge an Bord.«

Richard lachte. »Wird gemacht, Colonel.«

Colonel Culpepper lehnte sich zurück und sah uns mit seinem lustigen Lächeln an. »So, und jetzt erzählen Sie mir mal, was für einen unerhört kriminellen Akt Sie beide begangen haben.«

Long Boy hatte inzwischen versucht, den Colonel einzuschätzen. Er lächelte. »Oh, ich glaube, die Burschen haben uns mit jemand anders verwechselt.«

Colonel Culpepper kicherte. »Zweifellos. Haben Sie denn einen Wagen hier in der Gegend?«

Long Boy schüttelte den Kopf. »Nur einen alten Lieferwagen hinterm Hotel. Glaube, den lassen wir lieber stehn.«

»Ja, das halte ich auch für klüger«, sagte der Colonel. Er schien noch immer belustigt. »Wir fahren übrigens tatsächlich nach Tupelo. Ich setze Sie gern überall, wo Sie wollen, ab. Allerdings würde ich Ihnen empfehlen, zu warten, bis wir die Stadt ein gutes Stück hinter uns gelassen haben.«

»Ich danke Ihnen«, sagte Long Boy. »Und ich danke Ihnen auch dafür, daß Sie uns vorhin aus der Klemme geholfen haben. Hätte nicht gedacht, daß jemand für völlig fremde Menschen so was tut.«

»Und Sie fragen sich jetzt, warum ich es getan habe«, sagte der Colonel.

Long Boy lächelte. »Die Frage ist mir durch den Kopf gegangen.«

Colonel Culpepper sah ihn mit einem schelmischen Lächeln an. »Nun, ich will's Ihnen sagen, Mr. Pray. Ich hab für Polizeibeamte nicht viel übrig. Sie haben natürlich ihre Aufgaben, aber wenn es sich nicht gerade um ein Kapitalverbrechen handelt, macht es mir Spaß, ihnen einen Streich zu spielen.« Er lächelte. »Vorausgesetzt natürlich, daß ich dabei nichts riskiere. Und nebenbei gesagt sind Sie für mich keine völlig fremden Menschen. Ihr Töchterchen und ich sind gute Freunde. Hat sie Ihnen nicht von unserer netten Begegnung neulich erzählt?«

»Doch, ich hab ihm davon erzählt«, sagte ich.

Colonel Culpepper lachte vor sich hin. »Davon bin ich überzeugt, mein Hühnchen.«

Ich überlegte noch, was er damit wohl meinte, als Long Boy langsam sagte: »Ich hoffe nur, diese Burschen schnüffeln nicht in Ihrer Spinnerei herum und machen Ihnen Ärger.«

Colonel Culpepper lachte. »Nun kommen Sie, Mr. Pray, Sie glauben doch nicht im Ernst, daß ich eine Spinnerei besitze.«

Long Boy griente. »Nein, glaub ich nicht – zumindest seit fünf Minuten nicht mehr. Ich wollte es nur ganz genau wissen.«

Colonel Culpepper lachte wieder. »Ich betreibe dieses Geschäft jetzt seit fünfunddreißig Jahren«, sagte er. »Es gibt wohl kaum eine lohnende Gegend im ganzen Land, in der ich noch keine Geschäfte getätigt habe. Aber ich glaube, ich glaube, Sie beide sind das raffinierteste Gespann, dem ich je begegnet bin.« Er sah uns mit lustig blitzenden Augen an. »Erst eine Stunde nachdem Addie neulich wieder gegangen war, ist Richard und mir klargeworden, daß sie uns ausgekundschaftet hat.«

Ich hatte mir immer noch nicht alles richtig zusammengereimt, aber das interessierte mich jetzt. »Was hab ich denn falsch gemacht?« fragte ich.

»Du hast überhaupt nichts falsch gemacht, Häschen«, sagte Colonel Culpepper. »Kein ehrlicher Mensch auf der Welt hätte irgend etwas gemerkt. Bestimmt nicht, wenn zwei alte Hasen eine ganze Stunde gebraucht haben, bis ihnen zum Bewußtsein kam, daß ein kleines Mädchen so einen Brief normalerweise nicht selbst aufs Zimmer bringen, sondern beim Portier abgeben oder seinen Eltern zeigen würde.«

»Ich hab über diesen Brief lange nachgedacht«, sagte Long Boy.

Der Colonel zog die Brauen in die Höhe. »Natürlich, Mr. Pray. Er war nicht für Sie bestimmt.« Er lächelte. »Ich hoffe, Sie heißen wirklich Pray.«

»Ja, so heiße ich wirklich«, sagte Long Boy. »Moses Pray.«

»Gut«, sagte der Colonel. »Mein Name ist Lee, Major Carter E. Lee.«

Ich saß da und starrte ihn an, und er sah mich wieder mit seinen zwinkernden Augen an. »Ach«, sagte ich, »ich wünschte, Sie besäßen wirklich diese Lost Mine Numero vier.«

»Aber ich besitze sie ja, Schäfchen«, sagte er. »Ich besitze jede Menge Gruben, und ich besitze alle Verträge und Unterlagen, um es beweisen zu können.«

II

Alle Leute, denen ich in meinem Leben begegnet bin, haben, glaube ich, eines gemeinsam. Ihnen ist irgendwann einmal eine unvergeßliche Person über den Weg gelaufen, die ihnen Dinge bewußt gemacht hat, über die sie vorher nie nachgedacht hatten. Für manche war das ein Anlaß, ihr Leben beim Kragen zu packen und kräftig durchzuschütteln. Andere hat diese Begegnung nur wenig verändert, sei es zum Guten, sei es zum Schlechten. Aber bei keinem ist das Leben nach so einer Begegnung ganz so wie vorher gewesen.

Long Boy und mir ging es so, nachdem wir Major Carter E. Lee kennengelernt hatten. Die drei Monate, die wir mit ihm herumgereist sind, haben uns mehr gelehrt als nur eine neue Art, Geschäfte zu machen. Diese Zeit hat bei uns eine Anzahl rauher Kanten abgeschliffen, von denen wir gar nicht wußten, daß wir sie hatten. Wir lernten eine Art des Auftretens und des Handelns, die Major Lee »Format« nannte. »Ein jeder hat's leichter im Leben, wenn er etwas Format besitzt«, sagte Major Lee einmal, »aber für einen Schwindler ist Format das höchste Gebot.«

Warum wir Major Lee gern mochten, ist nicht schwer zu begreifen. Aber ich habe mich oft gefragt, was er an Long Boy und mir so faszinierend fand. Manchmal tat er so, als wären wir die großartigste Kombination seit Schwarz und Weiß. Nachdem wir uns ein bißchen näher kennengelernt hatten, saß er oft Stunden mit uns zusammen und ließ sich von uns erzählen, von unserem Handel mit Bibeln und mit Bildern von Verstorbenen und dergleichen mehr. Wir mochten uns vom allerersten Augenblick an. Wir brauchten uns nicht erst lange zu beschnuppern. Von Anfang an waren wir gute Freunde, und Long Boy erzählte dem Major auch, warum uns in Memphis der Boden unter den Füßen zu heiß geworden war. Als Lee hörte, wie viele Lagerhausquittungen wir in Tennessee unter die Leute gebracht hatten, lehnte er sich zurück und sagte schmunzelnd: »Köstlich ... einfach köstlich ... fast zu schön, um wahr zu sein.« Er dachte darüber nach. »Da seid ihr Gauner auf den kunstvollsten Trick gekommen, von dem ich seit langem gehört habe. Sie haben recht, Mr. Pray – wer kommt schon darauf, daß jemand seine Spielchen treibt mit einem Ding, das fünfhundert Pfund wiegt und nur fünfundzwanzig Dollar wert ist!«

»So ist es«, sagte Long Boy. »Zu dumm, daß dieser Poss uns auf die Schliche gekommen ist.«

»Oh, ich würde nicht so schnell den Mut sinken lassen«, sagte Major Lee. »In den Speichern wird's ein paar Monate lang im Gebälk krachen, aber in ein, zwei Jahren können Sie wieder anfangen, als wäre nichts gewesen.«

»Meinen Sie?« sagte Long Boy.

Major Lees Augen zwinkerten verschmitzt. »Ich weiß es, alter Junge. Menschliche Leichtgläubigkeit mag von Zeit zu Zeit einen kleinen Dämpfer erfahren, aber auszurotten ist sie nie. Und das ist gut so. Sonst wären Leute wie Sie und ich und die kleine Addie schon zur Zeit der Pharaonen von der Bildfläche verschwunden. Das kommt alles –«

Richard unterbrach ihn: »Gleich sind wir an der Stadtgrenze.«

Wir verstummten und blickten hinaus, bis wir an einem großen Schild vorbeikamen: SIE VERLASSEN JETZT MEMPHIS, DIE STADT DER KIRCHEN. KOMMEN SIE BALD WIEDER.

Major Lee sagte: »Nun, dem Kittchen von Memphis seid ihr zwei Verbrecher jedenfalls entronnen. Was sind eure weiteren ruchlosen Pläne?«

»Als erstes müssen wir uns einen Wagen beschaffen«, sagte ich.

»Und wie funktioniert das?« fragte Major Lee.

Als Long Boy es ihm erklärt hatte, sagte Major Lee kopfschüttelnd: »Ich hätte nicht gedacht, daß es Gegenden gibt, wo man noch diese alte Masche stricken kann.« Er lächelte. »Wenn ich Ihnen einen Rat geben darf – tun Sie's nicht. Es mag das Risiko wert sein, wenn Sie mal knapp bei Kasse sind. Aber zur Zeit sind Sie doch herrlich flüssig. Und außerdem – entschuldigen Sie bitte meine Offenheit –, außerdem ist es töricht, freiwillig die Polizei auf sich aufmerksam zu machen.«

Long Boy sagte: »Ja, das ist mir, ehrlich gesagt, auch schon aufgegangen.«

Ich war empört. »Aber es ist doch so leicht!«

Major Lee sah mich mit einem verschlagenen Lächeln an. Einen Augenblick später sagte er: »Vielleicht kann ich Ihnen bei der Lösung Ihres Transportproblems behilflich sein.« Er sah Long Boy an. »Hätten Sie Interesse daran, einen neuen Wagen zu – na, sagen wir, zu einem Viertel des Kaufpreises zu erwerben?«

»Was für einen Wagen?« fragte Long Boy.

Major Lee zuckte mit den Schultern. »Jeden Wagen, den Sie wollen. Sie können zu jedem beliebigen Händler gehen.«

Long Boy griente. »Kommt darauf an, ob ...«

Major Lee lachte. »Oh, die Sache ist absolut legal und vollkommen einwandfrei. Jedenfalls, soweit es Sie betrifft.« Er lehnte sich zurück. »Sie müssen wissen, eine meiner Firmen ist die HEPFLAU Company. In den letzten sechs Monaten habe ich einer beträchtlichen Anzahl von Ärzten in Mississippi und Arkansas Anteile der HEPFLAU verkauft. Die Hälfte des Kaufpreises habe ich in Schecks, die andere Hälfte in Schuldscheinen kassiert. Bis vor kurzem war es kein Problem, sichere Schuldscheine diskontieren zu lassen. Mit anderen Worten, die Banken haben sie mir unter Abzug der bis zum Verfallstag ausstehenden Zinsen abgekauft.« Er lächelte wehmütig. »Unglücklicherweise sind, wie Sie wissen, für die Banken harte Zeiten angebrochen. Sie wollen von ungesicherten Papieren, wie einwandfrei sie auch sind, nichts mehr wissen. Und so habe ich noch eine ganze Portion Schuldscheine auf dem Hals.«

Er sah Long Boy an. »Es gibt allerdings noch einige Stellen, die Schuldscheine zum Nennwert akzeptieren. Die großen Automobil-Finanzierungsgesellschaften zum Beispiel. Die nehmen mir alle einen Schuldschein ab, wenn ich ihn beim Kauf eines Wagens in Zahlung gebe.«

Long Boy sagte zögernd: »Ja, dann will ich ...«

Major Lee zog die Brauen in die Höhe. »Kommen Sie, Mr. Pray.

Um so einen Kleckerbetrag würde ich Sie doch nicht in Ungelegenheiten bringen. Warum soll nicht irgendein netter Doktor den größten Teil des Kaufpreises für Ihren neuen Wagen übernehmen? Ich bestehe darauf. Wir sprechen noch darüber.«

»Was heißt das eigentlich – HEPFLAU?« fragte ich.

»Ich freue mich, daß du danach fragst, Kindchen«, antwortete Major Lee. »Hepflau ist eine neue und revolutionäre Frühstücksdelikatesse.« In seiner Stimme sprudelte wieder Heiterkeit. »Also: Hepflau ist eine unheimlich gesunde Mischung aus Hefe und baumgereiften Pflaumen, außerordentlich nahrhaft, wenn man das Zeugs über Cornflakes gießt, in Milch verquirlt oder auf Toast streicht. Bald wird auf amerikanischen Frühstückstischen ein großes Glas Hepflau ein so vertrauter Anblick sein wie Marmelade oder Gelee. Und Hepflau ist weitaus gesünder. Es enthält nicht nur wertvolle und lebenswichtige Nährstoffe – es garantiert auch einen regelmäßigen Stuhlgang.«

»Und wie schmeckt es?« fragte ich.

»Brrrr, scheußlich«, sagte Major Lee und schüttelte sich. »Einfach scheußlich. So scheußlich, daß ich schon vor langer Zeit alle Versuche aufgegeben habe, Hefe und Pflaumen zu einer geschmacklich ansprechenden Mixtur zu vermischen. Ich fülle stattdessen eine sehr teure importierte Johannisbeermarmelade in meine Gläser und rühre nur ein paar Löffel Pflaumensaft darunter.«

Long Boy hatte aufmerksam zugehört. »Ja, aber wie ...«

Major Lee lächelte. »Oh, ich bringe das Zeug doch nicht auf den Markt! Ich verkaufe nur Anteile der nach den Gesetzen von Delaware rechtmäßig eingetragenen Hepflau Company. Die Hepflau-Gläser, die ich stets dabeihabe, sind nur Muster für künftige Anteilsinhaber – alles Ärzte, wie ich schon erwähnte. Die Ärzte sind ganz verrückt danach. Sie überschlagen sich, um Anteile zu bekommen. Sie sind überzeugt, Millionen von darmträgen Amerikanern werden das Zeug tonnenweise in sich hineinlöffeln. Viele betrachten es als die großartigste Neuerung auf dem Gebiet der Frühstücksnahrung, seit der alte Will Kellogg seine Cornflakes erfand.«

»Ich bin platt«, sagte Long Boy.

Major Lee schmunzelte über unsere staunenden Gesichter und

fuhr fort: »Die HEPFLAU Company ist eines meiner ältesten Unternehmen. Und noch immer eines der profitabelsten. Ich habe sie als ganz junger Mann gegründet – sonst wäre mir vermutlich ein etwas ansprechenderer Name eingefallen.« Er blickte eine Weile nachdenklich lächelnd zum Fenster hinaus. »Ich ging eines Morgens in Connersville, Indiana, zu einem Friseur, um mir die Haare schneiden zu lassen«, sagte er. »Da sah ich, wie einer der Friseurgehilfen irgend etwas in einem Glas Milch umrührte. Ich erkundigte mich, und er sagte, er nehme morgens immer ein Stück Hefe, in Milch aufgelöst, gegen seine Verstopfung. Worauf ein älterer Mann, der gerade rasiert wurde, sagte, wenn er zum Frühstück Pflaumen esse, sei er aller Sorgen ledig.«

Major Lee kicherte leise vor sich hin. »Damals«, fuhr er fort, »ging mir auf, daß zu den großen menschlichen Realitäten wie Haß, Liebe, Habsucht und Großmut auch die Verstopfung zählt. Ich dachte mir, wenn sowohl Hefe wie Pflaumen beliebte Hausmittel sind, dann müssen sie, miteinander vermischt, doppelt so wirksam oder jedenfalls doppelt so beliebt sein. Nun, ich sagte ja schon, daß es mir leider nie gelang, eine einigermaßen erträgliche Mischung zustande zu bringen. Nachdem ich die HEPFLAU gegründet hatte, füllte ich schließlich meine übliche Johannisbeermarmelade in die Probegläser und überreichte sie den Leuten, denen ich Anteile an der HEPFLAU anbot. Anfangs hatte ich nur mittelmäßigen Erfolg – bis ich beschloß, nur noch an Ärzte heranzutreten.

Ich sagte mir, ein Arzt könne mehr als jeder andere ermessen, wie große Sorgen sich die Menschen, insbesondere die älteren, um ihre Verdauung machen. Doch ich mußte entdecken, daß ich aus zwei ganz anderen Gründen auf eine Goldmine gestoßen war. Zum einen verstehen Ärzte absolut nichts vom Geschäft und glauben alles, was Sie ihnen sagen. Zum anderen aber, und das ist noch wichtiger: Wie ernst sie es auch mit ihrem hippokratischen Eid nehmen, sie sind samt und sonders versessen aufs Geld. Seit vielen Jahren schon tragen gerade die Ärzte in hohem Maße zu meinem Lebensunterhalt bei.«

»Aber schlägt denn nicht mal einer Krach?« fragte Long Boy. »Man sollte doch …«

Major Lee zog die Brauen hoch und strahlte: »Ich weiß es nicht, lieber Freund. Ich warte nie ab, bis sich Unerfreulichkeiten ergeben. Ich pflege ihnen offen und ehrlich zu sagen, daß noch zwölf, ja vielleicht sogar achtzehn Monate darüber hingehen mögen, bis die Gesellschaft die Produktion aufnehmen kann. Und ehe diese Frist abgelaufen ist, bin ich längst über alle Berge – und habe mir ein neues Gebiet ausgesucht.« Um seinen Mund zuckte es ein wenig. »Aber um noch einmal auf Ihre Frage zurückzukommen: Ich bezweifle, daß es viele gibt, die Krach schlagen. Die meisten Leute wissen, daß der Aufbau eines neuen Geschäftsunternehmens eine riskante Sache ist. Ich möchte annehmen, die meisten sind so vernünftig, sich zu sagen, daß sie bei einem Spiel ein Sümmchen eingesetzt und verloren haben – sie betrachten es also wohl mehr von der philosophischen Seite.«

»Ich bin einfach platt«, sagte Long Boy wieder.

In Tupelo kauften wir einen neuen schwarzen Packard 12. Er kam mir furchtbar groß vor, aber Long Boys Augen leuchteten auf, als er ihn sah, und so sagte ich nichts. Er kostete $ 3675, aber Major Lee nahm von Long Boy nur einen Scheck über $ 900 an. Es war so ziemlich das einfachste Geschäft, das ich je erlebt habe. Als wir uns den Wagen ausgesucht hatten, gingen wir in Major Lees Hotelsuite hinauf und sagten ihm, was er kostete. Lee führte sofort ein Ferngespräch mit einem Arzt in Yazoo City, Mississippi. Er sagte nur: »Hallo, Doktor, hier Major Carter Lee. Einer meiner Pflaumeneinkäufer braucht einen neuen Wagen. Ich gebe Ihren Schuldschein bei der Finanzierungsgesellschaft dafür in Zahlung. Wollte Ihnen auf alle Fälle Bescheid sagen. Ja, danke sehr, Doktor. Guten Tag.«

An diesem Abend aßen wir zusammen mit Major Lee. Nach einem üppigen Mahl sagte er zu Long Boy: »Ich habe da gerade zwei Geschäfte mittleren Umfangs laufen, die ich gern in den nächsten zwei, drei Wochen zum Abschluß bringen würde. Eigentlich hatte ich vor, einen früheren Geschäftspartner aus New Orleans um seine Assistenz zu bitten. Aber falls Sie noch keine festen Pläne haben ... Hätten Sie vielleicht Lust, mir dabei behilflich zu sein? Ich würde Sie zu einem Drittel beteiligen. Das dürften so an die dreitausendfünfhundert Dollar sein.« Zwinkernd fügte er hinzu: »Vielleicht auch etwas mehr, wenn Sie gut handeln können.«

Man sah Long Boy deutlich an, wie stolz er war, aber zuerst warf er mir einen fragenden Blick zu. Ich strahlte natürlich. Long Boy sagte: »Ich bin mit von der Partie.«

Ja, und so fing unsere Zusammenarbeit mit Major Lee an. Ich hatte dabei nicht viel zu tun – Long Boy machte alle Arbeit –, aber zu sehen, wie Major Lee seine Geschäfte abwickelte, war äußerst interessant und lehrreich.

Bei diesen Geschäften ging es um Folgendes: Ein paar Wochen vorher war Major Lee in seinem langen, silbern glänzenden Pierce-Arrow, mit Richard am Steuer, in zwei kleinen Städten im Bundesstaat Mississippi aufgekreuzt. Die eine Stadt war Delhi im Bezirk Madison, die andere Vail im Bezirk Sunflower. In beiden Orten hatte Major Lee den Direktor der größten Bank aufgesucht. Er stellte sich als Elmer Winthrop, Generaldirektor der Rosecraft-Papierfabrik in Wilmington, Delaware, vor. Er sagte, er habe sich in ganz Mississippi nach einem Sitz für eine neue Papierfabrik umgesehen und könne sich keinen geeigneteren Ort denken als gerade diese Stadt. Er bat die Bankdirektoren, eine Sitzung mit den Verantwortlichen der Stadt, mit dem Präsidenten der Handelskammer und den führenden Geschäftsleuten zu arrangieren, damit man sich über die Möglichkeiten unterhalten könne.

Das war natürlich ein ganz normaler Vorgang. Jeder weiß, daß die Gemeinden alle möglichen Konzessionen machen, um Industriebetriebe anzulocken. In den schweren Zeiten damals hätten die meisten kleineren Städte eine rosa Schleife um ihr Rathaus gebunden und es jeder Firma, die genügend Arbeitsplätze und Arbeitslohn versprach, als Präsent übergeben. Eine Sitzung mit den wichtigsten Geschäftsleuten gab Major Lee Gelegenheit, abzuschätzen, wieviel er bei ihnen herausholen konnte, und, was ebenso wichtig war, sein Material vorzuführen.

Major Lee verfügte über Material über alle seine Firmen. Und Sie machen sich keine Vorstellung, wie raffiniert es zusammengestellt war. Nehmen wir zum Beispiel die Rosecraft-Papierfabrik. Sie war wie alle Firmen Major Lees im Staate Delaware handelsgerichtlich eingetragen, weil dort eine Eintragung leichter und billiger zu haben war als anderswo. Natürlich existierte die Rosecraft Company nur auf dem Papier. Aber wenn man Major Lees Material betrachtete, mußte man sie für eine der größten und einträglichsten Papierfabriken im ganzen Lande halten. Major Lee hatte zunächst ein paar Rollen Klosettpapier sowie Papiertaschentücher, Papierservietten, Pappteller, Briefpapier und andere Sachen aus Papier gekauft und sie neu verpackt in hellblaue Hüllen und Schachteln, auf denen *Ein Qualitätserzeugnis der Rosecraft Paper Company, Inc.* gedruckt stand. Außerdem hatte er eine Anzahl von Geschäftsberichten für die letzten Jahre dabei, ferner Abzüge von Reklameanzeigen, Prospekte und sogar ein ganzes Bündel Berichte über Rosecraft von allen großen Informationsdiensten, die ihr Geschäft damit machen, daß sie ihre Kunden über den Geschäftsgang der großen Wirtschaftsunternehmen informieren.

Das war aber noch nicht alles. Major Lee hatte auch Zeitungsausschnitte dabei, Artikel aus Handelsblättern und der *New York Times,* die sich mit der Rosecraft-Papierfabrik beschäftigten und Lees Bild mit der Unterschrift: Elmer Winthrop, Generaldirektor, brachten. Auch eine Fotoreportage aus dem Magazin *Forbes* und bebilderte Artikel aus den verschiedensten Blättern und Fachzeitschriften waren darunter.

Und jedes einzelne Stück war eine Fälschung. Major Lee bestellte sein Material bei einem gewissen Cannonball Wells, der in Evanston, Illinois, eine Druckerei besaß. Cannonball Wells hatte sich auf die Herstellung gefälschter Berichte und Zeitungsausschnitte spezialisiert. Er konnte einfach alles nachmachen. Manchmal, wenn Major Lee einen Artikel über einen großen Geschäftsmann oder einen Grubenkönig las, etwa in der *Saturday Evening Post* oder in *Liberty,* schickte er ihn Cannonball Wells mit dem Auftrag, ihm ein paar Kopien davon anzufertigen, natürlich mit *seinem* Bild und einem der Namen, unter denen er auftrat. Es mußte Major Lee ein Heidengeld gekostet haben, die Materialmappen für seine Scheinfirmen zusammenzustellen, und einmal sagte ich ihm das auch.

Major Lee lächelte. »Jeder einzelne Cent davon ist bestens angelegt, Häschen«, sagte er. »Der einzige Zweck einer solchen Materialsammlung ist es, lästige Fragen und Zweifel erst gar nicht aufkommen zu lassen. Wenn du die Antwort auf jede Frage, die irgendwer möglicherweise stellen könnte, parat hast und belegen kannst, dann fangen die Leute gar nicht erst an, von sich aus herumzuschnüffeln.« Kichernd fügte er hinzu: »Außerdem schreibe ich das Geld als Betriebsunkosten ab.«

Hatte Major Lee seine Materialmappe erst einmal zur Begutachtung herumgereicht und erwähnt, daß seine neue Fabrik an die zweihundert Leute bei einer monatlichen Lohnsumme von $ 24 000 beschäftigen werde, waren die meisten Geschäftsleute des jeweiligen Ortes auf der Stelle zu jeder von ihm gewünschten Zusage bereit. Doch ließ er sich nicht drängen. Auf einem Bogen mit dem Briefkopf der Rosecraft-Papierfabrik hatte er eine sauber getippte Liste der gewünschten Konzessionen dabei. Zu den Dingen, auf denen er bestand, gehörte, daß ihm kostenlos ein größeres Stück Land als Fabrikgelände zur Verfügung gestellt wurde. Er gab das Gelände, auf das er Wert legte, immer ausdrücklich an. Das war wichtig. Andernfalls hätte, sowie bekanntgeworden wäre, daß in der Gegend eine Papierfabrik gebaut werden sollte, kein Grundbesitzer mehr sein Land verkauft, in der Hoffnung, es käme als Standort der Fabrik in Frage. Major Lee bat die Vertreter von Gemeinde, Gewerbe und Handel, sich die Liste der von ihm gewünschten Konzessionen anzusehen und ihm schriftlich ihr Ja oder Nein mitzuteilen.

Auch die Sache mit der Korrespondenz hatte er raffiniert eingerichtet. Die Direktionsbüros seiner Firmen hatten alle die gleiche Adresse: 2100 Holly Street, Wilmington. Ich habe nie erfahren, ob er dort irgendwen in einem kleinen Büro sitzen hatte oder wie er das regelte. Ich weiß nur, daß er einmal wöchentlich aus Wilmington einen großen Umschlag per Eilboten zugeschickt bekam, der vollgestopft war mit Briefen an seine verschiedenen Gesellschaften. Wenn Telegramme eingingen, rief ihn jemand an und gab sie ihm telefonisch durch.

An dem Abend, als er Long Boy bat, ihm zu helfen, war er zu dem Schluß gekommen, die beiden kleinen Städte Delhi und Vail wären nun reif. Nach dem Essen gingen wir in seine Suite hinauf. Wie sorgfältig er alles plante, sehen Sie daran, daß er sich sogar die Bebauungspläne der beiden Städte besorgt hatte. Er erklärte uns, wie er sich alles dachte, und breitete dann die Karten auf dem Tisch aus. »Also, ich habe den guten Leuten in Delhi und Vail gesagt, daß ich meine Papierfabrik hier und hier zu errichten wünsche«, sagte er und deutete jeweils auf eine bestimmte Stelle auf beiden Karten. »Inzwischen aber habe ich mich endgültig für diese Gebiete entschieden.« Er deutete auf zwei mit Rotstift umrandete Stellen auf den Karten und kicherte in sich hinein. »Daß ich meine Pläne geändert habe, sage ich ihnen natürlich erst, wenn Sie eine neunzigtägige Option für die beiden Flächen erworben haben. Das Land steht seit einiger Zeit zum Verkauf, so daß dies keinerlei Schwierigkeiten bereiten dürfte. Ich gebe Ihnen gleich die Namen der Grundstückseigentümer.«

»Um wieviel Land handelt es sich?« fragte Long Boy.

»Bei Delhi sind es fünfzig Acres und bei Vail einundsechzig«, sagte Major Lee.

Long Boy fragte: »Und wieviel ist es wert?«

Major Lee lächelte. »Oh, nicht viel. Ich will sie nicht zu sehr schröpfen. Bei den derzeitigen Preisen würde ich sagen, nicht mehr als zweihundertfünfzig pro Acre das Gelände bei Delhi und das bei Vail vielleicht sogar noch etwas weniger. Aber feilschen Sie nicht lange, was immer sie verlangen, damit keine Zweifel an Ihren ehrlichen Absichten aufkommen. Schließlich wollen wir die Option ja nicht ausüben. Je höher der Preis, auf den Sie eingehen, um so stärker ist Ihre Verhandlungsposition, wenn nachher die Stadtväter von Delhi und Vail zu Ihnen kommen und Ihnen die Option abkaufen wollen. Natürlich wäre es nicht schlecht, die Option möglichst billig zu bekommen, aber ich würde auch nicht zuviel herumfeilschen. Hauptsache ist, wir bekommen die Option.«

Zwei Tage darauf fuhren wir nach Delhi und Vail. Wir hatten uns einen Tag in Jackson aufgehalten, wo Major Lee von einem Anwalt, dessen Dienste er regelmäßig in Anspruch nahm, Optionsverträge für die beiden Grundstücke ausfertigen ließ. Major Lee gab Long Boy außerdem tausend Dollar in bar für den Erwerb der Optionen und für alle eventuellen sonstigen Ausgaben mit. Long Boy benutzte einen seiner falschen Namen: L. C. Bailey. Er sollte sich als Holzspekulant ausgeben, der sich gerade selbständig gemacht hatte. Und falls jemand anfing, zu viele Fragen zu stellen, sollte er sagen, daß er die letzten zehn Jahre als Holzmesser für die East-Shenandoah-Holzfabrik in Wilmington, Delaware, gearbeitet hätte. Das war auch eine von Major Lees Firmen.

Wir hatten keinerlei Schwierigkeiten. Der Besitzer des Geländes draußen vor Delhi war ein schlitzäugiger, schiefzahniger alter Mann, der Yule Bastrop hieß und einen kleinen Viehhof besaß. Als Long Boy ihm erklärte, was er wollte, meinte er: »Bin an Optionen weiter nicht interessiert. Macht nur Ärger. Wenn Sie das Land wollen, warum kaufen Sie's dann nicht gleich?«

Long Boy sagte: »Tja, um ehrlich zu sein, ich hab noch nicht die Mittel, um so 'ne große Sache ohne Hilfe zu schmeißen. Ich brauch 'n paar Wochen, um das Geld aufzutreiben.«

Die Augen des alten Bastrop wurden noch schmaler. »Eins sag ich Ihnen, eines Tages steigt dies Stück Land im Wert. Darum hab ich's behalten, als Anlage. Für weniger als vierhundert Dollar den Acre geb ich's nicht her.«

Ich dachte, ihn träfe der Schlag, als Long Boy sagte: »In Ordnung. Einverstanden, wenn ich Ihnen zweihundert Dollar für eine neunzigtägige Option auf den Kauf zu diesem Preis gebe?« Bastrop ging mit uns so folgsam wie eine Kaulquappe zu einem Friedensrichter, wo die Option unterzeichnet, bezeugt und notariell beglaubigt wurde.

Das Stück Land bei Vail gehörte einem Zahnarzt namens Zebulon Gates jr., einem jüngeren Mann, klein, untersetzt, mit rotem Gesicht und einer randlosen Brille. Er sah so dankbar aus, als Long Boy ihm sagte, weshalb wir gekommen waren, daß ich schon fürchtete, er würde uns das Land für ein Butterbrot und ein Ei anbieten. »Ich hab das Grundstück von meinem Opa geerbt«, sagte er. »Seit Jahren möchten wir es verkaufen.«

»Und was wollen Sie dafür haben?« fragte Long Boy.

Mr. Gates zögerte. »Na ja, wir haben zweihundert Dollar für den Morgen verlangt. Finden Sie das zuviel?«

»Vernünftiger Preis«, sagte Long Boy. »Ich gebe Ihnen hundert Dollar für eine Option von neunzig Tagen.«

Nachdem auch Mr. Gates' Option unterschrieben und beglaubigt worden war, fuhren wir sofort nach Jackson zurück. Wir waren dort im Hermitage House Hotel mit Major Lee verabredet, aber er hatte bei der Rezeption eine Nachricht für uns hinterlassen: Er habe geschäftlich verreisen müssen und komme erst am Sonntag zurück. So blieb uns nicht viel anderes übrig, als drei Tage in unserer Suite zu sitzen und zu warten. Seit wir Major Lee kennengelernt hatten, nahmen wir in Hotels immer eine Suite. Es war die erste Veränderung in unserer Lebensweise, die auf ihn zurückging. Ich war erstaunt, wieviel angenehmer es sich auf diese Weise in Hotels leben ließ. Man konnte nicht nur gemütlicher sitzen und lesen – wer eine Suite hatte, der wurde auch von allen, vom Portier bis zum Zimmermädchen, zuvorkommender behandelt.

Major Lee kreuzte am Sonntag nachmittag auf, imposant und strahlend wie immer. Er sagte zu Long Boy: »Ich habe mir gedacht, solange Sie da sind und mir helfen, mein Lieber, bearbeite ich am besten gleich noch ein paar Städte.« Als wir ihm erzählen wollten, was wir erreicht hatten, hob er die Hand. »Warten wir damit, ich muß erst baden und mich umziehen. Wir besprechen alles nachher, beim Abendessen.«

Und er war offensichtlich sehr zufrieden mit uns. »Ausgezeichnet ... ausgezeichnet«, sagte er immer wieder, als Long Boy ihm berichtete. Er lehnte sich zurück und lächelte uns an. »Ich fahre morgen nach Vail und Delhi und sage den guten Leutchen, daß meine Fabrik ihnen so gut wie sicher ist, vorausgesetzt, sie stellen mir das neue Gelände, das mir meine Ingenieure empfohlen haben, zur Verfügung.« Er lachte leise. »Ich nehme an, Sie werden sozusagen postwendend von ihnen hören. Jetzt müssen wir uns noch über unseren Gewinn bei der Sache unterhalten.« Er sah Long Boy an. »Haben Sie irgendwelche Vorstellungen?«

»Ja, schon«, sagte Long Boy. »Wenn ich von dem Anteil ausgehe, den Sie mir garantiert haben, wollen Sie wahrscheinlich rund hundert Dollar aus jedem Acre rausholen.«

Major Lee nickte. »Das war eine vorläufige Schätzung. Ich hätte nichts dagegen, wenn ein bißchen mehr dabei herauskommt. Aber etwas weniger wäre auch kein Unglück.«

Long Boy sagte: »Also ich finde, wir sollten sehr viel mehr rausholen. Wir haben die Burschen doch richtig in der Zange. Wenn ich die Option tatsächlich als Holzkaufmann erworben hätte, würd ich sie jedenfalls ganz schön ausquetschen.«

Major Lee blinzelte. »Sie haben vollkommen recht. Wir haben sie in der Zange. Nur sind Sie unglücklicherweise kein echter Holzkaufmann. Das ist für uns ein beträchtliches Handikap. Wir könnten zum Beispiel nicht vor Gericht gehen.« Er lächelte Long Boy an. »Ich denke, ich brauche Ihnen nicht zu sagen, daß die Geschäftsleute von Kleinstädten einen höchst merkwürdigen Kodex haben. Sie mißgönnen Ihnen nicht Ihren Profit. O nein! Sie wissen, daß sich ohne Profit die Welt nicht drehen würde. Im Grunde ihres Herzens werden sie Sie sogar darum beneiden, daß Sie sich scheinbar durch einen glücklichen Zufall in den Besitz von etwas gebracht haben, was sie nun dringend brauchen.«

Major Lee kicherte wieder und fuhr kopfschüttelnd fort: »Aber daß kleine Geschäftsleute fast nie Großunternehmer werden, liegt daran, daß sie nicht wissen, was es heißt, einen wirklich guten Schnitt zu machen. Große Profite erschrecken sie. Und deshalb halten sie sie irgendwie für unmoralisch. Wenn Sie sie also zu heftig ausquetschen, dann schreien sie, wie ich aus eigener trauriger Erfahrung weiß: ›Das ist Raub!‹ Und sie können tatsächlich sehr häßlich und selbstgerecht werden. Unter anderem könnten sie die Besitzer des Landes, das wir brauchen, dazu bringen, daß sie unsere Optionen widerrufen.«

Long Boy grinste. »Na, ich hatte ja auch nicht vor, so fest zuzudrücken, daß die Haut mit abgeht. Aber Sie haben doch nichts dagegen, wenn ich 'n bißchen reize, oder?«

Major Lee sagte: »Absolut nicht, mein Lieber. Im Gegenteil, ich bitte sogar darum.« Er lächelte. »Nur, wenn Sie spüren, daß die Sünde der Habgier Sie zu übermannen droht, dann denken Sie bitte daran, daß die Welt groß ist – und daß es viele Städte gibt, die nach Papierfabriken lechzen.«

Major Lee fuhr am frühen Montagmorgen los. Wir hatten verabredet, daß wir uns mit ihm in Hattiesburg treffen würden, sobald wir die Optionen verkauft hätten. Vail war nicht weit entfernt, aber trotzdem überraschte es uns, wie schnell die Dinge in Bewegung kamen. Gegen zwei Uhr mittags klingelte das Telefon in unserer Suite, und nach einer Weile hörte ich Long Boy sagen: »Nein, Sir, kein Interesse ... Nein, Sir, ich hab mit dem Stück Land große Pläne vor ... Kommt gar nicht in Frage ... Da würden Sie nur Ihre Zeit verschwenden ... Gut, dann kommen Sie meinetwegen, aber ich sage Ihnen im voraus, es hat keinen Zweck ...«

Als er aufgelegt hatte, grinste er mich an. »Ein Bursche namens

McDavid, Präsident der Handelskammer in Vail. Ich sollte ihm einen Preis für meine Option nennen. Morgen früh um zehn kommt er und will mit mir sprechen.«

Am nächsten Morgen, als wir uns gerade zum Frühstück hingesetzt hatten, kam ein Page in den Speisesaal und holte Long Boy ans Telefon. »Ein Ferngespräch«, sagte er. Nach zehn Minuten kam Long Boy zurück. Er machte kein allzu glückliches Gesicht. »Das war der Stadtsyndikus von Delhi«, sagte er. »Rivers heißt er oder so ähnlich. Er hat mir dreihundert Dollar für die Option angeboten. Als ich ihm gesagt habe, ich sei nicht interessiert, hat er gesagt, ich solle rüberkommen und mit ihm sprechen. Ich hab ihm gesagt, das hätte keinen Zweck, und da hat er gesagt, die Stadt könnte das Land notfalls beschlagnahmen und übernehmen. Er hat etwas von Enteignungsrecht oder so geredet.« Er sah mich an. »Meinst du, das können die machen?«

»Ich weiß es nicht«, sagte ich.

»Verdammt, ich glaub das einfach nicht«, sagte Long Boy. »Das Gelände liegt außerhalb der Stadt.« Er dachte einen Augenblick nach und zuckte mit den Schultern. »Na ja, morgen nachmittag kommt er her. Er will mit mir sprechen.«

Es kam nicht nur einer aus Vail, sie kamen gleich zu dritt. Und alle drei waren ziemlich fett und für meinen Geschmack ein bißchen zu freundlich. Sie klopften sich gegenseitig auf die Schulter, lachten über jeden Dreck und machten viel Getue um mich. Ich ging ins Schlafzimmer, während Long Boy mit ihnen verhandelte. Ich hörte sie noch lange reden und lachen, dann schlief ich ein. Als ich aufwachte, war es halb eins, und alle waren fort, auch Long Boy. Ich dachte, vielleicht sind sie im Speiseraum, und ging zum Mittagessen hinunter, aber auch dort waren sie nicht. Long Boy kam gegen zwei zurück. Strahlend paffte er eine seiner dicken Zigarren. Er zog einen Scheck aus der Tasche und zeigte ihn mir. Er lautete auf $ 6200. »Hab nicht mehr als hundert Dollar pro Acre aus ihnen rausgekriegt«, sagte er, »plus den Preis, den ich für die Option gezahlt hab.« Voller Stolz stand er da. »Waren gar nicht so übel, die Burschen«, sagte er. »Hat mir Spaß gemacht, mit ihnen zu verhandeln.«

Die Verhandlungen mit dem Stadtsyndikus von Delhi, einem

aufgeblasenen, hochnäsigen Männchen mit stechenden Augen, verliefen weniger erfreulich. Ich will Sie nicht mit Einzelheiten langweilen, aber er und Long Boy haben zwei Tage lang erbittert miteinander gerungen. Long Boy sah jedesmal, wenn ich ihn zwischendurch zu Gesicht bekam, grimmiger und erschöpfter aus. Aber manchmal passieren im Leben die merkwürdigsten Dinge: Als der Anwalt schließlich ging, hatte Long Boy einen Scheck über $ 6450 in der Tasche, $ 125 pro Acre plus die $ 200, die er für die Option bezahlt hatte.

Wenn man das Geld für die beiden Optionen abzog, ergab das für die beiden Geschäfte einen Reingewinn von $ 12350. Long Boys Anteil betrug etwas über $ 4100, und die hatte er redlich verdient. Major Lee war höchst zufrieden mit Long Boy. Vor allem konnte er sich gar nicht darüber beruhigen, daß Long Boy sich auch das Geld für die Optionen hatte zurückzahlen lassen; offenbar war darauf bisher noch niemand gekommen. Jedenfalls hatten wir unseren Spaß, und ich sagte: »Wie die erst an die Decke gehn, wenn sie erfahren, daß sie die Papierfabrik gar nicht kriegen.«

Major Lee zog die Brauen in die Höhe und sah mich freundlich an. »Oh, das glaube ich nicht, Schäfchen«, sagte er. »Enttäuscht werden sie sein, das sicher, vielleicht sogar traurig, aber nicht wütend. Ich habe ihnen wiederholt gesagt, daß das letzte Wort mein Aufsichtsrat hat.« Er zwinkerte mit den Augen. »Gewiß, ich habe auch gesagt, das sei nur eine Formalität, aber darin habe ich mich dann eben geirrt. In ein paar Tagen werden sie ein Telegramm aus Wilmington bekommen, in dem ich ihnen mitteile, daß ich zu meinem größten Bedauern von meinem Aufsichtsrat überstimmt wurde. Ich werde zugeben, daß ich die Situation falsch eingeschätzt habe, und mich dafür in aller Form entschuldigen. Aber als Geschäftsleute wissen sie, daß so etwas nun einmal passieren kann.«

In den folgenden zwei Monaten verhandelten wir noch mit vier weiteren Städten über Papierfabriken. Nebenher betrieb Major Lee immer noch andere Geschäfte. Ich wußte nie, worum es dabei eigentlich ging, aber jedesmal, wenn wir länger als einen Tag in einem Hotel waren, ließ er Briefe über seine verschiedenen Gruben in einem Sessel in der Halle liegen. Außerdem verkaufte er, glaube ich, haufenweise HEPFLAU-Anteile. Er brachte es einfach nicht fertig, ruhig dazusitzen und nichts zu tun. Einmal sagte er zu mir: »Weißt du, Addie, von Natur aus neige ich eigentlich nicht mehr zu diesen kleinen Eigentumsdelikten als die anderen Leute. Ich brauche einfach die Erregung des Geschäftemachens. Mein großer Fehler ist, daß ich mich langweile, wenn ich wieder und wieder das gleiche tue. Sonst hätte ich ein hochehrenwerter Geschäftsmann werden können.«

Besonderen Spaß machte es mir, wenn ich Major Lee bei seinen Geschäften helfen durfte. Das fing unten in Laurel, Mississippi, an, wo Amos Bohacker, der berühmte Ölmillionär, seinen Wintersitz hatte. Major Lee war im Laurel Hotel abgestiegen und trat als Colonel Clifton Bohacker auf. Jeden Morgen, wenn er Geschäftsbesuch erwartete, ging ich in seine Suite hinauf, wo er mich seinem Besucher als seine Nichte vorstellte. Nach ein paar Minuten sagte er dann zu dem Mann: »Ich hoffe, Sie haben nichts dagegen, wenn ich eben meine Nichte nach Hause begleite. Wir können uns ja im Wagen weiter unterhalten.«

Wir stiegen dann in den Pierce-Arrow, und Richard fuhr uns zu dem Besitz des Ölmillionärs hinaus. Kurz bevor wir dort ankamen, mußte ich sagen: »Onkel Clifton, laß mich bitte draußen am Tor aussteigen. Ich will noch bei den Ställen vorbei und mein Pony füttern.«

Major Lee lachte dann leise und sagte: »Na gut, Kätzchen. Und sag dem Opa, daß ich zur gewohnten Stunde zum Abendessen komme.«

Inzwischen saß der Mann, den Major Lee hereinlegen wollte, mit großen Augen da und sperrte den Mund auf. Er sagte dann etwa: »Bohacker ... Bohacker? Oh, ich wußte gar nicht, daß Sie mit Amos Bohacker verwandt sind.«

Worauf Major Lee ganz beiläufig erklärte: »Ach so, ja, Amos ist mein älterer Bruder. Wir haben uns schon immer sehr gut verstanden – geschäftlich wie in allen anderen Dingen.«

Ich stieg jedesmal am Haupttor aus und ging ganz langsam, bis Richard fortgefahren war. Dann machte ich kehrt und ging zur Hauptstraße zurück, wo eine Tankstelle war. Dort bestellte ich mir telefonisch ein Taxi, mit dem ich zum Hotel zurückfuhr. Bald durfte ich Major Lee ziemlich regelmäßig helfen. Wohin wir auch kamen, fast überall gab es einen Millionär, den jeder kannte. Gewöhnlich gab mir Major Lee $ 200, aber einmal mußte er ein besonders gutes Geschäft gemacht haben, jedenfalls bestand er darauf, daß ich $ 500 annahm.

Am liebsten aber saß ich neben Major Lee und unterhielt mich mit ihm. Er wußte so viel und konnte so interessant erzählen. Long Boy und ich redeten gewöhnlich nur darüber, wo wir essen gehen und in welchem Hotel wir übernachten wollten oder wie das nächste Geschäft abgewickelt werden sollte. Major Lee sprach über berühmte Leute oder erzählte mir von den fremden Ländern, in denen er gewesen war. Manchmal unterhielt er sich mit mir auch über Bücher. Von ihm lernte ich, daß man auch anderswo etwas zum Lesen bekommen konnte als bei den Zeitungsständen oder den Leihbüchereien in Hotelhallen. Ich war ganz außer mir, als ich entdeckte, daß ich einfach in eine Buchhandlung gehen und mir Bücher kaufen konnte. Mein Lieblingsbuch wurde *Vom Winde verweht*. Und bald war der Kofferraum von unserem Wagen so voller Bücher, daß Long Boy jedesmal seufzte, wenn er ihn aufmachte.

Major Lee brachte mir auch sonst viel bei. Zuerst lächelte er nur und sagte zum Beispiel: »Addie, ich glaube, an dem Kleid da sind zu viele Schleifen«, oder: »Du bist noch zu jung für roten Nagellack, Schäfchen.« Aber einmal mußte ich mich zu ihm setzen, und dann sprachen wir lange über Kleider und wie man sich geschmackvoll anzieht. »Denk immer daran, Häschen«, sagte er, »reiche kleine Mädchen kaufen ihre Kleider nicht in billigen Kettenläden. Geh immer in die besten Geschäfte, wenn du dir etwas kaufst. Und wenn du im Zweifel bist, dann such dir eine Verkäuferin, die wie eine Dame aussieht, und laß dich von ihr beraten. In deinem Alter ist Qualität das Wichtigste.« Er lächelte. »Wenn du alt oder reich genug bist, kannst du dich so verrückt anziehen, wie du willst.«

Ich nahm Major Lee nie etwas übel, was er zu mir sagte, bis auf ein einziges Mal. Wir sprachen über Geschäfte, und da sagte er: »Ach Schäfchen, du weißt ja gar nicht, wie einmalig du bist und wie gut du es hast. Du kennst in deiner Unschuld gar nicht den Unterschied zwischen Recht und Unrecht. Du wirst heranwachsen ohne alle Komplikationen und Neurosen.«

Ich spürte, wie ich errötete. »Aber ich bin doch nicht böse«, sagte ich.

Major Lee lächelte. »Das habe ich ja auch nicht gesagt, mein Hühnchen. Du weißt sehr genau den Unterschied zwischen Gut und Böse, dem Himmel sei Dank. Was ich meinte, war, daß du nie auf den Gedanken kommst, zu überlegen, ob die Gesellschaft das, was du tust, als recht oder unrecht betrachtet. Du solltest froh darüber sein. Es ist ein wahres Glück. Ich beneide dich darum.«

Major Lee hatte eine schlechte Angewohnheit. Er trank. Alle zwei Wochen ungefähr blieb er zwei Tage in seiner Suite und betrank sich. Ich habe ihn in diesem Zustand nie zu Gesicht bekommen. Er bat an solchen Tagen Long Boy und Richard, mich nicht zu ihm zu lassen. Aber Long Boy ging oft zu ihm und leistete ihm Gesellschaft. Major Lee saß dann in Unterzeug herum und sang Lieder und machte Witze, während Richard ihm immer wieder eingoß. Das wenige, was wir über Major Lees Vergangenheit je erfuhren, hat Long Boy herausbekommen, wenn Lee betrunken war.

Eines Tages kam Long Boy mit staunender Miene zurück und sagte: »Du, er ist wirklich Major – oder war Major. Er ist 1917 mit der Rainbow Division drüben in Europa gewesen. Er hat mir eine ganze Schachtel voll Orden gezeigt, die er damals bekommen hat.«

Ein andermal, als Long Boy von Lee zurückkam, fragte er mich: »Sag mal, Püppchen, hast du schon mal was von einer Schule gehört, die Yale heißt?«

»Klar«, sagte ich. »Das ist ein ganz berühmtes College. Oder eine Universität. Irgendwo bei New York in der Gegend.«

»New York – bist du sicher?« fragte Long Boy.

»Na ja, vielleicht nicht direkt bei New York«, sagte ich. »Aber irgendwo da oben im Norden, das weiß ich.«

»Major Lee sagt, es ist in Connecticut«, sagte Long Boy. »Und er sagt, da sei er gewesen. Er singt immerzu ein Lied, das er auf dem College da oben gelernt haben will, von irgendwelchen Schafen.« Er schüttelte den Kopf. »Klingt mir gar nicht wie ein Schüler- oder Studentenlied.«

Im November war die schöne Zeit mit Major Lee zu Ende. Long Boy hatte gerade wieder eine Option auf ein Gelände für eine Papierfabrik verkauft, und wir saßen alle gemütlich in einem Hotel in

Pascagoula beim Abendessen, als Major Lee plötzlich sagte: »Es stimmt mich sehr traurig, aber ich muß Ihnen sagen, daß ich mich entschlossen habe, für eine geraume Zeit die Umgebung zu wechseln und nach Europa zu fahren. Am Mittwoch in acht Tagen schiffen Richard und ich uns in New York ein.«

Ich glaube, man sah uns deutlich an, wie leid uns das tat. Major Lee lächelte. »Ich habe heute lange über die Zukunft von euch zwei Halunken nachgedacht. Ich habe mich gefragt, was ihr wohl als nächstes tun werdet. Überlegt's euch doch mal und laßt es mich wissen, bevor ich abreise. Vielleicht kann ich euch irgendwie helfen.«

Long Boy und ich redeten noch am gleichen Abend lange darüber hin und her. Am nächsten Morgen besuchten wir Major Lee in seiner Suite, und Long Boy sagte: »Wir haben uns überlegt, ob Sie wohl was dagegen hätten, wenn wir anfangen, Geschäfte mit Grubenbriefen zu machen.«

Major Lee sagte: »Nein, absolut nicht, mein Lieber. Ich habe schließlich kein Patent auf diesen alten Trick.« Er dachte nach und lächelte. »Prächtig!« sagte er. »Einfach prächtig! Wenn wir Ihnen zu einer geeigneten Rolle verhelfen, müßten Sie ein Vermögen machen können.« Er hielt inne. »Zuerst müssen wir Ihnen natürlich eine Grube verschaffen.«

Long Boy griente. »Brauchen wir wirklich eine?«

Major Lees Augenbrauen schossen in die Höhe, und er setzte seinen milden Blick auf. »Aber natürlich müssen Sie eine Grube besitzen«, sagte er. »Wie können Sie Anteile an einer Grube verkaufen, wenn Sie gar keine Grube haben?« Und augenzwinkernd fügte er hinzu: »Zufällig verfüge ich über umfangreiche Grubenliegenschaften. Vielleicht könnte ich Ihnen eine verhaufen. An was für eine Grube dachten Sie? Gold? Silber? Kupfer? Blei?«

Ich fragte: »Was für eine Grube ist denn die Lost Mine Numero vier?«

Major Lee warf mir einen verschmitzten Blick zu. »Oh, das ist eine Silbergrube, Häschen. Ein sehr wertvoller Besitz. Würdest du sie vielleicht gern kaufen?«

Ich sah Long Boy an, und er sah mich an. »Hm ... wenn sie nicht zu teuer ist«, sagte ich.

Major Lee kicherte in sich hinein. »Furchtbar teuer! Ich glaube, ich habe sechzig Dollar dafür bezahlt.« Um seinen Mund zuckte es. »Allerdings gehören auch noch vierzig Acres herrliche Salzwüste dazu.«

Als ich ihn anlächelte, sagte er: »Verkauft!« Er sah Long Boy an. »Sie können mir die sechzig Dollar erstatten, aber im Kaufvertrag werden wir als Preis einen Dollar und andere wertvolle Gegenleistungen einsetzen. Das enthebt Sie aller dummen Fragen nach dem tatsächlichen Wert. Ich schlage vor, Sie sagen, Sie hätten die Grube von Ihrem reichen alten Onkel Colonel Rupert Culpepper erworben. Und fünfhundert Dollar kosten Sie die Dienste der Firma James Wilkerson und Company, Bergbau-Ingenieure ...«

Long Boy unterbrach ihn: »Heißt das, daß –«

»Ja, natürlich«, sagte Major Lee. »Die Firma ist sehr renommiert in gewissen Kreisen.« Wieder zuckte es um seinen Mund. »Ich habe die grubentechnischen Qualifikationen der Leute nicht allzu genau geprüft, aber für Ihre fünfhundert Dollar schicken sie Ihnen eine angemessene Anzahl von Briefen, die sie herumliegenlassen können. Und was noch wichtiger ist – sie haben eindrucksvolle Antworten parat, wenn Anfragen von Leuten kommen, die ihr Kapital anlegen wollen.«

»Ich bin platt«, sagte Long Boy.

Die nächsten anderthalb Tage verbrachten wir damit, Pläne für unseren neuen Geschäftszweig zu schmieden. Ich hatte Major Lee noch nie so übersprudelnd und beschwingt erlebt. Es war seine Idee, daß Long Boy als R. H. »Tex« Harper, Öl- und Rindermillionär aus Texas, auftreten sollte. »Diese Rolle hat zwei entscheidende Vorteile«, sagte er. »Erstens denken die Leute bei allem, was mit Texas zu tun hat, automatisch an viel, viel Geld. Und zweitens können Sie sich in dieser Rolle benennen, wie Sie wollen, mein Lieber.« Er lächelte. »Texas-Millionäre stehen in dem Ruf – na, sagen wir, etwas auffällige und ungehobelte Sonderlinge zu sein.« Er sah Long Boy prüfend an. »Natürlich brauchen Sie eine entsprechende Garderobe.« Er hielt inne. »Tulsa! Das ist der richtige Ort. Da gibt es Geschäfte, wo Sie alles bekommen, was Sie brauchen. Sie müssen nach Tulsa hinüberfahren und sich neu ausstaffieren lassen.« Er kicherte. »Es spielt keine Rolle, wie bunt Ihr Gefieder ist, man muß ihm nur ansehen, daß es teuer war.«

Der Abschied von Major Lee ging mir sehr nahe. Vorher ließen wir noch in einem Anwaltsbüro einen rechtskräftigen Kaufvertrag für die Lost Mine Numero vier ausstellen, und Major Lee und Long Boy schickten einen Brief und Geld an die Bergbau-Ingenieure, die für uns die Briefe schreiben sollten. Dann fuhren wir ab nach Tulsa. Beim Aussuchen der neuen Sachen für Long Boy hatten wir mächtig Spaß. Es war kaum zu glauben, wie gut er aussah in den engen Hosen und den komischen Stiefeln und mit den großen Stetson-Hüten zu dreißig Dollar das Stück. Wir nahmen uns eine elegante Suite im Frontier Hotel und faulenzten eine Woche lang, bis wir von den Bergbau-Ingenieuren einen großen Umschlag ohne Firmenaufdruck mit zwölf Briefen darin erhielten. Sie lauteten genauso wie der Brief, den ich in Memphis gefunden hatte, nur waren sie adressiert an: »R. H. ›Tex‹ Harper, Lazy S Enterprises, Amarillo, Texas.«

Wir konnten es beide gar nicht abwarten, bis es losging, und so spazierte ich am nächsten Morgen in aller Frühe in die Halle hinunter und steckte einen der Briefe in einen großen Ledersessel, zwischen Sitz und Rückenlehne. Was soll ich sagen – gleich von Anfang an klappte alles wie am Schnürchen. Noch nie hatten wir so mühelos Geschäfte gemacht. Long Boy sagte immer, es sei so einfach wie das Angeln von Katzenfischen. »Du brauchst dich nur bequem zurückzulehnen und zu warten, bis einer anbeißt.« In der ersten Woche machten wir Geschäfte mit drei Leuten, die pro Nase $ 1000 anlegten.

Das einzige kleine Problem tauchte auf, wenn jemand einen der Briefe bei der Hotelrezeption abgab. Dann mußten wir natürlich das Hotel wechseln oder uns einen anderen Ort suchen, wo wir die Briefe liegenlassen konnten. Wir durften es nicht riskieren, daß eventuell zwei Leute nacheinander den gleichen Brief bei einem neugierigen Empfangschef abgaben. Aber es kam selten vor, daß jemand den Brief zur Rezeption brachte. Die meisten ehrlichen Finder wollten sich R. H. »Tex« Harper einmal aus der Nähe ansehen.

Die Neugierigen und die ernsthaften Interessenten ließen sich leicht auseinanderhalten. Die Neugierigen kamen nicht ins Zimmer herein. Sie glotzten uns mit weit aufgerissenen Augen an, versuchten einen Blick in die Suite zu erhaschen und trollten sich wieder. Die ernsthaften Interessenten verhielten sich anders. Manchmal stießen sie mich fast um, weil sie nicht schnell genug zur Tür hereinkommen konnten.

Ich glaube, man könnte sagen, das ganze Geheimnis bei dem Geschäft mit Grubenbeteiligungen bestand darin, daß wir überhaupt nichts taten. Long Boy war einfach wunderbar in seiner freundlich-saloppen Art. Stets bedankte er sich bei dem Finder dafür, daß er den Brief heraufgebracht hatte, erwähnte ihn dann aber von sich aus nicht wieder. Die künftigen Kapitalanleger interessierte natürlich nichts anderes. Immer wieder fingen sie von dem Brief oder von der Grube an, und immer wieder wechselte Long Boy das Thema. Ich hatte nie geahnt, daß er so genau wußte, wie Texaner reden. Schon nach kurzer Zeit hatte er ein paar Geschichten auf Lager. So erzählte er zum Beispiel sehr lustig davon, wie seine neue Ölquelle, nachdem er schon alle Hoffnung aufgegeben hätte, plötzlich hervorgesprudelt sei, oder er erwähnte, daß viele seiner besten Rinder von einer seiner kleineren Besitzungen kämen, die nur hundertfünfzigtausend Acres groß sei. Dabei lachte er behäbig und sagte: »Da sieht man mal wieder, daß es nicht immer nur auf die Größe ankommt.«

Wenn das fünfzehn, zwanzig Minuten so gegangen war, rückten die Besucher allmählich mit der Sprache heraus: »Also in so eine Grube, da würde ich auch gern einsteigen.« Oder: »Wie kann man sich denn an Ihrer Grube beteiligen?«

Dann grinste Long Boy bedächtig und sagte: »Mein alter Herr hat immer gesagt, am schnellsten kommt man allein vom Fleck. Abgesehen von ein paar guten Freunden hab ich keine Teilhaber in meinem Unternehmen. Macht nur Umstände. Dann muß man Briefe schreiben und Sitzungen abhalten und all so 'n Kram.«

Die Besucher erklärten ihm dann, wie gut sie das verstehen könnten. Sie sagten auch, wenn sie in eine große Sache einstiegen und es mit einem so vielbeschäftigten Mann zu tun hätten wie ihm, würde er nie ein Wort von ihnen hören. Long Boy lächelte dann, lehnte sich zurück und sagte gar nichts mehr, während sie sich mit vielen Worten anpriesen. Wie sehr sie auch darauf drängten, wir schlossen nie ein Geschäft am gleichen Tage ab. Davor hatte uns

Major Lee ausdrücklich gewarnt. »Wenn Sie das tun«, hatte er gesagt, »dann gehen fünfzig Prozent von den Leuten nach Hause, überschlafen die Sache und kommen am nächsten Morgen wieder und verlangen ihr Geld zurück. Wenn Sie dagegen die Interessenten mindestens eine Nacht lang zappeln lassen, sind sie am nächsten Tag nur noch wilder entschlossen.« Ich bin überzeugt, daß er recht hatte. Wir haben es nie anders gehalten, aber ich kann mich auch nicht erinnern, daß je ein Interessent am nächsten Tag nicht wiedergekommen wäre.

Long Boy sagte zum Schluß immer, er wolle sich überlegen, ob er ihnen einen Anteil an der Grube abtreten könne. Aber er sagte es so lässig, als ob er die Leute damit nur loswerden wollte. Danach war er mindestens einen Tag lang nicht für sie zu sprechen, weder persönlich noch telefonisch. Wenn er sie schließlich wieder in unserer Suite empfing, tat er wieder sehr zögernd, bis sie richtig in Fahrt gekommen waren. Am Ende sagte er: »Also gut, aber ich will nicht 'n ganzen Tag lang in einem Anwaltsbüro rumhocken. Ich hab was Besseres zu tun. Ich geb Ihnen alle Angaben über die Parzellen und die Gemeinde, wo die Grube liegt, und Sie gehen zu Ihrem eigenen Anwalt und lassen sich die Papiere ausstellen.«

Auch das war etwas, wozu uns Major Lee dringend geraten hatte. »Sie sind der rechtmäßige Besitzer der Grube«, hatte er gesagt. »Es gibt keinen Grund, warum Sie nicht einen Anteil davon verkaufen sollten. Lassen Sie doch den Käufer seine Zeit und sein Geld für die Formalitäten beim Anwalt verschwenden.« Das brachte es mit sich, daß von Zeit zu Zeit Anwälte anriefen und Fragen stellten. Long Boy fertigte sie immer kurz ab, und manchmal wurde er grob. »Zum Donnerwetter, jetzt hören Sie mir mal zu!« sagte er. »Ich wollte mit dem Burschen überhaupt nichts zu tun haben. Aber er hat mich so gepestet, daß ich schließlich nachgegeben habe. Betrachten Sie das Geschäft als null und nichtig! Aus!« Und damit legte er auf.

Worauf der Käufer stets angerannt kam und sich tausendmal für die Ungeschicklichkeit seines Anwalts entschuldigte. Drei- oder viermal kamen sogar die Anwälte selber und versuchten eine Beteiligung an der Grube zu bekommen. Was mich angeht, ich hätte nichts dagegen gehabt. Ich sagte mir, es würde ihnen ganz recht geschehen. Aber Long Boy meinte, es sei besser, kein Risiko einzugehen. Und wahrscheinlich hatte er recht. Wir konnten es uns erlauben, wählerisch zu sein.

Wenn ein Kapitalgeber aufs Geld zu sprechen kam, drückte sich Long Boy, was den Wert der Grube betraf, immer ebenso erhaben wie vage aus. »Tja, sehn Sie, nach dem Angebot der Bergbau-Ingenieure scheint ihr Wert ja, so wie sie ist, bei über viereinhalb Millionen Dollar zu liegen«, sagte er etwa. »Aber wenn ich ein paar von meinen Freunden mit reinnehme, dann würde ich sagen, sie ist 'ne runde Million wert. Sollen ja auch was davon haben und selig werden. Und wozu soll ich noch mehr Steuern zahlen. Wo ich sowieso schon zehn, elf Monate im Jahr für den Staat arbeite.«

Die meisten Interessenten wollten entweder $ 1000 oder $ 2500 anlegen. Ich weiß nicht, warum gerade diese Beträge so beliebt waren. Nur zweimal haben wir über $ 5000 abgeschlossen. Und nie hat einer $ 2000, $ 3000 oder $ 4000 anlegen wollen. Ich meinte immer, der Gedanke, für $ 1000 nur ein Zehntelprozent einer Grube zu bekommen, müßte manche Interessenten abschrecken. Aber das war nie der Fall. Wir nahmen nie weniger als $ 3000 in der Woche ein. In unserer erfolgreichsten Woche sogar $ 9500.

In diesem Jahr verbrachten wir Weihnachten in Oklahoma City. Vielleicht denken Sie jetzt, es sei das schönste Weihnachtsfest unseres Lebens gewesen. Nein, das kann ich nicht behaupten. Wenn ich so durch die Straßen ging und dort Familien sah, die mit strahlenden Gesichtern ihre bescheidenen Weihnachtseinkäufe machten, wurde mir jedesmal weh ums Herz. Ich hätte jedem kleinen Mädchen die größte und schönste Puppe in der Stadt kaufen mögen. Und jedem kleinen Jungen das flotteste Fahrrad. Natürlich konnte ich das nicht. Die Leute, die für ihr Geld schwer arbeiten mußten, hatten ihren Stolz und wären mit Recht gekränkt gewesen. Wir hatten all das Geld, das ihnen fehlte, und doch konnte ich nichts tun. Es war schrecklich. Warum konnte ich ihnen nicht helfen?

Am Heiligen Abend überraschte Long Boy mich damit, daß er einen riesigen geschmückten Weihnachtsbaum in unsere Suite schaffen ließ. Er hatte viele Geschenke für mich, aber sein Hauptgeschenk war ein goldenes, mit einem echten Diamanten besetztes

Medaillon mit seinem Bild darin. Ich schenkte ihm eine Bürstengarnitur in einem Schweinslederetui. Wir hatten einen großen Radioapparat in unserer Suite. Long Boy stellte ihn ganz laut, und wir hörten zu, wie in allen Städten des Landes Weihnachtslieder gesungen wurden. Ich versuchte mir nichts anmerken zu lassen, aber mir war so jämmerlich elend zumute, daß ich am liebsten fortgegangen wäre, um mich irgendwo richtig auszuheulen. Statt dessen trat ich an eines der großen Fenster unserer Suite und schaute hinaus. Wir wohnten in einem der obersten Stockwerke, und die Lichter der ganzen Stadt glänzten zu meinen Füßen, als leuchteten sie für mich. Es war nichts Besonderes, ich weiß. Aber ich werde nie vergessen, wie traurig ich war, als ich dort stand und im Radio »Stille Nacht, heilige Nacht« hörte. Ich hatte Mitleid mit mir selbst und mit der ganzen Welt.

Am ersten Weihnachtstag setzte ich mich hin und schrieb Major Lee einen langen Brief. Er und Long Boy waren meine einzigen Freunde. Ich schrieb ihm jede Woche an seine Adresse in Wilmington. Ich berichtete ihm, wo wir gerade waren und wo wir als nächstes hinfahren würden und wie die Geschäfte gingen. Während des ersten Monats seines Aufenthalts in Europa schickte er mir drei Ansichtskarten, zwei aus London und eine aus Paris. Danach hörte ich nichts mehr von ihm.

Wir arbeiteten fast drei Monate lang in Oklahoma und wechselten dann nach Arkansas über. Es heißt, damals sei es den Leuten in Arkansas ganz besonders schlecht gegangen. Aber das stimmt nicht ganz. Ja, die armen Leute waren wirklich arm dran, aber viele hatten so viel Geld, daß sie sich nicht einmal mehr die Mühe machten, es zu zählen. Wohin man sah, überall Ölquellen, Erdgasfelder, Kohlengruben oder Bauxitminen. Jedenfalls kam es mir so vor. Allein in Little Rock haben wir einen Monat lang Grubenanteile verkauft. In Hot Springs hatten wir sogar noch mehr Erfolg. Dort gab es Mineralquellen, ein Spielcasino und viele Amüsierbetriebe. Deshalb reisten viele reiche Leute nach Hot Springs. Ich glaube, wir hätten jahrelang dort bleiben und Geschäfte machen können, aber nach vier Wochen hatten wir genug und fuhren weiter.

Wir grasten Arkansas systematisch ab, von El Dorado im Süden quer hinüber nach Texarkana und wieder zurück nach Camden, Fordyce und Pine Bluff. Wir hatten überall viel Erfolg. Es dauerte fast zwei Monate, bis wir nach Siloam Springs, oben in der Nordwestecke von Arkansas, kamen. Wir hatten gehört, daß man dort gute Geschäfte machen konnte. Wir sollten nie erfahren, ob das stimmte. Als wir ins erste Hotel am Platze kamen und uns ins Gästeregister eintrugen, überreichte man uns ein Telegramm. Es war von Major Lee, aus New Orleans. Es lautete: ERBITTE EURE HILFE STOP MULTIMILLIONENGESCHÄFT STOP ERWARTE EUCH BALDMÖGLICHST SAINT CHARLES HOTEL.

12

»Sündenbabel« hat man New Orleans damals genannt – zum Lachen! Ich weiß heute noch nicht, ob die Leute, die das sagten, Heuchler waren oder ob sie einfach keine Ahnung hatten. Das Schlechte und Schlimme, das war immer woanders, irgendwo, nur nicht zu Hause. Keiner wollte zugeben, daß man in der eigenen kleinen Stadt alles das finden konnte, was die Menschen überall auf der Erde tun.

Ich fand nirgendwo Anzeichen dafür, daß New Orleans böser oder verruchter war als andere Städte. Ich glaube, daß es seinen Ruf einzig und allein den leichten Mädchen verdankte, die in den kleinen armseligen Häusern unten in der Iberville Street wohnten. Sie hatten auffällige komische Schilder an der Tür: »Toronto-Rose« oder »Fifi aus Paris« oder »Broadway-Bessie«. Und sie waren eine regelrechte Touristenattraktion, wie sie in ihren Kimonos hinter den Jalousien standen und den draußen vorbeigehenden Männern herausfordernde Bemerkungen zuriefen. Ich fand das immer eher etwas traurig und öde als sündig. Die Mädchen hier hatten es immer nur mit armen Teufeln zu tun, mit Seeleuten oder Provinzlern auf Abenteuersuche. Wenn die Spießbürger mit den dickeren Brieftaschen ins Bordell gingen, dann legten sie Wert auf eine »intime« Atmosphäre, auf Plüsch und gedämpftes rosa Lampenlicht, und irgendwo im Hintergrund mußte ein Grammophon Schlager wie »Stardust« oder »The Sweetheart of Sigma Chi« abdudeln. Zu den Mädchen in der Iberville Street gingen sie jedenfalls nicht.

Und jetzt muß ich Ihnen etwas Seltsames erzählen. Als wir über die neue Huey P. Long Bridge nach New Orleans hineinfuhren, da überkam mich mit all den neuen Eindrücken das sichere Gefühl, daß ich in dieser Stadt zum erstenmal richtig unglücklich sein würde. Es war ein so heftiges Gefühl, daß mir ganz bange wurde. Und später sollte sich herausstellen, daß es mich nicht getrogen hatte. Ich bedaure nur, daß ich es ganz vergaß, als ich Major Lee wiedersah.

Er wirkte so imposant und frohgemut wie eh und je. Und er sah wie jemand ganz Besonderes aus, als er durch die Halle des Saint-Charles-Hotels strahlend auf uns zugeschritten kam. Was unter all den vornehmen und eleganten Hotelgästen schon etwas heißen wollte. Wie immer hatte er eine der schönsten Suiten des Hotels gemietet, und wie immer umsorgte uns Richard in seiner freundlichen Art, so daß man glaubte, man sei in einer Privatwohnung. Wir wollten natürlich gleich von dem geplanten Millionengeschäft hören, aber Major Lee winkte lächelnd ab. »Das ist eine lange und verwickelte Geschichte«, sagte er. »Ruht euch erst ein bißchen aus, und dann gehen wir essen. Ich lade euch ein. Danach machen wir es uns hier gemütlich, und ich erzähle euch die ganze Geschichte.«

Wir gingen in Antoine's Restaurant, wo jeder, der es sich leisten konnte, bei festlichen Gelegenheiten speiste. Major Lee bestand darauf, daß wir Makrelen, im Papierbeutel gekocht, bestellten, eine berühmte Spezialität von Antoine. Ich fand das Gericht nicht sehr aufregend. Es schmeckte wie ganz normaler guter Fisch. Am meisten Eindruck machten mir die nach irgendeinem französischen Rezept zubereiteten Kartoffeln: Sie wurden so gekocht, daß sie aufquollen und innen hohl waren. Es war fast zehn Uhr, als wir ins Hotel zurückkehrten und es uns in Major Lees Suite gemütlich machten. Richard hatte sich den Abend freigenommen, so daß wir nur zu dritt waren.

»So, ihr Lieben«, sagte Major Lee, »das ist jetzt also eine jener Gelegenheiten, wie sie sich im Leben nur einmal bieten. Ich bin schon seit über einem Monat damit beschäftigt, das Terrain zu erkunden und den Boden zu bereiten. Es geht um Millionen – Millionen, die sich jetzt im Besitz einer geizigen alten Dame namens Amelia Sass befinden.«

»Komischer Name«, sagte ich.

Major Lee sah mich lächelnd an. »Ich hoffe nur, du findest die Sache auch weiterhin komisch, Schäfchen«, sagte er. »Das würde uns allen die Arbeit erleichtern. Nun, Amelia Sass ist nicht nur außerordentlich reich, sie ist auch eine außerordentlich unangenehme alte Frau. Sie hat eine besondere Begabung darin, sich bei anderen Leuten verhaßt zu machen. Sass ist der Name ihres Mannes. Sie ist eine geborene Goldsborough, und ihr Vermögen stammt von ihrer Seite. Der Name Goldsborough hat hier in der Gegend einiges Gewicht. Die Goldsboroughs waren eine der ersten amerikanischen Familien, die sich in New Orleans ansiedelten, als Napoleon im Jahre 1803 für 15 Millionen Dollar Louisiana an die Vereinigten Staaten verkaufte.«

Auf dem Tisch lag ein in blaues Papier eingeschlagenes Heft. Major Lee blätterte darin. »Halten wir uns an die Tatsachen«, sagte er. »Der erste Goldsborough, der sich hier niederließ, war Thaddeus, der Großvater von Amelia Sass, ein reicher Baumwollhändler. Wie die meisten wohlhabenden Amerikaner seiner Zeit baute er sich ein prächtiges Haus in einem Viertel von New Orleans, das damals Faubourg Saint Mary hieß. Heute heißt es Garden District. Es ist in der Zwischenzeit ein bißchen heruntergekommen, aber immer noch das teuerste und in mancher Beziehung exklusivste Wohnviertel von New Orleans. Und Amelia lebt dort noch immer im Haus ihrer Väter.«

Major Lee lehnte sich zurück. »Nun, Thaddeus Goldsborough hinterließ zwar sehr viel Geld, aber erst sein Sohn Louis, Amelias Vater, machte daraus ein spektakuläres Vermögen. Er war Mitglied der Rohproduktenbörse von New Orleans und ein wilder Spekulant. Er hat mit allem gehandelt, was ihm in die Finger kam, und legendäre Geschäfte gemacht. Louis hatte auch einen Sohn, Felix, aber offenbar war seine Tochter Amelia sein Augapfel, wie man damals sagte. Er bewies das, als er 1885 starb. Felix, sein Sohn, war etwa drei Jahre vorher gestorben, noch recht jung, und hatte einen Sohn hinterlassen. Louis sorgte zwar sehr großzügig für seinen Enkel, aber den größten Teil seines Vermögens, etwa zwölf Millionen Dollar, vermachte er Amelia.«

Long Boy pfiff leise durch die Zähne. Major Lee lächelte. »Ja, allerdings«, sagte er. »Und Sie müssen wissen, daß Amelia damals

als zwölffache Millionärin im Alter von fünfundzwanzig Jahren zu den reichsten Leuten im Lande gehörte.«

Er deutete auf das blau eingeschlagene Berichtsheft. »Über Blaise Sass, den Mann, den Amelia ein Jahr nach dem Tod ihres Vaters heiratete, habe ich nicht viel in Erfahrung bringen können. Er muß einige Jahre älter gewesen sein als sie. Er starb 1896, nach zehnjähriger Ehe. Im übrigen ist er für unsere Geschichte nur insofern wichtig, als Amelia Sass von ihm ein Kind bekam, eine Tochter – Madeleine. Sie ist sehr wichtig, nicht nur für unsere Geschichte, sondern auch für das Geschäft, das ich plane.

Madeleine Sass wurde 1890 geboren, als ihre Mutter dreißig Jahre alt war. Sie muß ein reizendes, stilles, zurückhaltendes Mädchen gewesen sein. Das sagen alle, die sie kannten. Sie und ihre Mutter hatten ein sehr inniges Verhältnis zueinander und waren unzertrennlich. Die meisten Leute glaubten damals, Madeleine stünde völlig unter dem Einfluß ihrer Mutter. Spätere Ereignisse deuten indes darauf hin, daß dies möglicherweise doch nicht ganz zutraf. Vielleicht hatte Madeleine nur einfach keinen Grund, gegen ihre Mutter zu opponieren. Wie dem auch sei, während ihrer ganzen Kindheit und auch noch als erwachsene Frau ließ sie ihre Mutter über ihr Leben bestimmen. Sie war ihr sozusagen hörig. Pflichtschuldig ließ sie sich in die Gesellschaft einführen, und einmal trat sie bei einem Kostümball als Hofdame auf. Aber im Grunde war sie am gesellschaftlichen Leben nicht interessiert. Seltsamerweise widmete sich Amelia Sass in jener Zeit allerlei wohltätigen Werken. Man erinnert sich noch heute an ihre philanthropischen Aktivitäten. So hat sie zum Beispiel dem Charity Hospital eine neue Station finanziert und in New Iberia ein Waisenhaus gestiftet. Madeleine unterstützte ihre Mutter bei diesen Tätigkeiten. Sie wirkte in Ausschüssen mit, besichtigte Wohlfahrtseinrichtungen und so weiter.«

Major Lee seufzte. »Das klingt alles so, als ob Madeleine Sass eine äußerst langweilige Person gewesen wäre. Aber diejenigen, die sie kannten, teilen diese Meinung nicht. Vielleicht mußte man sie näher kennen, um ihre ungewöhnliche Persönlichkeit gerecht beurteilen zu können. Ihr ganzes Interesse galt der Malerei. Sie war offenbar eine recht begabte Sonntagsmalerin und verstand ziemlich viel von Kunst und Künstlern. Mit zweiunddreißig Jahren, als sie nach den Maßstäben von New Orleans schon eine alte Jungfer war, lernte sie einen Maler namens Ferenc Kodaly kennen, der im Französischen Viertel wohnte. Er war damals achtundzwanzig, vier Jahre jünger als Madeleine.«

Major Lee lachte in sich hinein. »Dieser Ferenc Kodaly war ein interessanter junger Mann. Er scheint alle Eigenschaften eines großen Künstlers besessen zu haben – nur eben kein ungewöhnliches Talent. Aber wer weiß, vielleicht hätte er mit der Zeit doch eine gewisse Begabung an den Tag gelegt. Er war in seiner Kleidung und seinem Gebaren höchst unkonventionell und konnte heftig, dogmatisch oder streitsüchtig sein, und er ...« Major Lee hielt lächelnd inne. »Was wollte ich doch gerade sagen? Ach ja, er behauptete, er hätte für Geld keine Verwendung und habe nur Verachtung für Leute übrig, die sich ihre Seele beschmutzten, indem sie dem Geld nachjagten. Madeleine scheint sich mit dem jungen Kodaly häufig heimlich getroffen zu haben, ehe sie ihn schließlich zu Hause ihrer Mutter vorstellte.

Amelia Sass verabscheute Kodaly von Anfang an. Sie war und ist durch und durch Südstaatenaristokratin, und Kodaly war Yankee und stammte obendrein nicht einmal aus einer angesehenen Familie. Er war in New Jersey als Sohn ungarischer Einwanderer geboren. Außerdem trug er schmutzige Cordanzüge und hatte stets Farbe unter den Fingernägeln. Das Schlimmste aber war, daß er über alles, was sie sagte, lachte und grundsätzlich anderer Meinung war.« Major Lee lächelte. »Ich sage euch auch gleich, woher ich das alles weiß. Amelia Sass hat nämlich lange Zeit keinem gegenüber etwas von ihrer Abneigung gegen Kodaly gesagt. Nach zwei Monaten, als Madeleine sich weiter regelmäßig mit ihm traf – sich sogar immer öfter mit ihm traf –, konnte sie sich nicht mehr zurückhalten. Sie untersagte Madeleine den weiteren Umgang mit ihm. Und zum erstenmal in ihrem Leben fügte sich Madeleine nicht den Wünschen ihrer Mutter, sondern verkündete in aller Ruhe, sie werde Kodaly heiraten.«

Major Lees Mund zuckte. »Amelia Sass wurde prompt krank und legte sich ins Bett – aber nicht lange. Als sie sah, daß sich Madeleine dadurch nicht beeindrucken ließ, nahm sie den Kampf auf. Und wie das bei reichen Leuten so üblich ist, wenn sie mit ihren Kindern streiten, drohte sie Madeleine als erstes an, sie werde ihr keinen Cent hinterlassen. Das war eher ein Schlag ins Wasser, denn sie hatte Madeleine zu ihrem einundzwanzigsten Geburtstag einen beträchtlichen Treuhandfonds eingerichtet. Als nächstes drohte sie an, sie werde gerichtliche Schritte unternehmen, um die Heirat zu verhindern. Was lächerlich war, da Madeleine mit ihren zweiunddreißig Jahren seit langem mündig war. Madeleine scheint ihrer Mutter die ständigen Drohungen und Schmähungen nicht übelgenommen zu haben. Leute, die sie aus jener Zeit kennen, sagen, sie sei immer freundlich und versöhnlich gewesen, habe aber ihre Heiratspläne ruhig und bestimmt weiterverfolgt, so als hätte sie die Billigung ihrer Mutter. Natürlich erschien Amelia Sass nicht zur Trauung. Danach versuchte sie als erstes, den Treuhandfonds zurückzuziehen. Das war unmöglich. Darauf enterbte sie Madeleine.«

Major Lee warf einen Blick in das blau eingeschlagene Heft. »Madeleine und Ferenc Kodaly heirateten im Mai 1922. Sie blieben bis November in New Orleans und zogen dann nach Captiva Island, einer kleinen Insel vor der Westküste von Florida, bei Fort Myers. Sie kauften dort ein Haus und bauten mehrere Räume und ein großes Atelier an. Beide malten. Madeleine schrieb ihrer Mutter regelmäßig, mindestens alle vierzehn Tage. Amelia Sass antwortete auf keinen ihrer Briefe.

Im Februar 1924 brachte Madeleine eine Tochter zur Welt. Zwei Monate später kam sie mit dem Kind nach New Orleans und besuchte ihre Mutter. Offenbar hoffte sie auf eine Versöhnung. Dazu kam es jedoch nicht. Keiner weiß, wie die Begegnung verlaufen ist, aber Madeleine blieb noch eine Woche in New Orleans und suchte ihre Mutter nicht wieder auf.«

Major Lee sah Long Boy und mich an. »Und jetzt kommen wir zum tragischen Teil unserer Geschichte«, sagte er. »Madeleine kehrte nach Captiva Island zurück, und Amelia Sass hat sie nie wiedergesehen. Madeleine schrieb ihr auch keine Briefe mehr. Anscheinend hatte sie New Orleans in der Überzeugung verlassen, daß eine Versöhnung mit ihrer Mutter unmöglich war. Nach allem, was wir wissen, führten Madeleine, Ferenc und das kleine Mädchen die nächsten zwei Jahre über ein sehr glückliches Leben. Engere Freunde hatten sie nicht auf der Insel. Offenbar haben sie ihr Haus nur einmal wöchentlich verlassen, um mit der Fähre zum Festland hinüberzufahren und in Fort Myers einzukaufen.«

Major Lee sah Long Boy an. »Addie ist zu jung, aber Sie erinnern sich gewiß an den großen Hurrikan, der 1926 über Florida hinwegraste. In den meisten Berichten ist immer nur von den schweren Schäden in Miami die Rede. Der Wirbelsturm aber zog die ganze Westküste entlang und hat mehrere Inseln völlig verwüstet. Darunter auch Captiva. Die Inselbewohner waren ein paar Stunden vorher gewarnt worden, doch aus verschiedenen Gründen konnten sich viele nicht rechtzeitig aufs Festland retten. Sie kamen ums Leben. Zu den Opfern gehörten auch Madeleine, Ferenc und ihre kleine Tochter. Der Sturm drückte das Haus zusammen, und die aufkommende Flutwelle brandete über die Trümmer hinweg.«

»Oh, wie schrecklich«, sagte ich.

Major Lee nickte und schwieg einen Moment nachdenklich. »Amelia Sass brach zusammen, als sie die Nachricht von dem Unglück erfuhr«, sagte er und verzog leicht den Mund. »Wozu sie auch allen Grund hatte, besonders da sie auf die Versöhnungsversuche ihrer Tochter nicht eingegangen war. Als sie sich diesmal ins Bett legte, war sie ernsthaft krank. Offenbar hatte sie einen Herzfehler, von dem sie bis dahin nichts gewußt hatte. Jedenfalls erlitt sie damals den ersten einer ganzen Reihe von Herzanfällen. Heute ist sie ihrer chronischen Herzinsuffizienz wegen mehr oder weniger bettlägerig.«

»Das geschieht ihr ganz recht«, sagte ich.

Major Lee sah mich mit spitzem Mund an. »Vielleicht«, sagte er. »Sobald sie wieder etwas bei Kräften war, handelte Amelia Sass. Sie schickte Leute nach Captiva, die erkunden sollten, was wirklich geschehen war. Was diese Leute in Erfahrung brachten, zwang sie, sich damit abzufinden, daß ihre Tochter und ihr Schwiegersohn umgekommen waren, überzeugte sie aber andererseits davon, daß ihre Enkelin noch irgendwo lebte.«

Major Lee sah in unsere überraschten Gesichter und hob die Hände ein wenig in die Höhe. »Wer weiß«, sagte er. »Vielleicht hat sie recht. Natürlich ist man geneigt, es als Wunschtraum einer von ihrem schlechten Gewissen geplagten alternden Frau abzutun. Aber es gibt ein paar Fakten, die man nicht einfach wegwischen kann.« Er lehnte sich zurück. »Ungefähr sechzig Bewohner von Captiva und der Nachbarinsel Sanibel wurden gerettet, ehe der Hurrikan richtig zuschlug. Sie wurden mit der Fähre nach Punta Rassa gebracht, einer kleinen Siedlung auf dem Festland. Unter den Geretteten war ein kleines blondhaariges Mädchen von etwa zwei Jahren. Das Kind war allein und noch zu klein, um sagen zu können, wer seine Eltern waren oder was ihnen zugestoßen war. Es besteht kein Zweifel, daß das Kind dort war. Mindestens zwanzig Personen haben bestätigt, daß sie es gesehen haben. Etwa ein Dutzend haben versichert, daß sie mit ihm gesprochen und versucht haben, seinen Namen herauszufinden.

Unglücklicherweise herrschte in Punta Rassa ein schreckliches Durcheinander. Der Sturm tobte immer heftiger, und die See ging immer höher und wurde immer rauher. Viele waren völlig kopflos, weil sie wußten, daß sie ihr Heim und all ihr Hab und Gut verlieren würden. Alle wollten um ihrer Sicherheit willen weiter ins Land hinein, nach Fort Myers. Das letzte, was man von dem Mädchen weiß, ist, daß es von armen Leuten aufgenommen wurde, einer armen weißen Familie, wie es heißt, die aus einem ärmlich gekleideten Ehepaar in den Dreißigern und drei oder vier kleinen Kindern bestand. Keiner kann sich erinnern, die Familie oder das kleine Mädchen nach der Ankunft in Fort Myers noch einmal gesehen zu haben.«

Major Lee beugte sich vor. »Es gibt noch andere Fakten, die darauf hindeuten, daß Amelia Sass' Enkelin die Katastrophe möglicherweise überlebt hat. Es wurde ermittelt, daß Madeleine und ihr Mann nicht ums Leben kamen, als ihr Haus zerstört wurde. Ihre Spur ging erst verloren, als sie zum Festland hinüberzurudern versuchten – in einem lecken alten Boot, das sie zum Fischen und für kleine Ausflugsfahrten um die Insel gekauft hatten. Sie unternahmen diese tollkühne, wahnsinnige Fahrt, weil sie einzig und allein mit diesem Boot Ferenc' Gemälde transportieren konnten. Ihr Auto war nur ein kleiner zweisitziger Stutz Bearcat.« Major Lee hielt nachdenklich inne. »Ich habe selbst mit dem Menschen, der

Madeleine und ihren Mann als letzter gesehen hat, gesprochen. Es ist ein netter alter Fischer von Captiva namens Crump. Dieser Mann ist am Tag des Sturms aus eigenem Antrieb in seinem Wagen auf der Insel herumgefahren, um sich zu vergewissern, daß alle die Evakuierungsaufforderung erhalten hatten.

Als Crump zu den Kodalys kam, eilte Ferenc gerade zwischen Haus und Anlegestelle hin und her und lud seine Bilder in das alte Boot. Madeleine kam heraus und begrüßte den Fischer. Crump fragte, ob sie sich über den Ernst der Lage im klaren seien, und Madeleine sagte, ja, sie seien verständigt worden. ›Mein Mann und ich fahren mit unserem Boot nach Punta Rassa.‹ Crump war sehr besorgt und wies sie auf den hohen Wellengang hin. Er versuchte Madeleine zu überreden, zum Ende der Insel zu fahren und zusammen mit den anderen Evakuierten die Fähre zu nehmen. Sie sagte: ›Das können Sie nicht verstehen. Diese Bilder sind das Lebenswerk meines Mannes. Wir können sie nicht hierlassen und der Zerstörung preisgeben.‹«

Major Lee schob die Lippen vor. »Crump ist sich so gut wie sicher, daß Madeleine ›mein Mann und ich‹ sagte. Und er ist absolut sicher, daß er kein Kind gesehen hat. Natürlich beweist das noch nichts. Die Kleine kann drinnen im Haus gewesen sein. Aber Amelia Sass ist anderer Überzeugung. Nachdem sie alle Berichte gehört hatte, kam sie zu dem Schluß, daß Madeleine das Kind vorausgeschickt hat. Vielleicht habe sie es einem Nachbarn mitgegeben oder jemandem, der vor Crump vorbeigekommen war. Sie ist der Ansicht, daß Madeleine das Kind keinesfalls einer unnötigen Gefahr ausgesetzt hätte. Wäre die Fahrt mit dem alten Boot gutgegangen, dann wären Madeleine und Ferenc in weniger als einer Stunde in Punta Rassa gewesen und hätten dort ihre mit der Fähre ankommende Tochter in Empfang nehmen können. Unglücklicherweise kam es anders. Man fand keine Spur von ihnen, auch nicht von dem Boot oder den Bildern.«

Major Lee lehnte sich zurück. »Wenn Amelias Theorie stimmt, dann erheben sich drei Fragen. Erstens: Wie wurde das Kind von den Leuten getrennt, denen es anvertraut worden war? Natürlich sind da mehrere Erklärungen denkbar. Entscheidend ist, daß es passieren konnte. Schließlich wissen wir, daß ein Kind ohne Angehörige in Punta Rassa war. Zweitens: Warum hat die arme weiße Familie das Kind später nicht abgeliefert? Hier könnten Einfältigkeit oder falsch verstandenes Mitleid die Erklärung sein. Die Leute konnten ja nicht wissen, daß sie eine Millionenerbin bei sich hatten. Das Kind war so sturmzerzaust und durchnäßt wie alle anderen in Punta Rassa. Vielleicht meinten sie, die Kleine sei das Kind so armer Leute, wie sie es waren. Vielleicht haben sie auch nach den Eltern geforscht und sich schließlich gesagt, daß sie wohl in dem Wirbelsturm ums Leben gekommen waren. Und um das Kind nicht den Behörden zu übergeben, die es vielleicht in ein Waisenhaus gesteckt hätten, haben sie es einfach zusammen mit ihren eigenen Kindern aufgezogen.

Das größte Rätsel ist, was aus der Familie wurde. Bis vor vier, fünf Jahren waren im Auftrag von Amelia Sass mehrere Ermittler damit beschäftigt, nach der Familie und der Kleinen zu forschen, die sie für ihre Enkelin hielt. Keiner hat je eine Spur von ihnen entdeckt. Ob Amelia Sass die Suche schließlich aufgegeben hat, weiß ich nicht. Aus Gründen, auf die ich noch zurückkomme, weiß seit einigen Jahren niemand mehr genau über ihre Angelegenheiten Bescheid.«

Er sah uns augenzwinkernd an. »Nun fragt ihr Halunken euch wahrscheinlich, woher ich so viel über die Familie Sass weiß. Und vor allem, welchen Nutzen wir drei aus meinem Wissen ziehen können. Ihr erinnert euch sicher, daß Amelia Sass, wie ich anfangs sagte, einen Bruder hatte, Felix, der in jungen Jahren starb und einen Sohn hinterließ. Nun, dieser Sohn heißt Beauregard Goldsborough. Ich kenne ihn seit einer Reihe von Jahren, seit einer ganzen Reihe von Jahren sogar.« Er lächelte und hielt inne. »Ich weiß nicht recht, wie ich euch Beau Goldsboroughs einmaligen Charakter in all seinen Schattierungen schildern soll. Beau ist von Beruf Anwalt, aber sein Hauptinteresse gilt nicht Recht und Gesetz, sondern der Jagd nach Geld. Etwas anderes interessiert ihn kaum. Das ist an sich merkwürdig, denn er hat von Kind auf stets mehr Geld gehabt, als er brauchte. Müßte ich unter Eid aussagen, sähe ich mich gezwungen zuzugeben, daß Beau Goldsborough habgierig ist, ja, habgierig und hinterhältig und nicht gerade sehr vertrauenswürdig. Er gehört zu jenen lauteren Menschen, die das Gesetz biegen und drehen, um eben daran vorbeizuschlüpfen, aber Angst haben, es zu brechen.«

Major Lee schmunzelte. »Solche Skrupel sind mir, wie ihr wißt, fremd, und so hat Beau Goldsborough im Laufe der Jahre mehrere Male meine Dienste in Anspruch genommen, wenn es um unwiderstehliche, aber riskante Geschäfte ging. Unsere gemeinsamen Unternehmungen waren meist sehr einträglich und verliefen stets freundschaftlich, aber ich möchte nicht, daß ihr den Eindruck bekommt, ich sei etwa ein Bewunderer von Beau Goldsborough. Sein Verhältnis zu seiner Tante Amelia ist schwer zu beschreiben. Zieht man ihr verbittertes Wesen in Betracht, dann könnte man sagen, daß sie sich ihm gegenüber eigentlich immer ganz anständig verhalten hat. So ist sie offenbar völlig verwirrt gewesen, als herauskam, daß ihr Vater in seinem Testament Beau nur mit einer verhältnismäßig geringen Summe bedacht hatte. Sobald sie über ihr Erbe verfügen konnte, richtete sie sofort einen Treuhandfonds über eine Million Dollar für ihn ein. Und als er in Tulane sein juristisches Examen abgelegt hatte, überließ sie ihm Grundbesitz und Sicherheiten, die mindestens noch einmal eine Million Dollar wert waren.

Beau Goldsborough ist nicht der Meinung, daß seine Tante sich großzügig verhalten hat. Am meisten wurmt es ihn, daß Amelia ihn nie ihr Vermögen verwalten ließ. Gewiß, sie hat ihm im Laufe der Jahre bestimmte Aufgaben und Projekte übertragen. Beispielsweise schickte sie auch ihn nach Captiva, damit er ermittelte, was dort geschehen war. Aber fast vierzig Jahre lang hat Amelia Sass alle ihre finanziellen und weitgehend auch ihre juristischen Angelegenheiten Richter Achille Marigny anvertraut, einem klugen und distinguierten Kreolen, der sowohl in Juristenkreisen wie in der Gesellschaft von New Orleans beliebt und geachtet war. Beau hatte einen Trost. Nach Madeleines Heirat und vor allem nach ihrem tragischen Tod war er sicher, daß seine Tante ihn als Alleinerben einsetzen würde. Er meinte, er brauchte der alten Dame nur schönzutun und ihr gegenüber eine unterwürfige Haltung an den Tag zu legen. Letzteres fiel ihm nicht schwer. Amelia Sass hat ihn völlig eingeschüchtert.«

Major Lee lächelte. »Ich nehme an, Beau hat etliche bange Stunden verbracht, als man plötzlich damit rechnen mußte, daß Amelias Enkelin den Wirbelsturm überlebt hatte. Und als diese Krise überstanden war, stellte sich eine neue ein. Vor fünf Jahren, Ende 1929, fiel der alte Richter Marigny auf dem Pontchartrainsee über Bord seiner Jacht und ertrank. Er und Amelia Sass hatten einander sehr nahegestanden. Er war einer der wenigen Freunde gewesen, die sie je gehabt hatte. Sein Tod hätte beinahe ihr Ende bedeutet. Tagelang empfing sie keinen Menschen, und wieder bekam sie einen ihrer Herzanfälle. Mehrere Wochen lang sah es so aus, als würde sie sterben. Schließlich erholte sie sich – aber doch nicht ganz.

Ihre Krankheit hatte sichtlich ihre Persönlichkeit verändert. Aber das, woran sie jetzt eigentlich leidet, ist unter reichen alten Leuten nicht selten. Sie bildet sich ein, alle Welt habe es auf ihr Geld abgesehen. Beau Goldsborough merkte es zum erstenmal, als er, nach ihrer Krankheit, mit ihr über geschäftliche Dinge sprechen wollte. Er hatte gehofft, nach dem Tod Richter Marignys würde sie ihm endlich die Verwaltung ihres Vermögens übertragen. Aber sie erklärte ihm erregt, sie werde sich selbst um ihre finanziellen Angelegenheiten kümmern. In den letzten Jahren ist dieses Mißtrauen immer schlimmer geworden. Sie feilscht um die geringsten Ausgaben. Offenbar leidet sie an dem Wahn, sie hätte nicht genug Geld für ihre alten Tage. Sie besitzt Millionen, aber sie weigert sich, das alte Herrenhaus der Familie in gutem Zustand zu erhalten. Sie läßt Rechnungen monatelang unbezahlt liegen und bezahlt sie dann nur widerwillig. So hat sie einmal den Arzt nicht bezahlt, der sie seit anderthalb Jahren behandelt. Er beschwerte sich bei Beau, der in diesem Fall einen ungewöhnlichen Schneid bewies, indem er die Sache Amelia Sass gegenüber erwähnte. Sie war wütend. Sie sagte, der Arzt fordere zu hohe Honorare, und außerdem beabsichtige sie, ihn in ihrem Testament zu bedenken.«

Major Lee lachte leise vor sich hin. »Eine Zeitlang war Beau Goldsboroughs Hauptsorge, daß Amelia Sass durch schlechte Verwaltung seine Erbschaft beeinträchtigen könnte. Er hat eine gewisse Ahnung von Amelias Papieren, weil er sich im Laufe der Jahre hin und wieder mit Richter Marigny unterhalten hat. Mehrere Millionen sind so sicher angelegt, daß Amelia Sass sie kaum verlieren kann, wenn sie nicht völlig überschnappt. Aber andere

Millionen ihres Vermögens könnte sie über Nacht einbüßen. Vor etwa zwei Monaten bekam Beau einen bösen Schrecken. Amelia Sass teilte ihm mit, er solle nicht damit rechnen, daß er nach ihrem Tod auch nur einen Cent erhalten werde, er habe schon genug Geld. Er bekam nicht aus ihr heraus, was sie mit ihrem Geld vorhatte, aber sie ließ keinen Zweifel daran, daß sie ihn in ihrem Testament übergangen hatte.«

Major Lee lehnte sich zurück und lächelte uns an. »In dieser Situation kam Beau mit seinem Problem zu mir. Er bat, ich sollte mir einen Plan – irgendeinen beliebigen Plan – ausdenken, der Amelia Sass um einen Teil ihres Geldes erleichterte. Sie würde es sonst nur verlieren oder in ihrem Testament für die Gründung eines Tierasyls oder etwas ähnlich Verrücktes stiften. Er versprach, mich in jeder Weise zu unterstützen.« Major Lee hielt inne und sah uns an. »Tja, nachdem ich euch nun die Geschichte der Familie Sass so ausführlich erzählt habe, sagt ihr gewiß, der Plan, den ich mir ausgedacht habe, hätte auf der Hand gelegen. Aber glaubt mir, so einfach –«

Plötzlich wurde mir alles klar. »Ich weiß es!« sagte ich.

Major Lee zog die Brauen in die Höhe und sah mich schelmisch an. »Was weißt du?« fragte er.

»Sie wollen, daß ich die Enkelin der alten Frau spiele«, sagte ich.

Major Lee lachte verschmitzt. »Ganz recht, mein Hühnchen«, sagte er. »Glaubst du, du schaffst das?«

»Klar«, sagte ich und überlegte. »Ich glaube schon. Wie alt war das Mädchen?«

»Sie wäre jetzt elf«, sagte Major Lee.

»Ich bin zwölf und werde bald dreizehn«, sagte ich.

Major Lee sagte augenzwinkernd: »Ich weiß, ich weiß, Häschen. Aber du bist für dein Alter nicht sehr groß.«

»Oh, ich schaffe das schon«, sagte ich und wurde immer aufgeregter. »Ich weiß, daß ich es schaffe.« Ich sah Long Boy an. Er war anscheinend gar nicht so erfreut, wie ich erwartet hatte. Er blickte Major Lee forschend in die Augen. »Wie lange wird es dauern?« fragte er.

Major Lee zuckte mit den Schultern. »Wer kann das mit Sicherheit sagen? Ein paar Monate, möchte ich annehmen. Jedenfalls nicht länger als ein Jahr. Amelia ist fünfundsiebzig und unheilbar krank. Ihr Arzt wundert sich selber über ihre Zähigkeit.«

»Alte Leute können einen da ganz schön zum Narren halten«, sagte Long Boy. »Manchmal jahrelang.«

Major Lee nickte. »Ja, ich weiß. Ich halte es zwar für höchst unwahrscheinlich, aber ausgeschlossen ist es nicht. Ich habe das bei meinen Plänen einkalkuliert. Wir werden später noch ausführlich darüber sprechen, aber um es kurz anzudeuten: Wir müssen Amelia Sass gleich zu Anfang dazu bringen, daß sie einen größeren Teil ihres Vermögens auf ihre Enkelin überschreibt. Die Erbschaftssteuer ist in Louisiana nicht so hoch wie in manchen anderen Staaten, aber sie macht trotzdem immer noch ein beachtliches Stück vom Kuchen aus. Ich denke, es dürfte Beau Goldsborough nicht allzu schwer fallen, seine Tante dazu zu bewegen, den größten Teil oder vielleicht auch ihr ganzes Vermögen auf den Namen ihrer Enkelin zu überschreiben, ehe sie dahinscheidet. Ist das erst einmal erreicht, sollte es nicht allzu schwierig sein, das Geld abzuzapfen – wenn wir uns auch unter Umständen mit der halben Portion begnügen müssen.«

»Wieviel Geld ist denn da?« fragte ich.

Major Lee zog die Brauen in die Höhe und sah uns mit sanftem Blick an. »Genau weiß es niemand. Aber der alte Richter Achille Marigny war ein Finanzgenie, ein mit allen Wassern gewaschener Bursche. Wenn er in den neunziger Jahren die Verwaltung eines Vermögens von rund zwölf Millionen übernommen hat, dann hat er es in den goldenen Jahren vor 1929 garantiert verdoppelt. Selbst wenn man Amelias Schenkungen an Beau und ihre ehemaligen philanthropischen Regungen berücksichtigt und die derzeitige triste Situation auf dem Kapitalmarkt in Betracht zieht, dürfte noch ein hübsches Sümmchen übrig sein. Ganz vorsichtig gerechnet, können wir von rund zehn Millionen Dollar ausgehen. Ich habe mit Beau Goldsborough vereinbart, daß ich von allem, was wir kriegen, zwanzig Prozent bekomme. Und davon kriegt ihr die Hälfte ab.«

»Oh, das wären ja eine Mill...«, begann ich.

Major Lee blickte freundlicher denn je. »So ist es, Schäfchen. Eine Million Dollar für euch und eine für mich.«

Wir sahen uns an, Long Boy und ich. Er stieß einen leisen Pfiff aus, und ich mußte dreimal trocken schlucken. »Und wann soll's losgehen?« fragte ich.

Major Lee lachte leise und lehnte sich zurück. »Geduld, Herzchen, Geduld«, sagte er. »Je größer das Geschäft, desto besonnener muß man vorgehen.« Er sah mich augenzwinkernd an. »Da ist noch eine Kleinigkeit, die ich zu erwähnen vergaß.

Ich fürchte, du wirst nicht sehr entzückt sein, aber es ist unumgänglich. Diese Kleinigkeit ist in unserem Fall das Tüpfelchen auf dem i.«

Er hielt inne und sah Long Boy und mich nachdenklich an. »Wie ihr euch erinnern werdet, erzählte ich euch, daß Madeleine Sass einmal mit ihrer damals zwei Monate alten Tochter nach New Orleans kam. Sie besuchte, wie gesagt, bei dieser Gelegenheit ihre Mutter. Hauptgrund der Reise aber war, daß sie das Kind einem Hautarzt vorführen wollte. Die Kleine hatte offenbar wie alle weiblichen Mitglieder der Familie Sass ein Muttermal, einen erdbeerähnlichen Leberfleck.« Er lächelte. »Amelia Sass hat auch irgendwo ein solches Mal. Madeleine hatte ihres auf der Schulter. Es wurde entfernt, als sie noch ein Kind war. Ihr Baby hatte eines im Nacken, dicht am Haaransatz, und der Hautarzt hat es damals durch einen Schnitt entfernt. Das einzige Mal, als Amelia ihre Enkeltochter sah, hatte die Kleine einen Verband im Nacken.«

Er sah mich an. »Ich fürchte also, Kindchen, du kommst nicht um die kleine Unannehmlichkeit herum, dir im Nacken eine kleine Narbe anbringen zu lassen. Es ist absolut unumgänglich. Man wird es nicht sehen, weil dein Haar drüberfällt. Aber du kannst ganz sicher sein, daß es das erste ist, wonach Amelia Sass schauen wird. Ich habe schon einen netten, sehr geschickten jungen Arzt ausfindig gemacht, der das besorgen kann. Der Hautarzt, der Madeleines Töchterchen behandelt hat, lebt nicht mehr. Glücklicherweise hat Beau von ihm einen ausführlichen Bericht bekommen, als man seinerzeit nach Madeleines Tochter suchte. So sind wir über die Größe und die genaue Stelle der Inzision genau informiert.«

»Was heißt Inzision?« fragte ich.

Major Lees Augen glitten hin und her. »Schnitt oder Einschnitt«, sagte er. »In diesem Fall wurde etwas herausgeschnitten. Aber das ist bei dir selbstverständlich nicht nötig. Der Arzt macht nur einen kleinen Einschnitt und näht ihn wieder zu.«

»Das will ich aber nicht«, sagte ich.

Major Lee lächelte. »Auch nicht für eine Million Dollar?«

Ich dachte nach. »Tut es weh?«

Major Lee schüttelte den Kopf. »Kein bißchen. Der Arzt hat mir versichert, in ein paar Wochen ist alles verheilt und vergessen.«

Ich sah Long Boy an. Er sagte: »Das mußt du sagen, Püppchen.«

Ich dachte noch einmal nach. »Na schön«, sagte ich. »Für 'ne Million Dollar ist es wohl nicht zuviel verlangt.«

Major Lee lächelte. »Fein. Es tut mir leid, daß wir dir das nicht ersparen können. Aber glaub mir, es ist nötig.« Er lehnte sich zurück. »Da ist noch etwas, das ich zu erzählen vergaß. Eine interessante Geschichte, finde ich. Amelia Sass wurde 1860 geboren, wenige Monate vor Ausbruch des Bürgerkriegs. Alle Dienstboten in ihrem Elternhaus waren, wie damals üblich, Sklaven. Zwei von ihnen, ein Ehepaar, hatten eine damals zweijährige Tochter. Sie hieß Mayflower. Und das erste, was der alte Louis Sass nach der Geburt seiner Tochter tat, war, daß er sich hinsetzte und das Eigentumsrecht an Mayflower der gerade geborenen Amelia überschrieb. Uns kommt das heute herzlos und brutal vor, aber bei den Reichen war es damals so Sitte.

Der Gedanke dabei war, daß Mayflower als Gefährtin und Spielkameradin der kleinen Amelia aufwachsen sollte. Und wenn die Mädchen dann älter wurden, sollte Mayflower Amelias Zofe werden. Der Bürgerkrieg hat der Sklaverei ein Ende gemacht, so daß nicht alles so ging, wie es gedacht war. Aber die Eltern der kleinen Mayflower blieben auch nach dem Krieg bei der Familie Sass und nahmen sogar den Namen ihres ehemaligen Eigentümers an. So ist die kleine Mayflower Goldsborough trotz allem mit Amelia zusammen aufgewachsen. Und sie ist die ganzen Jahre über bei ihr geblieben.« Er lachte leise. »Ich bin Mayflower Goldsborough nie begegnet, aber ich habe sehr viel über sie gehört. Ihr dürft euch nicht eine treu ergebene brave alte Negermammi vorstellen. Ihre offizielle Stellung ist etwa die einer Haushälterin und Gesellschafterin von Amelia Sass. Aber sie hat bedeutend mehr Einfluß und Macht. Anscheinend ist sie eine genauso furchteinflößende Person wie die alte Amelia. Beau Goldsborough hat eine panische Angst vor ihr.«

Major Lee lehnte sich zurück und sah uns lächelnd an. Nach einer kurzen Schweigepause fragte er: »Na, wie steht's? Macht ihr mit – für eine Million Dollar?«

Wir sahen uns an, Long Boy und ich, und nickten gleichzeitig.

»Prächtig!« rief Major Lee. »Wir werden in den nächsten Wochen sehr beschäftigt sein. Darum schlage ich vor, daß wir jetzt schlafen gehen. Beau Goldsborough kommt morgen früh um zehn. Er möchte euch kennenlernen.«

Als wir aufstanden, fiel mir noch etwas ein. »Wie hieß das kleine Mädchen eigentlich?« fragte ich.

»Amelia, mein Lämmchen«, sagte Major Lee. »Nach ihrer niederträchtigen alten Großmama.«

Ich hatte mir Beauregard Goldsborough völlig anders vorgestellt, was wohl daran lag, daß Major Lee ihn immer Beau genannt hatte. Wahrscheinlich hatte ich einen flotten dunkelhaarigen, elegant gekleideten Mann mit blitzenden Augen erwartet, einen Typ, wie man ihm auf Schritt und Tritt in der Halle des Saint Charles begegnete. Statt dessen erblickte ich einen großen behäbigen Mann mit einer stattlichen Wampe. Er hatte ein etwas schwammiges, bläßliches Gesicht und nur noch einen spärlichen Kranz roter Haare, die aber bereits grau wurden. Seine Handrücken und die spiegelglatte kahle obere Hälfte seines Schädels waren mit Sommersprossen gesprenkelt. Er sah sehr würdevoll aus oder gab sich zumindest so. Er trat auf und redete, als wäre er der Kaiser von China. Er hatte eine dicke schwere Goldkette vor seinem Bauch hängen, und er war der erste Mann mit weißen Paspeln an der Weste, den ich sah. Erst wenn man ihn eine Zeitlang betrachtet hatte, merkte man, daß seine wäßrig-blauen Augen so ausdruckslos und kalt waren wie tote Augen. Ich hatte schon Salzheringe mit einem freundlicheren Blick gesehen. Er hatte die unangenehme Angewohnheit, an seiner dicken Unterlippe zu saugen, so daß sie immer feucht und geschwollen aussah.

Er sprach kaum zwei Dutzend Worte in der halben Stunde, die

er uns in Augenschein nahm. Er saß in einem Sessel in Major Lees Suite, die Hände über seinem dicken Bauch gefaltet, und glotzte Long Boy und mich an. Meistens mich. Major Lee stellte mir einige Fragen, die mit Arkansas und Oklahoma zusammenhingen, und ich versuchte, einigermaßen vernünftig zu antworten, aber ich mußte immerzu daran denken, daß Beau Goldsborough mich mit seinen häßlichen toten Augen anstarrte. Als er schließlich gegangen war, sagte Long Boy lachend: »Also, mit dem alten Knaben möcht ich ganz bestimmt nicht zu zweit pokern.« Ich sah nur Major Lee an.

Er lächelte mir zu. »Du hast deine Sache gut gemacht, Kindchen. Tadellos. Er wird gleich von der Halle aus anrufen.«

Gleich darauf läutete tatsächlich das Telefon. Major Lee ging an den Apparat, und wir hörten ihn sagen: »Ah, das hilft uns schon ein Stück weiter.« Nach einer Pause sagte er ungeduldig: »Das ist doch ganz klar, Beau. Diese Kleinigkeiten bringe ich noch in Ordnung. Ja ... ja, wir bleiben in Verbindung.« Er legte auf und wandte sich uns mit einem Lächeln zu. »Beau sagt, du hast genau die Gesichtsfarbe von Madeleine Sass. Du könntest glatt ihre Tochter sein.« Um seinen Mund zuckte es. »Er erwähnte auch in seiner üblichen pompösen und etwas dümmlichen Art, daß du zu gut gekleidet bist und zu gepflegt aussiehst für ein Mädchen, das aus dem finstersten Florida kommt.« Er rieb sich die Hände. »Ja, dann wollen wir uns mal ein paar Einzelheiten zuwenden.«

Ich muß immer lachen, wenn jemand behauptet, er habe ein großes Ding gedreht und es sei alles ganz leicht gewesen. Ich kann Ihnen nur sagen, wenn Sie einen richtig großen Coup landen wollen, dann müssen Sie genausoviel überlegen und planen wie bei einem ehrlichen Geschäft. Vielleicht sogar noch mehr. Jedenfalls erfordert es ebensoviel Arbeit. Sie können sich keine Vorstellung machen, wieviel wir in den nächsten Wochen zu tun hatten.

Als erstes mußte ich natürlich zu dem Arzt gehen und mir die Narbe machen lassen. Der Arzt, den Major Lee ausfindig gemacht hatte, wohnte auf der anderen Seite des Flusses in einem Viertel von New Orleans, das Algiers hieß. Long Boy und ich fuhren gleich am nächsten Tag hin. Ich geb zu, daß ich mächtig aufgeregt war und Angst hatte, und Long Boy auch. Zweimal sagte er, ich brauchte es nicht zu machen, wenn ich nicht wollte. Geld sei nicht alles auf der Welt. Der gute Kerl. Ich glaube, das hat mich mehr beruhigt und mir mehr Mut gemacht als der Gedanke an die Million.

Das Sprechzimmer des Arztes war hübsch eingerichtet und wirkte sehr sauber, aber das Haus lag in einer etwas heruntergekommenen Gegend. Ich nehme an, der Arzt war arm und auf das Geld angewiesen. Jedenfalls merkte man ihm an, daß er das, was er tun sollte, nicht gern tat. Darum will ich auch seinen Namen nicht nennen. Er war noch jung und nahm seinen Beruf sehr ernst. Er hatte sich eine Geschichte ausgedacht, um sich abzusichern. Er untersuchte meinen Nacken sehr genau und sagte dann zu Long Boy: »Ihre Tochter hat hier eine verstopfte Talgdrüse, die zu einer kleinen Geschwulst geführt hat, einer Talgzyste. Es ist ratsam, so was zu entfernen.« Er sah Long Boy an und sagte langsam und deutlich: »Talgzyste. Würden Sie das Wort bitte wiederholen?«

Long Boy wiederholte es. Der Arzt nickte. »Bitte, vergessen Sie es nicht.«

Ich brauchte nicht einmal mein Kleid auszuziehen. Ich mußte mich auf einen hohen Stuhl setzen, und er legte mir Tücher um Nacken und Schultern. Er drückte meinen Kopf nach vorn und brummelte vor sich hin. »Ich habe versprochen, kein Haar wegzuschneiden«, sagte er, »aber ich sehe, daß ich doch eine kleine Stelle unter dem Haaransatz ausrasieren muß. Es wird nicht zu sehen sein.«

Ich schloß ganz fest die Augen und versuchte an etwas anderes zu denken. Es tat wirklich nicht weiter weh, ich fühlte nur ab und zu ein paar kleine Pikser, so wie Nadelstiche. Im Nu war es vorbei, und er machte mir einen Verband. »Es kann ein bißchen jucken«, sagte er, »aber kratz nicht daran.« Er wandte sich an Long Boy. »Kommen Sie mit ihr in fünf Tagen noch einmal zu mir. Sagen wir, am Dienstag, um die gleiche Zeit. Falls sie Schmerzen hat, rufen Sie mich bitte gleich an, dann vereinbaren wir einen früheren Termin.«

Um ehrlich zu sein, ich hatte keine Schmerzen; es juckte und zog gelegentlich nur ein bißchen. Ab und zu stellte ich mich etwas an und verzog das Gesicht, aber nur, damit Long Boy mich besorgt ansah und fragte, ob alles in Ordnung sei. Ich fand, daß ich etwas Aufmerksamkeit verdient hatte. Das Schlimmste war, daß ich die nächsten fünf Tage in unserer Suite bleiben mußte. Major Lee hielt es für besser, daß mich niemand mit dem Verband im Nacken sah. Er meinte, es könnte genügend auffallen, daß sich später jemand daran erinnerte, wenn ich ihm als Amelias Enkelin wieder begegnete. Ich schlich in meinem Morgenrock herum, las Bücher und ließ den Zimmerkellner kommen, wenn ich etwas haben wollte. Drei Tage lang war es trotzdem recht langweilig. Dann rief mich Major Lee an und sagte, er werde mir fünf Schreibmaschinenseiten aufs Zimmer schicken. Ich sollte mir den Inhalt so gut einprägen, daß ich jederzeit darüber sprechen könnte, ohne mich auch nur einen Augenblick besinnen zu müssen.

Es war die Geschichte einer Familie, die mich angeblich nach dem Hurrikan, bei dem ich meine Eltern verlor, bei sich aufgenommen und adoptiert hatte. Sie hießen Isbell, und es waren sehr arme Leute. Ihre Geschichte war so traurig und typisch für das, was armen Leuten in den harten Zeiten damals widerfuhr, daß es einem das Herz brach. Nachdem ich mir alle Einzelheiten eingeprägt hatte, studierte auch Long Boy die Seiten. Von da an spielten wir zwei, drei Wochen lang immer das gleiche Frage- und Antwortspiel. Meine Antworten kamen immer schneller und klangen immer natürlicher und überzeugender.

»Wie heißt du?« fing Long Boy jedesmal an.

»Addie Isbell«, sagte ich dann.

»Und wo bist du geboren?«

»Das weiß ich nicht. Meine Eltern haben mich adoptiert, als ich zwei Jahre alt war. Mama hat immer gesagt, meine *richtigen* Eltern sind in einem Wirbelsturm umgekommen.«

»Wo war das?«

»Ich weiß nicht. Ich war damals noch zu klein. Ich glaube, es war in der Gegend von Fort Myers.«

»Wie heißt dein Vater?«

»Ernest Isbell. Ern sagen die Leute zu ihm.«

»Was macht er?«

»Er hat keine feste Arbeit. Er geht als Tagelöhner, wenn er Arbeit findet. Meistens pflückt er Obst in der Erntezeit. Früher war er Fischer, aber er hat sein Boot verloren.«

»Erzähl mir von deiner Mama.«

»Mama hieß Ida mit Vornamen. Sie ist an Sumpffieber gestorben, als ich sieben war. Sie war immer viel krank und hatte oft Fieber und Schüttelfrost. Das letzte Mal hat es sie so schlimm gepackt, daß wir sie nicht zum Doktor bringen konnten, und zu uns raus wollte keiner kommen. Da ist sie dann gestorben.«

»Wo bist du zur Schule gegangen?«

»Eigentlich bin ich gar nicht richtig zur Schule gegangen. Ich hab zweimal angefangen, einmal unten in Nocatee und einmal in Alva, aber beide Male sind wir nach ein paar Monaten in eine andere Gegend gegangen. Pa hatte nie viel für die Schule übrig. Er hat gesagt, das ist alles nur Zeitverschwendung.«

»Und trotzdem kannst du lesen und schreiben?«

»Ja, klar. Das hab ich mir selbst beigebracht. Aber Earl und Alma können nicht lesen und schreiben.«

»Earl und Alma – wer ist das?«

»Wieso? Meine Geschwister. Die sind beide älter als ich. Earl wird bald fünfzehn, und Alma ist sechzehn. Ich hatte noch einen Bruder, der hieß Billy Sam und war so alt wie ich. Er ist an einer Krankheit gestorben, als ich noch ziemlich klein war. Mama hat gesagt, er hatte es an der Lunge.«

»Und was ist aus Earl und Alma geworden?«

»Pa hat Earl an einem Abend furchtbar verprügelt, und da ist Earl fortgelaufen. Wir haben gehört, daß er auf einem Fischerboot bei Osprey oben arbeitet, aber ich weiß nicht, ob das stimmt.«

»Und Alma?«

»Alma – oh, das war eine! Die ist einfach eines Nachts auf und davon, als wir zur Obsternte in der Nähe von Arcadia waren. Pa hat immer gesagt, sie hatte was mit einem Kubaner, der sich da rumtrieb. Alma war immer ganz wild nach Männern.«

»Und wie seid ihr miteinander ausgekommen, dein Pa und du?«

»Nicht besonders, ehrlich gesagt. Pa schimpft immerzu. Manchmal ist er richtig gemein. Er hat uns ewig verprügelt, für nichts. Ich wollte auch weglaufen, aber ich war ja noch zu klein.«

Das war aber noch nicht alles ... Ich wußte, wo Ernest und Ida

Isbell geheiratet hatten, und ich wußte natürlich auch, wo Ida begraben war. Ich konnte alle Orte runterrasseln, wo die Isbells in den letzten fünf Jahren gewesen waren. Ich wußte, was für alte Autos sie gehabt hatten, und ich wußte sogar, welche Sorte Schnupftabak Ernest Isbell nahm.

An dem Tag, als der Arzt mir die Fäden aus dem Nacken zog, servierte Richard uns in Major Lees Suite ein herrliches Abendessen. Am nächsten Morgen wollten wir nach Florida fahren, und darüber wollten wir nach dem Essen sprechen. Aber vorher gaben Long Boy und ich noch eine Kostprobe von unserem Frage- und Antwortspiel. Richard hörte grinsend zu, und Major Lee saß zurückgelehnt da und kicherte vor sich hin. »Wunderbar!« sagte er. »Wirklich wunderbar.« Ich war sehr stolz auf unsere Leistung. Plötzlich beugte sich Major Lee vor und fragte: »Und wo bist du gleich nach dem Wirbelsturm damals hingegangen?«

Ich überlegte einen Augenblick und spürte, wie ich errötete, weil mir keine Antwort einfiel. »Ich ... ich weiß es nicht«, sagte ich.

Major Lee lehnte sich wieder zurück und sah mich augenzwinkernd an. »Das ist genau die richtige Antwort, Häschen. Du weißt es nicht. Wie könntest du es auch wissen? Du warst ganze zwei Jahre alt!« Er lächelte mich an. »Ich habe in der Familiengeschichte der Isbells, so wie ich sie dir gegeben hab, absichtlich drei, vier Jahre ausgelassen. Sie sollte ungefähr in der Zeit einsetzen, in der du dir deiner Umgebung und deiner Familie bewußt geworden bist. Falls jemand über irgend etwas mehr wissen will, als du weißt, dann fang lieber nicht an zu improvisieren. Eine falsche Einzelheit zieht die nächste nach sich, und bald steckst du bis zum Hals in der Tinte. Sag nie aus freien Stücken etwas über die Isbells. Beantworte alle Fragen so ausführlich und geradeheraus, wie du kannst. Aber wenn du etwas nicht weißt, dann sag es einfach. Keiner wird das seltsam finden. Schließlich bist du in unserem Spielchen ja erst elf. Und die Erwachsenen nehmen normalerweise nicht an, daß Kinder so viel wissen, wie sie tatsächlich wissen.«

Nachdenklich hielt er inne. »Nicht daß ich etwa damit rechne, daß dir jemand so genau auf den Zahn fühlt«, sagte er. »Kein Mensch erwartet von dir, daß du dich an mehr als an die letzten sechs Jahre erinnerst. Das ist dein großer Vorteil. Und daß du irgend etwas über die Familie Sass weißt, erwartet sowieso niemand. Ich nehme übrigens gar nicht an, daß die alte Amelia sich allzusehr für deine Vergangenheit interessiert. Erstens ist sie alt und krank und nicht in der Lage, selbst Nachforschungen anzustellen. Und zweitens glaube ich nicht, daß sie deine Identität anzweifelt. Dazu war sie immer viel zu sehr überzeugt, daß Madeleines Kind noch am Leben ist. Sofern sie noch ein bißchen Verstand im Kopf hat, dürfte sie zu dem Schluß kommen, daß sich Beau Goldsborough keinen Vorteil davon versprechen kann, wenn er ihr plötzlich die für immer verloren geglaubte Enkelin präsentiert.«

Major Lee zuckte mit den Schultern. »Trotzdem dürfen wir kein Risiko eingehen. Deshalb halte ich es unbedingt für erforderlich, daß ihr beide nach Florida hinunterfahrt, damit Addie den Privatdetektiv kennenlernt, der sie angeblich aufgestöbert hat, und den alten Ernest Isbell, ihren angeblichen Adoptivvater. Außerdem müssen auch die beiden wissen, wie Addie aussieht, falls es je dazu kommen sollte, daß sie ihre Aussagen bestätigen müssen. Der Detektiv heißt McFarland. Ich habe ihn schon bei früheren Gelegenheiten beschäftigt. Er ist absolut zuverlässig und verschwiegen. Über Isbell weiß ich nichts, außer daß seine Familiengeschichte für unsere Zwecke genau richtig ist, und McFarland sagt, daß er bereit ist, alles zu beschwören. Gegen angemessene Bezahlung, versteht sich. Aber seid um Gottes willen vorsichtig. Sprecht mit keinem der beiden über unseren Plan. Sie wissen nur, was sie wissen müssen, und nicht mehr. Nur wir drei und Beau Goldsborough wissen, was wir vorhaben. Und dabei soll es bleiben.«

Er sah mich an, und seine Augen kullerten vergnügt. »Aber die Fahrt nach Florida dient noch einem anderen Zweck, was dich betrifft, Kindchen. Der Arzt sagte mir, daß deine Haut erstaunlich schnell heilt. In einem Monat wird sich die kleine Narbe so weit entwickelt haben, daß kein Laie mehr ihr Alter bestimmen kann. Nun, vielleicht ist die Stelle dann noch etwas gerötet, aber wenn man sie deutlich sehen und fühlen kann, so soll uns das nicht stören. Schließlich wollen wir ja eine alte Dame mit schwachen Augen damit beeindrucken. Du darfst dich jetzt drei Wochen in Floridas Sonne tummeln, und wenn ihr dann zurückkommt, treffen wir die letzten Vorbereitungen, damit du endlich deiner reichen alten

Großmama unter die Augen treten kannst. Ich möchte, daß du so braungebrannt und sommersprossig und zerzaust zurückkommst wie ein Mädchen aus der Gegend dort.« Um seinen Mund zuckte es. »Wie ich von Experten hörte, bekommst du die tiefe Bräune, die wir an dir sehen möchten, am besten, wenn du dich beim Sonnenbaden mit gewöhnlichem Zideressig einreibst. Vermutlich riecht Essig nicht so gut wie Kakaobutter oder die anderen Sachen, mit denen sich die feinen Damen einreiben, wenn sie braun werden wollen, aber er soll wahre Wunder wirken.« Er zog die Brauen in die Höhe. »Außerdem schadet dir ein bißchen Essig nichts. Du bist schon viel zu süß.«

Ich blickte zu Long Boy hinüber. Er griente mich an. »Au, au!« sagte ich. »Vielen Dank!«

Wir fuhren nach Tampa und suchten McFarland auf, den Privatdetektiv. Er war groß und hager und hatte ein auffallend langes, schmales Gesicht und kluge Augen. Als wir in sein winziges Büro kamen, sagte Long Boy: »Das ist Addie Isbell.« McFarland nahm die Füße vom Schreibtisch und sagte: »Verstehe.« Er musterte mich von oben bis unten. Dann schüttelte er den Kopf. »Ich weiß ja nicht, was Sie vorhaben, Mistah«, sagte er. »Aber wenn Sie diese kleine Lady als eine Isbell ausgeben wollen, dann fahren Sie lieber mit ihr hinaus und jagen Sie sie ein paarmal durchs Dornengestrüpp.«

Long Boy lachte. »Müssen ja ziemlich urige Leute sein, die Isbells!«

»Die sind uriger als die Wildschweine und genauso störrisch und schmutzig. Ein Isbell zieht nur Schuhe an, wenn Sie ihm vorher Sand reinschütten.«

Wir sahen, was er gemeint hatte, als wir nach Bradenton kamen und Ern Isbell besuchten. Noch nie im Leben hatte ich einen so verwilderten alten Mann gesehen. Er wirkte unangenehm und unheimlich mit seinen Triefaugen. Tabaksaft klebte ihm in den Mundwinkeln und lief ihm am Kinn herunter. Offensichtlich hatte er sich, seit er das letzte Mal in einen Regenguß gekommen war, nicht mehr gewaschen und sich seit Wochen nicht rasiert. Seine Hütte, die in einem Zwergpalmenhain außerhalb des Ortes stand, war ebenso schmutzig und verwahrlost wie er selbst. Ein Schwein, das ein bißchen was auf sich hält, hätte da nicht hausen mögen. Als Long Boy ihm sagte, ich sei Addie Isbell, warf der Alte mir einen schrägen Blick zu. »Sie bleibt doch nicht hier?«

Long Boy beruhigte ihn, aber ich achtete kaum auf das, was zwischen den beiden gesprochen wurde. Als ich sicher war, daß der alte Isbell mich genau angesehen hatte, ging ich hinaus und wartete draußen im Wagen. Eins stand für mich jedenfalls fest: Nicht um alle Millionen von Amelia Sass hätte ich den alten Ern Isbell zum Vater haben mögen.

Long Boy merkte mir an, wie entsetzt und niedergedrückt ich war. Auf der Rückfahrt nach Saint Petersburg, wo wir fürs erste bleiben sollten, versuchte er mich mit lustigen Späßen aufzuheitern und war sehr nett zu mir. Nach ein paar Meilen fragte ich: »Ist es nicht eigentlich egal, wohin wir fahren? Es kommt doch nur darauf an, daß ich schön braun werde, oder?«

»Ja, ich denke schon«, sagte Long Boy.

Ich sagte: »Ich hab mir nämlich überlegt, daß ich mir ganz gern mal diese Insel ansehn würde, wo damals das kleine Mädchen verlorengegangen ist. Du weißt schon. Captiva.«

Long Boy blickte mich an. »Aber Schätzchen, da gibt's nichts weiter zu sehn. Ich glaub, die Leute dort haben den Hurrikan längst vergessen.«

»Kann sein«, sagte ich. »Trotzdem würd ich gern hinfahren. Geht das?«

Long Boy überlegte. »Warum nicht?« sagte er lächelnd. »Ist ja egal, wo wir bleiben.« Bei der ersten Gelegenheit wendete er, und wir fuhren zurück.

Ich bin heute noch froh, daß wir nach Captiva gefahren sind. Damals war Florida noch nicht so verschandelt, wie es heute ist. Fast überall sah man noch einfache Hütten oder häßliche alte Häuser im nachgemachten spanischen Stil. Von den sumpfigen Everglades abgesehen gehörte die Gegend in der Höhe von Captiva zu den wenigen Landschaften, wo alles noch so aussah wie zu der Zeit, als die Indianer dort gelebt hatten. Um an unser Ziel zu gelangen, mußten wir erst mit einer komischen winzigen Fähre nach der kleinen Insel Sanibel übersetzen, dann mit dem Wagen bis ans andere Ende der Insel und von dort aus über einen Damm nach

Captiva hinüberfahren. Oh, das war schon eine wilde und aufregende Landschaft. Oft sahen wir Alligatoren, die ihre Mäuler aus Tümpeln neben der Straße hervorstreckten, und manchmal überraschten wir einen, wie er gerade über die Straße kroch.

Ein richtiges Hotel gab es auf Captiva nicht, sondern nur eine Pension, ein großes altes Schindelhaus. Zu den Mahlzeiten wurde noch mit einer Glocke geläutet, und alle Gäste saßen zusammen an einem Tisch wie eine große Familie. Es war hübsch dort und erholsam, und alle Leute waren sehr nett. In einem hatte Long Boy allerdings recht. Die meisten Inselbewohner hatten den Hurrikan anscheinend längst vergessen. Vielleicht aber wollten sie ja auch nur nicht darüber sprechen. Jedenfalls dauerte es drei Tage, bis Long Boy einen alten Mann traf, der uns sagen konnte, wo das Haus der Kodalys gestanden hatte.

An einem späten Nachmittag setzten wir uns in den Wagen und fuhren hinaus. Ich kann nicht richtig erklären, warum ich unbedingt dorthin wollte. Vielleicht wollte ich nur das kleine Mädchen besser kennenlernen. Wenn man in einem alten Haus herumstöbert, hat man oft plötzlich das seltsame törichte Gefühl, man würde all die Leute kennen, die dort einst gewohnt haben. Hier, wo einmal die Kodalys gelebt hatten, war es nicht so. Wir fanden nur ein paar von Unkraut überwachsene Grundmauern vor. Wo die Anlegestelle gewesen war, ragten ein paar Pfähle aus dem Wasser. Ich spazierte überall herum, aber so sehr ich mir auch Mühe gab, es gelang mir nicht, Madeleine Sass und ihr Töchterchen und ihren Mann in meiner Phantasie vor mir zu sehen. Und wenn man bedenkt, was sich später alles ereignet hatte, war das vielleicht auch ganz gut so.

In Schweigen versunken, fuhren wir zur Pension zurück. Während der nächsten zwei Wochen rieb ich mich mit Essig ein und lag in der Sonne oder schlenderte am Strand auf und ab und suchte Muscheln. Long Boy stand jeden Morgen in aller Frühe auf und ging angeln. Mir kam es so vor, als würde er die Hälfte aller Fische im Golf von Mexiko fangen.

13

Und jetzt möchte ich Sie etwas fragen. Stellen Sie sich einmal vor, Sie hätten ein Enkelkind, von dem Sie glauben, es sei bei einem Hurrikan umgekommen, und dieses Kind taucht plötzlich gesund und munter wieder auf. Wären Sie da nicht überglücklich? Ganz bestimmt. Sicher würden Sie vor Freude weinen und sich gar nicht beruhigen. Und Sie würden es nicht erwarten können, bis Sie das arme kleine Wesen in die Arme schließen. So würde jeder normale Mensch reagieren. Hab ich recht?

Nun, wir wußten wohl alle, daß die alte Amelia Sass nicht ganz normal im Kopf war. Aber die hartherzige Art, wie sie die Nachricht, daß man ihre Enkelin gefunden hatte, aufnahm, war für uns alle ein Schock. Damit hatten wir nicht gerechnet. Wir dachten, wir hätten alles eingeplant. Jede Kleinigkeit hatten wir ein dutzendmal besprochen. Nun, es mag sein, daß wir ein bißchen zu selbstsicher und zu stolz waren an dem Nachmittag, als wir in Major Lees Suite saßen und aufgeregt warteten, nachdem Beau Goldsborough sich auf den Weg zu seiner Tante gemacht hatte, um ihr die freudige Nachricht zu überbringen. Ich war es bestimmt.

Es ist schwer zu erklären, aber seit ungefähr einer Woche kam ich mir immer mehr so vor, als wäre ich wirklich die kleine Adele Isbell, die bei einem schrecklichen Sturm von fremden Leuten mitgenommen worden war. Vermutlich lag das daran, daß ich meine Rolle so gut gelernt hatte. Einmal saß ich abends zwei Stunden lang da, während Beau Goldsborough mich mit seinen toten Fischaugen anstarrte und versuchte, mich mit Fragen in Verlegenheit zu bringen. Später sagte er zu Major Lee, ich sei ein ganz gerissenes kleines Luder. Ich war zu sehr Dame, um ihm zu sagen, was ich von ihm hielt. Eins weiß ich jedenfalls: Ich sah genauso aus, wie es meine Rolle erforderte. Als Long Boy und ich von Captiva zurückfuhren, erblickte ich an der Anlegestelle bei Punta Rassa die Kinder des Fährschiffskapitäns. Das eine, ein Mädchen in meinem Alter, war kein bißchen brauner als ich. Und ich hatte mindestens ebenso viele Insektenstiche an den Beinen.

Als das Telefon läutete, wußten wir gleich, daß etwas schiefgegangen war. Major Lee hörte eine Zeitlang nur zu und sagte dann mit betont ruhiger Stimme: »Aha, ja, ja … wie merkwürdig … ja, ich verstehe.« Das ging so eine ganze Weile, bis er in dem gleichen ruhigen Ton sagte: »Ja, in Ordnung, Beau. Wir werden unser Bestes tun.« Er legte den Hörer auf, und ein, zwei Sekunden lang wirkte er beinahe etwas verwirrt. Jedenfalls hatte ich ihn noch nie so erlebt. Dann sah er Long Boy und mich an, zog die Brauen in die Höhe und lachte leise vor sich hin. »Tja, also da scheint es eine kleine Komplikation zu geben«, sagte er. »Die liebe Amelia Sass hat nicht etwa, wie es verständlich gewesen wäre, die Identität ihrer lange verschollenen Enkelin angezweifelt – nein, sie will einfach nichts von ihr wissen.«

Long Boy und ich sahen uns überrascht an. »Ja … aber wieso … was …« sagte ich.

Major Lee lächelte und machte ein nachdenkliches Gesicht. »Höchst merkwürdig, in der Tat.« Er setzte sich uns gegenüber auf das Sofa. Um seinen Mund zuckte es. »Beau ist ziemlich erschüttert. Die alte Dame war gar nicht erfreut, als er ihr die frohe Botschaft verkündete. Er sagt, sie habe sich furchtbar aufgeregt. Offenbar hat sie immer wieder gesagt: ›Es ist zu spät! Es ist zu spät!‹ Und als sie sich dann wieder ein wenig beruhigt hatte, sagte sie zu Beau, daß sie das Kind nicht haben wolle. Sie sagte, er, Beau, solle sich um sie kümmern, er müsse für ihre Erziehung und Ausbildung sorgen.« Er schmunzelte. »Na, und Beaus Reaktion könnt ihr euch ja vorstellen.«

Long Boy sagte: »Dann ist also alles aus.«

»O nein«, sagte Major Lee und fuhr nach einer kurzen Pause fort: »Jedenfalls noch nicht. Offenbar hat Mayflower Goldsborough die Situation gerettet. Sie scheint Amelia ziemlich grob angefahren zu haben und hat ihr gesagt, das sei ja töricht, selbstverständlich müsse sie für ihre eigene Enkelin sorgen.«

Ich kochte. »Diese Amelia ist das schäbigste alte Weib, von dem ich je gehört hab«, sagte ich.

Major Lee warf den Kopf zurück und lachte. Dann warf er mir einen verschmitzten Blick zu. »Wahrhaftig, so ist es. Verleugnet ihr eigenes Enkeltöchterlein, stell dir das vor!«

»Ich meine ja nur ... oh, Sie wissen ganz genau, was ich meine«, sagte ich.

Major Lee lächelte. »Ja, gewiß doch, Häschen«, sagte er. »Sehr komisch«, fuhr er nachdenklich fort. »Vielleicht ist es ja nur eine vorübergehende Verwirrung – der Schock und so. Wir werden sehen.« Er blickte mich an. »Ich hoffe nur, die Sache wird dadurch für dich nicht schwieriger, Lämmchen.«

»Ich hab ihr schon gesagt, sie soll abhauen, wenn's brenzlig wird«, sagte Long Boy.

Major Lee nickte. »Sehr vernünftig.« Er lächelte uns an und hob ratlos die Hände. »Einstweilen gehen wir weiter nach unserem Plan vor. Beau fährt angeblich in einer Stunde an Bord der Silver Meteor nach Florida. Und ihr beide trefft euch übermorgen mit ihm, wie verabredet.«

Ich brauchte nicht lange, um mich für den Besuch bei Amelia Sass vorzubereiten. Ich zog lauter neue Sachen an, vom Schlüpfer bis zu einem billigen schwarzweiß karierten Kleidchen, das Long Boy und ich in Tampa gekauft hatten. Das waren die Sachen, die mir angeblich Beau Goldsborough für die Fahrt nach New Orleans besorgt hatte. Major Lee hatte irgendwo einen alten abgewetzten Pappkoffer aufgetrieben. Dahinein tat ich ein blaues Kleid, aus dem ich fast herausgewachsen war, zwei Paar alte Sokken und zwei Garnituren meiner ältesten Unterwäsche. Am meisten beunruhigte mich, wie Long Boy herumschlich. Man hätte meinen können, ich ginge für immer fort. Alle fünf Minuten mußte ich ihm versprechen, ihn regelmäßig anzurufen oder sofort zu ihm zu kommen, falls es gefährlich wurde. Wir holten erst gar nicht den Wagen aus der Garage, sondern nahmen ein Taxi zum Union Terminal. Dort warteten wir wie ausgemacht an der unteren Zufahrtsrampe, und pünktlich zur vereinbarten Zeit, um Viertel nach vier, fuhr Beau Goldsboroughs lange schwarze Limousine vor. Ehe ich einstieg, drückte Long Boy mir ganz fest die Hand. Der gute Kerl.

Ich hatte keinen Grund, mit Beau Goldsborough zu sprechen. Alles war x-mal beredet worden. Von mir aus gab es nichts mehr zu sagen. Eine ganze Zeit lang saß er schweigend da, aber er sog an seiner Unterlippe und trommelte nervös mit seinen dicken Fingern auf seine Knie. Als wir die Saint Charles Avenue entlangfuhren, fiel ihm eine Frage ein, die er mir noch nicht gestellt hatte. Er beugte sich vor, schloß das Schiebefenster zwischen uns und dem Chauffeur und fixierte mich mit seinen stumpfen kalten Augen. »Wie hast du diese Narbe da im Genick bekommen?«

Ich antwortete wie aus der Pistole geschossen: »Das weiß ich nicht. Mama hat immer gesagt, ich hätte dahinten eine Narbe. Ist es schlimm?«

Er brummte und trommelte weiter mit seinen Fingern. »Sieh dich vor, daß du nicht zuviel redest«, sagte er.

Ich blickte ihn kühl an. »Ich weiß, was ich zu tun hab«, sagte ich.

Das ärgerte ihn. Er wurde rot im Gesicht und sagte in einem häßlichen Ton: »Gut, dann denk auch dran.«

Ich wünschte, ich hätte mich vorher schon einmal von Long Boy zu dem Haus von Amelia Sass fahren lassen. Dann wären mir sicher vier, fünf unbehagliche Minuten erspart geblieben. Damals war der Garden District ein sehr eindrucksvolles Wohnviertel, still, abgeschieden und überschattet von herrlichen alten Bäumen. Die meisten der großen Villen hatten breite Veranden und hohe Fenster und waren von Gärten umgeben, die geradezu überquollen von tropischen Pflanzen und blühenden Sträuchern. Aber das Haus von Amelia Sass – das alte Herrenhaus der Goldsboroughs – war etwas Besonderes. Es stand ganz für sich in einem riesigen Garten, der umgeben war von einer hohen, mit Weinlaub bedeckten Ziegelsteinmauer. Und was soll ich über das Haus selbst sagen? Als wir durch das hohe eiserne Tor fuhren und ich es zum erstenmal erblickte, mußte ich sofort an Scarlett O'Haras Haus in *Vom Winde verweht* denken. Tara heißt es in dem Roman, Sie erinnern sich. Es war ganz genauso, groß und leuchtend weiß, mit hohen Giebeln, vielen breiten Fenstern und mit großen würdevollen

Säulen an der Vorderfront. Breite Stufen führten zu einer geschwungenen Veranda hinauf.

Das Haus war wunderschön, ich war einfach hingerissen.

Auch als der Wagen anhielt und der Chauffeur ausstieg und mir die Tür öffnete, saß ich nur staunend da und rührte mich nicht, bis Beau Goldsborough mich anfuhr: »Nun komm schon!« Das verwirrte mich vollends, und statt das Haus ruhig und gelassen zu betreten, wie ich es mir vorgenommen hatte, ging ich mit brennenden Ohren hinein und kam mir tatsächlich vor wie ein kleines armes Mädchen aus den Sümpfen von Florida.

Mayflower Goldsborough empfing uns. Wenn man jemanden kennt, gut kennt, meine ich, fällt es einem meist schwer, sich daran zu erinnern, welchen Eindruck von ihm man bei der ersten Begegnung hatte. Aber ich weiß noch ganz genau, was ich empfand, als ich Mayflower Goldsborough zum erstenmal sah: sie flößte mir Angst ein, so daß ich sie sprachlos anstarrte. Sie sah so groß, so aufrecht und resolut und so stolz aus, wie sie da stand, daß ich an die Voodoo-Zauberinnen denken mußte, die ich samstagnachmittags in Fortsetzungen im Kino gesehen hatte.

Oh, ich wünschte, ich könnte Ihnen beschreiben, wie Mayflower aussah. Sie war groß, das sagte ich schon, stattlich und keineswegs hager, aber auch nicht etwa rundlich. Sie hatte ein breites gutmütiges Gesicht, und ihre Haut war so schwarz, daß man meinen konnte, sie hätte einen violetten Schimmer. Aber mit ihren starken Backenknochen und so, wie ihre leuchtenden Augen in ihrem Gesicht standen, hätte sie, wäre ihre Haut etwas heller gewesen, wie eine Chinesin ausgesehen. Daß sie so ausländisch – exotisch sagt man wohl – wirkte, lag zum Teil vielleicht an ihrer Kleidung. Sie trug meist lange, fließende Kleider in hellen Farben und hatte ein Kopftuch von demselben Stoff. Aber nicht so ein Kopftuch, wie es die Negermamis trugen, sondern das, was man in New Orleans *tignon* nannte, eine Art Turban, der so gebunden wurde, daß er vorn eine flotte Schleife hatte. Mayflower war siebenundsiebzig Jahre alt, und wenn sie müde war oder im Lehnstuhl ein Nickerchen machte, sah man zahllose kleine Fältchen um ihre Augen und um die Mundwinkel. Aber sie kam einem überhaupt nicht alt vor. Nicht daß sie für ihr Alter etwas Jugendliches gehabt hätte. Aber in ihrer gelassenen, ruhigen Art, sich zu bewegen, wirkte sie irgendwie alterslos.

Wenn Mayflower einen nicht gut kannte und nicht in ihr Herz geschlossen hatte, trug sie eine Würde zur Schau, die an Hochmut grenzte. Ich glaube, das war es, was mich im ersten Augenblick am meisten beeindruckt hat. Ich war bis dahin niemals näher mit Farbigen zusammengekommen, hatte nie einen richtig kennengelernt. Die meisten, denen ich begegnet war, hatten in einer Stellung gearbeitet, wo sie lächeln, sich verbeugen und freundlich sein mußten, einerlei wie ihnen wirklich zumute war. Mayflower brauchte das nicht zu tun, und sie lächelte niemanden, aber auch wirklich niemanden an, wenn sie nicht wollte.

Aber ich will hier nicht viele Worte machen, sondern gleich sagen: Ich liebte Mayflower. Ich betete sie an. Ich glaube, ich wußte gleich, nachdem ich meinen ersten Schrecken überwunden hatte, daß ich sie lieben würde. An dem Nachmittag, als ich ihr das erste Mal gegenüberstand, trug sie ein schillerndes grünes Kleid und einen dazu passenden *tignon*. Ohne ihren stolzen strengen Gesichtsausdruck zu verändern, streckte sie mir wortlos die Hand entgegen. Erschreckt und verängstigt ging ich zögernd auf sie zu. Sie kniete sich auf den Boden und legte beide Hände auf meine Schultern. Immer noch mit strengem Blick sah sie mir tief in die Augen. Es kam mir wie eine Ewigkeit vor. Dann plötzlich leuchteten ihre Augen auf, ihr Gesicht nahm einen ganz sanften Ausdruck an, und sie schenkte mir das hellste, lieblichste Lächeln, das ich je gesehen habe. Sie sprach in dem gleichen melodischen Tonfall wie die Kreolen. »Ich freue mich, daß du gekommen bist, mein Kind«, sagte sie. »Wir brauchen dich hier.«

Sie stand auf und sah Beau Goldsborough an, und im gleichen Moment war ihr Blick wieder streng. Er hatte sich eine Zigarre angezündet, oder vielleicht war er auch schon mit der brennenden Zigarre hereingekommen, und ich hatte es nur nicht bemerkt. »Machen Sie das stinkende Ding aus!« sagte Mayflower in scharfem Ton. »Sie verpesten ja das ganze Haus.« Beau errötete und sah aus wie ein kleiner Schuljunge, der Prügel bezogen hat. Er hielt die Zigarre in der Hand und suchte nach etwas, wo er sie hineintun konnte. Als er nichts fand, drehte er sich um und ging hinaus, um sie draußen wegzuwerfen. Mayflower sah mich an, und in ihren Augen war ein helles schelmisches Funkeln, so daß ich schon dachte, gleich werde sie mir zuzwinkern. Aber statt dessen nahm sie meinen Koffer, legte die andere Hand auf meine Schulter und sagte mit ihrer singenden Stimme: »Komm mit, *chérie*. Deine Großmama wartet schon.«

Während wir die breite geschwungene Treppe zum ersten Stock hinaufstiegen und einen langen Flur entlanggingen, nahm sie die Hand nicht von meiner Schulter. Den Flur sollte ich bald so gut wie meine Handfläche kennen. An jenem Nachmittag nahm ich nur ein Gewirr von alten Gemälden wahr, die in verblaßten Goldrahmen überall an den gold und blau tapezierten Wänden hingen, und den dicken Teppich unter meinen Füßen. Das Zimmer von Amelia Sass, das sich ganz am Ende dieses Flügels befand, lag hinter einer verglasten Veranda. Die Tür stand offen. Sie stand immer offen. Mayflower sagte kein Wort, sondern schob mich sanft über die Schwelle.

Ich kann nur sagen, Amelia Sass sah ganz und gar nicht so aus, wie ich sie mir vorgestellt hatte. Ich hatte mit einer dicken, mürrischen alten Frau gerechnet und war überrascht, daß sie, wie mir als erstes auffiel, eher klein und zart war. Sie saß, von Kissen gestützt, in einem uralten Bett mit einem weißen gekräuselten Himmel und hatte über ihrem Nachthemd ein flauschiges weißes, mit rosa und blauen Blumen besticktes Bettjäckchen an. Man konnte sie nicht als eine schöne alte Frau bezeichnen, dazu war ihr Gesicht zu hager und hatte zu viele scharfe Kanten. Aber sie sah sehr eindrucksvoll aus, das mußte man ihr lassen. Sie hatte schönes schneeweißes und sehr weiches Haar, und ihre Augen waren so leuchtend und dunkel, daß sie mich an einen winzigen Zaunkönig erinnerte. Es ist komisch, wie sehr der erste Eindruck trügen kann. So war, als ich ihr Zimmer betrat, mein erster Gedanke: Wie traurig sie blickt! Ich glaubte sogar, der Glanz in ihren Augen rührte zum Teil von Tränen her. Als sie dann sprach, wurde ich allerdings eines Besseren belehrt.

Ihre Stimme war nicht eigentlich scharf, aber sie hatte einen ungeduldigen, keifenden Unterton. »Nun komm rein, Kind«, sagte sie. »Steh da nicht wie ein kleines Dummchen herum.« Ich trat ein paar Schritte näher, und jetzt bekam ihre Stimme diesen halb lachenden, spöttischen Klang, der mir bald aus tiefstem Herzen zuwider war. »Nein, hierher – näher«, sagte sie. »Du liebe Güte, ich beiße dich doch nicht! Laß mal sehen, was hundert Generationen feiner Damen und Herren hervorgebracht haben.«

Ich trat näher und stand nun an ihrem Bett. Der schwache Duft von einem Riechkissen umgab sie. Sie verzog das Gesicht zu einer Grimasse – wahrscheinlich sollte es ein Lächeln sein. Aber sie streckte nicht die Hand aus, sie faßte mich nicht an, sondern musterte mich nur mit ihren glänzenden Augen. Als ich sie so aus der Nähe sah, wußte ich, daß sie nie wirklich hübsch gewesen war. Vielleicht hatte sie einmal ganz nett ausgesehen, vielleicht auch immer nur imposant – ich weiß es nicht. Ihr Gesicht und ihr Hals waren von einem Netz feiner, fast unsichtbarer Fältchen überzogen, und ihre kleinen weißen Hände waren blau geädert und mit Altersflecken gesprenkelt. Ich dachte schon, sie würde ein etwas freundlicheres Gesicht machen, aber dann sprach sie wieder, und diesmal klang ihre Stimme wirklich fast scharf: »Laß die Arme nicht so baumeln wie ein Feldarbeiter. Falte die Hände unter der Brust.«

»Ja, Ma'am«, sagte ich und faltete die Hände vor meinem Bauch.

Sie preßte die Lippen so fest zusammen, daß man sie fast nicht mehr sah. Dann schnaubte sie spöttisch und sagte: »Ah, du kannst auch sprechen.«

»Ja, Ma'am«, sagte ich wieder. Ich hatte sie schon nicht gemocht, als ich sie noch gar nicht kannte. Jetzt mochte ich sie noch weniger.

»Hör auf mit …« Sie brach mitten im Satz ab, und ihr angespanntes Gesicht wurde blaß. Ich merkte, daß sie den Atem anhielt. Sie tastete mit der Hand nach einer kleinen Schachtel, die neben ihr auf dem Bett lag. Sie öffnete sie, nahm eine winzige weiße Pille heraus und schob sie sich in den Mund. Dann lehnte sie sich, immer noch schweigend, einen Augenblick zurück, und allmählich kam wieder etwas Farbe in ihr Gesicht. Sie sah mich an, als ob nichts gewesen wäre, und sagte: »Hör auf mit diesem demütigen ›Madam‹, ich bin deine alte Großmutter.« Wieder schnaubte sie spöttisch. »Ja, ich! Kannst du mich nicht Großmama nennen?«

Erst als Mayflower etwas sagte, merkte ich, daß sie hinter mir stand. Sicher war sie näher gekommen, als Amelia Sass die Pille genommen hatte. Mit ruhiger Stimme fragte sie: »Fühlen Sie sich nicht wohl, Missy?«

»Natürlich fühle ich mich nicht wohl«, sagte Amelia Sass, und ihre Stimme klang wie verändert, ausdruckslos und voller Selbstmitleid. »Ich bin eine häßliche, nutzlose alte Frau.« Sie legte den Kopf in die Kissen zurück und starrte mit leerem Blick vor sich hin. Dann murmelte sie irgend etwas in einer fremden Sprache. Ich wußte sofort, daß es Französisch war, und bald fand ich heraus, daß sie und Mayflower sehr oft Französisch miteinander sprachen, zumindest immer dann, wenn ich nicht wissen sollte, was sie sagten.

Mayflower antwortete auf französisch. Amelia Sass lag da und blickte starr geradeaus. Schließlich wandte sie mir den Kopf zu und sah mich mit ihren glänzenden Augen forschend an. In einem für sie fast freundlichen Ton sagte sie: »So, dann dreh dich mal um, damit ich dich von hinten betrachten kann.« Ich drehte mich um, und vorsichtig, so behutsam, daß ich es kaum spürte, zerteilte sie das Haar über meinem Nacken. Anscheinend war sie mit dem, was sie sah, zufrieden, und zugleich löste es offenbar einen neuen Anfall bei ihr aus. Das geschah ihr ganz recht, fand ich. Ich hörte das Bettzeug rascheln und dann ein leises Keuchen. Aber ich konnte nicht sehen, was vorging, denn Mayflower legte den Arm um meine Schultern und führte mich hinaus. Noch ehe wir an der Tür waren, rief Amelia Sass kurzatmig, aber immer noch mit ihrem halb lachenden, spöttischen Unterton in der Stimme: »Du bist zu anstrengend für deine alte Großmama, aber wir wollen zusammen zu Abend essen.«

Dazu kam es allerdings nicht. Und es dauerte noch lange, bis Amelia Sass und ich das erste Mal zusammen aßen. Mir war das nur recht. Mayflower führte mich zu meinem Zimmer. Hätte ich vorher nicht schon manchmal in einer Hotelsuite gewohnt, dann wäre mir wohl die Spucke weggeblieben. Gewiß, das Zimmer war schön, aber es war viel zu steif und elegant für ein Kinderzimmer: ein teuer aussehender grauer Teppich, eine weißgoldene Tapete und zierliche alte Möbel. Das Himmelbett, in dem ich schlafen sollte, war so hoch, daß ich einen Hocker brauchte, um hineinzusteigen. Mayflower packte meinen Koffer aus und betrachtete gerührt das kleine Häufchen ärmlicher Sachen, die ich mitgebracht hatte. Selbst mir kamen sie traurig vor. Sie schwieg ein, zwei Minuten und verstaute dann alles so sorgfältig in einer Kommode, als hätte ich Berge von Garderobe mitgebracht. Dann nahm sie mich an der Hand und führte mich auf einen kleinen Balkon, von dem aus man den Garten überblickte. Es war ein hübscher Garten, friedlich und still. Ich sah einen alten schmiedeeisernen Brunnen und Blumenbeete, an denen Kieswege entlangführten. Aber es war kein langweiliger, übertrieben gepflegter Garten. An manchen Stellen wucherten tropische Pflanzen, und an der mit Weinlaub bedeckten Mauer wuchsen Bananenbäume, Zwergpalmen und Oleander. Mayflower zeigte auf einen großen Magnolienbaum in der hinteren Ecke des Gartens, in dessen Schatten eine von grünem Moos überzogene Steinbank stand. »Siehst du den alten Baum dort?« sagte sie. »Dort hat deine Mutter als kleines Mädchen oft gesessen – und auch später noch. Sie nannte die Bank immer ihren ›Denkplatz‹.«

Als ich nichts sagte, sah sie mich an und fragte in ihrem singenden Tonfall: »Möchtest du denn gar nichts über deine Mutter wissen?«

Mir fiel keine Antwort ein, die es mir nicht noch schwerer gemacht hätte. Mir war so schon hundeelend zumute. Deshalb nickte ich nur.

»Freilich möchtest du das«, sagte Mayflower. »Du bist genau wie sie.« Sie hielt inne. »Nur daß du mehr Mumm hast. Viel mehr Mumm. Ich weiß nicht, wo du ihn herhast. Und ich glaube auch, ich möchte lieber gar nichts wissen über die Zeit, in der du nicht hier warst, hier, wo du hingehörst. Das macht mich nur traurig. Aber wenn es das ist, was dich zu einem tapferen kleinen Mädchen gemacht hat, dann bin ich froh.« Sie blickte grübelnd über den Garten hin, legte die Arme um meine Schultern und zog mich an sich. »Für zarte Geschöpfe ist in dieser Familie jetzt kein Platz.«

Ich hatte sogar mein eigenes Badezimmer. Es war genauso elegant wie mein Zimmer, aber sehr altmodisch, mit einer riesigen Badewanne, die auf verzierten Beinen stand, und goldenen Wasserhähnen in der Form von Fischen und Schwänen. Auch ein Bidet stand darin, das erste, das ich sah. Ich hatte keine Ahnung gehabt, daß es so etwas gab. Ich untersuchte es lange und überlegte, wozu man es wohl benutzen konnte. Schließlich rief ich Mayflower und deutete darauf, als sie in der Tür erschien. Ich sah ihr an, daß sie sich Mühe geben mußte, nicht laut loszulachen. »Aber wo kommst du denn her, *chérie?*« fragte sie und versuchte, ein ernstes Gesicht zu machen. »Das Ding da ist natürlich zum Füßewaschen.«

Ich wußte, daß sie nur Spaß machte. »Ach ...«, sagte ich. »Aber ...« Sie brach in Lachen aus, und dann zog sie mich an sich und erklärte mir, wofür es wirklich war.

Wir lachten noch, als wir die Treppe hinuntergingen. Ich hatte ganz vergessen, daß ja Beau Goldsborough immer noch da war. Er wartete unten im Wohnzimmer – nicht zu verwechseln mit dem Salon und dem Musikzimmer und dem unteren Studierzimmer. (Allerdings wird es mir nie gelingen, Ihnen das riesige alte Haus mit all den vielen Zimmern so zu beschreiben, daß Sie sich darin zurechtfinden könnten.) Als wir hereinkamen, stand Beau auf und sah Mayflower erwartungsvoll an. Und er schien in ihrem Blick zu lesen, daß alles in Ordnung war. Er bemühte sich, den guten Onkel zu spielen. »So, so«, sagte er und verzog den Mund zu einem Lächeln, so daß man seine Zähne sah, »dann ist ja meine kleine Nichte endlich zu Hause.« Er tätschelte mir den Kopf – ja, er tätschelte mir tatsächlich den Kopf! »Sei ein braves Mädchen, hörst du? Onkel Beau besucht dich auch bald wieder mal.« Er wandte sich Mayflower zu. »Vielleicht sollte ich noch raufgehen und Tante Melia guten Tag sagen.«

Mayflower bekam wieder ihren hochmütigen Blick. »Sie empfängt heute nicht«, sagte sie. Offensichtlich hatte sie für Beau nicht das geringste übrig.

Er errötete und lutschte an seiner Unterlippe. »Na schön«, sagte er, »dann komme ich ein andermal vorbei.« Und ehe ich wußte, wie mir geschah, hatte er sich zu mir heruntergebeugt und mir einen schmatzenden Kuß auf die Wange gegeben. Sicher wollte er nur seine Rolle überzeugend spielen, aber ich war so wütend, daß ich ihm am liebsten einen Tritt in seinen dicken Bauch gegeben hätte. Andererseits freute ich mich, daß er Long Boy und Major Lee gute Nachrichten überbringen konnte.

Während Mayflower das Abendessen zubereitete, saß ich bei ihr in der Küche. Das wurde bald zu einer regelmäßigen Einrichtung. So fanden einige unserer interessantesten Gespräche in der Küche statt. Sie machen sich keine Vorstellung, wie riesig diese Küche war und wie altmodisch. Da war nichts, was man ein modernes Küchengerät hätte nennen können. Der alte schwarze Herd, der eine Backröhre hatte, so groß, daß man eine halbe Ochsenseite darin hätte braten können, stand da seit uralten Zeiten, wie Mayflower sagte. Der breite gußeiserne Spülstein hatte normale Wasserhähne, aber man sah noch das Loch, wo früher eine Handpumpe gewesen war. An den Wänden und den Deckenbalken hingen riesige alte Töpfe und Pfannen, die seit Jahren nicht mehr benutzt worden waren. Ich weiß, daß altmodische Küchen bei reichen Leuten damals, als man noch billig und leicht Dienstboten bekommen konnte, nichts Ungewöhnliches waren. Über ihre Küchen denken die Leute nur nach, wenn sie selbst darin herumwirtschaften müssen. Aber als ich diese Küche hier sah, wurde mir zum erstenmal richtig klar, wie geizig Amelia Sass war.

Mit der Zeit fielen mir natürlich noch viele andere Dinge auf. Zum Beispiel, daß auf allen Treppen die Läufer abgetreten waren. Und erst nach ein paar Tagen bemerkte ich, daß in den Ecken meines Zimmers an der Decke große braune Wasserflecke waren. Also mußte das Dach undicht sein. Ich stellte fest, daß es in den meisten anderen Zimmern fast ebenso schlimm aussah. Die Tapeten waren in einem beklagenswerten Zustand, besonders auf den Fluren. Und außen hätten das Haus und die Veranda ganz gut einen neuen Anstrich vertragen können. Wenn irgend etwas kaputtging, wurde es nie repariert. Die riesige alte Garage war seit langem leer. Mayflower sagte, früher hätten dort acht Wagen gestanden. Den letzten hatte Amelia Sass vor drei Jahren verkauft.

Aber, wie gesagt, was für ein fürchterlicher Geizkragen Amelia Sass war, das ging mir am ersten Abend auf, als ich Mayflower zusah, wie sie auf einem billigen kleinen Zwei-Platten-Elektroherd das Abendessen kochte. Und als ich an den Eisschrank ging, um Mayflower etwas Butter zu holen, war ich richtig entsetzt. Der Eisschrank war groß und solide wie ein Güterwagen, aber er war praktisch leer, und von dem Stückchen Eis darin wäre es nicht mal einem Kapaunenbürzel kalt geworden.

Sobald sich eine Gelegenheit ergab, brachte ich das Gespräch darauf. »Müssen Sie hier denn alles ganz allein machen?«

»O nein, nicht alles, *chérie*«, sagte sie. »Da drüben wohnen Marie und Robear. Du wirst sie bald kennenlernen, morgen vielleicht. Robear hat sich nicht ganz wohl gefühlt, deshalb waren sie die letzten Tage nicht da.« Sie lächelte. »Alles hier an diesem Haus ist alt, aber Marie und Robear, die sind wirklich uralt. Als vor ein paar Jahren die anderen Dienstboten gingen, sind sie als einzige geblieben. Sie waren zu alt, um noch irgendwo anders Arbeit zu finden. Robear kümmert sich um den Garten und hält ihn recht und schlecht in Ordnung. Und Marie hilft im Haus – sie wäscht und putzt, aber viel kann sie nicht mehr machen. Sie ist zu schwach.«

»In so einem großen Haus braucht man doch viel Personal«, sagte ich.

Mayflower lachte. »Oh, da kommst du zu spät, mein Kind. Als ich so alt war wie du, da hatten wir hier sogar noch für die Dienstboten Personal.« Sie sah mich an. »Und als deine Mutter ein kleines Mädchen war, wohnten in den Zimmern nach hinten hinaus überall Dienstboten, und dazu hatten wir noch welche, die tagsüber kamen.« Sie hielt inne und dachte nach. »Es sind mindestens dreizehn oder vierzehn gewesen.«

»Und warum sind sie alle weggegangen?« fragte ich.

»Deine Großmama war der Ansicht, wir brauchten sie nicht mehr«, sagte Mayflower. Sie warf mir einen raschen Blick zu. »Und sie hatte ganz recht.« Sie zuckte mit den Schultern. »Pah! Zwei alte Frauen, die brauchen nicht so viele Dienstboten. Sind einem nur im Weg.« Und nachdenklich fügte sie hinzu: »Eine alte Frau hätte ich sagen sollen. Ich kann für mich selbst sorgen. Und es macht mir nichts aus, für deine Großmama zu sorgen. *Mon Dieu*, sie hat oft genug für mich gesorgt. Außerdem sind die Zeiten …« Sie hielt inne. Nach einer Pause zuckte sie wieder mit den Schultern und sagte: »Ja, die Zeiten haben sich eben geändert.« Sie rührte das Essen im Kochtopf um. Dann sah sie mich mit ihrem freundlichen hellen Lächeln an. »Und du bist ja keine Mühe. Du kannst ja mithelfen, nicht wahr?« Sie gab mir einen Becher. »Hol mir mal ein bißchen Wasser.«

Das mußte man Mayflower lassen, sie äußerte nie ein böses Wort über Amelia Sass. Oh, sie sagte ihr schon gehörig die Meinung, aber anderen gegenüber redete sie nie schlecht über sie. Manchmal, wenn sie wußte, daß Amelia Sass mir heftig zugesetzt hatte, drückte sie mitfühlend meinen Arm oder zog mich an sich, aber sie sagte nie etwas. Und ich konnte das gut verstehen. Man brauchte die beiden nur zusammen zu sehen, um zu begreifen, wie nahe sie einander standen. Sie hatten ihr ganzes Leben gemeinsam verbracht, und sicher lernt man im Laufe von fünfundsiebzig Jahren die Fehler des anderen hinzunehmen, einerlei wie schlimm sie sind.

Ehe Mayflower und ich uns zu Tisch setzten, brachten wir Amelia Sass immer auf einem aus Weiden geflochtenen Tablett ihr Essen hinauf. Mayflower sorgte dafür, daß alles hübsch aussah, weil Amelia Sass fast nie Appetit hatte und zuwenig aß. Es gab immer eine Suppe, ein Hauptgericht und Salat. Manchmal gab es auch eine Nachspeise, aber Amelia Sass schloß jede Mahlzeit mit einem Gläschen Portwein ab, der aus staubigen alten Flaschen eingeschenkt wurde, die Mayflower aus dem Keller heraufholte. Gleich am ersten Abend führten wir eine Neuerung ein. Mayflower trug das Tablett bis vor die Tür des Zimmers und übergab es dann mir. Sie hatte mir vorgesprochen, was ich sagen sollte, und so ging ich mit dem Tablett hinein, versuchte freundlich zu lächeln und sagte: »*Bonjour*, Großmama.« Es war das erste Mal, daß ich Amelia Sass mit »Großmama« anredete, und von da an tat ich es immer.

Amelia Sass wirkte nicht allzu erfreut. Vielleicht war sie zu sehr überrascht. Während ich durch das Zimmer ging und das Tablett auf ihrem Bett absetzte, wandte sie keinen Moment ihre glänzenden Augen von mir ab. Mit zusammengepreßten Lippen saß sie regungslos da, auch als Mayflower hinzukam und das Tablett zurechtrückte. Auf dem Bett lag ein Buch. Sie nahm es in die Hand, hielt es mir hin und sagte in gebieterischem Ton: »Lies mir etwas vor.« Ich muß sie wohl ein bißchen verwirrt angesehen haben, jedenfalls sagte sie ungeduldig: »Lies irgendwas, fang irgendwo an.« Ich schlug die erste Seite auf und fing an vorzulesen. Es war ein altes Buch, ganz klein gedruckt, so wie alte Bücher das oft sind. Erst nach zwei, drei Sätzen merkte ich, daß es *Alice im Wunderland* war. Ich kannte es und hatte es sogar schon zweimal gelesen. Gekauft hatte ich es mir, weil Major Lee mir davon erzählt hatte. Aber trotz allem, was die Leute immer reden, fand ich es gar nicht so wunderbar. Vielleicht hätte ich es früher lesen müssen. Mir kam es ziemlich albern vor.

Nachdem ich ein paar Absätze vorgelesen hatte, winkte Großmama Sass ab. Sie sah mich forschend an. »Man hat mir gesagt, du hättest kaum die Schule besucht«, sagte sie. »Wie kommt es, daß du so gut lesen kannst?«

Ich spulte meine kleine Geschichte ab: wie ich mir selbst das Lesen und das Schreiben beigebracht hätte und daß Earl und Alma es nie kapiert hätten. Sie fragte mich nicht, wer Earl und Alma waren. Sie lehnte sich in die Kissen zurück, verzog die Mundwinkel zu einer Grimasse, die ein Lächeln sein sollte, und blickte Mayflower an. »Das Blut läßt sich nicht verleugnen, nicht wahr, Mayflower?« Über Mayflowers Gesicht glitt ein leichtes Lächeln, aber ihre Augen waren dunkel und ernst. Sie nickte kaum merklich.

Großmama Sass wandte sich mir zu. »Ich hatte mir Sorgen gemacht wegen der Schule, aber ich sehe, das wird nicht so schwierig werden, wie ich dachte. Für dieses Jahr ist es zu spät, noch etwas zu unternehmen. Aber vor dem nächsten Herbst müssen wir dich bei einer geeigneten Mädchenschule anmelden.«

Mayflower sagte: »Sie braucht Kleider.«

Das hörte Großmama Sass gar nicht gern. Sie runzelte die Stirn und zog die Mundwinkel herunter. »Wieso, ich dachte, dafür wollte Beau sorgen«, sagte sie. Sie sah mich scharf an. »Hat er dir nichts gekauft?«

Ich deutete auf das, was ich anhatte. »Das da hat er mir gekauft.«

Die Runzeln auf Großmama Sass' Stirn vertieften sich. »Oh, dieser verfluchte Kerl!« sagte sie und wandte sich Mayflower zu. »Vielleicht sollten wir ...«

Mayflower sagte: »Sie müssen jetzt essen. Das Essen wird kalt. Wir sprechen nachher darüber.«

Großmama wandte sich mit starrem Blick dem Tablett zu. Der Gedanke, daß sie ein paar Dollar für neue Kleider für mich ausgeben sollte, hatte sie offensichtlich verstört. Vielleicht war das der Grund, weshalb ihr der erste Löffel Cremesuppe am Kinn herunterlief. Ärgerlich brummelnd beugte sie sich über das Tablett. Mayflower machte ein schnalzendes Geräusch und gab ihr die Serviette. Großmama Sass tupfte sich damit das Kinn ab, und ihr Gesicht wurde rot wie eine Rübe.

Ich versuchte, mir nichts anmerken zu lassen, aber Großmama Sass sah zu mir herüber und fragte in ihrem spöttischen Ton: »Na, was denkst du jetzt, kleine Miss Großauge? Wie abscheulich deine alte Großmutter ist?« Sie lachte schnaubend: »Oh, du kommst auch an die Reihe. Du wirst es vielleicht nicht glauben, aber eines Tages bist du auch alt und häßlich und sitzt im Bett, und die Suppe läuft dir am Kinn herunter.«

Mayflower versuchte sie zu beschwichtigen: »Pscht, pscht! Nun essen Sie erst mal Ihre Suppe, Missy.«

Großmama Sass verzog den Mund. »Laß mich zufrieden, Mayflower«, sagte sie. »Warum soll sie nicht die Wahrheit hören? Weiß Gott, ich wünschte, mir hätte jemand Bescheid gesagt, als ich so alt war wie sie.« Sie sah mich mit ihren funkelnden Augen an. »Hat man dich zur Sonntagsschule geschickt da unten, in diesem Sumpfland?«

Ich schüttelte den Kopf.

Wieder lachte Großmama schnaubend. »Na, Gott sei Dank! Vielleicht besteht dann noch etwas Hoffnung für dich. Laß dir eins gesagt sein, mein liebes Enkeltöchterlein, Gott der Allmächtige ist ein großer Witzbold. Das hat dir noch keiner gesagt, wie? Und weißt du auch, was sein größter Witz ist? Nicht, daß er uns alle sterben läßt. *Non, ma chérie,* dazu ist Gott viel zu grausam und raffiniert. Sein größter Witz ist, daß er uns alt und häßlich und nutzlos werden läßt. Oh, du wirst schon sehen. Mit der Zeit wirst du sogar entdecken, daß das Leben selbst ein grausamer Witz ist. Du brauchst gar nichts zu tun, als immer weiter zu atmen, dann wirst du eines Tages mit Kummer und Gebrechen und Schmerzen bestraft. Oh, du wirst –«

Mayflower sagte in scharfem Ton: »Essen Sie jetzt, Missy.«

Großmama Sass hielt inne und zuckte mit den Schultern. »Na schön«, sagte sie. Sie aß einen Löffel Suppe, dann sagte sie zu Mayflower etwas auf französisch, und Mayflower antwortete ihr, worauf Großmama sehr ernst wurde. Sie blickte flüchtig zu mir herüber, und vielleicht waren diesmal wirklich Tränen in ihren glänzenden Augen. Vielleicht aber auch nicht.

Mayflower deckte mich an diesem Abend in meinem großen Bett fest zu. Sicher hatte das auch meine richtige Mama früher getan, aber ich konnte mich nicht mehr daran erinnern. Als Mayflower sich zu mir herunterbeugte und mich auf die Stirn küßte, ehe sie das Licht ausmachte, mußte ich an mich halten, daß ich nicht die Arme um ihren Hals schlang. War das nicht töricht für ein zwölfjähriges Mädchen, das schon bald dreizehn wurde? Ich lag still da und dachte nach. Immer wieder sagte ich mir, daß ich Grund hatte, mich zu freuen. Unser Plan ließ sich gut an. Und außerdem war es ja nicht Mayflowers Geld, worauf wir es abgesehen hatten. Trotzdem war ich traurig und kam mir einsam und elend vor. Und ich merkte, daß ich Long Boy schrecklich vermißte.

14

In der ersten Woche meines Aufenthaltes bei Amelia Sass war ich ständig darauf gefaßt, daß mich jemand aufforderte, von meinem Leben bei den Isbells zu erzählen. Und so ungern ich mit Großmama Sass zusammen war, so hoffte ich doch, daß sie es sein würde, die mich danach fragte. Es wäre mir gegen den Strich gegangen, Mayflower zu belügen. Aber keiner stellte mir Fragen. Jedenfalls nicht die Fragen, auf die wir uns vorbereitet hatten.

Das kam mir zuerst etwas seltsam vor, und es machte mich sogar leicht nervös, bis ich durch Äußerungen von Mayflower nach und nach herausbekam, daß ich – na, Sie wissen schon, ich meine, die richtige kleine Amelia – in dem großen Haus seit drei, vier Jahren so ziemlich das einzige Gesprächsthema gewesen war. Bis zu der Zeit, als Großmama schwer erkrankt und beinahe gestorben war, hatten sie offenbar jeden Tag damit gerechnet, daß man mich irgendwo finden würde. Dann hatte sich wahrscheinlich alles um die kranke Amelia Sass gedreht. Jedenfalls hatten Großmama und Mayflower offenbar nicht im geringsten daran gezweifelt, daß ich den Hurrikan überlebt hatte. Ihre größte Sorge war gewesen, daß die Familie, die mich mitgenommen hatte, sich vielleicht nicht genug um mich kümmerte.

Es war fast so, als wollten Großmama Sass und Mayflower gar nicht wissen, wie es mir ergangen war, bevor Beau mich gefunden hatte. Vielleicht weil der Gedanke daran sie traurig machte, wie Mayflower sagte. Vielleicht aber auch deshalb, weil sie beide alt waren und ein paar Jahre ihnen nicht so lange vorkamen. Jedenfalls sprachen sie meist nur indirekt von der Zeit, die ich fortgewesen war. Als Mayflower und ich am zweiten oder dritten Tag das

Frühstückstablett hinaufbrachten, blickte Großmama Sass mich von der Seite an und sagte in ihrem spöttischen Ton: »Ja, dann müssen wir ja auch deines Namens wegen etwas unternehmen.«

Ich sah sie nur an und schwieg.

Großmama Sass sagte: »Oh, sieh mich nicht so böse an, kleine Miss Alice. Addie ist doch gar nicht dein richtiger Name. Sie haben ihn dir nur gegeben – die Leute da unten. Ich finde ihn gar nicht schön.«

Da tat ich etwas Törichtes. Aber die Art, wie Großmama Sass redete, machte mich jedesmal wild, so daß ich Mühe hatte, mich an meine Rolle zu erinnern. »Mir gefällt er«, sagte ich.

Großmama Sass lachte schnaubend. »So? Tut er das, kleine Miss? Nun, wie schön für dich!« Sie musterte mich mit ihren glänzenden Augen und spitzte den Mund. »Und wie ungewöhnlich. Ich habe meinen Namen immer gehaßt. Als ich so alt war wie du, wollte ich einen hübschen klangvollen Namen haben, so wie meine kreolischen Freundinnen – Delphine oder Félicité ... oder Désirée.« Sie sah Mayflower an. »Weißt du noch, Mayflower, wie sehr ich die kleine Melpomene Bermudez beneidet habe?« Mayflower nickte ernst.

Großmama Sass wandte sich wieder mir zu und zuckte mit den Schultern. »Ich würde dir ganz bestimmt keinen Namen wünschen, für den ich selbst nichts übrig hatte.« Ihre Stimme wurde wieder spöttisch. »Aber Addie Kodaly ... du liebe Güte! Das ist genauso unmöglich wie Addie Isbell. Na, vielleicht überlegst du es dir ja noch anders, wenn du älter wirst.«

Eines Nachmittags, als Mayflower ausgegangen war und ich allein mit Großmama zusammensaß, sagte sie plötzlich: »Du siehst ja so nachdenklich aus! Vermißt du deine ... diese Leute, bei denen du gelebt hast?«

Ich schüttelte den Kopf. »Nein, Ma'am.«

Großmama Sass zupfte an ihrer Bettdecke und sah mich mit ihren glänzenden Augen von der Seite her an. »Haben sie dich nicht gut behandelt?«

Ich zuckte mit den Schultern. »Nicht immer«, sagte ich. Und dann spulte ich meine kleine Geschichte von dem alten Ern Isbell ab.

Großmama Sass preßte die Lippen zusammen und sah mich lange an. Als sie schließlich wieder sprach, klang ihre Stimme zur Abwechslung fast nett. »Also, Kind, ich möchte, daß du weißt ...« Plötzlich hielt sie inne und lachte wieder auf ihre unangenehme Art. »Na, jedenfalls scheinst du ja alles gut überstanden zu haben«, sagte sie und warf mir einen spöttischen Blick zu. »Sehr gut sogar, würde ich sagen.«

Ich wurde aus dieser alten Frau einfach nicht schlau. Oh, ich gebe gern zu, daß das zum Teil vielleicht auch an mir lag. Ich nehme an, sie fühlte, daß ich sie nicht mochte, obwohl ich mir die größte Mühe gab. Ich kam gegen meine Gefühle einfach nicht an. Immerhin wußte ich ja, wie gemein sie ihre Tochter behandelt hatte und wie geizig sie war. Aber sie hatte eigentlich keinen rechten Grund, mich nicht zu mögen oder mich in ihrer hochmütigen, spöttischen Art zu behandeln. Ich weiß, daß Mayflower ihr deswegen Vorwürfe machte. Oft, wenn sie mit Großmama Sass Französisch sprach, war es ganz klar, daß sie ihr sagte, sie solle still sein oder darauf achten, was sie redete. Eines Abends vergaßen wir, ein Messer auf das Tablett mit dem Essen zu legen. Ich lief noch einmal hinunter, um eines zu holen.

Als ich wieder heraufkam und schon fast an der Zimmertür war, hörte ich Großmama Sass sagen: »Oh, ich weiß, Mayflower. Du hast ja recht. Und ich versuche es auch. Ich bemühe mich ehrlich. Ich bin froh, daß sie hier ist. Aber ich kann einfach nicht ...« Sie hielt inne, als ich ins Zimmer kam. An diesem Abend war sie besonders nett zu mir – nett für ihre Verhältnisse.

Wäre sie nicht so boshaft und verbittert gewesen, dann hätte sie eine interessante alte Dame sein können. Sie konnte wunderbar von der alten Zeit erzählen. Eines Abends kam sie auf das alte Französische Opernhaus zu sprechen. Fasziniert hörte ich ihr zu. So wie sie erzählte, sah man deutlich vor sich, wie herrlich und glanzvoll alles gewesen war. Die Zuhörer saßen in vergoldeten Logen, die in der Form eines Hufeisens angeordnet waren. Die Frauen trugen fließende Gewänder und waren reich mit Juwelen geschmückt, Diamanten, Smaragde und Rubine. Und die Männer sahen alle flott und elegant aus in ihren Abendanzügen, mit ihren Zylindern und ihren mit roter Seide gefütterten Umhängen. Überall standen Blumen. Riesige Kronleuchter verbreiteten ein strahlendes Licht, und alle waren glücklich und galant und romantisch. Oh, es war wie ein Stück aus *Vom Winde verweht*. Aber plötzlich verzog Großmama Sass den Mund. »Vorbei«, sagte sie bitter. »Abgebrannt. Jedes Stückchen Samt, jede Goldleiste zu Asche verbrannt. Asche.« Sie stieß ihr spöttisches Lachen aus. »So wie alles endet, mein liebes Enkeltöchterchen. Asche!«

Sie lag nicht ständig im Bett. Zwar kam sie nie die Treppe herunter, aber manchmal zog sie sich einen Morgenrock und Pantoffeln an und setzte sich auf die Veranda vor ihrem Zimmer. Hin und wieder ging sie auch, auf einen Ebenholzstock mit goldenem Knauf gestützt, der ihrem Daddy gehört hatte, im Flur auf und ab. Bei einer solchen Gelegenheit sah sie mich eines Nachmittags auf der obersten Treppenstufe sitzen. Sie lachte schnaubend. »Da habe ich früher auch oft gesessen«, sagte sie. »Meistens mit Mayflower. Ja, ja, so manchen Abend haben wir da gesessen. Schon als wir gerade laufen konnten und auch später noch, als wir schon älter waren, als du jetzt bist.« Und ehe ich mich's versah, hatte sie es irgendwie fertiggebracht, sich zu mir zu setzen. Sie war kaum größer als ich, und sie kam mir so zart und zerbrechlich wie ein Spinnennetz vor.

Wir saßen eine Weile schweigend da, dann sagte sie: »Kind, glaub nicht daran, wenn die Leute sagen, daß man viele schöne Erinnerungen sammeln muß. Alles Lüge. Wenn du älter wirst, tun dir die schönen Erinnerungen mehr weh als die bösen. Sie sind viel schlimmer.« Und nach einer langen Pause sagte sie: »Wir haben uns immer bis hier an die Treppe geschlichen, wenn unten eine Abendgesellschaft war. Sehr glanzvoll waren diese Gesellschaften nicht. Dazu waren die Zeiten damals zu schlecht – aber das wußten wir nicht. Wir waren zu jung und zu behütet aufgewachsen. Wir erfuhren nie etwas von schweren Zeiten.« Sie hielt inne. »Leider.«

Sie deutete mit ihrem Stock auf den riesigen Kristallkronleuchter, der unten in der Diele hing. »Siehst du das nutzlose alte Ding da unten? Hundertsechzehn Kerzen!« Sie lachte schnaubend. »So viele Kerzen gab's damals in ganz New Orleans nicht.« Sie drehte sich zu mir herum und sah mich mit ihren glänzenden Augen an. »Als der alte General Beast Butler und seine Yankees kamen, da haben die Leute alles aus den großen Speichern geholt, was den Yankees hätte nutzen können.

Was sie herausschleppen konnten, haben sie verschüttet und vernichtet. Wieviel Zucker wurde da überall verstreut! Papa sagte immer, es sah aus, als wäre ein Schneesturm über die Stadt hingefegt. Und Melasse ist die Rinnsteine entlanggeflossen. Sie haben zwölftausend Ballen Baumwolle verbrannt, und über zweitausend davon haben Papa gehört. Er hat selbst geholfen, sie anzuzünden. Da waren ...«

Sie hielt inne. »Oh, aber ich komme vom Hundertsten ins Tausendste. Ich wollte dir ja von dem Kronleuchter erzählen. Papa bestand darauf, daß er brannte, wenn er eine Abendgesellschaft gab. Der alte Ep – Mayflowers Vater – und die anderen Dienstboten hoben jedes Krümelchen Fett und Talg auf. Und sie durchstöberten das ganze Haus nach Kerzenstümpfen und Wachsstückchen. Dann kochten sie alles in einer Wanne auf und gossen ein wenig davon in jeden der Halter. Als Dochte nahmen sie gezwirbelte Baumwollfäden. Der Kronleuchter brannte immer, wenn Papa eine Gesellschaft gab, aber was hat er gequalmt!« Sie lachte. »Mayflower und ich wußten gar nicht, daß er das eigentlich nicht hätte tun dürfen. Wir saßen ganz verzückt hier oben und fanden es herrlich.«

Sie saß eine Weile stumm da. »Ach ja«, rief sie plötzlich aus. »Ich muß dir noch von dem Ball erzählen, den Papa gab, als die letzten Yankeetruppen die Stadt verließen. Fünfzehn Jahre lang waren sie hiergewesen. Stell dir das vor! Ich war schon fast siebzehn. An diesem Abend brannten natürlich richtige Kerzen in dem Kronleuchter. Ich hatte ein rosa Ballkleid an, das Madame Hachard mir genäht hatte, die bekannteste Schneiderin in New Orleans. Es war aus moirierter Seide und hatte eine lange, mit Samtbändern befestigte Schleppe. Mayflower hat mir das Korsett zugeschnürt, bis ich kaum noch atmen konnte. Oh, und was haben wir getanzt an diesem Abend! Mayflower saß hier oben, und jedesmal, wenn ich so außer Atem war, daß ich nicht mehr tanzen konnte, bin ich hier heraufgekommen und hab mich zu ihr gesetzt. Oh, was ...«

Sie verstummte plötzlich und saß wieder schweigend da. »All die schönen Menschen«, sagte sie mit leiser, trauriger Stimme, als spräche sie zu sich selbst. »All die lieben schönen fröhlichen Menschen.« Auf einmal wurde ihre Stimme schrill. »Tot! Alle tot!« Sie stand so rasch auf, daß ich Angst hatte, sie würde stolpern. »Fort!« krächzte sie. »Alle fort! Verstehst du das, Kleines?« Sie wankte den Flur entlang auf ihr Zimmer zu, und ich konnte nicht unterscheiden, ob sie schluchzte oder fluchte.

Großmama Sass verdarb immer alles. Besonders schlimm war es mit ihr montags, wenn Dr. Morphy kam, um nach ihr zu sehen. Dr. Morphy war ein reizender Mann, klein, mit schmalen Händen und Füßen und großen sanften braunen Augen. Mayflower sagte, er stammte aus einer der ältesten Kreolenfamilien von New Orleans und sei ein ganz berühmter Herzspezialist. Trotzdem kam er wie ein Hausarzt zu Großmama Sass, weil er sie schon sein Leben lang kannte. Er hatte auch meine Mutter – ich meine Madeleine Sass, nicht meine richtige Mama – sehr gut gekannt. Als er mich zum erstenmal sah, blieb er stehen und sah mich prüfend an. »Du bist also Madeleines Tochter«, sagte er. Ich nickte. Er lächelte. »Ja, ganz ihre Augen, ihre ernsten Augen.« Von da an nannte er mich immer Yeux Tristes, was auf französisch »traurige Augen« heißt.

Großmama Sass behandelte Dr. Morphy, als wäre er ein kleiner Junge. Wenn er bei ihr war, gab sie ständig ihr schnaubendes Lachen von sich oder stöhnte auf und sagte: »Also wirklich, Bernardo!« oder: »Nun hören Sie aber mal, Bernardo!« Einmal, als Mayflower und ich zu ihr hineingingen, nachdem er bei ihr gewesen war, saß sie mit leuchtenden Augen in ihrem Bett, spitzte den Mund und sagte: »Der gute Bernardo hat mir gerade erzählt, Ende des Jahrhunderts würde es soweit sein, daß die Menschen hundert Jahre alt werden.« Sie fauchte angewidert. »Nun frage ich euch, ist das nicht Unsinn? Die Menschen leben heutzutage schon zu lange, viel zu lange.« Sie lachte höhnisch auf. »Wenn die Ärzte wüßten, was sie tun, dann würden sie etwas erfinden, damit die Menschen beizeiten sterben. Zur rechten Zeit sterben – ehe sie zu nichts mehr nütze sind und sich selbst und anderen zur Last fallen.«

Mayflower sagte kurz angebunden: »Das ist törichtes Geschwätz.«

»Wieso denn, Mayflower?« sagte Großmama Sass. »Wenn irgendwelche alten Damen ewig weiterleben wollen, häßlich und verschrumpelt und hilflos, wie sie sind, dann sollen sie das ruhig. Aber im Namen Seiner Heiligkeit des Papstes: Sollte man sich nicht frei entscheiden können? Jeder weiß doch, wann es an der Zeit ist …« Sie unterbrach sich. »Meine Güte, Kind, schau mich nicht so an, als ob ich übergeschnappt wäre.« Und mit spitzer Stimme fuhr sie fort: »Du wirst schon sehen! Jeder kommt dahinter.«

Solche Reden brachten mich immer auf die Palme. Vor allem aber beunruhigten sie mich. Vielleicht machten sie mir sogar ein wenig Angst. Wahrscheinlich müßte ich mich schämen, aber besonders unangenehm war mir, wenn Großmama Sass eine ihrer Herzattacken hatte. Das kam jeden Tag zwei- bis dreimal vor. Manchmal sah es aus, als würde sie sterben. Erst wenn sie sich eine ihrer winzigen Pillen in den Mund geschoben hatte, wich allmählich die Blässe aus ihrem Gesicht. Ich hielt mich nie länger bei ihr auf, als nötig war. In der ersten Zeit fürchtete ich mich immer vor dem Donnerstag und dem Samstag. Das waren die Tage, an denen Mayflower ihre Nichte besuchte. Ich erfuhr von dieser Nichte erst in der zweiten Woche, weil Mayflower wegen meiner Ankunft zu Hause geblieben war.

Um es gleich zu sagen, mir kam es immer etwas merkwürdig vor, daß Mayflower einfach so fortging. Ich wunderte mich darüber, daß sie mir nie von ihrer Nichte erzählte und nie sagte, warum sie soviel Zeit bei ihr verbrachte. Meistens ging sie schon in aller Frühe, gegen fünf Uhr, los und kam erst abends, nach sechs Uhr, wieder zurück. Wie müde sie jedesmal danach war, merkte ich, wenn ich bei ihr saß, während sie das Abendessen zubereitete. Aber sie beklagte sich nie und brachte mir immer etwas Schönes mit, ein Stück Kirschkuchen zum Beispiel oder ein Schokoladeneclair. Und jedesmal gab es großes Gelächter, weil ihre Mitbringsel immer etwas zerdrückt waren.

Wenn Mayflower weg war, besorgte die alte Marie, so gut es ging, das Kochen und die Hausarbeit. Sie hatte keine Zähne mehr, war fast blind und so verschrumpelt und zerknittert, daß sie mich an ein verkohltes Streichholz erinnerte. Aber sie war so lieb und nett, wie man nur sein konnte. An manchen Tagen bewältigte sie alles ganz gut. An anderen Tagen schlich und stolperte sie umher, machte alles falsch und murmelte ständig in einer Sprache vor sich hin, die Mayflower Louisianafranzösisch nannte. Robear, ihr Mann, hatte genauso viele Runzeln und auch keine Zähne mehr, aber er war noch etwas munterer. Er arbeitete meistens im Garten, aber zwischendurch kam er herein und half Marie beim Wäschewaschen und beim Saubermachen.

An den Tagen, an denen Mayflower nicht da war, brachte ich Großmama Sass allein das Frühstück und das Mittagessen hinauf, aber ich fand immer einen Vorwand, mich so schnell wie möglich wieder zu verdrücken. In den beiden ersten Wochen lief ich viel im Haus und im Garten herum. Da war so vieles zu erkunden, und ich glaube, ich habe alles gesehen, was man sehen konnte. Aber viele Zimmer im ersten und im zweiten Stock waren verschlossen. Mayflower sagte, Großmama Sass habe Fenster und Türen zugesperrt, damit das Sonnenlicht den Möbeln und Teppichen nicht schade.

So geizig Großmama Sass war, ihre schönen alten Möbel hielt sie in Ordnung. Gegen Ende meiner ersten Woche kam ein dürrer kraushaariger älterer Mann mit zwei farbigen Gehilfen und holte einen halben Lastwagen voll Möbel ab, die ausgebessert und neu bezogen werden sollten. Natürlich regte Großmama Sass sich furchtbar über die Kosten auf. Als ich durch den Flur zu meinem Zimmer ging, hörte ich, wie sie mit dem Mann feilschte. »Sie sind ein Räuber, Emile!« sagte sie mit lauter Stimme, und sie sagte es nicht im Scherz. »Sie sind schon immer ein gemeiner Räuber gewesen.«

Wenn sie Geld ausgeben mußte, brach es ihr fast das Herz. Allein das Theater mit meiner Kleidung! Es dauerte fast zwei Wochen, bis Großmama sich dazu durchrang, mir ein paar neue Sachen zu kaufen. Natürlich gingen wir nicht einkaufen wie normale Leute. Großmama Sass rief beim Maison Blanc, dem größten Warenhaus in New Orleans, an und sagte, man solle ihr eine Kollektion Kleider zum Auswählen schicken. Prompt kamen ein Mann und eine Frau in einem kleinen Lieferwagen angefahren, und gleich darauf sah es in Großmamas Veranda wie in einem Laden aus. Sie rief mich herüber, aber nicht etwa, um zu fragen, ob mir etwas gefiel oder nicht. Sie saß zurückgelehnt auf einem Korbsofa, würdevoll wie eine Königin, und klopfte ab und zu mit ihrem Stock auf den Boden. Mit der Frau sprach sie Französisch. Und jedesmal, wenn die Frau ihr etwas zeigte, sah sie als erstes nach dem Preisschild. Meistens winkte sie nur ab, was hieß, daß es zu teuer war.

Ich muß allerdings zugeben, daß die Sachen, die sie schließlich aussuchte, gar nicht so übel waren. Sie kaufte mir acht Kleider, zwei Paar Schuhe, einen Morgenrock und Pantoffeln, zwei Dutzend Hemdhöschen, zwei Dutzend Paar Strümpfe und je ein Dutzend Nachthemden und Unterröcke. Zum Schluß hatte ich fast so viele Sachen, wie ich im Hotel hatte. Großmama Sass machte keinen Hehl daraus, daß sie nur ungern soviel Geld ausgab. Als ich begeistert tat und ihr überschwenglich dankte, zog sie die Mundwinkel herunter. »Alles viel zu teuer heutzutage«, sagte sie. »Selbst billige Konfektionsware.«

Es dauerte einige Zeit, bis ich herausbekam, daß Beau Goldsborough jeden Tag bei Großmama Sass anrief. Ich weiß nicht, worüber sie sprachen, aber ich hatte das Gefühl, daß Großmama Sass genausowenig für ihn übrig hatte wie Mayflower. Nicht daß sie je etwas gesagt hätte. Aber vielleicht schloß ich es gerade daraus, daß sie ihn fast nie erwähnte. Einmal sagte ich zu Mayflower, ich könne Beau nicht leiden. Sie lächelte. »Da bist du bestimmt nicht die einzige, *chérie*«, sagte sie.

»Sie mögen ihn auch nicht?« fragte ich.

Sie zuckte mit den Schultern. »Er ist der einzige Verwandte, den Missy noch hat.« Sie überlegte und lächelte dann. »Er war ein hinterhältiger kleiner Junge, und jetzt ist er ein hinterhältiger Mann. Und auch ein feiger kleiner Junge. Daran muß ich immer denken. Sonst stört er mich nicht.«

An dem Tag, nachdem Großmama Sass mir die Kleider gekauft hatte, kam Beau zu Besuch. Er hatte sich telefonisch angemeldet. Als er erschien, lächelnd wie ein kurzmäuliger Alligator, ließ ihn Mayflower wortlos herein. Sobald er mich erblickte, spielte er wieder den guten Onkel. »Ja, wie geht's denn meiner kleinen Nichte? Du siehst ja blühend aus. Blühend! Onkel Beau hat dir auch etwas mitgebracht.« Er hielt mir ein billiges Rätselbuch für Kinder hin, so als wäre es ein Diamantengehänge. Ich bedankte mich höflich und führte ihn, wie Mayflower mir aufgetragen hatte, zu Großmama hinauf. Je näher wir ihrer Tür kamen, desto freundlicher tat er. Dauernd redete er von »Onkel Beau« und seiner »lieben kleinen Nichte« und so. Großmama Sass ließ sich von ihm einen Kuß auf die Wange geben, war aber über seinen Besuch offensichtlich nicht sonderlich entzückt. Ich wollte hinausgehen, aber sie sagte: »Bleib, Kind.«

Es war die Art Unterhaltung, wie man sie sich zwischen einem Neffen und seiner Tante vorstellt. Sie fragte nach seiner Familie, und er erkundigte sich nach ihrem Befinden. Sie sprachen über ein paar Leute, die sie beide kannten. Er war sehr höflich und sagte immer »Ja, Tante Melia« oder »Nein, Tante Melia«. Nur einmal brachte er das Gespräch aufs liebe Geld. Er räusperte sich und sagte: »Hm, Tante Melia, besitzt du zufällig Blei-Aktien? Die sind in den letzten Wochen ganz schön gestiegen.«

Großmama Sass spitzte den Mund. »Du liebe Güte, Beau, warum gehst du einem so auf die Nerven. Immer willst du über Geschäfte oder über Geld sprechen. Wo hast du das nur her?«

Beau errötete und sog an seiner Unterlippe. »Na ja, hm, ich dachte nur, ich sollte das erwähnen«, sagte er und brachte ein schwaches Lächeln zustande. »Schließlich sind wir nicht alle so gut situiert wie du, Tante Melia.«

Großmama Sass sah ihn nur von oben herab an.

Nachdem er ihr noch einen Kuß auf die Wange gegeben hatte, begleitete ich ihn wieder hinunter. Als wir durch den Flur gingen, zischte er mir wütend zu: »Dummes Kind! Warum bist du nicht rausgegangen?«

Ich war so überrascht, daß ich nichts zu sagen wußte. Und richtig wütend wurde ich erst, als er gegangen war. Ich hatte mich nach Long Boy und Major Lee erkundigen wollen, aber das Wiedersehen mit Beau brachte mich auf einen Gedanken. Der nächste Tag war ein Samstag, und Mayflower würde wieder zu ihrer Nichte gehen. Abends im Bett machte ich mir einen genauen Plan.

Als ich am nächsten Morgen Großmama Sass das Frühstückstablett hinaufgebracht hatte, ließ ich sie, sobald ich konnte, wieder allein. Ich flitzte die Treppe hinunter und ging ins Studierzimmer. Ganz leise nahm ich den Telefonhörer ab und rief Long Boy an. Was ich da machte, war natürlich riskant, das wußte ich. Ich hielt den Atem an und rechnete jeden Augenblick damit, ein Knacken zu hören, wenn Großmama Sass oben bei sich den Hörer abnahm. Aber sie nahm ihn nicht ab. Als Long Boy sich schließlich meldete und meine Stimme hörte, merkte ich deutlich, wie sehr er sich freute. Ich glaube, er wäre durch die Leitung gekrochen gekommen, wenn er das gekonnt hätte. Ich sagte, er solle leise sprechen, und flüsterte ein paar Worte mit ihm. Dann legte ich den Hörer auf.

Das war einer der längsten Vormittage meines Lebens! Aber endlich wurde es doch zwei Uhr. Ich schlenderte zum Tor, schlich hinaus und rannte fast die ganze Saint Charles Avenue hinunter. Long Boy wartete schon. Er saß im Wagen und – ach, es war so gut, ihn wiederzusehen! Wir fuhren das letzte Stück der Saint Charles Avenue entlang, bogen in den Audubon Park ein und hielten in der Nähe des Golfplatzes an. Wir redeten und redeten. Natürlich erzählte ich ihm alles, was passiert war. Und er berichtete mir von seinen und Major Lees Erfolgen beim Verkauf von HEPFLAU-Anteilen. Dann erzählte er mir, daß Beau plötzlich angefangen habe, über unser Abkommen zu jammern. Wenn das alles so langsam gehe, habe er gesagt, finde er, zwanzig Prozent für uns seien zuviel. Long Boy lachte. »Major Lee läßt ihn immer eine Zeitlang wiehern. Dann zieht er die Augenbrauen in die Höhe und nimmt ihn an die Kandare. Oh, gegen den kommt der dicke Beau nicht an.«

Als wir die Saint Charles Avenue wieder hinauffuhren, fragte Long Boy: »Was meinst du, wie lange wird's noch dauern? Wie lange will die Alte es denn noch machen?«

Ich war ehrlich entsetzt. Ich hatte Großmama Sass bestimmt nicht ins Herz geschlossen, aber so kaltblütig von ihrem Sterben zu sprechen, das kam mir schrecklich vor. Freilich, zwei Wochen vorher hatte ich noch genauso gedacht. Ich versuchte, in einem nüchternen Ton zu antworten. »Sie ist noch ganz schön kräftig«, sagte ich, »außer wenn sie ihre Anfälle hat.«

Long Boy sagte: »Das hab ich befürchtet. Na, bist ja auch noch nicht lange dort. Mußt wohl noch 'n paar Monate aushalten. Wenn dann immer noch nichts passiert ...«

»Ich glaube auch«, sagte ich. Plötzlich war mir hundeelend zumute.

Von da an traf ich mich jeden Samstagnachmittag mit Long Boy.

Er wartete im Wagen auf mich, und wir fuhren immer in den Audubon Park und tauschten Neuigkeiten aus. Es war unglaublich, wie schnell die Zeit verging. Eines Tages wurde mir zu meinem eigenen Erstaunen bewußt, daß ich nun schon sechs Wochen bei Amelia Sass war. So lange hatte ich mich noch nie irgendwo aufgehalten, seit meine Mama gestorben war. Es wäre wohl alles so weitergegangen, bis – nun, jedenfalls noch eine Weile lang, wenn die uralte Toilette in meinem Badezimmer nicht plötzlich verstopft gewesen wäre.

Dabei war ich wirklich nicht schuld daran, daß die Toilette verstopfte. Das mag unwichtig erscheinen, aber es hilft erklären, weshalb ich auf einmal so wild wurde. Ein weiterer Grund mag gewesen sein, daß ich niedergeschlagen und traurig war. Tags zuvor hatte ich Long Boy gesehen, und wenn ich mit ihm zusammengewesen war, dauerte es immer vierundzwanzig Stunden, bis ich mich wieder einigermaßen gefangen hatte. Wie dem auch sei, die Toilette hatte von Anfang an komische Geräusche gemacht. An diesem Sonntagmorgen nun war sie plötzlich verstopft und lief über. Ich wischte alles, so gut ich konnte, auf, und als ich hinunterging, sagte ich Mayflower Bescheid. Sie sagte, sie würde Robear raufschicken, um den Schaden zu beheben. Ich dachte nicht mehr daran, bis Mayflower und ich Großmama Sass das Essen hinaufbrachten.

Als ich ins Zimmer kam, blitzte mich Großmama Sass mit funkelnden Augen an. Mit schriller Stimme sagte sie: »Nun, junge Miss, ich höre von Robear, daß du die Toilette in deinem Badezimmer verstopft hast.«

»Nein, das hab ich nicht ...« fing ich an.

»Wie kannst du dich nur so dumm anstellen?« rief Großmama Sass mit noch schrillerer Stimme. »Weißt du nicht, daß Reparaturen heutzutage ein Vermögen kosten? Wie konntest du so etwas tun!«

Ich stellte das Tablett aufs Bett und sah ihr ins Gesicht. »Ich bin's nicht gewesen«, sagte ich. »Die Toilette war schon –«

»Natürlich bist du's gewesen!« sagte Großmama Sass. »So etwas passiert doch nicht von selbst. Du hast irgendwas hineingeworfen, das –«

»Das hab ich nicht«, sagte ich und spürte, wie mir heiß wurde vor Aufregung.

»Dein Leugnen ist zwecklos!« schrie Großmama Sass. Sie tobte vor Wut. Ihre Augen brannten, und ihre Hände zitterten.

Mayflower sagte streng: »Es ist genug, Missy.«

Normalerweise hätte das Großmama Sass zur Vernunft gebracht, aber sie war zu erregt. Sie schenkte Mayflower keine Beachtung. »Jetzt hör mir mal zu, junge Miss«, fauchte sie und kräuselte die Oberlippe. »Wenn du so eine kleine Wilde bist, daß du nicht mal mit einem Klosett umgehen kannst, dann laß dir gefälligst von jemandem helfen. Ich habe nicht das Geld, um –«

Was mich so fuchsteufelswild machte, war nicht das, was sie sagte. Und ich glaube, es war auch nicht der Ton, in dem sie es sagte. Es war vielmehr der Gedanke, daß sie so bösartig und geizig war, daß sie schon bei einer verstopften Toilette vor Wut fauchte und zitterte. Alles, was sich in mir angestaut hatte, kam plötzlich hoch. Ich glaube, so wild war ich in meinem ganzen Leben noch nicht gewesen. »Jetzt hören *Sie* mir mal zu, Sie geizige vertrocknete alte Ziege!« sagte ich. »Ihre alte Toilette kümmert mich einen Dreck. Ich hab sie nicht verstopft, aber ich wollte, ich hätte es getan! Und wenn Sie nicht aufhören, lauf ich rum und verstopfe alle Toiletten in dieser alten Bruchbude, damit Sie ein bißchen von Ihrem kostbaren Geld blechen müssen! Passen Sie bloß auf, daß ich *Sie* nicht in eine Toilette stopfe, Sie ... Sie geiziges, elendes, altes ... altes Häufchen Dreck!« Mir ging der Atem aus. Ich stand keuchend da und funkelte sie zornig an.

Sie war so verblüfft, daß sie Mund und Nase aufsperrte. Es sah aus, als läge ihr Kinn auf ihrer Brust. »Oh!« rief ich. »Wie Sie mich anekeln!« Und dann drehte ich mich um und stapfte zur Tür hinaus.

Ich ging durch den Flur zu meinem Zimmer, und ich war so zornig, daß alles vor meinen Augen verschwamm. Ich wollte mich auf mein Bett werfen, aber ich merkte, daß mir gar nicht nach Weinen zumute war. Ich war wütend, nichts weiter. Ich stellte mich ans Fenster und schrie alle Schimpfwörter hinaus, die ich kannte.

Nach ein paar Minuten ging die Tür auf, und Mayflower kam herein. Sie machte ein strenges Gesicht, aber ihre Augen blickten sanft. »So darfst du zu deiner Großmutter nicht sprechen«, sagte sie.

»Sie nehmen sie immer in Schutz«, sagte ich. »Dabei wissen Sie genau, daß sie unrecht hat.«

Mayflower stand da und sah mich lange an. Dann kam sie näher und setzte sich auf die Bettkante. Sie streckte ihre Arme aus. »Komm zu mir, *chérie*«, sagte sie. Ich ging zu ihr, und sie legte die Arme um mich. »Du verstehst deine Großmama nicht«, sagte sie. »Hast du noch nie Angst gehabt?«

»Nicht vorm Sterben, so wie sie«, sagte ich.

Mayflower sagte ruhig: »Nein, das meine ich nicht.« Und nach einer Pause fuhr sie fort: »Deine Großmama hat keine Angst vorm Sterben. Ich glaube eher, sie möchte sterben.« Wieder hielt sie inne und sagte dann nachdenklich: »Ich habe mir das noch nie so überlegt, aber ich glaube, wovor Missy immer Angst hatte, das ist nicht das Sterben, sondern das Leben. Das Leben war für sie ein einziger großer Schmerz. Sie hat ein schweres Leben gehabt. Ich kenne wohl keinen Menschen, der ein so schweres Leben hatte.«

Sie zog mich fest an sich, und eine Weile saß sie still da, ehe sie mit sanfter Stimme sagte: »Sie hatte es immer schwer – schon als kleines Mädchen. Oh, ihre Mama und ihr Papa haben sie geliebt. Sie waren keine schlechten Menschen, und sie haben ihr Sachen gekauft und sie verwöhnt. Sie war für sie einfach ein kleiner Liebling, an dem sie sich freuten, wenn sie nicht gerade zu beschäftigt waren. Das Dumme war nur, daß sie immer beschäftigt waren. Ihr Papa war damit beschäftigt, viel Geld zu verdienen, und ihre Mama war damit beschäftigt, schöne Kleider anzuprobieren, Freundinnen zu besuchen und zu Gesellschaften und Bällen zu gehen. Fast jeden Abend gingen ihre Eltern aus. Und Missy war ein verängstigtes, einsames kleines Mädchen. Als wir klein waren, hat uns meine Mama immer beide auf den Schoß genommen. Missy lag dann immer ganz still da und rührte sich nicht, so dankbar und froh war sie. Nur weil sich jemand die Zeit nahm, sie liebzuhaben. Ich meine, weil jemand sie in die Arme nahm und liebhatte, statt ihr Sachen zu kaufen oder mit ihr zu spielen wie mit einem kleinen Hündchen.«

Mayflower blickte grübelnd vor sich hin. Sie seufzte und sagte:

»Es wurde auch nicht besser, als sie älter wurde. Ich weiß, Missy hat dir Geschichten von all den aufregenden und fröhlichen Ereignissen erzählt, die sie als junges Mädchen erlebt hat. So war es aber gar nicht. Missy hat es nur vergessen.« Sie hielt inne. »Vielleicht will sie sich nicht mehr daran erinnern. Ich weiß nicht, warum die jungen Männer sich nichts aus Missy gemacht haben. Sie war so süß und sanft, und ich meinte immer, sie müßten sie umschwärmen wie die Bienen die Blüte. Aber Missy kam immer weinend nach Haus und ...« Mayflower hielt inne und seufzte wieder. »Warum erzähle ich dir das nur alles, *chérie*.« Ihre Augen wurden dunkel, und sie sagte: »Und dann dieser Blaise Sass.« Sie verzog die Lippen vor Abscheu. »Fünfunddreißig Jahre war er alt und noch immer ein selbstsüchtiges, verhätscheltes Muttersöhnchen. Er hätte Missy nie geheiratet, wenn die alte Mrs. Sass nicht darauf gedrungen hätte. Und Missy hätte ihn nicht geheiratet, wenn ...« Wieder hielt sie inne und zuckte mit den Schultern. »Aber was hilft das jetzt!« Sie sah mich an. »Es waren schwere Zeiten damals, *chérie*. Schwere, schlimme Jahre. Es war ein Segen für uns alle, als er anfing zu trinken. Von da an blieb er jedenfalls die meiste Zeit mit einer Flasche in seinem Zimmer. Und als er schließlich herauskam, an dem Tag, als sie ihn aus dem Haus trugen, da hätten die Dienstboten in ihren Zimmern ein Freudenfest gefeiert, wenn ich nicht eingeschritten wäre.«

Mayflower sah mich an. »Dann war deine Mutter da.«

Ich sagte: »Großmama war nicht gut zu ihr.«

»Wer hat dir das gesagt?« fragte Mayflower mit unverändertem Gesichtsausdruck.

Ich zögerte. »Ich ... ich ... das hab ich mir so zusammengereimt.«

»Dann hast du dir etwas Falsches zusammengereimt«, sagte Mayflower. »Kein Mensch hat je einen anderen Menschen mehr geliebt als Missy deine Mutter. Deine Mutter ist mit Liebe überschüttet worden.« Sie blickte zur Seite. »Von Missy und von mir. Das war der Fehler. Man darf andere Menschen nicht zu sehr lieben und beschützen. Das macht sie hilflos.« Sie sah mich wieder an, und jetzt standen ihr Tränen in den Augen. »Vielleicht hat Missy nicht richtig gehandelt, als deine Mutter deinen Daddy heiraten wollte. Ich weiß es nicht. Wie konnte das jemand wissen? Ich dachte damals, Missy hätte richtig gehandelt.« Nach einer Pause fuhr sie fort: »Ich will nichts gegen deinen Daddy sagen. Aber er hatte zwei Frauen gehabt, ehe er deine Mutter kennenlernte. Er hatte sie beide verlassen und war noch keine dreißig Jahre alt. Er war selbstsüchtig und anspruchsvoll und unleidlich. Vielleicht müssen Künstler so sein. Missy und mir ging es nur um deine Mutter. Sie war so ...« Ihre Lippen zuckten. Sie hielt inne und blickte wieder zur Seite. Nach einer Weile sagte sie: »Aber darüber wollte ich gar nicht mit dir sprechen. Ich möchte dir nur erklären, warum deine Großmama Angst hat, dich in ihr Herz zu schließen.« Sie sah mich an und sagte mit leiser Stimme: »Verstehst du das nicht, *chérie*? Sie ist alt und müde, und man hat ihr so oft weh getan. Sie will nicht noch einmal jemandem ihr Herz öffnen, weil sie Angst hat, daß man ihr wieder weh tut.« Sie seufzte. »Und dann ist da noch etwas ...«

Ich sagte: »Vielleicht haben Sie recht. Aber sicher hätte sie es nicht so schwer, wenn sie nicht dauernd an ihr dummes Geld denken würde.«

Mayflower sagte: »Sie hat gar kein Geld.«

Ich starrte sie verständnislos an.

Mayflower sagte noch einmal: »Es ist gar kein Geld da.« Sie zuckte mit den Schultern. »Das wollte ich dir gerade erzählen. Es ist kein Geld mehr da seit – na, seit Ende 1929. Der Mann, der das Vermögen deiner Großmama verwaltete, hat alles unterschlagen. Und dann hat er sich umgebracht.«

Ich war wie betäubt. Das *mußte* ein Irrtum sein. Ich stammelte: »Aber ... ich ... Ja, aber soviel Geld kann man doch nicht einfach unterschlagen!«

Mayflower sah mich fest an. Ihre Augen blickten ernst, aber ihre Mundwinkel verzogen sich zu einem leisen, kaum merklichen Lächeln. »Ich wußte gar nicht, daß du dich so sehr für Geld interessierst«, sagte sie und sah mir noch ein, zwei Sekunden forschend in die Augen. Dann stand sie auf und sagte – »Komm, mein Kind.«

Sie nahm mich bei der Hand und ging mit mir schweigend durch den Flur zu ihrem Zimmer. Dort öffnete sie die schweren Türen eines alten Kleiderschranks und suchte unten auf dem Boden herum. Als sie sich umdrehte, hielt sie einen Brief in der Hand. »Das ist der Brief von Richter Marigny«, sagte sie. »Deine Großmama denkt, ich hätte ihn verbrannt. Ich weiß nicht, warum ich es nicht getan habe. Vielleicht wußte ich, daß du eines Tages kommen und dich nach allem erkundigen würdest.«

Sie gab mir den Brief, zwei große feste Bogen, und beide waren von oben bis unten mit einer zierlichen, altmodischen Handschrift bedeckt, die wie gestochen wirkte. Ich setzte mich auf die Bettkante und las:

Amelia, ma chérie –
Wenn diese Zeilen Dich erreichen, bin ich fort – ja, tot, geliebte Melia. Mein Gemüt war in einem solchen fiebrigen Taumel – ich habe so viel gegrübelt und geplant, so viele Ängste ausgestanden all die Wochen und Monate und Jahre –, daß ich mich nur noch nach Ruhe sehne, süßer, nicht endender Ruhe, und es gibt nur einen Ort, wo ich sie finden kann.

Oh, Melia, wenn Du wüßtest, welche Qualen ich all die Jahre gelitten habe – die Schuld, die mein Herz jedesmal zerriß, wenn ich in Dein vertrauensvolles Gesicht blickte –, vielleicht könntest Du mir dann ein klein wenig verzeihen, wie ich Dich verraten habe. Was ich auch sage, nichts vermag etwas an der schändlichen Tatsache zu ändern, daß ich ein Dieb und ein Schmarotzer war, wie auch nichts die schreckliche Wahrheit auslöschen kann, daß ich 22 Jahre lang ein Leben der Täuschung und der Heuchelei gelebt habe. Aber glaube mir, liebste Melia, ich habe es nicht so gewollt, und ich habe in all diesen Jahren keinen einzigen ruhigen Augenblick gehabt.

Es war im Jahre 1907, als ich Dich zu bestehlen begann. Erinnerst Du Dich noch an die Finanzkatastrophe in jenem traurigen Jahr? Damals verlor ich über $ 2 000 000 Deines Vermögens. Das Geld ging nicht durch Unehrlichkeit verloren, noch, wie ich glaube, durch schlechte Verwaltung. Weit klügere und gerissenere Leute als ich wurden durch jenen Börsenkrach ruiniert, Melia. Oh, hätte ich Dir damals doch die Wahrheit gesagt! Mein Stolz ließ es nicht zu, und Stolz war das Fundament langer Jahre des Betrugs und des Elends.

Dein »unantastbares Portefeuille«, gefüllt, wie ich behauptete, mit festverzinslichen Wertpapieren und Effekten, die, wie ich mich rühmte, gegen alle Marktschwankungen gefeit waren – es hat nie existiert, Melia. Es war ein Mythos, eine List, durch die ich verschleiern wollte, daß ich die Gelder verloren oder gestohlen hatte. Ja, im Laufe der Zeit habe ich Dich in zuneh-

mendem Maße bestohlen, um meinen Lebensstil aufrechterhalten und meine Spekulationen finanzieren zu können.

Es gab Zeiten, da glaubte ich, ich könnte einen Teil, vielleicht sogar den größten Teil der von mir veruntreuten Summen ersetzen. Dies verführte mich dazu, größere Risiken einzugehen und noch wilder zu spekulieren. Und jedesmal verlor ich, Melia. Jedesmal! Ich sah selbst voller Entsetzen, wie schnell Dein »unantastbares Portefeuille« mit den Jahren an Wert zunahm. Im vergangenen Jahr, als es die Summe von $ 6 500 000 erreichte, trieb mich mein verzweifeltes Bemühen, das Geld für die Zinsen zu beschaffen, die Dein Vermögen angeblich abwarf, dicht an den Rand des Wahnsinns.

Der Börsenkrach letzte Woche hat nun der schmerzlichen Farce ein Ende gesetzt, geliebte Melia. Gestern habe ich, um Zeit zu gewinnen, in einem vergeblichen wahnwitzigen Versuch, noch etwas zu retten, einen Scheck gefälscht und $ 30 000 von Deinem persönlichen Scheckkonto unterschlagen. Das war alles, was von Deinem Vermögen noch übrig war. Jetzt ist nichts mehr da.

Alles ist dahin. Dein großes Vermögen – dahin. Meine Ehre – dahin. Mein Leben – dahin. Meine Hoffnung auf den Himmel – dahin.

Oh, versuch mir zu verzeihen, teuerste Melia. Ich bitte Dich im Namen unseres Herrn, ich flehe Dich an:

Verzeih mir!

Achille

Ich ließ den Brief sinken und sah Mayflower an. »Oh, der arme Mann«, sagte ich.

Sie nickte. »Er war der beste Freund, den deine Großmama außer mir hatte. Sie hätte ihm *alles* anvertraut. Als er ins Wasser ging, wäre sie fast gestorben.«

»Und hat er wirklich alles gestohlen?« fragte ich.

»Alles. Bis auf ein paar Aktien in einem Safe, die deine Großmama fast vergessen hatte«, sagte Mayflower. »Und die bringen etwa sechshundert Dollar im Jahr.«

»Ja, aber wie – ich meine, wovon ...« stotterte ich.

Mayflower lächelte. »Wovon wir leben? Wir schaffen es irgendwie. Ich arbeite zwei Tage in der Woche in der Stadt, in Thompson's Cafeteria. Ich bekomme zweieinhalb Dollar pro Tag. Das reicht fast für unser Essen.«

Ich hätte am liebsten geheult.

»Dann haben Sie also gar keine Nichte?« sagte ich.

Mayflower schüttelte den Kopf. »Nein, *chérie*, ich wollte nicht, daß du alles erfährst. Jedenfalls nicht so schnell.« Sie lächelte mich an. »Wenn wir für etwas Besonderes Geld brauchen, verkaufen wir Möbel. Die verschlossenen Zimmer sind alle leer. Wir haben auch ein paar Möbel verkauft, um deine Kleider bezahlen zu können.«

Das tat mir weh. Ich mußte schlucken. Jetzt wunderte ich mich nicht mehr, daß sich Großmama Sass wegen der verstopften Toilette so aufgeregt hatte. »Aber warum haben Sie es denn keinem Menschen gesagt?« fragte ich.

Mayflower lächelte. »Wem denn?« Sie lachte auf. »Beau? Was hätte das genützt?« Ihr Gesicht wurde wieder ernst. »Und deine Großmama wollte nicht, daß über die Hintergründe von Richter Marignys Tod etwas bekannt würde. Die ganze Zeit, als sie so krank war, daß wir glaubten, sie würde sterben, hat sie mich immer wieder angefleht, keinem Menschen etwas zu sagen. Alle glaubten an einen Unglücksfall.«

»Aber dieses große alte Haus«, sagte ich. »Warum haben Sie nicht ...«

Mayflower richtete sich auf, ihre Stimme klang fest und fast streng. »Das Haus gehört mir«, sagte sie. »Deine Großmama hat es mir vermacht, als deine Mutter heiratete. Sie wollte nicht, daß dein Daddy einmal hier wohnte. Wir behalten dieses Haus. Deine Großmama und ich sind beide hier geboren, und wir wollen beide hier sterben.«

Ich saß da und dachte nach. Ich dachte so angestrengt nach, daß ich alles um mich herum vergaß. Schließlich stand ich auf, und ich war schon fast an der Tür, als ich wieder an Mayflower dachte. Ich drehte mich um und lief zu ihr und schloß sie fest in meine Arme. »Sie müssen mir vertrauen, Mayflower«, sagte ich. »Ich bin bald wieder da. Bitte, vertrauen Sie mir.« Ich sah nicht in ihr Gesicht, als ich davonstürzte.

Ich lief ins Studierzimmer hinunter und rief Long Boy an. Ich hatte Glück, er war da. Als er sich meldete, sagte ich: »Du mußt sofort kommen – so schnell du kannst. Fahr bis zum Haus, ich warte am Tor.«

»Was ... wieso ... was ...« stammelte er. Ich legte den Hörer auf und rannte aus dem Haus. Ich wollte keinen Menschen sehen, ehe ich mit Long Boy gesprochen hatte.

Es kam mir wie eine Ewigkeit vor, bis er erschien, aber in Wirklichkeit hatte er wahrscheinlich alle Geschwindigkeitsrekorde gebrochen. Er sah besorgt aus, als er vorfuhr. Ich riß die Tür auf, und im gleichen Augenblick fing ich auch schon an zu erzählen. Zuerst wurde sein Gesicht länger und länger, aber dann lächelte er. Als ich mit meiner Geschichte fertig war, sagte er lachend: »Diese beiden alten Tanten! Die haben uns ja schön reingelegt.«

Darüber ärgerte ich mich. Ich fand es eine höchst alberne Bemerkung. »Das haben sie nicht«, sagte ich. »Sie haben überhaupt nichts getan. Schließlich haben sie uns nicht aufgefordert, daß wir bei ihnen rumschnüffeln.«

»Aha«, sagte Long Boy. »Ja, ja, ich verstehe, was du meinst.« Er grinste mich an. »Dann wollen wir mal schön zum Hotel zurückfahren, Mäuschen. Hat ja keinen Zweck, daß du noch länger hierbleibst.«

Das brachte mich vollends in Wut. »Ich denke nicht daran«, sagte ich. »Ich komme erst zurück, wenn ich alles in Ordnung gebracht habe. Wir müssen ihnen helfen.«

Long Boy lächelte. »Helfen? Wie denn, Püppchen? Sicher, wir könnten ihnen 'n bißchen Geld geben, wenn du willst. Aber ...«

»Oh, sei doch nicht so blöd«, sagte ich. »Sie würden nie im Leben Geld von uns annehmen. Wir müssen uns irgendwas ausdenken und ihnen so helfen, daß sie sich keine Sorgen mehr zu machen brauchen.« Ich sah Long Boy an und sagte mit fester Stimme: »Eins will ich dir sagen: Mayflower geht nicht mehr arbeiten. Und wenn ich dafür jeden Tag Geschäfte mit Verkäuferinnen und Kellnerinnen machen muß.«

Long Boy lachte. »Schon gut, Addiebaby, bloß keine Aufregung. Wir helfen ihnen. Ich überleg mir die Sache. Aber jetzt muß ich zum Hotel zurück und Major Lee erzählen, was hier los ist.«

»Ich möchte nicht, daß du es ihm sagst!«

»Nun mal langsam«, sagte Long Boy. »Du kannst doch einen Geschäftspartner nicht einfach hintergehen.«

Ich dachte nach. »Gut«, sagte ich. »Aber ich verlasse das Haus nicht, ehe wir nicht etwas unternommen haben. Du kannst mich anrufen.«

Long Boy ließ mich vor dem Tor aussteigen. Wie ich erwartet hatte, war Mayflower bei Großmama Sass im Zimmer. Beide blickten auf, als ich hereinkam. Sie starrten mich an und sagten kein Wort. Sie sahen so alt und so vertrauensvoll aus, wie sie dort saßen, daß mir mit einem Schlag klar wurde, wie sehr ich sie liebte – beide. Ich sagte munter: »So, Kinder, nun hört mal zu. Ich muß euch was erzählen.«

15

Falls Sie jemals nach New Orleans kommen, sollten Sie zu den großen Zeitungen gehen und sich im Archiv die Ausgaben vom 4. Mai 1935 zeigen lassen. Dann können Sie sich ein Bild machen, wie ich damals, mit zwölf Jahren, kurz bevor ich dreizehn wurde, ausgesehen hab. An dem Tag war ich nämlich der große Knüller. Alle Zeitungen brachten ein Bild von mir und einen Artikel über mich, und alles auf der ersten Seite. Am besten hat mir der Artikel in der *Times-Picayune* gefallen. Die fettgedruckte Schlagzeile darüber lautete: IST ADDIE DAS REICHSTE MÄDCHEN DER WELT?

Es war eine komische Sache mit diesem Artikel. Der dünne, ausgemergelte Reporter, der ihn schrieb, sah wie ein kleiner Buchhalter aus. Er trug ein zerknittertes und hinten ausgebeultes Jackett, seine Finger waren braun von Tabakflecken und seine Augen so trübe und blutunterlaufen, daß man hätte meinen können, er habe seit Wochen nichts anderes getan als getrunken. Aber schreiben konnte der Bursche – unglaublich! Ich weiß noch, wie der Artikel endete. Die letzten Sätze lauteten: »Wird das gewaltige Vermögen von 50 Millionen Dollar diesem helläugigen, flachshaarigen kleinen Mädchen Glück bringen? Wird die kleine Addie ihren Märchenprinzen finden, und werden sie glücklich sein bis ans Ende ihrer Tage? Oder wird Addie die Beute eines zügellosen ausländischen Glücksjägers mit Adelsprädikat werden und ein Leben der Enttäuschung und Verzweiflung führen? Wir wissen es nicht. Die Zukunft muß es erweisen, wie sie alles erweist.«

Ich fand das sehr nett. Natürlich waren die 50 Millionen Dollar eine reine Erfindung, aber sonst war ich nicht ganz unschuldig daran. Als die Reporter mich damals fragten, wieviel ich einmal erben würde, wußte ich wirklich nicht, was ich sagen sollte. Und so sagte ich, indem ich mich bemühte, die Stimme von Großmama Sass nachzuahmen: »Du liebe Güte, ich habe wirklich keine Ahnung. Über Geld ist bei uns nie gesprochen worden.«

Die Reporter loszuhetzen war Major Lees Idee. Es war sein erster Gedanke gewesen, als wir darangingen, Pläne zu schmieden, nachdem ich Mayflower und Großmama Sass alles erzählt hatte. Solange ich redete, hätte ich nicht sagen können, was in ihnen vorging. Manchmal lächelte Mayflower ein wenig, doch dann wurde ihr Gesicht wieder starr, und sie blickte grimmig vor sich hin. Großmama Sass lag die meiste Zeit wie versteinert in ihren Kissen, aber hin und wieder brannten ihre Augen fast, so sehr glänzten sie. Als ich meine Geschichte zu Ende erzählt hatte, herrschte ein langes Schweigen. Schließlich sah Mayflower mich mit ihrem ernsten Gesicht an und sagte: »Du solltest dich schämen. Uns so zum Narren zu halten. Wir hatten so schon Sorgen genug!«

Ich sagte: »O Mayflower, ich schäme mich ja. Wirklich, glauben Sie mir.« Ich ging zu ihr und schlang die Arme um sie. »Ich hätte es um nichts in der Welt getan, wenn ich gewußt hätte ... na ja, wenn ich alles gewußt hätte.«

Großmama Sass stöhnte und ächzte. »Dann hat Beau mich also betrogen«, sagte sie. »Wie konnte er so etwas nur tun? Wie konnte er nur so undankbar sein, nachdem ...«

»Ach Großmama«, sagte ich. »Sie wußten doch, daß Beau ein großer Gauner ist. Man braucht ihn nur anzusehen, dann weiß man, was für ein krummer Hund er ist.«

Mayflower lachte und zog mich an sich. Nach einer Weile gab auch Großmama Sass wieder ihr schnaubendes Lachen von sich. »Du hast recht, Kind«, sagte sie. »Ich habe immer gewußt, daß Beau ein ... daß auf ihn kein Verlaß ist. Er schlägt der Familie seiner Mutter nach. Die Colsons sind immer eine durchtriebene Gesellschaft gewesen, alle miteinander.«

»Als erstes sorge ich jetzt dafür«, sagte ich, »daß Ihnen geholfen wird und daß Sie beide sich keine Gedanken mehr ums Geld zu machen brauchen.«

Mayflower sah mich mit einem traurigen Lächeln an. »Ach *chérie,* wie stellst du dir das vor?« fragte sie.

»Das weiß ich auch noch nicht«, sagte ich, »aber ich habe zwei der schlauesten Männer auf meiner Seite. Uns wird schon was einfallen. Seien Sie unbesorgt.«

Etwa eine Stunde später rief Major Lee an. Kichernd und glucksend sagte er: »Na, da hat sich unsere schöne Operation ja wohl in Rauch aufgelöst, wie?«

»Allerdings«, sagte ich.

Er fragte: »Besteht die Möglichkeit, daß Beau davon erfahren hat?«

»Nein«, sagte ich, »ganz bestimmt nicht.«

»Ausgezeichnet«, sagte er. »Ich glaube, wir sollten eine kleine Konferenz abhalten. Aber im Hause deiner reizenden Großmama möchte ich mich einstweilen lieber nicht blicken lassen – noch nicht. Ich schlage daher vor, daß wir uns in einer halben Stunde dort treffen, wo du dich immer mit Long Boy getroffen hast.«

Richard fuhr Major Lee und Long Boy in die Saint Charles Avenue. Ich stieg zu ihnen in den Pierce-Arrow und erzählte ihnen, wie Mayflower und Großmama Sass die Neuigkeiten aufgenommen hatten. Major Lee stellte mir ein paar Fragen, die Richter Marignys Brief betrafen. Dann lehnte er sich zurück und sagte: »Erstaunlich ... unerhört ... einfach unglaublich.« Wir fuhren in den Audubon Park. In der Nähe des Golfplatzes hielt Richard an.

Major Lee beugte sich vor. »Ja, meine Lieben«, sagte er und sah uns augenzwinkernd an. »Es klingt leider schrecklich phantasielos, aber in solchen Augenblicken muß ich immer an ein altes Sprichwort denken: Wenn dir jemand eine Limone gibt, dann mach Limonade. Ich bin der Meinung, genau das sollten wir jetzt tun.«

»Ich will gar nichts«, sagte ich. »Ich will nur Mayflower und Großmama Sass helfen.«

Major Lee sah Long Boy an. »Wollen Sie das auch?«

Long Boy nickte und lächelte mir zu. »Alles, was Addie will, ist mir recht«, sagte er.

Major Lee lehnte sich zurück und sagte: »Großartig! Ich befürchte nämlich auch, es würde meinen ethischen Überzeugungen zuwiderlaufen, wenn ich Beau auffliegen ließe. Schließlich und endlich sind wir bei diesem kleinen Abenteuer Geschäftspartner gewesen.« Um seinen Mund zuckte es. »Außerdem besteht die Möglichkeit, daß Beau mir früher oder später wieder einmal einen attraktiven Vorschlag zu machen hat.« Er lächelte. »Andererseits hat sich Beau sehr ungezogen benommen in diesen letzten Wochen – sehr ungezogen. Er hat mehrere Male versucht, aus unserer gemeinsamen Sache auszuscheren. Er hat sogar Theater gemacht, als er mir die Spesen zurückerstatten sollte, die ich machen mußte, um die Angelegenheit erst einmal in Gang zu bringen.«

Er sah uns mit kullernden Augen an. »Nein, ich werde Beau nicht auffliegen lassen, doch hätte ich nichts dagegen, wenn jemand anders ihn kräftig hereinlegte. Man sollte ihm eine Lektion erteilen.« Er lachte leise in sich hinein. »Und wenn zwei alte Damen diese edle Aufgabe übernähmen, wäre ich entzückt.« Er warf mir einen verschmitzten Blick zu. »Long Boy und ich haben alles besprochen, und wir sind auch beide der Ansicht, Häschen, daß du für deine prächtige Arbeit belohnt werden solltest – mit einem hübschen Geschenk vielleicht.«

»Ich will nichts haben«, sagte ich. »Ich will nur ...«

Sie lachten beide. »Das wissen wir nun ja, Lämmchen«, sagte Major Lee und blickte ein paar Sekunden nachdenklich vor sich hin. Dann fuhr er fort: »Als erstes müssen wir erreichen, daß alle, aber auch alle von der Existenz des nicht vorhandenen Vermögens felsenfest überzeugt sind.« Er sah mich an. »Gleichzeitig aber müssen wir dafür sorgen, daß du allgemein als Erbin anerkannt wirst für den Fall, daß du ohne Hilfe handeln mußt. Und das machen wir am besten mittels anonymer Telefonanrufe bei den Zeitungen.« Etwa eine Stunde lang besprachen wir, was ich zu tun hatte.

Als ich den beiden Damen erzählte, daß wir einen Plan geschmiedet hätten, um Beau einzuwickeln, und wie wir im einzelnen vorgehen wollten, brach Mayflower in Lachen aus und sagte: »Erkläre mir schnell, was ich tun soll, *chérie*.«

Aber Großmama Sass verzog den Mund und sagte: »Reporter! Du liebe Güte, muß das sein? Wir haben noch nie Reporter ins Haus gelassen.«

»Dann wird es höchste Zeit«, sagte ich.

Großmama Sass funkelte mich mit ihren glänzenden Augen an. »Ich weiß, du willst uns helfen, junge Miss, aber ich traue der Sache nicht ganz. Ist denn der Plan, nach dem diese beiden Herren vorgehen wollen, auch … anständig?«

Ich sagte: »Großmama, hören Sie bitte auf, sich so zu benehmen, als hätten Sie immer noch ein paar Millionen zuviel. Ich weiß nicht, was Sie mit ›anständig‹ meinen. Aber sehen Sie die Sache doch mal so – Sie haben Beau eine gewaltige Menge Geld gegeben. Jetzt brauchen Sie etwas davon. Sie wissen, daß er es Ihnen nicht freiwillig gibt. Haben Sie dann nicht das Recht, sich etwas davon zu beschaffen, einerlei wie?«

Großmama Sass lehnte sich zurück und dachte nach. »Richtig, natürlich!« sagte sie. »Es ist mein Geld, nicht wahr?« Sie lachte hellauf. »Natürlich habe ich das Recht, mir etwas von meinem eigenen Geld zu nehmen.« Von da an war sie mit allem einverstanden. Manchmal hatte ich das Gefühl, daß von uns allen ihr die Sache am meisten Spaß machte.

Nun, wie gesagt, das mit den Reportern war nicht weiter schwer. Sie kamen in zwei Schüben an, aber so rasch nacheinander, daß es wie eine richtige Pressekonferenz war. Ich saß in einem Sessel im Salon. Mayflower stand neben mir und machte ein hochmütiges, abweisendes Gesicht. Das einzige, wovor ich Angst hatte, war, daß einer nach der Zeit fragte, die ich angeblich verschollen gewesen war und bei den Isbells verbracht hatte. Major Lee wollte nicht, daß die Sprache darauf kam. Er befürchtete, jemand könnte auf eigene Faust Nachforschungen anstellen. Ich sollte einfach nur sagen, daß meine Mutter und mein Daddy bei einem Sturm umgekommen seien. Aber keiner fragte danach. Letzten Endes wollten sie mich alle nur sehen und ein Bild von mir machen und sich vergewissern, ob der anonyme Hinweis, den Major Lee ihnen am Telefon gegeben hatte, stimmte, nämlich daß ich eines der größten Vermögen im Lande erben würde. Die meisten Fragen, die sie stellten, waren ziemlich dumm. Als sie wissen wollten, wo ich zur Schule ging, sagte ich, ich würde zu Hause unterrichtet. Mindestens eine Stunde lang, nachdem die Fotografen mit ihren Blitzlichtern wieder gegangen waren, sah ich noch weiße Flecken vor den Augen.

Sehr viel mehr Spaß hatten wir, als die Zeitungen herauskamen. Wir breiteten sie auf Großmamas Bett aus und lasen uns gegenseitig aus den Artikeln vor. Wir lachten und lachten. Großmama Sass hatte ihre kleine goldene Lesebrille vorn auf der Nasenspitze. »Das müßt ihr hören«, rief sie und las einen Satz vor, in dem es hieß, ihr Vermögen sei so groß, daß sie selber nicht einmal genau wisse, wieviel es wert sei. »Ha!« sagte sie. »Wie lächerlich! Und ob ich es weiß!« Sie ließ die Zeitung sinken und sah uns kichernd an. »Ich habe heute morgen jeden Penny gezählt, als ich Robear die zehn Cent für den Eismann gab.«

Wir lachten noch immer und machten unsere Witze, als Major Lee anrief. »Beau ist gerade hier gewesen«, sagte er. »Er hat sich mächtig aufgeregt über den Rummel um dich. Ich habe versucht, ihn zu beruhigen, und ihm versichert, das sei nicht weiter schlimm. Aber jetzt ist er auf dem Weg zu euch. Na, du weißt ja, was du zu tun hast.«

»Klar«, sagte ich. »Ich werde mit ihm schon fertig.«

Beau war wirklich sehr aufgeregt, als er, hochrot im Gesicht und mit einem verkniffenen Zug um Mund und Nase, bei uns erschien. In seinen Augen war soviel Leben wie in zwei verlorenen Eiern. Diesmal hielt er sich nicht damit auf, den guten Onkel zu spielen. Er warf mir einen unfreundlichen Blick zu und sagte zu Mayflower: »Ich habe gerade die Zeitungen gelesen. Tante Melia muß wütend sein über diesen ganzen ... diesen unglückseligen Rummel.«

Mayflower bedachte ihn mit ihrem üblichen hochmütigen Blick. Sie sagte nur: »Sie empfängt heute nicht. Sie ist unwohl.«

Beau sagte: »Das wundert mich nicht.« Er lutschte an seiner Unterlippe. »Ein Unglück ... eine Katastrophe!« Er schüttelte den Kopf. »Noch nie hat die Familie so im Blickpunkt der Öffentlichkeit gestanden.« Er lutschte an seiner Lippe und sah mich an. »Nun, wie geht's, kleine Nichte? Wollen wir nicht einen kleinen Spaziergang durch den Garten machen? Onkel Beau möchte mit dir sprechen.«

Gleich draußen, hinter der Glastür, fuhr er mich wütend an: »Du dumme kleine Göre! Was hast du vor?«

Ich sah ihn mit großen unschuldigen Augen an. »Nichts«, sagte ich. »Was hab ich denn getan?«

»Du weißt genau, was ich meine«, sagte er, und sogar sein kahler

Schädel lief rot an. »Warum hast du mit den Zeitungsleuten geredet?«

»Was hätte ich denn tun sollen?« fragte ich gekränkt. »Sie sind ins Haus gekommen und haben mir ihre Fragen gestellt.«

Er musterte mich mit seinen kalten, toten Augen. »Hast du sie herbestellt?«

»Wieso? Natürlich nicht«, sagte ich. »Warum hätte ich das tun sollen?«

Er sah mich bohrend an. Dann sog er wieder an seiner Unterlippe. »Tante Melia muß außer sich sein«, sagte er.

Ich zuckte mit den Schultern. »Na ja, das Bild in *Item* hat ihr nicht gefallen. Sie hat gesagt, ich würde darauf im Gesicht so ausgemergelt aussehen. Aber das in der *Times-Picayune* fand sie sehr gut.«

Er wußte nicht, was er sagen sollte. Er stand da, starrte mich mit seinen Fischaugen an und machte hilflos den Mund auf und zu. Dann lief er wieder rot an im Gesicht und sagte: »Jetzt hör mir mal zu, du kleine Schwindlerin! Komm mir nicht mit irgendwelchen Tricks. Du tust genau das, was man dir sagt, und sonst nichts, verstanden? Und kein Wort mehr zu Reportern. Falls noch mal welche kommen, soll Mayflower sie fortschicken.«

Als er gegangen war, rannte ich hinauf und spielte Mayflower und Großmama Sass vor, wie er geredet und sich aufgeplustert hatte. Wir schütteten uns aus vor Lachen. Dann rief ich Major Lee an. »Fein ... ausgezeichnet«, sagte er, und es klang, als hätte er sich königlich amüsiert. »Und jetzt frag doch mal Amelia Sass, ob ich sie morgen abend besuchen kann. Möglichst spät, sagen wir, so gegen zehn Uhr.«

»Da brauch ich sie nicht zu fragen«, sagte ich. »Großmama geht abends nie aus. Kommen Sie nur her.«

Das hätten Sie erleben müssen, die Gesichter der beiden und wie sie redeten, nachdem ich sie miteinander bekannt gemacht hatte. Wie sie, wohlerzogen und vornehm, einander Höflichkeiten sagten und sich dabei gegenseitig abschätzten, sozusagen bis in die Zahnfüllungen hinein. Als ich sah, daß sie bestens miteinander auskamen, ging ich hinunter und setzte mich zu Mayflower. Major Lee blieb über eine Stunde bei Großmama Sass. Als er herunterkam, strahlte er über das ganze Gesicht. »Was für eine charmante alte Dame, deine Großmama«, sagte er. »Bezaubernd. Und erstaunlich bewandert in finanziellen Angelegenheiten.« Er warf mir einen verschmitzten Blick zu. »Trotzdem, Lämmchen, würde es, glaube ich, nichts schaden, wenn du alles, was sie sagen muß, gründlich mit ihr probst. Ich habe ihr eine mit Schreibmaschine geschriebene Aufstellung der entscheidenden Punkte gegeben. Sie muß absolut sicher sein, wenn unser kleines Unternehmen Erfolg haben soll.«

Ich probte mit Großmama Sass und gab mir redliche Mühe. Ich versuchte es auf jede Art, die mir einfiel. Und Mayflower half mir dabei, so gut sie konnte. Wir setzten uns sogar zusammen und schrieben ein paar Sätze auf, die Großmama Sass sagen sollte und die alle Punkte in Major Lees Aufstellung berücksichtigten. Aber Großmama Sass gehörte zu den Leuten, die nun einmal nicht schauspielern oder, wie ich vielleicht sagen sollte, nicht lügen können. Wie sie es auch sagte, es hörte sich so steif und unnatürlich an, daß nicht einmal ein geistig beschränktes Kind darauf hereingefallen wäre. Schließlich warf ich den Zettel mit unseren Sätzen weg und sorgte nur dafür, daß sie sich das, was in der Aufstellung stand, genau einprägte. Sie war es leid, daß ich sie immer wieder quälte. »Oh, ich mache es schon richtig, Kind«, sagte sie. »So verkalkt bin ich nun wieder auch noch nicht. Ich brauche nur ... nun ja, das richtige Publikum.«

Ich glaubte, ehrlich gesagt, nicht recht daran, daß sie es schaffte. An dem Nachmittag, als sie Beau kommen ließ, war ich so nervös wie ein schielender Fuchs. Als Beau das Zimmer betrat und Mayflower und mich dort erblickte, wußte er sofort, daß etwas los war. Es war zu albern, wie er katzbuckelte und im nächsten Moment hochtrabend daherredete – mir wurde jedesmal speiübel. Großmama Sass räusperte sich, und ich sah ihr an, wie nervös sie war. Mit hoher, unnatürlicher Stimme sagte sie, wobei sie mehr mich als Beau ansah: »Beau, ich bin alt und gebrechlich, und ich ...« Es war der Text, den wir weggeworfen hatten! Ich dachte, mich trifft der Schlag. Ich preßte die Lippen zusammen und schüttelte möglichst unauffällig den Kopf. Großmama Sass hielt inne und murmelte: »Ja, natürlich. Ja ...« Sie zog die Mundwinkel herunter und überlegte. Dann blickte sie Beau an und sagte mit derselben hohen, unnatürlichen Stimme und mit doppelter Lautstärke: »Beau, ich habe beschlossen, dir alles zu hinterlassen, was ich besitze.«

Beau war so überrascht, daß er zusammenzuckte. Er wurde rot im Gesicht und sog an seiner Unterlippe. »Oh, ja … ich … ich …«

Seine offensichtliche Verwirrung ermutigte Großmama Sass irgendwie. Sie lachte schnaubend, und von diesem Augenblick an machte sie ihre Sache ausgezeichnet.

Beau hatte sich rasch wieder gefaßt. »Nun, ich bin natürlich sehr erfreut und dankbar, Tante Melia«, sagte er hochtrabend und verzog das Gesicht zu seinem üblichen Alligatorgrinsen. »Aber ich bin sicher, es wird noch viele, viele Jahre dauern, bis wir an Ihr Hinscheiden denken müssen.«

Großmama Sass sagte ungeduldig: »Sei kein Narr, Beau.« Ihre dunkel glänzenden Augen funkelten. Sie sagte: »Im übrigen hat mein Hinscheiden nichts damit zu tun. Ich möchte, daß du meinen Besitz schon jetzt übernimmst. Die Zeit, die mir noch bleibt, möchte ich meiner Enkeltochter widmen.« Sie hielt inne. »Ich habe mich in diesen letzten Jahren schon viel zu sehr mit geschäftlichen Dingen herumquälen müssen. Ich fürchte, ich bin dadurch eine harte, knauserige alte Frau geworden.« Sie sah mich mit einem zärtlichen Lächeln – oder dem, was sie dafür hielt – an. »Ich möchte alles Geschäftliche vergessen und mit meinem Enkelkind ein unbeschwertes glückliches Leben führen.«

Dieser Satz stammte Wort für Wort aus Major Lees Aufstellung.

Beau hatte rote Ohren bekommen, und er sog so heftig an seiner Unterlippe, daß sie wie ein Stück rohe Leber aussah. »Ich glaube, Sie tun gut daran, es ist das einzig Vernünftige, Tante Melia«, sagte er. »Seit Jahren empfehle ich Ihnen –«

Großmama Sass ließ ihn nicht ausreden. »Ich denke an so etwas wie eine Vormundschaft«, sagte sie. »Bei meinem Alter dürfte das nicht allzu schwierig sein.« Sie hatte Major Lees Text genau im Kopf. »Ich möchte alle finanziellen Verantwortungen los sein und mich nicht mehr darum kümmern müssen.« Sie sah Beau mit ihren glänzenden Augen scharf an. »Läßt sich das einrichten?«

Beau sagte rasch: »Aber natürlich, Tante Melia. Ganz bestimmt – wenn Sie es so wünschen.«

»Schön, und wenn du mein Vormund wirst, dann übernimmst

du damit auch die Vormundschaft für unsere liebe kleine Addie, und das muß ausdrücklich festgelegt werden.« Sie kräuselte die Oberlippe. »Trotz dieser dummen Zeitungsartikel habe ich nicht die Absicht, ihr die Verantwortung für ein eigenes Vermögen aufzubürden, solange sie noch ein Kind ist. Ich weiß aus eigener trauriger Erfahrung, was für eine Belastung das sein kann.«

Beau sagte: »Selbstverständlich, wenn ich Ihr Vormund bin, versteht es sich von –«

Großmama unterbrach ihn: »Ich möchte, daß es ausdrücklich im Vertrag erwähnt wird. Es muß klar daraus hervorgehen, daß du die volle Verantwortung für sie und für ihre Schulden und Verpflichtungen übernimmst, bis sie mündig ist. Ich wünsche, daß das ausdrücklich festgelegt wird. Hast du verstanden?«

Beau errötete. »Ja, natürlich, Tante Melia«, sagte er rasch. »Ich tue alles, wie Sie es verlangen.« Er sah mich mit seinen häßlichen Augen an und zeigte seine Zähne. »Ich wollte Ihnen nur versichern, daß Sie sich darauf verlassen können, daß ich für meine liebe kleine Nichte sorge. Ich würde sie wie mein eigenes Kind behandeln.«

Großmamas Augen blitzten. »Ja, natürlich, Beau«, sagte sie. »Keiner, der dich kennt, hat je an deinem Edelmut gezweifelt.«

Ich hielt den Atem an. Ich dachte, damit wäre sie zu weit gegangen. Aber Beau sog an seiner Unterlippe und blickte in gespielter Demut auf seinen dicken Bauch hinunter. »Ja, das stimmt wohl«, antwortete er.

Großmama Sass sagte: »Ich möchte, daß du die Papiere so schnell wie möglich vorbereitest, Beau. Was mich betrifft, übernimmst du von diesem Augenblick an die Verwaltung meines Besitzes. Ich leite in Zukunft alles an dich weiter.«

Beau sah so rosig und stolz aus, daß ich sicher nicht überrascht gewesen wäre, wenn er wie ein Gockelhahn gekräht hätte. »Sie können sich auf mich verlassen, Tante Melia«, sagte er. Nach einer kurzen Pause fragte er: »Könnten Sie – hm, tja … können Sie mir vielleicht etwas über die Größe Ihres Vermögens sagen?«

Darüber hatte nichts in Major Lees Aufstellung gestanden. Großmama Sass zog die Mundwinkel herunter. Ihre Augen glänzten, und sie lachte schnaubend. »Du liebe Güte, Beau, ich habe mir nie die Mühe gemacht, alles zusammenzuzählen. Was für ein Gedanke!« Sie lachte hellauf und machte eine wegwerfende Handbewegung. »Es muß sich ungefähr verdreifacht haben, seit ich es von Papa geerbt habe.«

Beau war so beeindruckt, daß er an seiner Lippe zu lutschen vergaß. Er ächzte, und dann schluckte er mehrmals.

»Da ist noch etwas zu besprechen«, sagte Großmama Sass. »Ich weiß nicht, ob ich es schon einmal erwähnte. Vor ein paar Jahren habe ich das Haus auf Mayflower überschrieben. Sie ist wie ich hier geboren, und ich wollte, daß es ihr Zuhause bleibt, falls ich vor ihr sterbe. Natürlich habe ich sie in meinem Testament bedacht. Da ich, wenn der Vormundschaftsvertrag erst einmal unterzeichnet ist, nichts mehr habe, was ich ihr hinterlassen kann, möchte ich, daß vorher ein bescheidener Treuhandfonds für Mayflower eingerichtet wird. Wir haben darüber gesprochen und meinen, die Einkünfte aus einem Treuhandfonds von hundertfünfzigtausend Dollar dürften ihren Bedürfnissen entsprechen. Ich möchte also, daß du das als erstes erledigst.«

Ich hatte Beau genau beobachtet. Seine Augen waren schmal geworden, als Großmama Sass sagte, sie habe Mayflower das Haus überschrieben. Das paßte ihm offensichtlich gar nicht, aber er konnte nichts dagegen tun. »Selbstverständlich erledige ich das, Tante Melia. Nur, wenn ich einen Vorschlag machen darf ...«

Großmama Sass brachte ihn mit einer Handbewegung zum Schweigen. »Ich dachte an einen Treuhandfonds, wie ich dir nach Papas Tod einen eingerichtet habe.« Sie sah ihn mit ihren glänzenden Augen fest an. »Das war doch recht günstig für dich, nicht wahr?«

»Ja, natürlich, Tante Melia«, sagte Beau. »Durchaus.«

Großmama Sass hielt inne, und ich wußte, daß sie jetzt überlegte, ob sie auch nichts vergessen hatte. Sie warf mir einen fragenden Blick zu. Ich blinzelte. Sie hatte alles, worauf es ankam, zur Sprache gebracht und ihre Sache sehr gut gemacht. Nur ein einziges kleines heikles Detail war noch zu klären.

Großmama Sass sagte: »Ja, das wäre alles, Beau. Du bist Anwalt. Bereite die nötigen Papiere vor. Und kümmere dich zuerst um Mayflowers Treuhandfonds.« Sie lehnte sich in ihre Kissen zurück, und ihre Augen glänzten so sehr, daß sie fast leuchteten. »Oh, ich habe das Gefühl, daß mir eine große Last von den Schultern genommen ist«, sagte sie.

Beau stand auf. Er legte beide Hände auf seinen dicken Bauch und sagte hochtrabend: »Da haben Sie recht, Tante Melia. Sie haben viele Jahre lang eine schwere Verantwortung getragen. Ich kann nur sagen, Sie haben meines Erachtens eine kluge Entscheidung getroffen. Sie wissen, daß die Interessen der Familie bei mir stets an erster Stelle stehen. Und wenn ich alles andere dafür aufgeben müßte.« Er hielt inne. »Ach ja, wegen der Mittel für Mayflowers Treuhandfonds – würden Sie mir vielleicht ...«

Großmamas Augen blitzten vor Ärger. Sie sagte: »Du liebe Güte, Beau, dafür kannst du doch wohl selber sorgen. Richte den Fonds erst einmal ein. Du kannst dir ja selbst deine Auslagen erstatten, wenn du das Vermögen übernommen und einen Überblick über meine Papiere gewonnen hast.«

Als Beau noch immer zögernd dastand und an seiner Unterlippe sog, warf sie ihm einen düsteren Blick zu und sagte in scharfem Ton: »Ich nehme doch an, du verfügst über die nötigen Mittel, um so eine kleine Angelegenheit zu erledigen, oder etwa nicht?«

Beau sagte: »Selbstverständlich, Tante Melia. Ich ...«

Großmama Sass lehnte sich wieder in ihre Kissen zurück. »Gut, dann tu es«, sagte sie. »Sofort.«

Mayflower begleitete Beau hinunter. Ich hätte am liebsten laut aufgejubelt, aber da er das gehört hätte, lächelte ich Großmama Sass so strahlend an, wie ich nur konnte. Oh, man sah ihr an, daß sie sehr stolz auf sich war. Ich lief zu ihr hin und schlang die Arme um sie. Sie schnappte nach Luft. »Du liebe Güte!« rief sie. Und sie umarmte mich auch und strich mir über das Haar. Wer hätte das für möglich gehalten!

Mayflower kam wieder herauf. Zu meiner Überraschung machte sie ein langes, trauriges Gesicht und ließ sich müde auf einen Stuhl fallen. Als wir sie erstaunt ansahen, sagte sie: »Ich kann es nicht glauben. All diese Sorgen! Ich kann nicht glauben, daß sie zu Ende sein sollen.«

Ich erreichte Major Lee erst spät am Abend. Er und Long Boy waren geschäftlich unterwegs gewesen. Als ich ihm berichtete, wie sich alles abgespielt hatte, lachte er. »Wunderbar«, sagte er. »Einfach wunderbar. Und jetzt verhaltet euch mucksmäuschenstill, bis der Treuhandfonds eingerichtet ist. Dann gehen wir zum zweiten Teil des Unternehmens über.« Danach sprach ich noch eine Weile mit Long Boy.

Beau brauchte nur zwei Tage, um Mayflowers Treuhandfonds einzurichten. Er schickte ihr sogar seinen Wagen, damit sie zur Bank fahren und die Papiere unterschreiben konnte. Als sie zurückkam, wirkte sie im ersten Moment stolz und hochmütig wie eine Königin. Aber als ich sie mit zusammengekniffenen Augen prüfend ansah, umarmte sie mich und schüttete sich aus vor Lachen. Sie war so glücklich, daß mir fast die Tränen kamen. An diesem Abend feierten wir ein kleines Fest. Wir saßen bei Großmama Sass im Zimmer und lachten und kicherten, bis es fast Mitternacht war.

Am nächsten Abend besuchte uns Major Lee. Er war würdevoll und höflich wie immer, aber ich merkte, daß er jedesmal, wenn er Großmama Sass und Mayflower ansah und daran dachte, wie sie Beau hereingelegt hatten, ein Grinsen unterdrücken mußte. Nachdem wir es uns alle bei Großmama Sass gemütlich gemacht hatten, sagte er: »Ja, meine Damen, der erste Teil unseres kleinen Unternehmens war ein voller Erfolg. Ich möchte Ihnen allen gratulieren. Was auch immer als nächstes geschieht, Sie wissen, daß Sie von jetzt an über ein festes Einkommen verfügen, das Ihnen einen angenehmen, wenn auch nicht luxuriösen Lebensstil garantiert.« Er zog die Brauen in die Höhe. »Aber was Sie bisher erreicht haben, ist nichts, verglichen mit dem, was Sie erreichen können, wenn der zweite Teil des Unternehmens ebenso erfolgreich verläuft.«

Mayflower lachte. »Ich bin zu allem bereit«, sagte sie.

»Ja, natürlich, ich auch«, sagte Großmama Sass. »Sagen Sie uns, was wir tun müssen, Major Lee.«

»Ausgezeichnet, meine Damen«, sagte er und sah sie mit kullernden Augen an. »Ich schätze mich glücklich, daß Sie so angetan sind. Denn der zweite Teil unseres Plans hängt fast ausschließlich von Ihrer Bereitschaft und – Ihrer Kühnheit ab.« Er hielt inne. »Aber ehe wir ins einzelne gehen, möchte ich Ihnen noch erklären, weshalb ich Madame Sass vorschlug, Beau als ihren Vormund einzusetzen und ihre Interessen wahrnehmen zu lassen. Eine Vormundschaft ist eine sehr interessante juristische Angelegenheit.« Er hob die Brauen. »Höchst interessant sogar. Wie Sie wissen, handelt es sich darum, daß man das Gericht in die Lage versetzt, einen Vormund oder Pfleger zu ernennen, der für eine andere Person, Mündel genannt, oder für das Vermögen einer anderen Person oder auch für beides zu sorgen hat. Die meisten Mündel sind, wie Sie wissen, Minderjährige oder Personen, die auf Grund ihrer geistigen oder körperlichen Verfassung nicht in der Lage sind, sich um ihre eigenen Angelegenheiten zu kümmern. Oft werden langwierige Prozesse um die Frage geführt, ob eine Person durch Alter oder Krankheit, Geistesgestörtheit oder Alkoholismus tatsächlich in ihren Fähigkeiten so sehr beeinträchtigt ist, daß sie einen gesetzlichen Vormund braucht.«

Er lächelte Großmama Sass an. »Darum geht es in Ihrem Fall selbstverständlich nicht. Sie haben Beau aus freien Stücken ersucht, Ihnen wegen Ihres Alters und Ihrer Krankheit die Regelung Ihrer geschäftlichen Angelegenheiten abzunehmen.«

Er lehnte sich zurück. »Ich habe diese grundsätzlichen Dinge erwähnt, weil viele Leute offenbar glauben, daß ein Vormund aus der Verwaltung der Angelegenheiten seines Mündels einen direkten finanziellen Nutzen zieht. Vielleicht haben die Prozesse, die ich gerade erwähnte, diesen Eindruck erweckt. In Wirklichkeit aber ist die Rolle des Vormunds oft schwierig und bemerkenswert einseitig. Zunächst einmal übernimmt er die volle gesetzliche Verantwortung für sein Mündel. In bestimmten Fällen schließt dies die Verantwortung für das Wohlergehen des Mündels sowie für seine Schulden und anderen Verpflichtungen ein.«

Major Lees Mund zuckte. »Andererseits ist es dem Vormund ausdrücklich untersagt, sich am Vermögen seines Mündels in irgendeiner Weise zu bereichern. Er muß alle Gewinne verbuchen und über alle finanziellen Dinge vor Gericht Rechenschaft ablegen.« Er zog die Brauen in die Höhe. »Nun ist Beau deshalb so gern bereit, diese undankbare und zeitraubende Aufgabe zu übernehmen, weil er glaubt, er werde einmal Ihr ganzes Vermögen im Werte von vielen Millionen erben.« Er lachte in sich hinein. »Wie begeistert wäre er wohl, wenn er wüßte, daß dieses Vermögen aus ein paar Aktien öffentlicher Versorgungsbetriebe besteht, die im Jahr ganze sechshundert Dollar abwerfen?« Er sah Großmama Sass an. »Ihr Wert dürfte bei zwanzigtausend Dollar liegen, nehme ich an.«

»Siebzehntausend«, sagte Großmama Sass.

Major Lee nickte. »Aha. Also ein Betrag, der Beau schwerlich reizen würde, Ihr Vormund zu werden und Ihnen einen aufwendigen Lebensstil zu garantieren.« Er blickte uns der Reihe nach an. »Das Problem, dem wir gegenüberstehen, meine Damen, ist sehr einfach. Das Vormundschaftsgesuch, das Beau derzeit vorbereitet, ist in einem entscheidenden Punkt unvollständig. Er muß ihm eine vollständige Aufstellung der Vermögenswerte seiner Tante beifügen oder diese Aufstellung separat zu den Akten geben. Andernfalls wird das Gesuch vom Gericht gar nicht erst in Betracht gezogen.« Er lächelte. »Nun ist uns allen klar, daß Beau nicht unbegrenzte Mittel für den Unterhalt seiner Tante zur Verfügung stellen wird, wenn er erfährt, daß ihr Vermögen nicht Millionen, sondern nur siebzehntausend Dollar wert ist. Also darf Beau über den Wert Ihres Vermögens nichts erfahren. Gleichzeitig müssen wir seinem Gesuch eine der Wahrheit entsprechende vollständige Vermögensaufstellung beifügen und erreichen, daß der Antrag in Gegenwart unbescholtener Zeugen unterzeichnet und dann von einem Gericht genehmigt wird. Wir müssen also, anders ausgedrückt, Beau gesetzlich zum verantwortlichen Vormund seiner Tante erklären lassen, ohne daß er davon erfährt.«

Großmama Sass fragte: »Wie wollen Sie das erreichen? Ich dachte immer ...«

Um Major Lees Mund zuckte es. »Indem wir zugleich arrogant und intrigant vorgehen, Madame«, sagte er und lächelte sie an. »Sie spielen die arrogante Rolle. Ich bespreche sie gleich mit Ihnen. Und ich sorge dafür, daß das Gesuch durchgeht.« Er hielt inne. »Ich habe einen Bekannten, der mir für gewisse kleine Dienste zu einer Gefälligkeit verpflichtet ist. Er hat eine ziemlich bedeutende Stellung im Parteiapparat von Mr. Long inne.«

»Huey P. Long?« fragte Großmama Sass entsetzt.

Major Lee sagte: »Ja, Madame.«

»Ein grauenhafter Mensch«, sagte Großmama Sass.

Major Lee zog die Brauen in die Höhe. »Durchaus möglich«, sagte er freundlich. »Ich interessiere mich nicht für Politik. Mein Bekannter hat mir versichert, daß er uns einen Richter vermitteln kann, der Beaus Antrag genehmigt und stillschweigend zu den Akten nimmt. Eine weitverbreitete Praxis, wie ich mir habe sagen lassen.« Er sah uns an. »Letzten Endes ist die ganze Prozedur mehr oder weniger eine juristische Spitzfindigkeit. Sie ist für unser Unternehmen nicht unbedingt erforderlich. Doch könnte sie sich als sehr nützlich erweisen.

Sie schafft zum Beispiel ein gesetzliches Hindernis, falls Beau je versuchen sollte, irgendwelche Dinge, die Sie, meine Damen, erworben haben, wieder einzukassieren.« Er warf mir einen verschmitzten Blick zu. »Und was noch wichtiger ist, sie bringt unserem Lämmchen einen Vorteil. Denn durch den Antrag wird Beau, wie Sie wissen, auch für ihre Schulden und Verpflichtungen voll verantwortlich. Das beunruhigt ihn nicht weiter, da er weiß, wer sie wirklich ist, und meint, Sie wüßten es nicht.« Er kicherte. »Vielleicht haben wir da noch eine kleine Überraschung für ihn. Addies Schulden könnten beträchtlich sein.«

Er lächelte uns an. »Wir sprechen gleich noch über einige Verfahrensfragen. Zunächst aber möchte ich Ihnen in aller Deutlichkeit klarmachen, daß Sie Beau von nun an tüchtig ausnehmen können. Er glaubt, er werde bald ein Vermögen von vielen Millionen unter seiner Kontrolle haben.« Er sah Großmama Sass an. »Sie haben ihm schon gesagt, daß Sie alle Rechnungen in Zukunft an ihn weiterleiten werden. Wie lange er stillhält, während Sie ihn rupfen, kann ich nicht sagen. Das hängt weitgehend davon ab, wie geschickt Sie mit ihm umgehen. Aber fürs erste zumindest würde ich sagen: Kaufen Sie alles, was Sie brauchen oder gern haben möchten. Geben Sie hemmungslos Geld aus. Kaufen Sie alles, wonach Ihnen der Sinn steht.«

Ich fragte: »Alles?«

Major Lee kicherte. »Was dein Herz begehrt, Lämmchen.«

Ich sah Mayflower an. »Als erstes müssen wir ein paar Sachen für die Küche besorgen«, sagte ich.

Am nächsten Morgen, nachdem wir Großmama Sass das Frühstück gebracht hatten, gingen Mayflower und ich einkaufen. Major Lee hatte mir einen Koffer mitgebracht, in den Long Boy auf meine Bitte ein paar von meinen Sachen und einen Umschlag mit dreihundert Dollar gelegt hatte. Mayflower sträubte sich, aber ich überredete sie, das Geld leihweise anzunehmen. Ich wußte, daß sie knapp bei Kasse sein würde, bis ihr erster Treuhandfonds-Scheck eintraf. Wir bestellten telefonisch ein Taxi und fuhren zuerst zum Maison Blanc, dem großen Warenhaus.

Was wir dort erlebten, hätte ich nicht für möglich gehalten. Ich hatte nie geahnt, daß tatsächlich so viele Leute Zeitung lesen. Kaum hatten wir das Warenhaus betreten, kam auch schon ein großer glatzköpfiger Mann in dunklem Anzug, vermutlich ein Abteilungsleiter, lächelnd und unter vielen Verbeugungen auf uns zugestürzt, und dann ging es los: »Selbstverständlich, Miss Kodaly ...«, »Nein, Miss Kodaly ...« und »Hier geradeaus, Miss Kodaly«. Die Leute drehten sich nach uns um und gafften, und ich hörte sie flüstern: »Das reichste Mädchen der Welt ... die kleine Millionenerbin aus der Zeitung ...« Ich fühlte mich mächtig geschmeichelt. Ich bemühte mich, so zu tun, als merkte ich es nicht, aber am liebsten hätte ich ihnen zugelächelt und ihnen Kußhände zugeworfen. Mayflower war einfach wunderbar. Sie trug ein langes wallendes schwarz-rotes Kleid und einen dazu passenden *tignon*. Stolz und erhaben schritt sie durch das Gewühl und achtete nicht auf das Geflüster. Bis wir zu den Fahrstühlen gelangten, folgte uns schon ein ganzer Schwarm von Neugierigen. Und als wir oben ausstiegen, kam eine große, elegant gekleidete dunkelhaarige Frau atemlos die Treppe heraufgerannt und stellte sich als Miss Soundso vor. »Vielleicht kann ich Ihnen behilflich sein«, sagte sie. Sie schloß sich dem Abteilungsleiter an und begleitete uns.

In der Haushaltsabteilung verschwendete Mayflower nicht viel Zeit. Sie ging auf den größten und schönsten elektrischen Kühlschrank zu, der dort stand, legte die Hand darauf und sagte: »Diesen bitte.« Dann gingen sie und die dunkelhaarige Frau an den Herden entlang, bis Mayflower den richtigen gefunden hatte. Anschließend kaufte sie Töpfe und Pfannen und alle möglichen Küchengeräte, darunter einen elektrischen Schneeschläger und eine Kaffeemühle. Ich war so damit beschäftigt, mir alles anzusehen, daß ich erst nach einiger Zeit merkte, was rund um uns herum vorging. Sie werden es nicht glauben, aber vor dem Eingang zur Haushaltsabteilung hatte sich eine regelrechte Menschenmenge angesammelt. Alles starrte mich an. Zwei Wachmänner in blauen Uniformen, die ich weiß nicht woher aufgetaucht waren, standen mit verschränkten Armen vor den Leuten. Ich hob den Kopf. Die meisten gafften nur, aber einige winkten mir zu, und eine dicke Frau mit wasserstoffblondem Haar schnipste mit den Fingern und rief: »Süße ... Süße ... Schau doch mal her ... Schau mich doch mal an, Süße!«

Nachdem Mayflower alles, was sie brauchte, gekauft hatte, gingen wir hinunter in die Kosmetikabteilung. Der Abteilungsleiter, die dunkelhaarige Frau und die beiden Wachmänner begleiteten uns. Es passierte das gleiche wie oben. Während Mayflower für sich und Großmama Sass alle möglichen Cremes und Parfums aussuchte, drängten sich die Menschen durch die Gänge und starrten mich an. Ich hatte nie geahnt, daß Menschen so töricht sein konnten. Vor allem die Frauen: Sie gurrten und flöteten und winkten wie die Irren. Zwei oder drei machten Anstalten, mich in die Arme zu nehmen, aber die Wachmänner hielten sie zurück. Als Mayflower fertig war, fragte sie: »Brauchst du noch etwas, *chérie*?«

Ich nickte. »Ich möchte gern ein Radio haben, ein ganz großes.«

Mayflower zögerte. »Missy mag sie nicht«, sagte sie. »Sie will so etwas nicht im Haus haben.«

»Ach, Unsinn«, sagte ich. »Sie mag doch gern Musik. Wir kaufen ein Radio mit Plattenspieler und einen Stapel gute Schallplatten.«

Wir gingen mitsamt unserem Gefolge in die Radioabteilung hinüber. Ich nahm den größten und teuersten Apparat, den sie vorrätig hatten. Es war eine wunderschöne Mahagoni-Musiktruhe. Ich sagte der dunkelhaarigen Dame, meine Großmama höre am liebsten Opernmusik, und bat sie, ein paar Platten auszuwählen und mitzuschicken. Keiner sprach von Geld, aber ich sagte zu dem Abteilungsleiter: »Stellen Sie bitte alle Rechnungen auf den Namen meiner Großmutter aus – Mrs. Amelia Sass – und schicken Sie sie an meinen Onkel – Mr. Beauregard Goldsborough. Er erledigt unsere geschäftlichen Angelegenheiten.«

Darauf gingen wir dem Ausgang zu – vor uns die beiden Wachmänner, neben uns der Abteilungsleiter und die dunkelhaarige

Frau und hinter uns eine Traube von Neugierigen. Ich fühlte mich schon ganz erhaben. Ein Wachmann winkte ein Taxi herbei. Als wir eingestiegen waren, sahen Mayflower und ich uns an und brachen in Gelächter aus.

Als wir die Canal Street entlangfuhren, fragte ich Mayflower: »Finden Sie nicht, daß wir einen Wagen brauchten?«

Mayflower lachte immer noch. »Wer soll den denn fahren?«

»Wieso? Wir würden einen Chauffeur einstellen«, sagte ich.

Sie blickte nachdenklich vor sich hin. »Ich kenne ein junges Paar, das ich fragen könnte. Sie könnten in den hinteren Räumen wohnen und im Haus mithelfen«, sagte sie. »Ich nehme an, der Mann kann fahren.«

»Was für ein Wagen würde Großmama Sass denn gefallen?« fragte ich.

Mayflower schüttelte den Kopf. »Das weiß ich nicht, *chérie*. Sie hat so viele gehabt.«

Ich beugte mich zu dem Taxifahrer vor, einem kleinen Mann mit Henkelohren, und fragte: »Mister, was ist die beste Limousine, die man kaufen kann?«

Seine Antwort kam wie aus der Pistole geschossen. »Ein Cadillac«, sagte er. »Es geht nichts über 'n Cadillac.«

»Fahren Sie uns zu einem Cadillac-Händler«, sagte ich.

Der Verkäufer im Ausstellungsraum der Cadillac-Niederlassung, ein dunkelhaariger, gutaussehender junger Mann, blickte verwirrt auf, als Mayflower und ich hereinkamen. »Ich möchte mir gern ein paar Wagen ansehen«, sagte ich. Er lächelte und winkte mit der Hand. »Klar, Süße, sieh dich nur um.«

Hätte Mayflower nicht gelächelt, dann hätte ich ihm wahrscheinlich gesagt, wer ich war. So warf ich ihm nur einen kühlen Blick zu und sah mir mit Mayflower die Wagen an. Aber schon bald beobachtete ich, daß im Büro hinten die Leute aufstanden und sich die Hälse nach uns verrenkten. Einer der Männer kam heraus, ging zu dem Verkäufer und flüsterte ihm etwas zu, worauf der junge Mann so schnell angerannt kam, daß er fast über seine eigenen Füße stolperte. Ich strafte ihn mit einem eiskalten Blick. »Ich glaube, Sie haben nicht das, was ich suche«, sagte ich. »Ich brauche eine schwarze Limousine.«

»Oh, die Limousinen haben wir im ersten Stock, Miss – Ma'am«, sagte er.

Er führte uns die Treppe hinauf zu einem anderen Ausstellungsraum. Dort standen ein großer schwarzer Leichenwagen und drei lange glänzende schwarze Limousinen. Ich entdeckte sofort den Wagen, den ich suchte. Er sah so ähnlich aus wie der von Beau, mit taubengrauer Polsterung und einem Schiebeglasfenster zwischen den vorderen und den hinteren Sitzen. Ich fragte Mayflower: »Würde Ihnen der gefallen?«

Mayflower hatte keine Ahnung von Autos. Sie steckte den Kopf zum vorderen Fenster hinein und sah sich um. »Sehr hübsch, *chérie*«, sagte sie.

Ich sagte zu dem Verkäufer: »Ich nehme ihn.«

Der junge Mann war so aufgeregt und hatte so rote Ohren, daß ich schon dachte, er würde sein Auftragsbuch fallen lassen. Ich sagte wieder meinen Vers auf, er solle die Rechnung auf den Namen meiner Großmutter ausstellen und sie an meinen Onkel schikken. Ich fügte hinzu: »Wir nehmen den Wagen gleich mit.«

Das verwirrte ihn vollends. Er schluckte, wedelte mit den Händen und stotterte: »Sehr wohl, entschuldigen Sie, Ma'am – Miss ... ich muß eben mal nachsehn, ob er fahrbereit ist.« Er ging fort und kam nach ein, zwei Minuten mit einem älteren Mann wieder, der mich mit einem breiten Lächeln begrüßte. »Wir bringen ein vorläufiges Nummernschild an, dann können Sie ihn gleich fahren, Miss Kodaly«, sagte er. »Aber wenn es recht ist, hätten wir ihn über Nacht gern noch mal hier zu einer letzten Überprüfung.«

»Gut, geht in Ordnung«, sagte ich. »Sie können ihn gleich wieder zurückhaben. Wir hatten nur keine Lust, im Taxi nach Haus zu fahren.«

Der junge Verkäufer fuhr uns in die Saint Charles Avenue. Das paßte mir gar nicht. Ich konnte es nämlich kaum noch abwarten, mit Mayflower über alles zu lachen und zu kichern.

16

Sie werden es nicht glauben, aber es ist tatsächlich eine Kunst, viel Geld auszugeben. Wenn Sie einem Reichen und einem Armen die gleiche Summe geben, dann kann der Reiche sie bestimmt doppelt so schnell ausgeben wie der Arme. Leute, die es gewohnt sind, viel Geld zu haben, wissen Dinge, die man kaufen kann, von denen arme Leute noch nie etwas gehört haben. Diese Erfahrung habe ich bei Großmama Sass gemacht. Ohne daß sie ihr Zimmer verließ, schröpfte sie Beau schneller und gründlicher, als ich es gekonnt hätte, selbst wenn ich jeden Tag in die Stadt gegangen wäre und nach Herzenslust Einkäufe gemacht hätte.

Natürlich kam ihr dabei das große alte Haus zu Hilfe. Vierzehn Tage lang war sie, wenn man bei ihr ins Zimmer sah, fast jedesmal dabei, mit einem Innenarchitekten, Landschaftsgärtner, Anstreicher, Installateur oder Dachdecker zu verhandeln. In ihrer Veranda lagen überall Muster herum – Proben von teuren Vorhang- und Polsterstoffen, von flauschigen Teppichen und handgedruckten Tapeten.

Aber am meisten imponierte mir, wie Großmama Sass sozusagen nebenbei Geld ausgab. Das kam fast jeden Tag zwei- oder dreimal vor. »Ach Mayflower, ruf doch bitte mal den netten kleinen Mr. Beamis an und sag ihm, er soll den Weinkeller wieder auffüllen. Sag ihm, wir brauchen viel Champagner. Und nicht diesen Schmugglerkram – gute, gepflegte Weine. Ich habe Papas alten Portwein satt.« Oder sie sagte: »Erinnerst du dich noch an die köstlichen kleinen gefüllten Rebhühner, die wir immer bei Jansen bestellt haben, Mayflower? Erkundige dich doch mal, ob sie die noch haben. Und laß ein Dutzend kommen.« Einmal sagte sie: »Mayflower, ich kann diese ausgefransten Servietten nicht mehr sehen. Geh doch mal in den kleinen Laden, der das belgische Leinen führt. Kauf gleich einen Vorrat – sagen wir, sechs Dutzend.« Und mindestens zweimal in der Woche berichtete sie von irgendwelchen Gelegenheitskäufen: »Du, Mayflower, Emile hat angerufen. Er sagt, er hat einen Louis-Seize-Sekretär, fast genau wie der, den wir verkauft haben. Ich habe ihm gesagt, er soll ihn schicken.«

Sie war plötzlich wie verwandelt. Daß sie die schrecklichen Geldsorgen los war, trug sicher viel dazu bei. Aber es war nicht nur das. Ich glaube, mehr noch hing es damit zusammen, daß sie jetzt etwas zu tun hatte, daß sie nicht nur im Bett lag und sich alt und überflüssig vorkam. An dem Nachmittag, als Beau mit dem Vormundschaftsvertrag erschien, war sie die Ruhe selbst. Zum erstenmal, seit ich sie kannte, stand sie auf, kleidete sich an und ging hinunter. Sie sah so zierlich und zugleich so würdevoll aus in ihrem schwarzen Seidenkleid! Die Schnallen an ihren winzigen schwarzen Schuhen waren mit Juwelen besetzt, und in der Hand trug sie den Ebenholzstock mit dem goldenen Knauf.

Major Lee hatte Großmama Sass dringend geraten, ganz besonders ehrbare Zeugen zu bitten. Beide Herren waren so ehrbar, daß mir ganz übel wurde. Sie wissen schon, schwarzer Anzug und Stehkragen und so, und beide stumpfsinnig wie Küchenschaben. Mr. Sayre war der Steuerberater, den sie früher zu Rate gezogen hatte, und Mr. Lasalle hatte etwas mit der Bank zu tun, bei der sie früher ihr Geld gehabt hatte. Sie warteten schon mit Beau unten in der Bibliothek, als Großmama Sass, auf Mayflower und mich gestützt, herunterkam.

Die Sitzung dauerte nicht lange. Mr. Sayre und Mr. Lasalle schüttelten uns feierlich die Hand, und nachdem Beau alle Anwesenden mit einem affigen Lächeln bedacht hatte, nahmen wir auf den steifen Lederstühlen Platz, und Großmama Sass sagte: »Beau, vielleicht erläuterst du zunächst den beiden Herren die Vereinbarung, die wir getroffen haben. Dann kannst du dein Schriftstück vorlesen.« So hatte es Major Lee ihr empfohlen.

Beau hielt einen langatmigen, hochtrabenden Vortrag, aber er brachte alle entscheidenden Punkte zur Sprache. Er erklärte Mr. Sayre und Mr. Lasalle, Großmama Sass wolle die Verantwortung für die Verwaltung ihres Vermögens loswerden, um mehr Zeit für ihre Enkeltochter zu haben. Deshalb wolle er auf ihre Bitte hin unter Hinweis auf ihr Alter und ihren schlechten allgemeinen Gesundheitszustand das Gericht ersuchen, ihn zu ihrem Vormund zu ernennen. Selbstverständlich übernehme er die volle gesetzliche Verantwortung für ihr Wohlergehen. Er lächelte mir mit entblößten Zähnen zu und sagte, gleichzeitig wolle er das Gericht ersuchen, mich zu seinem Mündel zu erklären. Er werde nicht nur für meinen Unterhalt und meine Ausbildung Sorge tragen, sondern auch für alle meine Schulden und Verpflichtungen aufkommen, bis ich mündig sei.

Als er geendet hatte, blickte er Großmama Sass an. Sie nickte. »Jetzt lies dein Schriftstück vor.«

Ich verstand nichts von den juristischen Floskeln, aber soweit ich es beurteilen konnte, enthielt der Antrag alle wichtigen Punkte. Es hieß darin, daß Madame Amelia Sass infolge ihres fortgeschrittenen Alters und ihrer angegriffenen Gesundheit nicht mehr in der Lage sei, ihr Vermögen selbst zu verwalten, aber ich nehme an, das war so in Ordnung.

Nachdem Beau den Antrag vorgelesen hatte, fragte Großmama Sass: »Muß ich etwas unterschreiben?«

Beau sagte: »Nein, Tante Melia.«

Großmama Sass fragte: »Unterschreibst du etwas?«

Beau sagte: »Wenn ich den Antrag einreiche. Dann werde ich …«

Großmama Sass sagte: »Unterschreibe bitte gleich.«

Beau bekam einen roten Kopf und lachte nervös. »Das wäre höchst ungewöhn…« Er brach mitten im Wort ab und sog an seiner Unterlippe. »Wie du willst, Tante Melia«, sagte er schließlich. Er zückte seinen Füllfederhalter und setzte seinen Namen unten auf die letzte Seite des Gesuchs.

Großmama Sass wandte sich Mr. Sayre und Mr. Lasalle zu und dankte ihnen für ihr Kommen. Höflichkeiten murmelnd schüttelten die beiden allen Anwesenden die Hand, und Mayflower brachte sie zur Tür.

Beau wurde rot im Gesicht und fing wieder an, nervös zu lachen. »Wirklich, Tante Melia, Sie hätten sie nicht extra herkommen zu lassen brauchen. Verstehen Sie doch, das Gericht –«

Großmama schnitt ihm das Wort ab: »Ich wollte sie dabeihaben.«

Beau sog an seiner Unterlippe und entblößte dann seine Zähne zu seinem üblichen Alligatorlächeln. »Nun, wenn Sie sie dabeihaben wollten, Tante Melia«, sagte er freundlich, »dann freue ich mich, daß sie gekommen sind. Es kann ja nichts schaden, daß sie – hm – Kenntnis von unserer Vereinbarung besitzen.« Er griff nach dem Antrag. »Jetzt brauche ich von Ihnen nur noch eine Aufstellung Ihrer –«

Großmama Sass streckte fordernd die Hand aus: »Kann ich bitte das Schriftstück haben?«

Beau machte ein erstauntes Gesicht, gab es ihr aber.

Beiläufig sagte sie: »Ich will es mir heute abend noch mal in aller Ruhe durchlesen.«

Beau errötete, und auch seine Glatze lief rot an. »Aber Tante Melia, das können Sie nicht – das heißt, Sie wollen doch nicht ...« Er hielt inne und lutschte an seiner Lippe. Er versuchte freundlich zu lächeln. »Aber Sie haben doch den Text gehört. Ich schikke Ihnen vom Büro aus eine Kopie, wenn Sie den Antrag – hm – noch einmal ganz in Ruhe durchgehen wollen. Es würde die Sache beschleunigen, wenn wir heute alles abschließen könnten.« Er lächelte breit. »Ich kann Ihnen den Text ja auch noch mal vorlesen.«

Großmama Sass sagte mit einer Spur Verärgerung in der Stimme: »Oh, Beau, du bist unausstehlich! Ich kann diesen juristischen Kram so nicht begreifen. Und auf ein, zwei Tage kommt es doch wohl nicht an!« Mayflower war zurückgekommen und stand abwartend an der Tür. Großmama Sass sagte: »Kommt mit, ihr zwei. Auf Wiedersehen, Beau. Ich lasse von mir hören.«

Wir gingen aus dem Zimmer und ließen Beau mit hochrotem Gesicht stehen.

Wir stiegen nicht die Treppe hinauf, sondern gingen durch die Anrichtekammer in die Küche. Als wir Beaus Wagen abfahren hörten, kamen wir lachend und kichernd heraus und warteten vor dem Haus, bis Calvin den Cadillac aus der Garage geholt hatte. Calvin und Rita, seine Frau, waren das junge farbige Paar, das Mayflower eingestellt hatte. Sie wohnten nach hinten hinaus und halfen im Hause mit. Wir fuhren nicht weit an diesem Tag, nur die Saint Charles Avenue hinunter und durch den Audubon Park und wieder zurück. Aber für Großmama Sass war es seit fünf Jahren das erste Mal, daß sie wieder hinauskam. Ihre Augen leuchteten richtig, während sie zurückgelehnt im Wagen saß und alle Veränderungen seit damals entweder entzückt oder entrüstet zur Kenntnis nahm. Alle Augenblicke hob sie Beaus Antrag hoch und wedelte damit hin und her, und jedesmal lachten wir wie verrückt.

Am Abend besuchte uns Major Lee. Großmama Sass gab ihm den Antrag und eine Aufstellung der wenigen Aktien, die sie noch besaß, und ließ Calvin eine Flasche Champagner heraufholen. Ich trank auch einen Schluck davon. Major Lee strahlte, als hätte er ein Millionengeschäft gemacht. »Ein herrlich geglücktes Unternehmen«, sagte er. »Fabelhaft. Wenn ich den Antrag nun noch durch meinen gefälligen Bekannten bei Gericht habe einreichen lassen, ist alles vollbracht.« Um seinen Mund zuckte es. »Ehrlich gesagt, meine Damen, es ist besser gegangen, als ich zu hoffen wagte. In Anbetracht Ihrer – hm – mangelnden Erfahrung hatte ich doch mit einigen Schwierigkeiten gerechnet.«

Er lächelte Großmama Sass an. »Wie lange unsere gemeinsame Unternehmung von Erfolg gekrönt ist, das hängt nun ganz von Ihnen ab, Madame. Beau wird zweifellos von Zeit zu Zeit ungeduldig darauf drängen, daß Sie ihm den Antrag mitsamt einer Aufstellung Ihrer Vermögenswerte übergeben. Ich nehme jedoch nicht an, daß er Ihnen allzu heftig zusetzen wird. Nein, er wird alles tun, Sie nicht zu verärgern, aus Angst, Sie könnten ihm sonst Ihre Millionen nicht hinterlassen. Doch die Situation ist etwas heikler als zu dem Zeitpunkt, als er daranging, den Antrag aufzusetzen.« Er trank einen Schluck Champagner, dann lächelte er Großmama Sass wieder freundlich zu. »Ich möchte vorschlagen, daß Sie den Anschein schierer Widerspenstigkeit vermeiden. Am klügsten ist es vielleicht, Sie halten Beau mit vagen Auskünften und gespielter Exzentrizität hin. Schließlich setzt man dergleichen bei wohlhabenden Damen in reiferen Jahren fast voraus.«

Großmama Sass lachte schnaubend und sagte: »Sie meinen, bei reichen alten Ziegen.«

Als Major Lee ging, brachte ich ihn zur Haustür hinunter.

»Was meinen Sie, wie lange wir Beau schröpfen können?« fragte ich.

Er sah mich mit einem verschmitzten Lächeln an. »Oh, unbegrenzt, Hühnchen. Sozusagen unbegrenzt.« Er lachte in sich hinein. »Ich sehe Beau derzeit nur selten. Mein Anblick bekümmert ihn. Er erinnert ihn an die gewaltige Kommission, die er mir schuldig zu sein glaubt, wenn er die Kontrolle über das Vermögen seiner Tante erhält. Zweifellos brütet er alle möglichen dunklen Pläne aus, wie er es vermeiden kann, sie mir auszuzahlen. Aber das allein ist schon ein Zeichen dafür, daß er keinerlei Argwohn hegt.« Er hielt inne. »Wie ich schon sagte, Beau hat viel, viel Geld. Ich glaube nicht, daß er sich über Madame Sass' Ausgaben allzusehr beklagen wird. Zumindest nicht, solange er glaubt, daß er einmal ihr Vermögen von über dreißig Millionen Dollar erbt.« Er zögerte. »Es kommt noch etwas anderes hinzu. Natürlich erwähne ich das den anderen gegenüber nicht. Beau wird sich vor allem deshalb zurückhalten, weil er damit rechnet, daß er die Rechnungen seiner Tante nicht mehr lange zu bezahlen braucht. Er hat mehrmals mit ihrem Arzt gesprochen und ist fest davon überzeugt, daß sie nicht mehr lange lebt.«

»Da täuscht er sich!« sagte ich empört. »Es geht ihr von Tag zu Tag besser.«

Das stimmte – fast. Großmama Sass hatte wahrscheinlich ebenso viele Anfälle wie früher, aber sie schienen sie nicht mehr so sehr mitzunehmen. Zweimal, dreimal am Tag wurde sie leichenblaß, und der Atem schien ihr zu stocken. Aber dann schob sie sich jedesmal eine von ihren kleinen Pillen in den Mund, und nach ein paar Sekunden schon kam wieder Farbe in ihr Gesicht, und sie machte weiter, als wäre nichts gewesen. Ich hatte mich so daran gewöhnt, daß ich mir keine allzu großen Sorgen mehr darüber machte. Und ich glaube, Mayflower ging es genauso.

Wir verlebten gemeinsam herrliche Stunden in diesem Sommer. Einen Monat herrschte im Haus ein furchtbares Durcheinander: Installateure, Anstreicher und Tapezierer stapften ein und aus. Jeden Abend nahmen Mayflower und ich Großmama Sass am Arm und führten sie hinunter, damit sie begutachten konnte, was tagsüber getan worden war. Das Haus sah wunderschön aus, als alles fertig war – frisch gestrichen, innen und außen, und mit neuen Teppichen, Tapeten und Vorhängen. Das allein mußte Beau ein Vermögen gekostet haben.

Meistens hielten wir uns bei Großmama Sass im Zimmer auf. Rita brachte uns auf großen Tabletts unser Abendessen herauf. Großmama Sass hatte ein diebisches Vergnügen daran, sich alle möglichen ausgefallenen Delikatessen einfallen zu lassen, weil Beau sie bezahlen mußte. Wir aßen Kaviar, Wachteln, Fasan und was man sich nur denken kann. Und natürlich tranken Großmama Sass und Mayflower zu jeder Mahlzeit Wein, Champagner oder französischen Rotwein. Sie fanden es herrlich, aber wenn ich ehrlich sein soll, für mich war es immer eine Erholung, wenn Mayflower donnerstags, an Ritas freiem Tag, selber kochte und es zum Essen Gumboeintopf oder Brathähnchen gab.

Und nun muß ich noch von dem Radio erzählen, das ich gekauft hatte. Als es gebracht wurde, brummte Großmama Sass mit unwirschem Gesicht und tat schrecklich entsetzt. Aber sie ließ es von morgens bis abends laufen. Oh, wir hatten so viel Spaß damit. Abends vor dem Essen saßen wir am Radio und lachten über die Geschichten von Amos und Andy. Oft lachten wir so sehr, daß uns die Luft ausging. Großmama Sass war ganz hingerissen von Walter Winchell, und zur Hitparade blieben wir immer bis spät am Abend auf.

Manchmal waren wir gerade im Zimmer, wenn Beau sie anrief. Großmama Sass wurde glänzend mit ihm fertig. »Oh, tatsächlich, Beau?« sagte sie dann etwa, als wäre sie ganz erstaunt. »Du liebe Güte, so lange kommt es mir noch gar nicht vor. Die Zeit vergeht so schnell, wenn man alt ist ... ja, das muß ich jetzt mal tun – unbedingt.« Manchmal fertigte sie ihn etwas energischer ab. »Nun sei doch nicht so unausstehlich, Beau. Ich habe so vieles im Kopf ... Nein, ich bin nicht ärgerlich, Beau, aber ich wollte, du würdest nicht ewig über geschäftliche Dinge reden ... Ja, das will ich tun ... Ja, ja, da hab ich ein paar Sachen gekauft ... Die Summe könnte stimmen ... Nein, daran habe ich nie gezweifelt, Beau ... Du warst immer sehr aufmerksam ... Ja, das tue ich. Auf Wiedersehen, Beau.« Dann legte sie den Hörer auf und lachte schnaubend.

Einmal in der Woche kauften Mayflower und ich groß ein.

Wir machten uns immer eine Liste, was wir brauchten, aber unterwegs steckten wir jedesmal die Köpfe zusammen und dachten uns lachend und kichernd noch andere Sachen aus, nur um Beau noch mehr zu schröpfen. Mir machten diese Einkaufsfahrten einen Heidenspaß. Nach ein paar Wochen erkannten mich die Leute auch nicht mehr als das ›reichste Mädchen der Welt‹. Richtig Aufregung habe ich sogar nur das eine Mal verursacht. Ich glaube, in den Wochen damals ging mir auf, wie das mit dem Berühmtsein wirklich ist. Bis dahin dachte ich, man wird eben berühmt. Durch irgendwas, das man gemacht hat. Oh, ich weiß, daß man auch für kurze Zeit berühmt werden kann – Bergsteiger zum Beispiel, die zum erstenmal einen Gipfel besteigen. Aber ich hatte nicht gewußt, daß man ständig dafür arbeiten, hart arbeiten muß, daß man berühmt bleibt. Man muß der Öffentlichkeit dauernd seinen Namen ins Gedächtnis rufen. Deshalb geraten Leute, die etwas wirklich Wichtiges tun, schnell in Vergessenheit, während große Angeber, die dafür sorgen, daß ihr Name in die Zeitung kommt, berühmt bleiben.

Mit Long Boy traf ich mich zweimal in der Woche – dienstags und freitags. Es ärgerte mich, daß er nicht ins Haus kommen wollte, um Mayflower und Großmama Sass kennenzulernen. Wenn ich auf ihn einredete, sagte er immer nur: »Ach, was soll ich bei diesen alten Tanten, Addieschatz? Wir hätten uns doch nichts zu sagen.«

»Sie sind keine alten Tanten«, sagte ich dann. »Sie sind wunderbar – beide. Du magst sie bestimmt.«

»Na ja ... vielleicht ein andermal«, sagte er dann.

Ich machte mir Sorgen um ihn. Er verkaufte nach wie vor HEPFLAU-Anteile und arbeitete auch sonst mit Major Lee zusammen und verdiente sehr ordentlich. Manchmal, wenn er besonders gute Geschäfte gemacht hatte, erzählte er begeistert davon, aber oft war er mürrisch und stumm. Einmal sagte er seufzend: »Ich bin froh, wenn das alles vorbei ist und wir wieder einfach zum Spaß Geschäfte machen können. Ob du echte oder falsche Beteiligungen verkaufst, das läuft auf dasselbe raus. Dann kannst du auch gleich richtig arbeiten.«

Ich wußte, was er meinte. Auch ich vermißte unser früheres Leben. Sosehr ich Mayflower und Großmama Sass liebte, manchmal, wenn ich zu Long Boy in den Wagen sprang, hätte ich am liebsten zu ihm gesagt, komm, fahr los und immer weiter. Eins muß ich sagen: Er hat kein einziges Mal verlangt, daß ich von Mayflower und Großmama Sass fortgehen sollte. In seinen Augen waren sie meine Partner bei einem verabredeten Handel. Und Geschäftspartner läßt man nicht im Stich, bevor der Handel abgeschlossen ist.

Jetzt muß ich Ihnen noch von meinem Schmuck erzählen. Ich wußte natürlich von Anfang an, daß Major Lee bei diesem Unternehmen für mich etwas Besonderes im Sinn hatte. Deshalb wollte er, daß ich Beaus Mündel wurde, und deshalb machte er sich all die Mühe mit dem Vormundschaftsantrag. Zuerst dachte ich oft darüber nach, aber mit der Zeit vergaß ich es fast. Eines Abends, als ich zu Großmama Sass ins Zimmer kam, glänzten ihre Augen besonders hell, und Mayflower lächelte mich an. Da wußte ich, daß etwas im Gange war. Großmama Sass sagte: »Kind, Major Lee hat angerufen. Er kommt nach dem Abendessen her. Er hat eine Überraschung für dich.«

»Für mich?« fragte ich. »Was denn?«

Großmama Sass lachte. »Das muß er dir selbst erklären.«

Ich sah Mayflower an. »Wissen Sie, was es ist?«

Auch sie lachte. »Ja, ich weiß es, *chérie*. Ich finde es herrlich.«

Beim Abendessen bestürmte ich die beiden immer wieder, sie sollten es mir verraten, aber sie lachten nur und zogen mich auf. Es war schon fast zehn, als Major Lee schließlich kam, und auch dann dauerte es noch eine Ewigkeit, bis wir uns alle hingesetzt hatten. Endlich, nachdem Calvin eine Flasche Champagner heraufgeholt und jedem ein Glas eingeschenkt hatte, sah Major Lee mich mit seinem verschmitzten Lächeln an. »Du wirst dich erinnern, Lämmchen«, begann er, »daß ich dir gleich zu Beginn unserer kleinen Unternehmung eine Belohnung für deine gute Arbeit versprochen habe. Damals kannte ich unsere verehrten Freundinnen hier noch nicht. Aber sie stimmen mir aus vollem Herzen zu, daß du eine besondere Belohnung verdient hast. Es bedrückt sie auch, daß du von Beaus Großzügigkeit noch gar nicht profitiert hast. Bei unseren letzten Telefongesprächen hat deine Großmama energisch darauf bestanden, daß ich sofort etwas unternehme.« Er lächelte. »Daraufhin hab ich heute das Juweliergeschäft Pierre Roget aufgesucht und mich als Vertreter deiner Großmutter vorgestellt. Ich erklärte, deine liebe Großmama sei zu der Ansicht gelangt, daß du jetzt alt genug bist, um den Grundstock für eine geschmackvolle Schmuckkollektion zu bekommen. Ich habe eine Anzahl schlichter, aber kostbarer Schmucksachen ausgesucht, die man dir morgen vorlegen wird. Ich hoffe, du findest darunter etwas, das dir gefällt.«

Ich war maßlos enttäuscht. Ich hatte mir nie etwas aus Schmuck gemacht und hätte mich viel mehr gefreut, wenn die Überraschung aus einer Schachtel schokoladenüberzogener Kirschen bestanden hätte. Aber sie lächelten mich alle so stolz und befriedigt an, daß ich ihnen das nicht sagen mochte. Ich tat so, als ob ich überglücklich wäre. »Oh, das ist herrlich. Vielen, vielen Dank.« Ich wartete einen Augenblick, dann fragte ich: »Wird Beau so eine Rechnung denn bezahlen?«

Major Lee lachte und sagte: »Eine gute Frage, Häschen.« Er hob die Brauen. »Ich muß gestehen, ich bin mir nicht ganz sicher. Vielleicht. Vielleicht auch nicht. Die Zeit wird es erweisen.«

Als ich ihn verständnislos ansah, lachte er wieder leise und sagte: »Wenn du älter wirst, Schäfchen, und einmal selber mit Juwelieren zu tun hast, wirst du feststellen, daß diese Leute etwas merkwürdig vorgehen. Sie verlangen so exorbitante Preise und machen mit ihren Sächelchen so enorme Profite, daß sie, wenn es um die Bezahlung geht, äußerst nachsichtig sind. Ich habe erklärt, aus Gründen, die mit steuerlichen Problemen zusammenhingen, wünsche deine Großmama, daß die Bezahlung für den Schmuck zurückgestellt werde, bis du als reichstes Mädchen der Welt in den Genuß deines Erbes kommst. Da das Leben kurz ist, aber die Geschäfte weitergehen, war man sofort einverstanden. Die guten Leute waren geradezu entzückt, mit dir schon in so jungen Jahren die Verbindung aufnehmen zu dürfen.«

Ich dachte nach. »Das heißt also«, sagte ich, »Sie sind sich nicht ganz sicher, ob Sie ein Geschäft mit Beau oder mit den Juwelieren machen.«

Major Lee lächelte. »So ist es.« Er zog die Brauen in die Höhe. »Aber da der reizende Beau dein gesetzlicher Vormund ist, nehme ich an, daß er eines Tages bezahlen wird – oder es kommt zu einem aufsehenerregenden Prozeß.« Er setzte seinen milden Blick auf. »Nun, das soll nicht unsere Sorge sein.« Er sah Großmama Sass an. »Nicht wahr, Madame?«

Großmama Sass lachte schnaubend. »Nein, bestimmt nicht«, sagte sie.

Am nächsten Tag kamen zwei Herren vom Juweliergeschäft mit vier, fünf schwarzen Lederköfferchen zu uns heraus. Himmel, wie vornehm und geleckt sie aussahen in ihren schwarzen Röcken und ihren gestreiften Hosen und mit ihren kurzen steifen Kragen und den Perlennadeln in ihren Halsbinden. Hinterher sagte ich zu Großmama Sass, sie hätten mich an Diplomaten erinnert. Großmama zog die Mundwinkel herunter und sagte, sie hätten gleichzeitig wie Friseure aus dem Saint Charles Hotel ausgesehen. Und sie hatte recht. Achten Sie mal darauf. Die meisten Diplomaten sehen wie Friseure aus.

Wir saßen bei Großmama Sass in der Veranda, als sie ihre Köfferchen öffneten. Sie machten alles mit großem Aufwand. Sie hatten ein paar schwere cremefarbene Tücher dabei, die sie uns überreichten, damit wir sie uns auf den Schoß legten, während sie den Schmuck herumreichten. Das erste Schmuckstück, das sie mir zeigten, war ein Perlenhalsband mit einem kleinen Diamantschloß. Es war hübsch. Ich schielte nach dem Preisschildchen und mußte schlucken und noch einmal hinsehen – elftausend Dollar! Großmama Sass besorgte das Reden. Mal winkte sie mit der Hand und sagte: »Zu protzig.« Mal hielt sie ein Schmuckstück ins Licht, damit sie es besser betrachten konnte, und fragte: »Wieviel Karat hat der Diamant?« Ich glaube, ich habe die ganze Zeit nur ein einziges Mal den Mund aufgemacht, und das war, als man mir nach all den Armbändern und Broschen und Ringen einen kleinen Käfer mit goldenen Beinen, einem Diamanten als Kopf und lauter winzigen Rubinen als Rumpf zeigte. »Oh, ist der süß«, rief ich. Auf dem Preisschildchen stand $ 4500.

Nach einer Weile sagte Großmama Sass: »Die Perlen auf alle Fälle, die ganze Schnur.« Sie hatte einzelne Schmuckstücke neben sich auf ein Tischchen gelegt. Sie fing an, sie noch einmal zu begutachten, aber dann winkte sie ab und sagte: »Wir nehmen das alles.«

So kam ich zu meinem Schmuck – Perlen, sechs Broschen, ein

Diamantarmband und ein dazu passendes Halsband. Das Ganze kostete über $ 54 500. Wieviel darüber, weiß ich nicht. An einer aus Gold und Smaragden gearbeiteten Brosche in Form eines Blattes konnte ich das Preisschildchen nicht entdecken. Als die Herren gegangen waren, bedankte ich mich bei Großmama Sass und nahm alles an mich. »Wo willst du die Sachen hintun, Kind?« fragte Großmama Sass. »Vielleicht solltest du sie unten im Safe –«

»Ich hab schon einen Platz dafür«, sagte ich und ging in mein Zimmer. Dort öffnete ich den Schrank und holte die Zigarrenkiste heraus. Die Sachen paßten wunderbar hinein.

Und noch etwas muß ich Ihnen erzählen. Eines Abends saßen wir am Radio, und ich sagte irgend etwas. Ich weiß nicht mehr, was es war, aber Mayflower und Großmama brachen in schallendes Gelächter aus. Ich hatte Großmama Sass noch nie so lachen hören, so laut, so natürlich und so glücklich. Sie sagte: »Du bist ein Schatz, Kind. Ich weiß gar nicht, wie wir je ohne dich ausgekommen sind.«

Ich habe das nie vergessen, denn dann kam der Abend im August, an dem wir auch bis in die Nacht hinein Radio hörten. Jessica Dragonette sang – ich weiß es noch genau, denn als ich Mayflower und Großmama Sass gute Nacht gesagt hatte und in mein Zimmer ging, dachte ich, wenn ich doch auch so eine schöne Stimme hätte. Ich zog mich aus und hatte eben mein Nachthemd übergestreift, als Mayflower zu mir hereinkam. So hatte ich sie noch nie gesehen. Ihre Augen waren weit aufgerissen und voller Angst. Mit ruhiger Stimme sagte sie: »Komm, schnell, *chérie*. Missy geht es nicht gut. Ich habe den Doktor angerufen.«

Ich rannte, wie ich war, barfuß und ohne Morgenrock hinüber. Großmama Sass lag mit geschlossenen Augen in ihren Kissen. Ihr Gesicht war totenblaß, wie es immer wurde, wenn sie einen ihrer Herzanfälle hatte. Mayflower nahm Großmamas eine Hand und umschloß sie mit ihren beiden Händen und stand da und blickte auf ihr Gesicht. Ich sagte: »Ihre Pillen – haben Sie ...« Ich hielt inne, weil Mayflower langsam den Kopf schüttelte, ohne den Blick von Großmamas weißem Gesicht zu wenden.

Nach einer Weile schlug Großmama Sass die Augen auf. Sie sah mich an und sagte: »Madeleine?«

»Ich bin's, Großmama – Addie«, sagte ich und mußte schlucken.

»O ja, Addie«, sagte sie mit schwacher Stimme. Sie schloß die Augen und sagte so leise, daß ich sie kaum verstehen konnte: »Es kam mir lang vor – so lang.« Nach einer kurzen Pause stieß sie einen leisen Seufzer aus. »Aber es war nicht lang.« Sie öffnete die Augen und sah mich an. »Madeleine?«

»Ich bin's, Großmama – Addie«, sagte ich und fing an zu weinen.

Wieder schloß sie die Augen. Gleich darauf sah sie mich noch einmal an und zog die Mundwinkel hoch. Sie sagte: »Addie, du kleiner Teufel.« Dann schloß sie die Augen und – und das war alles.

Long Boy und ich hatten einmal einer Frau mit einem netten freundlichen Gesicht eine Luxusbibel verkauft, und die Frau hatte zu mir gesagt, ihr Mann und ihr kleines Töchterchen seien »dahingegangen«. Ich hatte nie richtig begriffen, wie sie das meinte. Aber genau das war es, was Großmama Sass tat. Sie ging dahin, fort. Ihr kleiner zierlicher Körper lag noch in den Kissen, aber sie war fortgegangen.

Ich rief: »Geh nicht, Großmama! Oh, bitte geh nicht fort!«

Auch Mayflower wurde bewußt, was geschehen war. Mit schmerzverzerrtem Gesicht und Tränen in den Augen beugte sie sich über Großmama Sass und flüsterte: »Ich komme bald nach, Missy. Ich bin bald bei Ihnen.«

Ich glaubte, mir würde das Herz brechen. Damals, als ich meine Mama verlor, war ich noch zu klein, um zu begreifen, was geschehen war. Jetzt erlebte ich zum erstenmal bewußt, daß ein Mensch, den ich liebte, starb. Es war fast – aber was soll ich da erzählen? Sie wissen selbst, wie es ist, und wenn nicht, dann werden Sie es eines Tages wissen. Ich dachte an all das, wovon ich wünschte, ich hätte es nicht gesagt – und an all das, wovon ich wünschte, ich hätte es gesagt. Und am Ende wußte ich nur, daß man einander mehr lieben sollte. Wir alle. Alle sollten einander mehr lieben und es auch zeigen und einander sagen, ehe es zu spät ist.

Mayflower und ich klammerten uns aneinander. Dann kamen schwarzgekleidete Männer und holten Großmama Sass fort. Und während Leute kamen und gingen, saßen wir beieinander und weinten und redeten. Und irgendwie verging die Zeit. Das tut sie immer.

Wir gingen nicht zur Beerdigung. Mayflower wollte nicht, und ich wollte bei ihr bleiben. An jenem Morgen saßen wir in Großmama Sass' Zimmer und redeten Stunden um Stunden. Gegen Mittag schließlich stand ich auf und gab Mayflower einen Kuß. »Ich komme wieder«, sagte ich. »Machen Sie sich darum keine Sorgen. Irgendwann komme ich wieder.« Mayflower drückte mich an sich und sagte: »Du mußt auch wiederkommen. Das hier ist doch dein Zuhause, *chérie*.«

Calvin hatte meine Sachen schon hinuntergebracht. Ich ging zur Tür hinaus in den hellen Sonnenschein. Long Boy wartete bereits. Und ob Sie es glauben oder nicht – er saß in unserem alten Dodge-Lieferwagen. Ich riß vor Staunen Mund und Nase auf. »Was … Wieso …«

Long Boy griente. »Hab ihn mir von einem Burschen holen lassen«, sagte er. »Er hat ihnen aufgebunden, er sei gestohlen.« Er machte mir die Tür auf. »Dachte, wir fahren mal nach Kentucky rauf. Ich hab die Lage gepeilt und hab so das Gefühl, wir könnten da 'n bißchen Geld machen. Mit Tabak.«

Ich stieg in den Wagen und – ach, es war einfach ein gutes Gefühl. So als ob ich wieder zu Hause wäre. Ich beugte mich vor und schob die Zigarrenkiste unter den Sitz. Long Boy ließ den Motor an, und *WUMmmmmm* brauste der alte Karren davon wie eine Wildgans. Ich blickte verblüfft auf und konnte es einfach nicht glauben.

Long Boy sah verstohlen zu mir herüber. »Hab mir 'n V-Zwölf-Cadillac-Motor in die alte Kiste einbauen lassen.« Dann drehte er den Kopf zu mir herum und sah mich mit seinem breitesten, strahlendsten Lächeln an. Er sagte: »Hab mir gedacht, wir zwei haben sicher noch 'ne ganze Strecke vor uns, was, Addie?« Der alte Gauner.

Nachwort

Die erste Bekanntschaft mit Joe David Browns Roman *Addie Pray* machte ich im Jahr 1972, ein Jahr nachdem das Buch als Hardcover erschienen war. Damals schickte mir Frank Yablans, Präsident von Paramount Pictures, ein Drehbuch aus der Feder von Alvin Sargent, das auf diesem Roman basierte. Ich las es nicht, denn ich saß gerade gemeinsam mit Larry McMurtry im Auftrag von Warner Bros. am Drehbuch für einen großen Western mit John Wayne, James Stewart und Henry Fonda. Zu meinem großen Bedauern scheiterte das Projekt nach sechs Monaten – dreizehn Jahre später baute Larry das Drehbuch zu einem bahnbrechenden Roman mit dem Titel *Lonesome Dove* aus –, so daß ich plötzlich ohne Filmvorhaben dastand. Wieder meldete sich die Paramount bei mir, diesmal in Gestalt ihres Produktionschefs Robert Evans und seines engsten Mitarbeiters Peter Bart. Sie präsentierten mir eine überarbeitete Version von *Addie Pray* und meinten, John Huston plane, den Film mit Paul Newman und dessen Tochter zu realisieren. Doch da sie mir das Projekt zuerst angeboten hätten, wollten sie mir noch eine letzte Chance geben, bevor sie sich auf die Suche nach einem Ersatz machten.

Als ich das Skript las, gefiel mir die unkomplizierte Beziehung zwischen Moze (Long Boy Pray), einem Betrüger aus der Zeit der Weltwirtschaftskrise, und seiner unehelichen Tochter Addie. Allerdings hatte ich den Eindruck, daß die Geschichte so nicht aufging und von Grund auf überarbeitet und umgeschrieben werden mußte. Evans und Bart teilten meine Ansicht und meinten, Alvin Sargent sei nur allzu gern bereit, die von mir vorgeschlagenen Veränderungen vorzunehmen. Ich erwiderte, ich wolle zuerst den Roman lesen, um festzustellen, was weggelassen worden sei und vielleicht doch noch übernommen werden könne. In Wahrheit aber war ich mir weiterhin unsicher, ob ich den Film überhaupt drehen wollte. Ich besprach mich mit Polly Platt, die gemeinsam mit mir ihre Ausbildung an den Theatern von New York durchlaufen hatte. Sie hatte bei meinen ersten drei Filmen als Produktionsdesignerin mitgearbeitet, viel Erfahrung mit Drehbüchern und war außerdem mehr als acht Jahre lang mit mir verheiratet gewesen. Wir hatten zwei kleine Töchter (damals fünf und zwei Jahre alt), lebten getrennt und hatten die Scheidung eingereicht. Allerdings arbeiteten wir noch bei zwei Filmen zusammen (dieses sollte der zweite werden), und ich war neugierig, was sie von diesem Drehbuch halten würde. »Schau, ob du einen Grund findest, warum ich diesen Film machen sollte«, sagte ich ihr.

Bei unserem Treffen meinte sie, das Skript müsse wirklich dringend überarbeitet werden. Aber sie finde, die Vater-Tochter-Beziehung sei bei mir besonders gut aufgehoben, da wegen unserer eigenen Töchter so offensichtliche Zusammenhänge zu meinem Leben bestünden. (Das erinnerte mich an eine provokante Bemerkung von Vittorio De Sica, nachdem er zwei Filmklassiker mit Kindern in den Hauptrollen gedreht hatte: »Man ist kein richtiger Regisseur, bevor man nicht mit einem Kind gearbeitet hat.«) Außerdem schlug Polly vor, Ryan O'Neals achtjährige Tochter Tatum für die Rolle der Addie in Erwägung zu ziehen. Ich war der Kleinen einmal kurz begegnet und stimmte zu, sie könne sich vielleicht dafür eignen. Am meisten reizte mich jedoch, daß ich – ganz gleich, ob Tatum nun mitwirken würde oder nicht – Ryan eine Rolle anbieten konnte, denn ich hatte ihm gegenüber ein ziemlich schlechtes Gewissen.

Larry McMurtry und ich waren uns ursprünglich einig gewesen, in unseren großen Western eine gute Rolle für Ryan hineinzuschreiben. Doch nach einigen Anläufen stellte Larry fest, daß ihm einfach keine handelnde Person einfiel, die zu O'Neal paßte. (Eigentlich mochte Larry ihn nicht als Schauspieler, aber das wurde nie ausgesprochen.) Ryan wieder zu streichen brachte das Problem mit sich, daß ich ihm lange vor dem Scheitern des Projekts bereits eine Rolle zugesichert hatte. Also mußte ich ihm die schlechte Nachricht überbringen, daß er nicht in unserem Film mitspielen würde. Obwohl er nicht sehr erfreut war, nahm er es gelassen auf. Deshalb erschien es mir als wunderbare Wiedergutmachung, ihn nun mit einer so interessanten Rolle entschädigen zu können.

Ich schickte Ryan ein Exemplar des Drehbuchs und schilderte ihm meine Pläne für Tatum. Allerdings warnte ich ihn, ich müsse mich zuerst ausführlich mit ihr unterhalten, weshalb er ihr besser noch nichts von unserem Projekt verraten solle, so daß ich in unbefangener Atmosphäre mit ihr sprechen könne. Wir verabredeten, uns ein paar Tage später in Ryans Strandhaus in Malibu zu treffen. Inzwischen war er Feuer und Flamme für den Film und hatte (obwohl er es immer abstritt) Tatum alles brühwarm erzählt. Kurz nach meiner Ankunft und ein wenig Geplauder meinte Ryan, ich sähe sehr gut aus und solle ihn doch häufiger hier draußen besuchen, um am Strand zu joggen. Da stöhnte Tatum auf, verzog das Gesicht und sagte mit ihrer leisen, heiseren Stimme: »Oh, Dad, dazu ist er nicht der Typ.« »Was meinst du damit, Tatum?« fragte ich überrascht. Sie rümpfte die Nase und antwortete: »Daß Sie immer Schuhe und Hemd anlassen.« Ihre Fähigkeit, mich so rasch als einen Menschen einzuschätzen, der sich tatsächlich, anders als die meisten Kalifornier, nicht gern im Freien aufhielt, beeindruckte mich sehr, und das gleiche galt für ihre amüsante altkluge Art. Also wandte ich mich spontan an Ryan und verkündete: »Sie ist dabei.« Und so bekam Tatum die Rolle.

Die nächste Hürde bestand darin, Paramount dazu zu bewegen, dieser Besetzung zuzustimmen, was nicht eben leicht war, denn man hatte sich dort auf Paul Newman und seine Tochter eingeschossen. Als ich Bob Evans von meinem Plan erzählte, Ryan O'Neal und seine Tochter Tatum zu nehmen, antwortete er sofort: »Mit Ryan O'Neal mache ich den Film auf keinen Fall.« »Warum nicht?« »Ich finde, er paßt nicht.« »Er wäre sehr gut geeignet, und seine Tochter wird sich sicher wacker schlagen.« »Wie alt ist die Tochter?« »Sie wird bald neun.« »Aber Addie ist schon zwölf!« »Na und? Das Kind ist geistig genauso weit wie ein intelligenter Teenager.« Doch Evans ließ sich nicht überzeugen. »Sie können für diese Rolle kriegen, wen Sie wollen – Warren Beatty, Newman, Dustin Hoffman. Viele Leute wären scharf darauf.« Später rief mich Peter Bart an und hielt mir einen ähnlichen Vortrag.

Meine Agentin, die berüchtigte Sue Mengers, arbeitete auch für Ryan. Sie erklärte mir, daß Evans' vehemente Ablehnung von O'Neal mit einem Zwischenfall während der Dreharbeiten für *Love Story* zusammenhänge. Damals habe Ryan eine Affäre mit Ali McGraw gehabt, obwohl sie schon mit Evans verheiratet gewesen sei. Als Frank Yablans mich aus New York anrief, erklärte ich ihm, daß Ryan und Tatum O'Neal die Rollen bekommen müßten, wenn er wollte, daß ich bei diesem Film Regie führte. Anderenfalls würde ich meinen Hut nehmen. Yablans versuchte, mir mein Vorhaben auszureden: »Sie können Paul Newman kriegen!« Doch inzwischen ließ ich mich nicht mehr beirren. »Wenn Sie Newman wollen, fragen Sie doch Huston.« Ich mußte ihn nicht eigens darauf hinweisen, daß *Is' was, Doc?*, der letzte Film, den Ryan und ich gemeinsam für Warner Bros. gedreht hatten und der gerade in den Kinos lief, der zweitgrößte Kassenschlager des Jahres war, und zwar gleich nach *Der Pate* von Paramount. Und deshalb sei es nicht gerade eine geschäftsschädigende Entscheidung für die Paramount, uns beide für einen nächsten Film zusammenzuspannen.

Einige Tage später waren Ryan und ich zu einer Filmvorführung und zum Abendessen im Haus des Produzenten Ray Stark eingeladen. Es war kein Zufall, daß Bob Evans ebenfalls zu den Gästen gehörte. Als der Abend zu Ende war, fielen er und Ryan einander in die Arme. Dann fielen Bob und ich uns auch in die Arme, und der Handel war perfekt.

Anschließend las ich den Roman. Ich amüsierte mich großartig und stellte fest, daß einer der Höhepunkte der Handlung – die ausführliche Episode mit Trixie Delight (im Film gespielt von der zauberhaften, inzwischen verstorbenen Madeline Kahn) – im Drehbuch gar nicht vorkam. Außerdem wurde mir klar, weshalb Alvin Sargent Schwierigkeiten gehabt hatte, ein Ende für den Film zu finden, das die größte Schwachstelle im Drehbuch war. Das Problem bestand darin, daß das Buch nach einer wichtigen Begebenheit in der Geschichte – Addies Freundschaft mit einer älteren Bauersfrau – endet, die wir unmöglich in den Film einbauen konnten. Und letztlich verwendeten wir tatsächlich nur ein wenig mehr als die erste Hälfte des Romans.

Alvin Sargent und ich hielten in meinem Büro im Studio eine Besprechung ab. Nachdem wir uns einige Stunden lang angeregt unterhalten hatten, meinte er zum Abschied: »Wissen Sie, Sie haben gleich zu Anfang eine Bemerkung gemacht, die für einen Regisseur typisch ist.« Erstaunt fragte ich ihn, was das denn gewesen sei. »Sie haben gesagt«, erwiderte Alvin, »die Geschichte ist sehr gut, Alvin. Man muß sie nur komplett umschreiben!« Dieser Satz wurde zum Witz zwischen uns. Und wir kamen wirklich ziemlich rasch überein, einige Details im ersten Akt völlig umzustellen und einen neuen zweiten Akt unter Verwendung der Trixie-Delight-Episode einzufügen. In den dritten Akt schrieben wir eine zusätzliche Straftat hinein, die daran scheitert, daß Moze verprügelt wird, worauf er sich entscheidet, Addie bei ihrer netten, bürgerlichen Tante unterzubringen.

Außerdem beschlossen Alvin und ich, den Film doch nicht in einem amerikanischen Süden nach Art von Tennessee Williams, William Faulkner und Truman Capote spielen zu lassen. Polly erinnerte mich an eine gemeinsame Autofahrt durch die Mitte der Vereinigten Staaten in den sechziger Jahren, als wir festgestellt hatten, daß es in Kansas, dem ebensten amerikanischen Bundesstaat, überhaupt keine Hügel gab. Schon damals hatten wir uns gedacht, daß sich die Landschaft großartig für ein Roadmovie eignete. Wie sich herausstellte, gab es in einem Umkreis von fünfundsiebzig Kilometern rund um Hays, Kansas (der geographischen Mitte der USA) und St. Joseph, Missouri – wo wir den Film schließlich zwischen dem 25. September und dem 4. Dezember 1972 drehten –, eine Menge kleinerer Städte, in denen es noch genauso aussah wie zu der Zeit, in der unsere Handlung spielte. Denn ich hatte inzwischen beschlossen, daß es das Jahr 1935 sein sollte.

Etwa um diese Zeit traf ich eine weitere, sogar noch bedeutendere Entscheidung, und zwar die, in Schwarzweiß zu drehen, wie ich es schon bei meinem zweiten Film, *Die letzte Vorstellung*, getan hatte. Obwohl Polly damals wie heute als Produktionsdesignerin fungieren sollte, sprach sie sich gegen einen erneuten Schwarzweißfilm aus, sie meinte, ich würde mich damit selbst wiederholen. Ich entgegnete, daß ich am liebsten hauptsächlich schwarzweiß drehen würde, wenn das möglich wäre. Wie Orson Welles einmal zu mir sagte: »Es ist der Freund des Schauspielers – denn in Schwarzweiß sieht einfach alles besser aus.« Außerdem hatte ich schließlich bewiesen, daß die Abwesenheit von Farbe einem guten Film an der Kinokasse nicht schadete – auch wenn es in den fünf Jahren vor *Die letzte Vorstellung* (produziert von Columbia) keinen Schwarzweißfilm eines bedeutenden Studios gegeben hatte –, weshalb ich keinen Grund sah, nicht an meinen Erfolg anzuknüpfen. Die Geschichte von Addie und Moze mit der niedlichen, blonden, blauäugigen kleinen Hauptdarstellerin und dem blonden und blauäugigen Leinwandidol als Antihelden hätte in Farbe zu glatt, zu zeitgenössisch und zu sentimental gewirkt und nicht mehr die ärmliche und verzweifelte Atmosphäre der Zeit der Weltwirtschaftskrise ausgestrahlt, die wir in Schwarzweiß erzeugen konnten. Als ich Peter Bart später sagte, wir würden den Film in Schwarzweiß drehen (was gewiß nicht den Wünschen des Studios entsprach, da seit *Die letzte Vorstellung* vor über einem Jahr kein anderer Schwarzweißfilm herausgekommen war), entstand eine kurze Pause. Dann entgegnete Peter gezwungen fröhlich: »Jetzt geht es schon wieder los.« Ich fragte ihn nicht, was genau er damit meinte, doch ich werde Paramount ewig zugute halten, daß dieses Thema nie wieder erwähnt wurde.

Der nächste Entwurf, den Alvin mir vorlegte, entsprach ziemlich genau der endgültigen Version. Er hatte ganze Arbeit geleistet und die einzelnen Szenen fast nahtlos miteinander verknüpft. Seine Dialoge hatten Mutterwitz, Gefühl und Charme. Ich schlug eine ausführlichere Szene zwischen Addie und Moze vor, um den ersten Akt abzuschließen, und zwar in Form einer Zusammenfassung dessen, wie weit die beiden an diesem Punkt der Geschichte gekommen waren. Sie sollten sich streiten, sich beinahe trennen und dann in stillschweigender Übereinkunft zusammen weiterziehen. Die fünfseitige Szene, die Alvin schrieb – im Film wird das in zwei kurzen Einstellungen und einer sehr langen abgehandelt –, gehört zu den bewegendsten schriftstellerischen (und schauspielerischen) Leistungen in diesem Film. Dann stopften wir noch ein paar andere Löcher und lösten mehr oder weniger alle Probleme, die das Drehbuch aufwarf – das heißt bis auf das Ende. Ich weiß nicht mehr, mit wie vielen Versionen wir es versuchten, denn nicht alle unsere Vorschläge wurden zu Papier gebracht, doch als wir nach einer Woche Proben in Los Angeles nach Hays aufbrachen, hatten wir immer noch kein Ende für den Film. Weder das Studio noch Alvin oder ich waren sehr begeistert darüber.

Einige Wochen zuvor hatte ich auf der Suche nach der passenden Filmmusik – sie sollte ausschließlich aus zeitgenössischen Originalaufnahmen, nicht aus Orchestersätzen bestehen – eine Liste der beliebtesten Lieder des Jahres 1935 in *Variety* studiert. Da blieb mein Blick an einem Song aus dem Jahr 1933 hängen. Der Text stammte von E. Y. (»Yip«) Harburg (produziert von Billy Rose), die Melodie von Harold Arlen. Diese beiden Männer zeichnen – allein oder gemeinsam – für eine Unzahl von Erfolgen, unter anderem auch für »Over the Rainbow«, verantwortlich. Und der Legende zufolge hat auch die berühmte Ms. Dorothy Parker ein paar Zeilen dazu beigetragen. Zwei Wörter stachen mir aus dem Lied von Arlen und Harburg mit dem Titel »It's Only a Paper Moon« besonders ins Auge. Außerdem faßte die Stimmung des Liedes das Thema unserer Geschichte großartig zusammen, und diese beiden Wörter schienen mir deshalb ein wunderbarer Filmtitel zu sein:

Say, it's only a paper moon
Sailing over a cardboard sea
But it wouldn't be make-believe
If you believed in me

Alvin und Polly teilten meine Ansicht, doch als ich bei Frank Yablans die Probe aufs Exempel machte, war er überhaupt nicht beeindruckt und fragte mich, was das zu bedeuten habe. Ich versuchte, es ihm zu erklären, worauf er erwiderte, er wolle nicht, daß »wir unseren ersten Streit« hätten. Er schlug vor, dieses Gespräch zu vertagen, bis der Film fertig sei. Nach einer Weile rief mich Peter Bart an, um mich daran zu erinnern, daß der Titel *Addie Pray* schließlich auf einen Bestsellerroman hinweise. Ich erkundigte mich, wie hoch die Auflage im Hardcover gewesen sei. Peter antwortete, über hunderttausend. Das waren zwar viele Bücher, aber nicht sehr viele Kinogänger. Als ich das ironisch anmerkte, lachte Peter spöttisch auf.

Am nächsten Tag rief ich Orson Welles in Rom an, wo er gerade einen Film schnitt. Da die Verbindung schlecht war, mußten wir langsam sprechen und schreien: »Orson! Was hältst du von diesem Titel!?« Ich hielt kurz inne und sagte dann ganz langsam, deutlich und ohne besondere Betonung: »Paper ... Moon!« Eine Weile herrschte Schweigen, dann erwiderte Orson laut: »Der Titel ist so gut, daß du den Film gar nicht zu drehen brauchst. Bring einfach den Titel heraus.«

Gerüstet mit dieser Antwort, rief ich Alvin an und meinte: »Erinnerst du dich an diese Halbmonde aus Pappe, die es in Vergnügungsparks gibt? Man setzt sich in den Mond und läßt sich fotografieren.« (Polly besaß ein altes Foto, auf dem ihre Eltern in einem solchen Mond saßen.) Da unser Skript bereits eine Szene in einem Vergnügungspark enthielt, sagte ich zu Alvin: »Fügen wir eine Szene mit so einem Mond ein, damit wir den verdammten Film *Paper Moon* nennen können!« Das führte irgendwann zu einem Teil des Schlusses mit dem Foto, das Addie von sich selbst gemacht hat, um es Moze zum Abschied zu schenken. Darauf sitzt sie allein im Mond, weil er zu beschäftigt mit Trixie ist, um sich mit seiner Tochter fotografieren zu lassen. Sie legt es in den Laster, als er sie vor dem Haus ihrer Tante absetzt.

Allerdings drehten wir schon einige Wochen in der Gegend von Hays, Kansas, als uns das richtige Ende einfiel. Es war das Ergebnis einer noch offenen Frage in der Handlung, und auch ein Hügel spielte dabei eine Rolle. Auf ihrer Suche nach Drehorten in Kansas und Missouri entdeckten Polly und mein Produktionsassistent Frank Marshall (der bereits bei meinen ersten drei Filmen in verschiedenen Bereichen für mich tätig gewesen war) etwas, das in Kansas außergewöhnlich selten vorkommt: einen malerischen Hügel. Er war nicht sehr steil, doch der sanfte Abhang eröffnete dem Betrachter eine erstaunliche Aussicht auf eine lange Straße, die direkt in die Ewigkeit zu führen schien. Frank und Polly machten ein paar Fotos davon. »Ich weiß nicht, ob du das brauchen kannst«, meinte Polly, als sie mir die Fotos zeigte. »Aber wir haben geglaubt, es hilft dir vielleicht weiter.« Obwohl mir der Gedanke »Möglicherweise ist das ein Ende« durch den Kopf schoß, schwieg ich.

Eines Nachts, eine knappe Woche bevor wir Hays verlassen und nach St. Joseph weiterfahren sollten, wurde mir klar, daß ein Punkt in der Handlung noch nicht geklärt war, den wir im ersten Akt eingeführt und während des ganzen Films immer wieder als Anspielung eingesetzt hatten: die zweihundert Dollar, die Moze Addie angeblich schuldete. Und so kam mir die zündende Idee, wie ich den Film beenden konnte. Nachdem Moze Addie bei ihrer Tante abgesetzt hat, stoppt er den Wagen, damit der Motor abkühlt, will sich eine Zigarette anzünden und findet das Foto von Addie im Pappmond, das ihn auf traurige Gedanken bringt. Addie ist bei ihrer Tante unglücklich, weil sie Moze vermißt. Als Moze mit seiner Zigarette fertig ist, startet er den Motor, bemerkt dann aber, daß Addie ihm nachläuft. Er springt aus dem Wagen und stellt sie zur Rede: »Ich habe dir doch gesagt, ich will nicht, daß du mitfährst.« Doch sie erwidert: »Du schuldest mir immer noch zweihundert Dollar.« Moze schleudert seine Mütze zu Boden; der Laster (dessen Bremsen bekanntermaßen defekt sind) rollt langsam besagten Hügel in Kansas hinunter. Addie bemerkt das und weist Moze darauf hin. Dieser macht sich an die Verfolgung und meint schicksalsergeben: »Also komm.« Sie tut es, und es gelingt ihnen, von beiden Seiten ins Führerhaus zu springen. Dann fahren sie die endlose Straße hinunter. Als ich Alvin das schilderte, antwortete er: »Ich finde, es hört sich prima an.« Und so wurde es auch gedreht.

Nach dem gewaltigen Erfolg des Films – vier Oscar-Nominierungen (für Tatum, Madeline Kahn, das Drehbuch und den Ton), Tatum gewann für die beste weibliche Nebenrolle, obwohl sie die Hauptrolle gespielt hatte – schlug das Studio einen Nachfolgefilm vor. Wir sollten die zweite Hälfte des Romans benutzen und die alte Dame mit Mae West besetzen. Für den neuen Film war der Titel *Harvest Moon* (Erntemond) geplant. Ich lehnte ab. Später entwickelte man eine Fernsehserie. Obwohl ich eigentlich nichts damit zu tun haben wollte (Alvin Sargent war für das Drehbuch verantwortlich), erklärte ich mich damit einverstanden, die endgültige Besetzung abzusegnen. Die Rollen wurden mit Jodie Foster und Chris Connolly – beide ebenfalls blond – besetzt. Als sich Frank Yablans zum zweiten Mal erkundigte, ob ich nicht wieder mit von der Partie sein wolle, weigerte ich mich erneut, da ich fand, daß die Geschichte in Farbe zu niedlich aussehen und nicht wirken würde. Außerdem schlug ich als Titel für die Serie *The Adventures of Addie Pray* (Die Abenteuer von Addie Pray) vor. »Soll das ein Witz sein?« erwiderte Frank. »Wir nennen sie Paper Moon – dieser Titel ist eine Million Dollar wert!« Es wurden dreizehn Folgen ausgestrahlt.

Natürlich wären die oben geschilderten Ereignisse ohne das großartige Buch von Joe David Brown nie möglich gewesen, und ich freue mich, daß sein Roman dreißig Jahre nach Erscheinen des Films in dieser hübschen Neuausgabe wieder der Öffentlichkeit zugänglich gemacht wird.

Peter Bogdanovich
New York City
Dezember 2001